鸢 都 文 库

吕方涛　孙金菊◎著

山东城市出版传媒集团·济南出版社

图书在版编目(CIP)数据

五行草之苦旅 / 吕方涛, 孙金菊著. —— 济南 : 济
南出版社, 2018.4
(鸢都文库)
ISBN 978-7-5488-3168-6

Ⅰ. ①五… Ⅱ. ①吕… ②孙… Ⅲ. ①长篇小说—中
国—当代 Ⅳ. ①I247.5

中国版本图书馆 CIP 数据核字(2018)第 089698 号

策　　划:辛如杰
责任编辑:胡长粤
封面设计:林格伦文化

鸢都文库:五行草之苦旅　　吕方涛　孙金菊　著

出版发行	山东城市出版传媒集团·济南出版社
地　　址	济南市市中区二环南路 1 号(250002)
发行电话	(0531)67817923　　　86131701
	86131728　　　86131704
印　　刷	潍坊新天地印务有限公司
版　　次	2018 年 4 月第 1 版
印　　次	2022 年 8 月第 3 次印刷
成品尺寸	170mm×240mm　16 开
印　　张	26.25
字　　数	315 千
印　　数	1-1000 册
定　　价	68.00 元

自 序

作为工薪阶层，最经济、最环保而又最快乐的事情莫过于读书。茶余饭后，捧本书翻看一会儿，时间不知不觉就过去了。掩卷思考，人生的喜怒哀乐似乎亦尽在书中。

我们夫妻二人喜欢读书，也喜欢购书，十几年下来竟然"俸去书来落落大满"。书橱盛不下了，窗台上、床头旁甚至厕所里，只要可以放置物品的地方都是书籍的地盘。

时间久了，我们也对生活有了一些感悟，于是诞生了在众多的书籍中也夹上我们一本的想法。说干就干，我们先后写出了长篇历史小说《栖身》和刑侦体裁的长篇小说《老所》。

这两次尝试，我们感到生活忙碌而有趣，平凡的日子因为有了创作和期待变得更有意义了。于是我们决定再写一部。

我们都是农村出来的，对田野里随处可见的一种俗称叫马种菜（学名叫马齿苋）的野菜印象格外深刻。这种野菜生命力非常顽强，耐旱、耐热、耐酸碱。这代表了一种顽强的精神，一种积极向上的人生态度！这和我们一直提倡的中华民族精神是一致的。马种菜的别名叫五行草，于是我们决定把五行草作为这本书的书名，其想法也就不言而喻了。

写完这部后，意犹未尽，还想继续沿着这个思路创作下去，出版五行草的第二部甚至第三部，这些作品干脆就叫五行草系列吧。刚刚完工的这一部，也是五行草系列的第一部，即《苦旅》。在苦难的人生旅程中体味人生的真谛吧！

希望这部小说能给读者以鼓舞。

著 者

2017 年 10 月 8 日夜

目　录

第一章 离婚后

一场秋雨过后,空气中的雾霾被清洗得干干净净,瓦蓝瓦蓝的天空中,几片白云在悠闲地散步。深秋的阳光斜照着小仓库前的空地,墙角水泥地的空隙里几株胖胖的五行草懒洋洋地享受着这难得的日光浴。头顶上的果实已经成熟了,像女人涨奶的乳房,鼓鼓的,好像马上就要爆开,蹦出黑色的种子。

郝自强靠在窗前,呆呆地盯着窗户外的那几株绿绿的五行草,脑海里全是奶奶关于五行草的传说。大概是在伏羲爷爷的时候,天上突然出现了十个太阳。那还了得,湾里的、河里的水都晒干了,鱼虾铺满了湾底、河底,草啊木啊的也都枯萎了。人们活不下去了,就祈求上天帮忙。上天的主宰玉皇大帝被感动了,派出二郎神来捉拿太阳,为民除害。二郎神挑着两座大山追赶太阳,拿住后就压在山下。几天工夫就有九个被捉住压在了山下,剩下的一个四处躲藏,情急之中,见路边一株五行草长得像个大盖垫,便藏在它的叶下,躲过了二郎神的捉拿。剩下的那个就是现在天上的这个太阳,也幸亏有五行草的保护,否则没有太阳就坏事儿了。从此以后,太阳为了报答五行草的救命之恩,便始终不晒五行草。天旱无雨的时候,其他植物都蔫了,只有五行草翠绿不改。

郝自强自小跟着爷爷奶奶在农村长大,知道五行草也叫马齿苋,嫩的时候可以食用。采来洗干净了切成段,用开水焯一下,撒上点盐、麻油,吃一口,滑滑的,黏黏的,满嘴清香。当然更多的用处还是挖来当饲料,剁碎了掺上点玉米面,喂猪、喂鹅、喂兔子,既有营养又健康。据说,五行草还是一味很好的中药材,具体有什么功效,郝自强没有研究过,所以也不知道。只知道这种草耐旱、耐涝又耐热,强光、弱光、酸性土壤、碱性土壤都能生长,是一种生命力极强的野菜,在农村,沟里、地里、崖头上到处都是。

他正想象着自己变成了一株五行草,在风雨中摇曳着……

儿子卧室的门开了,一个黑黑的小脑袋钻了出来。看着爸爸出神的样子,小强慢慢地蹭过来,站在郝自强的面前。

"你愿意跟着谁?"郝自强赶紧扔掉早就灭掉了的烟蒂,用手摸摸儿子的头,然后俯下身子,双手紧握着儿子的肩膀。

儿子双眼盯着爸爸的双眼,轻轻地说:"跟着妈妈。"

"什么?你要跟着你妈妈?"郝自强的眼圈立刻红了,连最亲近自己的儿子也不愿跟着自己了。

小强翘起脚,用两只胳膊紧紧地搂住爸爸的脖子,嘴巴贴着郝自强的耳朵,小声说:"你永远是我的爸爸。但你现在没有了工作,也没有钱,我不能再成为你的累赘。我暂时跟着妈妈,就算是帮你看着她吧。"

郝自强的眼泪终于流了下来。他紧紧地搂着儿子,好像要把小强嵌进自己的身体里。他知道儿子也哭了,肩头凉凉的。

现在的郝自强可以说真是一无所有了。作为孤儿,他从小就不知道自己的父母长啥样,把自己拉扯大的爷爷奶奶也已经离世多年了;几个月前,工厂倒闭,没了工作;昨天,相濡以沫十多年的妻子和自己离婚了;今天,自己最亲的儿子又选择了妈妈。

"房子我也不要了,就留给他们娘俩吧,我搬走。我就不信一个大男人能叫尿憋死,我就不信世界这么大没有我郝自强的用武之地,我就不信凭着我一身力气闯不出一片属于自己的天空。"郝自强盯着那几株胖胖的五行草毅然决然地下了决心。

没有人帮忙，也不需要人帮忙。郝自强借了一辆破旧的面包车，把自己少得可怜的行李装上车，准备离开。

"这是两万块钱，就算是房子的补偿，你拿着用吧。"已经是前妻的李岩一直站在面包车旁边，看着他把自己的东西一样一样装上车，好几次欲言又止。

"谢谢！不用了。好好照看小强。你自己也保重。"郝自强没看李岩，径直上车发动了马达，面包车缓缓驶离了小区。

再见了，曾经的家！再见了，我的亲人！

突然，郝自强从观后镜里看见一个人跑了过来，是儿子郝小强，连忙停下了车。

"爸，你怎么不等等我呢？"小强拉开车门，麻利地爬上了副驾驶座位，搂着爸爸，亲了一口，"别换手机号码，我会时常和你联系的。"

"好。要好好学习，听妈妈的话。"摸摸儿子的小脸，自强的心里酸酸的，"下去吧！我要走了。"

"嗯，知道。这个你拿着，会用到的。"小强将一包东西放到座位上，摆摆小手和爸爸告别，就跑回去了。

眼瞅着儿子跑得没有影了，郝自强抬起左手擦了一把泪，打开了小强留下来的那包东西：两叠百元钞票，还有一堆硬币。

郝自强忍着悲痛，仔细地把钱包好，重新发动了车子。面包车碾过斑驳的水泥路，在县城的一个角落里，停了下来。

师兄吴宝福已经在门口等着他。这是个四十多岁的中年汉子，中等身材，满脸的沧桑，花白的头发，两只手大而粗糙，右手的食指缠着一圈胶布。

"这两间南屋我已经和人家谈妥了。一个月100块钱租金,电费自己充卡,电卡我已经充好电了。里面有一张床、一个盛杂物的小橱子,还有一张小桌,这是南门儿,还有个北门儿,朝里外都可以开门。院子里有压井,可以自己打水吃。我和你嫂子住北屋,互相也有个照应。"吴宝福向郝自强介绍着。

"谢谢师兄,有个地儿挡风遮雨就行。"郝自强没有挑剔,赶紧答应了下来。

吴宝福帮着郝自强把行李卸了下来:两床被褥,一个纸盒盛着些衣服,一个纸盒盛着些书刊杂志,还有一个纸盒盛着几双鞋子等杂物,唯一值钱的就是一台小小的笔记本电脑。

"这是租房合同,你把字签了。要先交半年的房租,如果没有,我先给你垫上。"吴宝福从口袋里掏出了两张合同,一式两份,还有电卡和房子的钥匙。

"我还有钱,谢谢师兄。"郝自强签了字,自己留了一份,然后掏出了六百块钱连同剩下的那一份合同一起交给了吴宝福。

"你先收拾一下,我去给房主送过去,顺便买点菜,晚上咱俩一起坐坐。"吴宝福接过郝自强递过来的车钥匙,开着自己的破面包车走了。

目送吴宝福离开后,郝自强回头仔细地打量着自己的新居。小屋南门口西侧有棵合抱粗的白杨树,皲裂的老树皮像鳄鱼的铠甲,一片一片紧紧镶嵌在树干上,抬头顺着树干往上看,硕大的树冠像挂满了金片的圣诞树,片片树叶在阳光的照耀下闪着耀眼的光。秋风吹过,有几片如着黄色舞衣的仙女,在风中扭着曼妙迷人的舞姿,娇羞地扑入大地的怀抱。还有一片调皮地抚过郝自强的头发,轻轻地落到了地上。

郝自强呆呆地看着铺满落叶的门口,油漆斑驳的门窗,一股凄凉掠过心脏,不争气的泪水随着落叶划过脸颊,也落到了地上。

郝自强擦了一把泪,把地上的东西一样一样搬到屋里。

北方的四合院一般分为正房、东西厢房、南屋和大门楼四个部分。南屋作为附属建筑,建在大门楼的一侧,和大门楼连为一体,平时不住人,只是盛放些杂物。一般情况下,南屋的开门是朝里的,正对着院子。随着大量农村务工人员涌入城中,聪明的房主,就把南屋稍做改造,在向着街道的墙壁上开一个门,出租出去挣点钱补贴家用。有的人家索性把向里的开门堵了,让这两间小小的南屋成为相对独立的空间。

不过郝自强租住的这两间没有堵,可以从北门——也就是向里开的门出去,共用院子里的水和卫生间。

郝自强仔细地打量着这两间小小的南屋。墙壁很干净,看样子以前有人住过。一张一米二宽的木床靠西边放着,床头朝南,对着一扇小小的窗户;窗户下面是一张三屉桌,配着一把旧木椅,刚好不妨碍南门的开闭;北门西边立着一个小橱子,看样子是人家的旧家具。摆放上这些物件后,屋里就只剩下两三个平方的空地了。

把南面北面的门和窗统统打开通风后,郝自强打开一个纸盒,拿出了一个洗脸盆。把洗脸盆里面的牙膏、牙刷、毛巾等生活用具放到三屉桌上,拿着空脸盆用院子里的压井压了一盆水。狠狠心用自己的毛巾沾了水擦拭着床上、三屉桌和小橱子上的灰尘。

等这些都干完了,郝自强忽然想起了那两万块钱,赶紧锁了门,去了一趟银行,用自动存取款机存到了自己的银行卡上。存好后,顺便看了一下余额:20089.09。这就是自己的所有存款了。

存好钱后,郝自强松了口气,想到晚上要去师兄家吃饭,总不能空着手吧,就决定去买点东西。

他掏出自己的钱包,看着这个磨得发亮的牛皮钱包,郝自强心里一阵发紧,这是李岩当年送给他的订婚礼物,已经跟着自己快十二年了。

郝自强数了数里面的大小钞票,还有二百多元。他来到一家小超市,买了一箱纯牛奶和一块新毛巾,提着慢慢往回走。秋风迎面扫来,郝自强深深地叹了一口气,自己的人生轨迹就要重新开始了。

郝自强慢慢铺好自己的被褥,正在整理有限的几本书和杂志时,吴宝福回来了。

"走,喝酒去。"吴宝福停下车,用一个大塑料袋提了一包东西,径直过来约郝自强。

郝自强锁好了南门,提了刚买的那箱纯牛奶跟着吴宝福来到了北边正房。

吴宝福开了门,进了堂屋,堂屋和西屋没有隔开,就是一大间。西头放着台做衣服的缝纫机,下面堆着些下脚料,北面靠墙挂着台液晶电视,南面是一个玻璃茶几和几张小沙发。

吴宝福把一大包东西放到茶几上,一边招呼郝自强坐下,一边去东面的饭橱里拿了几个盘子。

"今天你嫂子下班晚,我去买了点现成的,将就将就吧。"吴宝福有些歉意地说。

"这就很好。"郝自强知道师兄怕他多想。

郝自强一边帮着把现成的菜肴一样一样倒进盘子里,一边把倒出来的脏塑料袋小心地放进垃圾桶里。

一盘猪头肉、一盘炸鸡架、一盘炸花生米,还有一盘炖扁豆。吴宝福又端出了自己腌的大蒜头,然后开了一瓶老白干,兄弟俩一人一个茶碗当酒杯,酒宴就开始了。

"别灰心,没有过不去的坎。三年前我刚出来时,和你差不多。来喝酒。"吴宝福端起酒杯和郝自强碰了下,一仰脖子喝了一大口。

郝自强也喝下了一大口。老白干度数高,味道醇,喝到口里是辣中带着透鼻子的香。

"我和俺老板说了,想让你去我们厂子干,可暂时还没有位置。"吴宝福抓了一块炸鸡架子,撕开来放在嘴里啃着,脸上好像自己做错了什么事儿般的内疚。

"麻烦你了师兄,不行我先去劳动力市场转转,打个零工也行。"郝自强不想让师兄为难。

"也只有这样了。我有一把好铁锹,现在也用不着,你先拿去用吧。"吴宝福又端起酒杯和郝自强碰了一下,一扬脖子,一杯子就下去了一大半。

两个人边喝边聊,瓶子里已经剩下不到一半了。屋门"吱呀"一声开了,伴着一阵风,吴大嫂下班回来了。

郝自强赶紧站起来打招呼。

"强子啊,好久不见了。你哥俩儿先喝着,我再炒个热菜。"吴大嫂热情地和郝自强打了招呼,就进了厨房。

"不用了,嫂子。这些菜就吃不了了。"

"不用管她,我们喝酒。"吴宝福端着杯子示意郝自强坐下。

吴大嫂麻利地炒了两个菜,郝自强就拦着不让再炒了。吴大嫂也就算了,拿了个马扎坐在丈夫边上。

"喝杯酒吧。强子也不是外人。"吴宝福从茶几子下面摸出一个茶碗递给妻子。

"好。我喝瓶啤酒吧。"吴大嫂一看也是个泼辣实在的庄户人,没有城里人的扭捏。

吴宝福麻利地开了一瓶啤酒,给吴大嫂倒上。郝自强看着这对和睦的夫妻,心里一阵酸楚。

"自古道,一日夫妻百日恩。都这么多年了,孩子也这么大了,怎么说离就离了。李岩也太狠心了。"吴大嫂愤愤不平地说,"谁还没有个坎啊!强子,不要紧,嫂子给你留着意,有合适的再给你介绍。"

看样子吴宝福已经把郝自强的情况都告诉了自己的妻子。

"来,喝酒!"郝自强举起杯子,显然不想谈论这个话题。

吴宝福瞪了自己的妻子一眼,连忙举起杯子,和师弟碰了一下。吴大嫂知道自己说多了,也举起自己的啤酒杯,尴尬地呷了呷嘴。

一瓶白干喝完了,郝自强阻止师兄再开酒。酒是好东西,但过量就成了毒药。再说人家师兄两口子劳累了一天,不能打扰人家太久。吃了两个馒头,又喝了几杯茶水,郝自强就站起来告辞。

吴宝福跟着出来,把一柄锹头锃亮的圆头铁锹交给了郝自强,看着郝自强拿着铁锹回到自己的小屋,叹了口气也转身回去了。

回到小屋,郝自强衣服也没脱就躺在了床上。他在黑暗中瞪着眼睛,许是酒在作怪,脑子里乱哄哄的。第一次独自在这完全陌生的地方过夜,身边没有妻子,没有儿子,没有家的味道,他还真的不习惯,想着往日的甜蜜生活,泪水顺着眼角流进了耳朵里。

"嘭嘭嘭",正当郝自强胡思乱想的时候,北面传来了敲门声。郝自强拉开灯,抹了一把眼泪,趿拉着鞋子去开了门。吴宝福提着一个暖水瓶进来了。

"你看我这记性。你刚搬过来肯定没有开水,还是你嫂子提醒我。

喝了酒多喝点水。再一个,明天早晨过来吃早饭。"吴宝福放下暖水瓶,回头看了看郝自强,叮嘱了一句。郝自强点了点头,把门重新关好。站在门前,郝自强那压抑的哭声像滚动的石磨声,似有似无。

郝自强自己倒了一杯水放到三屉桌上。心里一团乱麻,索性拖过旧椅子,在桌前坐了下来。一盏 10 瓦的节能灯在头顶撒着柔和的光,静静地照着这间小屋。

"唉!"郝自强叹了口气,拿出一本杂志胡乱翻了起来……

桌子上的手机突然响了!谁还记着这个落魄到了极点的人呢?

郝自强拿起手机,摁下了接听键。

儿子!是自己的儿子!

郝自强的眼泪,像断了线的珠子一样滚了出来。他长舒了一口气,使劲睁了睁眼睛,强压住自己的情绪……

"好!好!我记着了。哎……哎……"

放下手机,郝自强擦了擦眼泪,心里升起一股火热的激情。

是啊,他虽然失去了工作,失去了妻子,失去了家,但是他还有一个永远爱着他、惦念着他的儿子。他不能沉沦下去,他才三十五岁,他还年轻,他要努力奋斗,他要重新开始。

小床上发出均匀的鼾声。那盏 10 瓦的节能灯已经熄灭了,月儿却还趴在小窗上,似在偷听什么。

夜已深,黎明的脚步渐渐近了。

第二章 送水工

天刚蒙蒙亮，郝自强就起床了。他用手巾蘸着水擦了擦脸，一摸下巴，胡子有些扎手，又从箱子里找出剃须刀，四下里看了看，没有镜子。郝自强苦笑了一下，骂了自己一声"想好事儿"，就借着门上的玻璃将就着把胡子随便地刮了一遍。左手左右地试了一下，不再扎手就行了。他把小屋彻底收拾了一遍，然后扛了铁锹，锁了门，悄悄地走了。他没有惊动吴宝福夫妇，天长日久，要学会一个人过日子，不能天天麻烦人家。

已经是深秋了，街道两边的法国梧桐和槐树开始落叶。沿路都是早起清扫落叶的清洁工人。橘黄色的制服让这深秋的早晨多少有了些暖暖的味道。郝自强穿了一身洗得发白的迷彩服，在人行道上快步走着，微风吹过，树叶飘动，不时有一片落叶落到他的身上。

"清洁工也不容易啊！"郝自强看着不远处忙碌的身影，叹了口气自语道，接着他又羡慕起人家来，起码人家有个固定的工作，可自己……

前面拐弯的地方有一处炸油条的摊子，顺带着卖热豆浆。这是早起务工者的好去处。半斤油条，一大碗热豆浆，吃的嘴角带油，肚子里热乎乎的。

郝自强来到摊子前，炸油条的夫妇面带微笑抬头看了看他，"来了！"郝自强笑了笑，"嗯。忙开了。""随便坐。""好。"旁边的小桌前已经有两个人吃开了。郝自强朝那两人笑了笑，放下铁锹，在一张小桌旁坐了下来。

"半斤油条,一碗豆浆。"

"好,稍等。"摊主答应着,一小会儿的工夫,小塑料筐盛着七八根儿黄灿灿的油条、大瓷碗盛着乳白色的豆浆就摆在了桌子上。

"那边有咸菜条,免费吃。"摊主见郝自强面生,就指了指另一张桌子,上面有一个白搪瓷盆。

"谢谢!"郝自强客气地说。

摊主自去忙活生意。

郝自强拿了个小碗,起身去从搪瓷盆里取了点咸菜条,然后开始大口吃了起来。咬一口油条又脆又香,味道很正宗,看来是好油炸的。

早来的那两个人显然是一起的,吃完后并不急着走。其中身材稍胖的中年男子掏出烟来递给那个稍瘦的中年人,可俩人四只手在身上摸了半天也没找到打火机。郝自强在边上看得分明,忙掏出自己的打火机递了过去。

"谢谢啊,兄弟。你也来一支?"稍胖的中年男子掏出烟来让郝自强。

郝自强摆摆手,"我不会。二位大哥起得这么早啊!"郝自强收了自己的打火机搭讪。

矮瘦的中年人深吸了一口烟,"唉,打零工就得早起啊。我看兄弟扛着铁锹,也是准备打零工吧?"一双小眼睛瞅了瞅郝自强,了然地笑着,露出一口参差不齐的黄牙,前面的两颗门牙被香烟熏得都发黑了。

"是啊,下岗了,出来找点儿活儿干,挣两块钱混口饭吃。"

"我说兄弟啊,你得学门技术,比如铺铺瓷砖、刮刮墙皮什么的。当小工赚钱少,活还不好找。"稍胖的中年男子指着边上的两辆电动车有些卖弄地说,"看我俩的工具——割瓦机、电钻、搅拌桶等一应俱全。

铺瓷砖一天可赚两三百块钱。当小工撑死一天也就是一百块钱，还累得很。"

"不瞒两位大哥，我是头一次出来，还没学会什么技术啊。"郝自强苦笑着说。

"见面就是有缘。我叫张二锤，他叫马跃，留个电话吧，以后忙不过来了也带你多赚俩钱儿。"矮瘦的张二锤很有优越感地说。

郝自强一听很高兴，忙掏出自己的手机主动把两位哥哥的号码输上，分别存好了，又一个一个打过去，让俩人存好。

三人又随便聊了几句，郝自强已经把半斤油条全扫进了肚儿里，一大碗豆浆也底朝了天。哥俩的烟也抽完了，把烟屁股扔在地上，用脚碾了碾，就骑着电动车先走了。

郝自强也结了账，扛了铁锹离开了油条摊位，向前面的劳务市场走去。昨天晚上，吴宝福已经告诉了他劳务市场的位置。

所谓的劳务市场，就是西关集市边上的一块空地，在正面的墙上用大红的油漆写着"劳务市场"四个大字。不逢集的日子，偌大的集市都空着，卖东西撑棚子用的砖头这里一堆那里一堆地像散落的羊粪蛋儿。

当郝自强来到劳务市场时，偌大的空地上已经稀稀拉拉地停满了各种各样的车子。有电动车、自行车、小三轮。有的绑着张铁锹，有的挂个工具兜子，有的是一套专业的家什。他们三三两两地聚在一起，有的在闲聊，有的靠在墙根边假寐，还有的围在一起下"五骨"。这种棋不需要专门的棋盘和棋子，在地上就可以随手把棋盘画出来，棋子也是就近取材——小石子、小砖头、树叶、小树枝、纸团，随便什么都行，最适合在田间地头、街道边上、劳动的间隙下上一盘了。

郝自强没有去看下棋的,周围也没有他认识的人。他随便找了个地方把铁锹放下,在铁锹柄上坐了下来。

这时天已经大亮,很快就有人来找零工了。正如马跃说的那样,没有点技术的小工还真是少有人找。转眼八点多钟了,太阳已经升到楼房的顶上,郝自强还没有找到雇主。他用眼睛搜寻着,整个劳务市场只剩下稀稀落落的十来个人了。他们大多是一些五六十岁的中老年人,手里也仅是一些铁锹、瓦刀等简单的工具。郝自强有些失望地站起身来,活动了一下有些麻木的肢体,心里空落落的。

街道上来来回回的人多起来了,已经开始有人打道回府,这个自发形成的劳务市场开始下市了。

就在郝自强在劳务市场等人雇用的时候,县城边上一家小工厂里,机器轰轰地响着。吴宝福拿起一件长方形的配件看了看,熟练地凑向机器带动的砂轮,火星四射,配件上的焊点被打平了。

腆着啤酒肚的小老板走了过来,看了看吴宝福加工过的配件,点了点头。

"王总,这批活儿这么急,人手又这么紧张,不行让我师弟也过来干吧,他的技术不比我差。"看到老板吴宝福赶紧走上前,一边从脏兮兮的工作服里掏出烟,递给小老板一支,一边含着笑用哀求地语气说。

"哎呀老吴,不是已经告诉你了,用不了那么多人,不行你不干了,让你师弟来替你?你不愿意吧。"王老板直接将了吴宝福一军,看着吴宝福吃瘪得涨得通红的脸,吸了一口烟,吐了个烟圈,腆着肚子走了。

吴宝福看着老板的背影,叹了一口气,低下头,继续干自己的活儿。

郝自强挂着铁锹站在墙边,焦急地看着来往的人群。这时候如果有个人来雇用他该有多好啊！他是不会计较价钱的。

"小伙子，是打零工的吧？"

一个穿着黑色夹克衫的中年男子笑着问。

面对着这个天籁之音，郝自强强压着内心的激动，赶紧回答："是，请问您有什么活？"

"我店里缺个送水工。看你长得魁梧，穿着也算干净，愿意不愿意干？"

"愿意干。"郝自强没有思索，一口答应了下来。

"小伙子当过兵吧？"

"当了五年。"

"呵呵，看你穿的迷彩服就不是在地方上买的。你先别急着答应，我把具体情况和你说说，你再做决定。"中年男子微笑着说。

"大叔请说。"

"我叫李国良，今年四十七，看样子也大不了你几岁，就叫大哥或者是老李吧。"

"我叫郝自强，今年三十五，咱俩一个属，都是属虎的吧？"

"是啊。我也当过几年兵。都是当兵的人，我就照实一说。在我这儿送水是早上七点上班，晚上六点下班，中午管饭。其间有人要水就得送，没人要水时就在店里等着。一个月休息四天，自己调配。月薪2000元，每月一结，不管交保险。"

"当然2000元是底薪，另外每送一桶水外加提成两角。一天大约得送一百多桶吧。"顿了一顿，好像怕对方嫌少，李国良又补充了一句。

"大哥，我干了。"郝自强略微合计了一下，下了决心。

"好，痛快！上车，今天就算第一天。"

郝自强扛着铁锹，上了李国良的电动三轮车的后斗。对郝自强来说午饭已经有保障了。

"兄弟，三轮车会开不？"

"会，我有 C1 的驾驶证。"

"这一带熟不？"

"瓢大的地方，一张地图，半天就清清楚楚的了。"

"好啊，兄弟，咱店里就有一张城区大地图，你好好看看吧。"

这家水店的店面还算不小，沿街三间门头房。最西边一间是办公室，中间一张玻璃茶几，靠窗一张大办公桌，桌上是一个频频招手的大招财猫。北面的墙上并排贴着一张世界地图、一张中国地图、一张全省地图，最边上就是城区图。店铺东边的两间就是仓库。

李国良把一辆电动三轮车的钥匙递给了郝自强，郝自强立马把它和自己的钥匙串在一起，这就算开工了。

"来，大兄弟，喝杯水。"一位身材丰满的中年妇女将一个盛满热水的大茶杯递了过来。

郝自强捧着热乎乎的水杯连声说着："谢谢，谢谢。"

"这是你嫂子，负责接听电话、做饭。"李国良大大咧咧地说。

"嫂子好。"

"不用客气。"中年妇女慈祥地微笑着。

郝自强喝了一口热水把水杯放在茶几上，"哥，我先熟悉一下地图。""好，一看就是勤快人。"李国良点头表示赞同。

郝自强站在地图前仔细地辨识，他以前干的是侦察兵，学过军事地形学，看地图有方法。很快，以水店为中心，各个小区、各个单位、各条街道，由近及远渐渐印在郝自强的脑子里。

过了十来分钟，一辆送水的大卡车开过来了。

"小郝，走，先卸水，搬到仓库去。"

李国良朝郝自强打了个招呼，就出去了。郝自强赶紧跟着走了出去。

二百三十桶水，用了不到一个小时，就全部搬到仓库里去了。

"大兄弟，擦擦汗。这块毛巾就归你了。"李国良的妻子、那个身材丰满的中年妇女——王金花，显然对郝自强的工作很满意。

郝自强还没顾上歇口气儿，电话铃响了。

"街西头路南的欣欣房产中介要两桶水，有票，记着把空桶带回来。"

郝自强答应了一声，开着电动三轮车就出发了。

"和谐小区三号楼一单元 501 要水一桶。"

"西关小区五号楼二单元 304 要水一桶。"

……

当郝自强开着装满空桶的电动三轮车回到水店时，内衣已经被汗水浸透了紧紧地贴在身上。郝自强并不感到累，甚至还有些兴奋，这是自下岗以来过得最充实的一天了。自己终于又有份工作了，流再多的汗，也是值得的。

郝自强下定决心要好好干。

午饭是四个菜，炒豆角、炒菜花、大葱拌烧肉，还有一只烧鸡。饭食是馒头，还有小米粥。

李国良招呼郝自强坐下，拿出了两个杯子，每人开了一瓶啤酒。"来，兄弟，咱俩碰一个，今天这顿饭就算为你接风了。"

两个酒杯碰在了一起，郝自强很感激李国良的这句"兄弟"，这是两个军人之间最亲密的称呼。

王金花也是一直催郝自强使劲吃菜，郝自强的心理感觉热乎乎的。

刚喝了一杯，电话铃又响了。

"干这活，就这样。很多人下了班才有空要水。我们先吃，不管他。"李国良大咧咧地说。

"别，我先去送水。你和大嫂先吃，不要等我。"郝自强放下筷子，骑上电动三轮就出去了。

"这个小郝不错啊！"

"谁第一天不好好表现啊，现在下结论还太早。不过他以前当过兵，应该差不了。"

两口子一边谈论着，一边继续吃饭。

下午六点，太阳已经落山了。郝自强坚持和李国良一起清点完空桶，才离开水店。

"今天送了168桶，一桶两角，光提成就是三十三元六角。还不错。"郝自强扛着那把没有派上用场的铁锹，迈着坚定的步伐走在回家的路上，心里边合计着今天的劳动成果。

街上的路灯发出昏暗的光，从身边匆匆而过的车流带着回家的急迫。忙碌了一天，太需要回到家的怀抱里休息一下了。有家真好！

回到自己的小屋，郝自强简单地擦了擦身子，接着把换下来的湿透了的内衣洗干净晾在天井里的铁条上。

北屋的门"吱呀"一声打开了，是吴宝福。"自强，快过来吃饭。你嫂子早就把饭做好等着你了。""不了，哥，待会儿我出去吃就行。"郝自强不想继续麻烦师兄。

"你嫂子都做好了。不用那么浪费。接着说说你今天出去找活的情况。中午也没见你回来,我和你嫂子还挂挂着是个事。"吴宝福拽着郝自强的一只袖子半搂半抱地把他拖进了屋里。

还真是,客厅中间的茶几子上摆着四个盘,其中两个还用大碗扣着,估计是热菜,怕凉了呢!

哥俩刚刚坐下,老吴家嫂子就端着饭过来了,看了看郝自强还有些湿的头发,"洗头啦?大桌子上有吹风机,过去吹吹,别感冒了。"那口气就像姐姐嘱咐弟弟。

郝自强有些腼腆地看了看师兄,用手摸了摸自己的头发,确实有的地方还一绺一绺的。

吴宝福笑了笑:"听你嫂子的。"

"哎!"

从师兄家回到自己的家里已经接近十点了。郝自强躺在小床上感觉有些晕乎乎的,他很想睡一觉……

"爸爸,爸爸,爸爸……"是儿子小强的声音,郝自强立马起身,开门,小强就站在门外,背着书包,怀里是大包小包的,有鸡蛋、火腿、面包、肉夹馍……小脸上哭得稀里哗啦的。"咋了,儿子?"郝自强看着儿子哭成这个模样,心疼得肝都难受了。一把搂过儿子,泪水止不住流下来。"姥姥说你没有钱了,已经好几天没吃东西了。爸爸,是真的吗?我给你的钱呢?你是不舍得花吗?你怎么这么傻啊!"小强一边哭一遍絮絮叨叨地说着,郝自强紧紧地搂着儿子,一遍又一遍地揉着儿子柔软的头发。儿子!儿子!郝自强好想大声地哭出来,可他怕吓着儿子,怕儿子笑话自己的软弱。压抑得自己的胸膛好难受,有缺氧的窒息感,啊!好难受……

"爸爸,爸爸,你怎么了? 你别吓我!"小强看着爸爸憋得发紫的脸,大声地喊着哭着。"儿子! 儿子!"郝自强伸出右手想使劲搂住儿子,可他怎么也抬不起胳膊……

啊!

郝自强一下子惊醒了,原来是个梦。

他感觉自己浑身是汗,右胳膊压麻了,酥酥的,难受。用左手抹抹满脸的汗,还有眼泪。

他再也睡不着了。儿子挂念他,他不能让儿子不放心!"现在有了工作,我得好好筹划自己的生活了"。

慢慢地坐起来,郝自强从床底下拖出他的箱子,翻出了一个本子和一支中性笔,坐在小桌子边开始思考。

"填饱肚子是首要的大事。出去买着吃显然不合算,最好是自己做。买个电饭煲,买点小米、玉米面、面粉,再买点芋头、地瓜、鸡蛋……炒菜暂时不现实,还好中午管饭,多吃点……买个台灯,晚上看点书方便……"

郝自强一边想,一边把需要购买的物品记下来。以前这些事都是李岩一手操办,他从来没考虑过,今天才知道原来过日子还需要这么多的东西。吃的,穿的,用的,这才几样啊! 自己以前怎么从来没考虑过呢? 夫妻俩真应该好好交流,各自把内心的想法说一说,多为对方考虑一下,也许什么事儿也能解决了吧?

想起他和李岩那些美好的日子,郝自强的心里久久不能平静。"也许我俩的缘分就这么浅吧!"郝自强长长地叹了一口气。

把写好的纸条折好了放进上衣口袋里,郝自强关掉灯脱鞋上床,明天还要早起上班呢。

第三章 收废品

日子一天一天过去，树叶落光了，西北风呼呼地刮了起来，一场又一场大大小小的雪断断续续地盖在地上，"大雪不封地，不过三二日"，一年中最冷的时候来到了。

郝自强在水店干得很带劲儿，一月三千来块钱，发了工资他就去存上，眼瞅着银行卡上的数字渐渐变大，他感觉浑身充满了力量，心里也渐渐踏实了。

可是，他哪里知道这个工作很快就要干到头了。

一天上午，郝自强刚到水店，发现办公桌前坐着个十七八岁的小青年，他还没来得及问是谁，老板娘王金花就把他迎到了后面的厨房。

"小郝，这是我娘家的侄子，原来的工作干够了，嫌脏。非要来送水，好说歹说都不听，非得要来，我就这么一个侄子，我俩也没办法。这是这个月的工钱，一共 3200 元，你数数。不好意思啊。"王金花把一摞钱递给郝自强，有些歉意地说。

怎么？不用我了。

郝自强愣住了。

"你先休息几天，我看这孩子也吃不了这个苦，等他干不了再找你。"

郝自强明白了，他默默地接过钱，低头数了数。

"谢谢嫂子。还差五天才一个月，你钱给多了。"郝自强拿着多出的三百块,递给王金花。

"不多,不多。你哥都羞得不好意思见你了。"王金花一边用手挡着一边解释,心底的歉意溢于言表。

"那我走了,再见嫂子。"郝自强不再争执,把钱装到口袋里,向这位好心的老板娘鞠了个躬,出了厨房,离开了水店。

唉,又下岗了!

他漫无目的地在街道上走着,太阳渐渐升起来了,但他感觉不到温暖,他的大脑在高速运转着,下一步怎么办?

"哎,不管了,先去看看儿子吧。"看到街道上来来往往的孩子,郝自强才意识到孩子们已经放寒假了。他忽然很想去看看儿子,已经近三个月没有见到儿子了。

其实,他的住处离以前的家并不远,都在一个县城里,距离不到十里地。只不过这些日子他早出晚归忙着送水,没有时间也没有合适的机会罢了。

主意一定,他打算立刻到超市去给儿子买点礼物,可是超市还没有开门。郝自强掏出手机看了一下时间,才刚刚七点半多一点。他自嘲地笑了一下,超市最早也得八点半才上班吧!

难得有大把的时间看看这深冬的景色。初升的太阳没有多少热量,照在地面的雪上,只是增加了一层亮光,不见有融化的征兆。郝自强沿着超市旁的雪径向前,高大的白桦树泛着银光;雪松披着雪做的披肩,晶莹碧绿。

小公园里有打太极拳的,白鹤亮翅、野马分鬃、如封似闭……一招一式都认真讲究。七八个统一着装的阿姨正集体练剑舞,直刺、平斩、回劈,舞得兴致勃勃,大红的剑穗划出优美的弧线……

终于等到超市开门了，郝自强挑选了一个漂亮的书包，一盒彩笔，外加一盒巧克力糖果，就急急地向原来的家走去。离家越来越近了，郝自强的心跳开始加快。他对这儿的一切都太熟悉了，熟悉到闭着眼也能摸回家。

小区门口的门卫看见郝自强，很自然地打着招呼："回来了？""嗯！"两人互相点点头。偶尔有认识的熟人从身边走过和他打着招呼，他也随意问候一下。

一切都没变，还是他离开时的样子。路两旁的冬青树在北风的摧残下，叶子变成了墨绿色；倒是小叶女贞还是嫩嫩的绿色，经过雪花的抚摸更加明亮耀眼。

拐角的那个红色消火栓接口还在。以前陪着妻儿出来散步，他总是提前提醒一句："小心消火栓！"因为在儿子很小的时候，有一次夜里突然发高烧，他在厂里加班没在家，李岩抱着儿子下楼上医院，可能是走得太急了，忘了拐角处的消火栓，被结结实实地摔了一跤。因为怕摔了儿子，李岩趴在地上怀里还是紧紧搂着儿子，把两个膝盖生生摔破了一片。等他跑到医院的时候，只看见病床上熟睡的儿子和膝盖包着厚厚的纱布坐在凳子上打瞌睡的妻子……

郝自强走过去，用手摸了摸那个给他留下深刻记忆的消火栓接口，冰凉冰凉的。抬头就看见自己家的楼道了。墨绿色的楼道门是十户人家的大门，摁一下203的门铃，儿子那稚嫩的声音就会响起："喂！谁啊？""我是大灰狼！啊呜！""妈妈，咱家的大灰狼回来啦！"然后就是儿子小跑着下楼梯的"噔噔"声……

站在楼道的台阶下，郝自强停了下来。是不是去摁那个曾经熟悉的门铃，他还在犹豫，要是儿子不在家怎么办？见了李岩说什么？

他低头看看手里给儿子买的礼物,又看了看身上的迷彩服,突然有些后悔来得太仓促了,至少应该换件好一点的衣服。

就在郝自强犹豫着到底是上去还是不上去的时候,儿子从楼道里冲了出来。肯定是在楼上看到郝自强了。

"爸爸……"小强惊喜地叫着,纵身一跃扑入郝自强的怀里。

"想我了吗?"搂着儿子,郝自强高兴地问。

"天天想。爸爸,我放寒假了。走,回家吧爸爸。"小强边说着边拽着郝自强的衣袖往楼道里走。

"不上去了。这是我给你买的书包和彩笔,还有巧克力糖。看看喜欢吗?"郝自强搂着儿子,把手里的礼物,一样一样拿出来给小强看。

小强看着爸爸冻得发黑、开着一层细小血口子的大手,眼泪在眼眶里打转。

"喜欢……爸爸,今天没有风,我们打羽毛球吧。你等着啊。"不等郝自强答应,小强就拿着书包跑上楼去了。

爷儿俩在楼前打起了羽毛球,一切好像都和以前一样。

二楼的窗台前,李岩看着楼下打球的父子俩,心里五味杂陈。自从郝自强离开后,她喜欢一个人站在窗台前发呆。小仓库前面的几株五行草,就是在她的眼皮子底下,爆出一粒粒黑色的种子,然后蛰伏在寒风和冰雪中,等着明年的又一轮勃发。和郝自强离婚,到底是不是正确的选择,李岩一直没有做出判断。从郝自强搬出去住,李岩几乎每个夜晚很晚才能睡着。为了昔日的白马王子放弃了相濡以沫十年的丈夫,刚开始女人的虚荣心得到满足,然而,随着时间的推移,所谓的白马王子的光环渐渐暗淡,郝自强魁梧的身影又时常在梦中出现。

在梦里,郝自强还是那么帅气,一身藏青色的运动服把他魁梧的身材拉得修长,宽宽的肩膀,窄窄的腰身,硬挺的剑眉,性感而温润的嘴唇。李岩像一只慵懒的小猫儿窝在郝自强的怀里,郝自强刚要低下头亲吻一下,李岩却调皮地躲闪开了……

饭桌上,李岩把剥好的虾放到儿子嘴里,自己的嘴里却被郝自强剥好的虾塞满了……

李岩正在沉思,手机铃响了。

"小岩,中午来吃火锅吧。过过我们的二人世界。"是"白马王子"的电话。

"小强也在家啊。"李岩有些为难。

"你给他准备点饭就行了。快过来啊,等你,亲爱的,老地方。"还不等李岩决定对方就挂了电话。

李岩心里有一丝隐隐的不痛快,可是如果不去……看看楼下玩得不亦乐乎的父子俩,李岩还是决定去赴约。她对着镜子打扮了一番,就提着小坤包下了楼。

"小强,妈妈中午有事,不回来吃饭了。你自己热热饭吃吧。"李岩眼睛看着儿子,说了这么一句不知是对儿子还是对郝自强说的话,就走了。

"中午咱爷俩一起吃。你想吃什么?"郝自强看到李岩走远了,兴奋地对儿子说。

"好啊,吃水饺吧。还是门口的绿源水饺老店,我都好久没去了。"小强也很愿意有老爸陪着吃饭。

两个人又玩了一会儿,小强已经是满头大汗了,郝自强看看表,快十一点了。

"小强,饿了吗？咱吃水饺去？"

郝小强摸了摸通红的小脸儿，好像还有点儿意犹未尽，可能肚子也饿了，很懂事地点了点头，拿着拍子拉着爸爸的手很自然地上楼回家。

一切都是那么熟悉，几乎每件家具都还留有郝自强的气息。粉红色的沙发套，乳白色的茶几和电视柜；博古架上还是他和李岩精挑细选弄回来的水墨画瓶子；那从大到小接近二十个丫丫葫芦是两人为了痴迷《葫芦娃》的小强一趟一趟从市场上淘回来的。

什么都没变，郝自强觉得自己就是出了趟远门儿，今天回家了。可是哪儿变了？郝自强站在客厅的中央仔细地回忆着。水壶！李岩把墙上挂的行军水壶摘了！那把他稀罕了十几年的水壶，走到哪儿他都带着，可是这次搬家他居然忘了。

郝自强的心一下子凉了。

郝小强感觉到了爸爸的变化，飞快地换了件衣服，就挽着爸爸的手，一起去吃水饺了。

一斤半水饺、一盘炸刀鱼、一盘炒青椒。郝小强要了一罐雪碧，给爸爸要了一瓶小"牛二"——牛栏山二锅头。爷儿俩兴高采烈地吃了一顿午饭。

"要好好学习，别贪玩啊……"

"知道了，爸爸。你一个人在外边要注意照顾好自己啊。今年春节你自己怎么过啊？妈妈说要到——我坚决不同意，我们回姥姥家过。"

"我啊，在哪儿过也行。别忘了，爸爸可是无所不能的超人。"为了逗儿子开心，郝自强还很像模像样地模仿了一下超人的经典动作，"放心吧，儿子。"

"都怪那个高叔叔……"

"每个人都有追求幸福的权利，不要怨你妈妈。只要你过得快乐，爸爸在哪儿也是放心的。"

"来，爸爸。敬你一杯。"

"这就对了，来，干杯。"

这餐饭吃了足足两个小时。最后，爷俩又顺着原路回到小区，攥着爸爸的大手，小强像一只刚得到糖果的小猴子，又蹦又跳的，一会跳到爸爸的左边，一会跳到爸爸的右边，郝自强也随着儿子的节奏左右地摇摆着身子。

站在楼道的门口，看着儿子恋恋不舍的表情，郝自强的心里堵得难受，他强忍着内心翻腾的酸楚，笑着和儿子挥手告别，小强向着爸爸挥挥手，一扭头跑上了楼，很快从楼上传来重重的关门声。孩子肯定哭了，郝自强知道。

郝自强抬头看看二楼的窗户，一张小脸贴在玻璃上，他的眼泪怎么也止不住了，大手随意模棱了一把，转身快步向着门口走去。

李岩在包间里坐立不安，她想着家里的儿子，还有郝自强。

"你不舒服吗？"高益智笑着问，一只手伸向上了李岩的额头。

李岩似乎要躲避了一下，可犹豫间，那只手就贴在了自己的额头上。

"不热，来吃个羊肉丸子。"高益智殷勤地从火锅里捞出几个煮熟的羊肉丸子放到李岩前面的小碗里。

火锅里不紧不慢地冒着气泡，一团团雾气在小小的包厢里扩散着，两个人的脸时隐时现，渐渐地靠近了。

反正没有活干，郝自强也没有坐公交车，自己溜达着往回走。路上都是来来往往忙着买东西回家过年的人。若在以前，郝自强早就开始忙活了：大扫除、买年货、走亲戚。可是现在他觉得似乎没这个必要了。

不过,郝自强的眼光被一辆从身边驶过的三轮车吸引住了。这是一辆装满废旧纸箱的电动三轮车,驾车的人戴着大棉帽子,看不清长相。

"节前节后,废品比较多,我也可以收废品啊。"郝自强脑海里灵光一现,一个挣钱的计划就这么制定了。

郝自强跑了几家废品收购站,打听好了各种废品的收购价格。腊月二十五一早,郝自强就骑着一辆三轮车开始沿街收废品了。

近三个月送水的经历,郝自强积累了一定的人脉。他是个心善又勤快的人。在送水的过程中,如果人家有垃圾什么的,就顺手给人家捎到垃圾箱里;一些搬搬花盆、液化气罐什么的杂活,只要遇到了就帮忙。在很多居民特别是老年人的心中,留下了很好的印象,各小区传达室的看门老头也认识了不少。

有了人脉,再加上自己的勤快,郝自强的生意出奇的好。当天就收了四车。晚上回来一算,纯挣了一百五十多块钱。这比送水的收入还高啊!郝自强的心里又充满了希望。

第二天、第三天都很顺利,每天都能挣到一百五十多元。这让郝自强很兴奋:按照这样下去,一个月怎么也可以收入四千元,比当个工人强多了。

可是第四天却遇到了麻烦。

由于气温太低,郝自强的手冻僵了。在下一个小坡的时候郝自强捏刹车没捏住,路又滑,三轮车慢慢地滑向边上停着的一辆轿车,在车身上划出了几道浅浅的划痕。

郝自强一看傻眼了,连忙从车上跳下来,站在车边,两只手要摸又不敢摸……

车主几乎同时跑了过来:"哥们儿我可是刚买的……快过年了……晦气。五百块钱私了吧。"

"对不起啊,大哥。我的手冻僵了。"

"我不管,拿五百块钱就算了。"

由于是在小区里,又是临近春节,周围很快围满了人。大家七嘴八舌地议论开了。临近年跟了,小区里尽是些回家过年的闲人,听到轿车车主高亢的声音,很多穿着拖鞋就下来了。

"物业干什么的?怎么把捡破烂的放进来了。"

"这么结实的汉子干什么不行,偏偏收废品。"

"人家收废品也不容易,到了年跟上了还不停,天又这么冷,差不多就算了吧。"

面对大家的议论,郝自强低着头不说话,心里很为自己的行为恼火,怎么就刹不住车呢?骑得这么慢。

"快赔钱,我还有事。"车主步步紧逼。

"大哥,我没有那么多钱,便宜便宜吧。"

"不行,新车。五百还不一定够。"

"老三,划痕这么浅,抛抛光就行了,不用再喷漆。别难为人家了。"一个中年汉子声音洪亮地说。

"啊,刘哥回来了,晚上到我家吃饭吧。"

"年前都忙,过了年着吧!找个空咱哥俩好好喝点。"

"好,听刘哥的。"

"刘哥说了,便宜了你小子,拿出二百来,你走吧。"车主降价了。

郝自强狠了狠心,正准备掏钱。

"一百就行了,收个废品不容易。"那汉子又发话了。

"好,听刘哥的,拿一百吧。今天你运气好,碰到刘哥。"

郝自强掏出一百元钱,交给了车主,转过身朝着"刘哥"深深地鞠了一个躬:"谢谢刘哥!"

车上实在是装不下了,郝自强仔细检查了一遍,搓了搓麻木的手,小心翼翼地骑车向废品收购站走去。天边的乌云把红红的太阳吞掉了,凛冽的北风开始刮起来了。顶风,郝自强艰难地蹬着车,车子像蜗牛一样缓慢地前进。

终于到了废品收购站。一把大挂锁将两扇大铁门紧紧地锁在了一起。门边的墙壁上用粉笔写着一行字:各位客户,本站初五开业。

看着这行字,郝自强的眼泪差一点儿滚下来。这时乌云滚滚,整个天宇一片苍茫,看样子,一场大雪就要到了。

郝自强赶紧掉转车头,向着自己的出租小屋,使劲蹬去。

突然,郝自强感到手背一凉,一片雪花瞬间变成一滴水,把手背浸湿了一小点面积。这是一片雪花吗? 或者就是一粒雨点? 不等郝自强考虑清楚,千万片鹅毛般的雪花铺天而降。下雪了! 真的是下雪啦!"我这沾满了灰尘的身子,也让这洁白的雪帮我洗一洗吧!"郝自强大叫着,用力踏着三轮车。他就在这空旷的道路上飞奔了。雪花簇拥着他、亲吻着他、洗涤着他,他和漫天的大雪合为一体了。

"就这样不停地走下去吧!"郝自强不顾嘴里、鼻子里、眼睛里灌入的雪花,只是一个劲儿向前蹬。泪水顺着鼻子的两侧往下流,渐渐沾满了雪花,成了两条冰冻的小溪。

刺耳的喇叭声响了起来! 郝自强本能地将车把往旁边一打,三轮车斜斜地冲向路边的冬青灌木,一辆轿车呼啸着飞驰而去,没有人停下来看看掉在路边雪地里的郝自强!

天已经暗下来了。郝自强从雪地里爬了出来,活动了活动胳膊腿,幸亏冬天穿得厚实,居然没伤着。车子被路边的冬青灌木挡住了,没有冲下路边的沟里。

他俯下笨拙的身子,检查了车辆,又紧了紧缆绳,还得继续走。

雪终于停了,也快到家门口了。他已经看到街口那盏路灯柔和的白光穿过零星的雪花飘了过来。

"啪"的一声,车子颤抖了一下,停住了——爆胎了。

郝自强叹了口气,下了车,推着三轮车回到了出租屋。

一束手电光照到了车子上。

"怎么才回来?"吴宝福急切地问。

"唉,废品收购站关门了,车子又扎了胎。"

"推到天井里吧。明天再卸。"

"好。"

"你嫂子炒了几个菜,我们喝点。"

"谢谢师兄。"

"谢什么谢,明天我就回老家了……"

吴宝福帮着郝自强把装了满满一车废品的三轮车推到院子里停好,两人就去了吴宝福的房间。

洗了手,在吴宝福处坐了下来,吴大嫂就急急忙忙地端上了菜。

"今天腊月二十八了,今年是小年,明天就是除夕了,我们明天一早就回老家。今晚上我们一起吃个饭,就算是提前过节了。"吴宝福端起酒杯说。

"谢谢大哥大嫂!"郝自强端起酒杯和吴宝福夫妻俩碰了碰,喝下了一大口。甘冽的酒液顺着喉咙直入胃里,把一天来的辛劳和委屈都赶跑了。

"大兄弟在哪儿过节？"吴大嫂关切地问。

"就在这儿啦,没地方去。"郝自强苦笑着说,内心里他渴望接到那个人的邀请,但是他也知道,那是不可能的。

"有机会再成个家。"吴大嫂劝道。

"现在也好,一人吃饱全家不饿。再说小强也大了,需要钱的地方多了,我得攒点。"

"来,喝酒喝酒。"吴宝福岔开话题。

"你那个屋里什么也没有,我这屋里有电视,也有炉灶,你就在我屋里吧,也算是给我们看着门。"吴大嫂也转了话题。

"我……"郝自强还想推辞。

"就这样定了,明天一早我给你钥匙。"吴宝福不容他推辞。

外面时常有零星的鞭炮声响起,年确实就要来了。在吴宝福夫妻的热情招待下,郝自强放开了量,直喝得两眼发红,语无伦次,然后昏昏然躺在床上就不知道事了。

第四章 一个人的春节

太阳升起来了，一束束阳光通过门口窗户的缝隙射进了这个充满了酒精味道的斗室。郝自强睁开眼，看到天已大亮，一个骨碌爬了起来。

推开门出来，吴宝福正在向面包车里装东西。

"起来了。你嫂子下的面条，给你留了一大碗，你快去吃吧。"看到郝自强起来了，吴宝福打着招呼。

"师兄，我昨晚喝多了，没乱说话吧？"

"没呢。我们接着走了，给你钥匙。"吴宝福把自己房门的钥匙递给了郝自强。

"面条在桌子上，我用碗给你扣着，快去吃吧。别凉了。我们走了啊。初八吃了早饭就回来。"吴大嫂走了出来，和郝自强打着招呼，上了车。

吴宝福早就热着车了，看看没忘什么东西就挂上挡，松了手刹，踩着油门，破面包车屁股后面冒出一股黑烟，就吼叫着在寒风中跑远了。

郝自强呆呆地看着面包车消失，才转过身回到自己的斗室。没有暖气，也没有炉子，唯一的取暖设施是一床电热毯。但毕竟是一间屋子，挡风遮雨的基本功能还在，桶里的水没有冻成一个，仅仅在水桶边围了一圈冰碴子，像一张大开着长满獠牙的大嘴。郝自强盯着这张大嘴，这张大嘴也对着郝自强，似要把他的魂吞了去。

郝自强提起水桶，向脸盆里倒了些凉水，就用毛巾沾着水用力搓揉起自己的脸来。刺骨的凉意促进了血液的流动，他感到清醒了很多，肚子也开始咕咕叫了起来。

他忍不住想起了那碗面条,冒着热气,肉丝卤子夹着几根香菜,他的嘴里禁不住多了些涎水,就急匆匆地往吴宝福的屋里走去。

一大碗面条填饱了他干瘪的胃,也温暖了他寒着的心。他回到自己的斗室,坐在桌子前开始思索着这个春节该怎么过。

收废品也得等过了节,人家废品收购站上班了才能开始。接下来的五六天时间对于郝自强来说,是空闲的,当然也是无聊的、落寞的。他没有什么亲戚,唯一的亲人就是儿子,还不在身边;交往的几个朋友也很少联系,现在这种境况也不好联系人家;交情最好的师兄也回老家了。

这个春节注定是他一个人过了。

而此时的李岩也正在为到哪儿过春节而发愁。高益智已经打了五六遍电话要求她到他的家里过,郝小强则坚决要求到姥姥家去。李岩很想带着郝小强去高益智家过春节。可是,高益智又不想让郝小强去。直到李岩很明确地提出要带着自己的儿子,不然不过去时,高益智才勉强答应了。高益智的工作做通了,郝小强却死活不到高益智家去。

离春节越来越近了,已经到了除夕的早上,是必须做出选择了,李岩却实在想不出应该怎样选择。

"走,到姥姥家。"郝小强拉着李岩的手,一副大义凛然的样子。

"好吧。"李岩在小强面前妥协了。两个人简单收拾了行李,就打出租车去姥姥家了。在车上,高益智的电话又打过来了,李岩正要接,被郝小强抢先拿了手机,并及时按了拒绝键。出租车向着目的地出发了。毕竟是一年一度的春节,李岩也没法批评自己的儿子,只好默认了。

高益智见李岩拒接他的电话,非常生气。他把夹在手指间的一支燃烧了不到一半的香烟狠狠地扔在了地上,又用脚碾了个稀巴烂。最后,只得领了自己的孩子去父母家了。

郝自强想来想去,没有地方可以去,最后硬了心肠,开始打点一个人的春节。酒总要买几瓶,过节要喝,师兄回来也得给他接个风;馒头、速冻水饺要买些,大年夜怎么也要吃顿水饺;大白菜、猪肉、粉皮……郝自强翻出一张纸来把需要购买的东西一样一样记在纸上。

毕竟是县城,几家大超市除夕上午还正常营业。当郝自强赶到一家超市时已经快到下班时间了,员工们正在清点货物准备放假。对于这个姗姗来迟的顾客,归心似箭的员工已经没有平时的好态度。郝自强歉意地笑笑,没有在意售货员埋怨的目光,按照记在纸上的物品,低着头挑选。很多货架子已经空了,可能是卖光了,也可能是售货员收拾起来了,这样就增加了挑选的难度。

看到郝自强没完没了地挑选,有个售货员不乐意了。故意跟旁边的同事说:"捡小便宜也真会挑时候,这样的人活该就像个要饭的。"

郝自强的脸瞬时就红了,他抬头看了看说话的售货员,一股火从心底窜出来,他真想一跺脚不买了,可年还得过,于是也不再挑选,临近拾掇上几样就匆匆结了账出来了。

那辆收废品的三轮车爆了胎,郝自强只能凭借两条腿了。出租车倒是还有,但郝自强不想去花那个冤枉钱。他提了两大包东西,迈着两条大长腿,向自己的"家"走去。街道上车水马龙,人来人往,却没有一辆车停下来捎他一程,也没有一个人和他打个招呼,就连出租车老远看到那身迷彩服也不会近前来招呼生意。郝自强越走心越冷,仿佛自己是社会的弃儿。他在街道上机械地走着,寒冷已经觉察不到了,眼前是一片迷茫。

裤兜里的手机响了,惊醒了行尸走肉般的他。他赶紧将两大包东西靠路边放下,接通了手机。

"老班长,过年好,给你拜个早年……"

"好好,美强啊,你也过年好!……"

郝自强挂了手机,心里一阵感动:自己带的兵没有忘记他,当年的岁月又在脑海中浮现。他抖了抖脑袋,挥去了回忆,提起东西继续走,心里却升起了一股热气——战友沈美强邀请他去江南做客,那可是个好地方。

回到自己的斗室,已经晌天了。阳光正好,他索性开了门,把阳光放进来。他没有去吴宝福处做饭,而是自己用电炉炖了一小锅豆腐大白菜。在锅里豆腐和大白菜的吟唱声里,他清点了自己买回来的物品:一块两斤左右的猪肉、一块豆腐、两棵大白菜、一扎菠菜、一扎芫荽、两袋一斤装的速冻水饺、一袋馒头、六包榨菜、两盒金枪鱼罐头,还有一只烧鸡——本来想买两只但人家就剩这一只了,还有六瓶景芝白干。这就是郝自强所有的年货了。

没有冰箱,郝自强在房后的雪堆里挖了个洞,将速冻水饺藏到洞里,吃时再拿出来。事实证明这确实是个好办法,以后有什么怕腐烂的物品都藏到洞里。这个天然冰箱一直陪着他到二月份,经受住了考验。

午餐郝自强就喝了点酒。一大碗热气腾腾的大白菜炖豆腐,还有一碟榨菜丝摆在床边的桌子上。在阳光照耀下,郝自强坐在小桌前,用牙咬开了景芝白干的铁制瓶盖,也不用酒杯,口对着口喝下了一大口。

"坏了,忘了买对联,也没有买点鞭炮。"郝自强心里一阵紧张。

"不行,去买;算了,吃了饭再出去买吧。"郝自强自言自语。喝酒的兴致立刻小了。他是个很传统的人,过年不贴对联、不放鞭炮怎么能行呢？即使现在是孤家寡人,住着租来的房子,年还是要按部就班地过的。

匆匆喝了几大口酒,吃了两个馒头,风卷残云般扫光了那一大碗大白菜炖豆腐后,郝自强就揣着钱夹,锁了门到街上寻找这几样物品。

别人家的大门口都已经贴上了新春联,还有不少彩灯在大门外晃荡着,鞭炮声更是此起彼伏,打扮得花枝招展的男男女女三个一群、两个一伙在街道上穿行。大街小巷充斥着春节的气氛。郝自强在街上转了一会儿,已经没有商店开着门了,他不禁有些急了。他加快了步伐,在可能有卖对联和鞭炮的地方寻找着。

太阳渐渐西下,呼啸的北风把大部分人都吹回家,郝自强没有感到寒冷,头顶上还急出了汗珠子。

他突然看到了城中村里的一家小卖部虚掩着门,抱着试试看的心情推开门进去了。

"对联没有,鞭炮也没有,烧纸倒是还有。"

郝自强失望极了,泪水在眼睛里打转,难过地低着头就要往外走。

"青年你住一下。鞭炮我买多了几挂,转卖给你一挂吧。"店主是个六十多岁的老汉,戴着一副老式的黑边眼镜,看到郝自强失望的样子,有些同情。

"我这里有红纸,也有墨汁和毛笔,实在买不到你自己写副吧。"

"谢谢你大叔,谢谢你大叔……"

郝自强转忧为喜,再三感谢老人后,又狠狠心买了一盒蓝八喜牌香烟,就回去了。

除夕夜,郝自强关了门,自己坐在小桌前喝酒。手机就放在小桌上,已经晚上八点多了,儿子还没有打过电话来。他有好几次拨上了前妻的号码,准备打过去,想了想又放弃了。

"春节联欢晚会开始了,可能儿子在看晚会。"郝自强自己想。吴宝福把自己的钥匙给了郝自强,郝自强本来可以去吴宝福的房间看电视的,但是他心里一团乱麻,没有心情去看,宁愿一个人待在小屋里。

酒瓶里的酒已经剩下不到一两,菜也只是两个空空的碗了。郝自强站起来,又撕下几块鸡肉放到碗里,接着把小锅里的菜汤全部倒到另一个碗里。

他的身子有些透支了,酒精也开始起作用。可是儿子还没有打过电话来,他坚持着不上床休息。风刮着窗户和门哗啦啦地响,一股股寒流从缝隙里钻了进来。虽然有酒御寒,郝自强也感到冷了,他很想钻到被窝里,享受棉被和电热毯带来的舒适和温暖,可是儿子和前妻的音容笑貌一直在眼前晃荡。他知道一旦躺下,就会昏昏沉沉地睡过去,手机的铃声肯定是听不见的。

他坚持着,拆开新买的那盒蓝八喜牌香烟,抽出一支点上了。烟雾在狭小的空间积聚,很快,他就被包围在烟雾中了。咳嗽,剧烈的咳嗽,赶跑了睡眠。

手机终于响了起来,他赶紧去拿手机,却又不响了。一个陌生的号码,肯定是打错了的。

"唉!"郝自强叹了口气,想起来连花生和瓜子也没有买,现在熬时间的除了烟,就是茶了。他记起自己还有一小盒茶叶。

他翻出了茶叶,捏了一撮,放进绿色的搪瓷缸——当兵的纪念品,倒上开水,盖上盖子。

外面的鞭炮声一阵接着一阵,今夜是个快乐的时候,是个不眠之夜。郝自强却百无聊赖,眼睛在小屋里搜寻,墙角的一摞书籍杂志引起了他的注意。他以前是个爱好读书的人,也曾经有"豆腐块"在军报上发表。沉重的生活压得他喘不过气了,这些书籍杂志已经被冷落了很长时间了。

他随手抽出一本,在灯光下消磨时间。这是一本不出名的书,作者也是个不出名的人。

"《栖身》《栖身》。"郝自强默念着,竟渐渐沉浸在书中……手机铃声响了。

郝自强一惊,瞬间回到了现实世界。

"爸爸,过年好!你在干啥啊?"小强欢快的声音传了过来。

"好好,我在喝酒、看书。你还好吗?"郝自强的声音有些颤抖。

"好啊。少喝点酒啊。我在姥姥家。寒假作业已经完成了。"

"你姥爷和姥姥都好吧?替我向他们问好。也向你妈妈问好。"

"都好啊,刚才姥爷和姥姥还念叨你来,说你人好。"

"你妈妈呢?"

"我妈刚才打了很长时间电话,不然我早打给你了。不过好像在电话里吵起来了,声音很大。"后面的话小强是压低了声音说的。

"好好照顾你妈妈。"

"放心吧老爸。我懂呢。你在看什么书啊?"

"一本不出名的书,写的是人在逆境中奋斗的故事,还很有意思。"

……

时间过得真快,爷俩絮絮叨叨地聊着半个多小时就过去了。电话那边传来了呼唤小强的声音,郝自强虽然还有千言万语也只好识趣地结束了通话。

总算和儿子通了话,那个最关心的家庭的情况也大致了解了一些。郝自强松了一口气,困意就上来了。他一口喝尽了搪瓷缸里的茶水,快速脱了外衣钻进了被窝。

那本"很有意思"的书,静静地躺在床边的小桌上,伴着窗外的阵阵烟火,若隐若现。

大年初一,是拜年的日子。这个地方的风俗:一大早,男女老少都穿上新衣裳,到熟悉的本家和邻居家去拜年,庆祝春节,祝愿新的一年万事如意!

郝自强也脱下了迷彩服,换上了一身藏青色的西装。这身西装是自己的结婚礼服,平时舍不得穿,只在隆重的场合下才拿出来亮亮相。看着西装,郝自强想起了自己娇小可人的妻子李岩——现在是前妻了。这是李岩送给他的结婚礼物,是自己最珍贵的一件宝物。

"要是自己的企业效益好好的该有多好!要是那个男人不调到李岩的学校当校长该有多好!"郝自强在心里做着假设。

高大帅气的退伍军人郝自强穿着合体的西装,一手领着自己心爱的妻子,一手领着活泼的儿子,在大街上自豪地走着,和相熟的人打着招呼,说着祝福的话。温暖的阳光沐浴着这一家人!他们欢快地向前走着,生活是多么的幸福!

梦总归是要醒的。郝自强呆呆地站在斗室的中央,一滴滴晶莹的泪珠划过满是小血口子的腮,轻轻地落到地上……

郝自强也想去拜年,但是没有地方可以去!

风俗还是要遵守的,虽然只是一个人,还是在出租房里。郝自强按照往年的做法:下了水饺用碗盛着放到天井里,摆上三双筷子,烧了纸钱,然后放了买来的那支鞭炮。

回到屋里,吃了水饺,郝自强收拾了一下,锁房了门。他决定自己到田野里去转转。

太阳还没有升起,东边的天际被乳白色的云挡住了。天却已经亮了。郝自强出了门,看着门上那幅红纸黑字的对联:春回大地,福满乾坤。对联是自己编的,字也是自己写的。和那些高端大气的相比确实显得寒酸,不过红红的新对联和满满的祝愿带着新年的气息,这就很好了。郝自强独自看了一会儿,背着太阳升起的方向一路向西。今天是个好日子,路上碰到人不管认识不认识,都打着招呼,说着吉祥的话。

郝自强很快离开了县城来到了野外。视野里是白茫茫的一片。今年雪下得大,麦田都被雪覆盖了,分辨麦田的只是一道道凸起的麦垄。郝自强蹲在麦地里仔细看,又有了新的发现:不屈的麦叶,穿透了积雪,将一抹绿色展现在地平面上。一点、两点……整个麦田出现了点点绿色!这是春天的颜色啊!

郝自强看着这点点绿色,也看着麦垄上的皑皑白雪。一个消瘦而高大的老人出现在麦田上。是爷爷!郝自强抹了一下眼睛,老人不见了,眼前还是被雪覆盖的一畦畦麦田。

郝自强望着这无边的麦田,眼前出现了一副画面:爷爷挥汗如雨,在麦田里收割,年幼的自己也拿着一把小镰刀跟在爷爷后面,一条蛇突然从自己握着的麦秸里蹿了出来,吓得自己扔了镰刀,跑到爷爷怀里。爷爷一边摸着自己的头,一边说着安慰的话。跟在后面捆麦子的小脚奶奶,眼里泛着泪花……

爷爷和奶奶,自己记事起唯一的亲人,已经离开自己十个春秋了。今年由于生活像一团乱麻,也没有到爷爷奶奶的坟上祭奠一次!

郝自强一阵自责,爷爷和奶奶的坟墓就在二十里外的一片墓园里。

去给爷爷和奶奶的坟头烧点纸！他无心再看野外的风景，掉转头往回走。心里已经浮现出那个长满荒草的坟头。

沿着一条弯弯曲曲的山间小路，郝自强来到了一片墓地。这片墓地在山阴处的一个盆地里，五六十座大大小小的坟头披着厚厚的积雪静静地沉默着。待在里面的主人也许是些朴实的农民，也许是曾经叱咤过的风云人物，但现在都一样的在这儿长眠！

郝自强很快就找到了自己爷爷奶奶的坟墓。坟包不大，也被厚厚的白雪覆盖了。他拿出一张烧纸，放到坟头上，用砖头压住。接下来，他在墓碑前用力踏松软的积雪，踩出来一块空地。

用打火机点燃了带来的烧纸。又掏出那盒蓝八喜牌香烟，点上了两支，一支放到墓碑的基座上，一支自己点上。

火光里，郝自强似在自言自语，又好似在和地下的爷爷奶奶说着知心话。他蹲在墓碑前，猛吸了一口烟，看着圆溜溜的坟头上那张随风颤抖的黄色烧纸，眼泪禁不住流了下来。

等火全部熄灭了，他打开一瓶景芝白干祭奠了半瓶，跪下来，虔诚地磕了三个头。"爷爷！奶奶！二老放心，我下次一定领着小强来看你们。我走了。"

拍拍膝盖上的积雪，又看一眼墓碑前那支正在寒风中慢慢变短的香烟，郝自强擦了擦脸上的泪水，离开了墓地。

起风了，一股股寒风夹着积雪在墓地里盘旋，天边起了厚厚的黑云，太阳躲到云层里去了，看样又要下雪了。郝自强紧了紧身上的衣服，迎着朔风，往城里的那个出租房赶去……

晚上，鹅毛般的大雪卷了下来。郝自强关了门，开始自己的晚餐。今天走了四十多里地，他感到有些乏了，索性开了一盒金枪鱼罐头，自已坐在床上喝起酒来。

"明天又没法干活，好好享受一下吧！……不行，不能这样活着，要干点事情！……没事看看书吧！有三个多月没有好好看看书了，你是个爱好读书的人！……人都有坎，过去了就是坦途……"郝自强边喝酒边思考着，渐渐地又振奋起来了。春节这就算过去了，他决定鼓起干劲活好每一天。

下了一夜，雪终于停了，又是一个白茫茫的世界。

郝自强早早起了床，活动了一下手脚，就开始扫雪。扫完后又用三轮车运到门外，由于三轮车有一个轮子爆了胎，驾驶起来很费力气。干完后，郝自强全身热乎乎的，看到平整的天井，他来了兴致，脱了外套，就在天井里打了一套军体拳。作为侦察连的老兵，军体拳已经在脑子里生根了，虽然已经很长时间没有练习，打起来依旧动作到位，虎虎生风。

一套拳打完，从大门口露出了一个小小的脑袋，一个八九岁的小男孩朝着郝自强笑。

郝自强朝着小男孩笑了笑，招了招手，小男孩就来到了院子里。

"叔叔真棒，能再打一会儿我看看吗？"小男孩歪着头很真诚地说。

"好。"郝自强仿佛看到了自己的儿子，很高兴地答应了。

郝自强略一思考，凝神静气练了一套拳。这套拳有个名字叫"鸟迹拳"，是福建的一种地方拳种，仿百鸟之迹而成的一套象形取意，攻防兼备的仿生拳法，当年郝自强在福建当兵时跟一位老班长学的。

小男孩兴奋地鼓掌，恳求郝自强教他。反正没有什么事，郝自强索性选了几个简单的手法和腿法传授给小男孩。

正玩得高兴，隔壁传来了叫声。

"我得回去了，妈妈叫我了。谢谢叔叔。"这个叫洋洋的小男孩蹦蹦跳跳地走了。

郝自强心里一阵失落,也回到了自己的小屋。刚才出了汗,内衣贴在身上一阵发凉。郝自强关了门,脱下了内衣。反正闲着没事,他就倒了点热水,擦拭了擦拭自己的身子。换好了衣服,然后就把自己的脏衣服洗了。

处理完这些事情,一上午也就过去了。

郝自强清点一下自己的物品,发现只有四瓶酒了,就没再舍得喝。吃了一大碗面条之后,郝自强静静地躺在床上看书。

这里的风俗:大年初二是出嫁的闺女回娘家的日子,也是女婿看岳父岳母的日子。对郝自强来说,现在这个项目就省了。他把所有的想法所有的感情都融到书中去了,在书的海洋里,平静地度过了这一天。也许,没有人知道,在这间小小的没有暖气的房子里,有一个壮年男子蜷缩在小床上,如饥似渴地读着各种书籍,像一个苦行僧,暂时忘记了社会的喧嚣。

第五章　在大楼里

日子一天天过去，郝自强又开始担心了。因为随着时间的推移，家家户户春节期间攒下的酒瓶、纸盒等废品逐渐少了起来。坐在桌子旁边，郝自强盯着手里的记账本，已经连续三天赚不到七十元了，最少的正月十七那天才赚了五十二元。

为了攒钱，郝自强一直尽量减少生活开支，每月除去一百元的房租，一天三顿饭严格控制在十五元以内，还有电费、手机费、生活用品的花费……虽然是一个人过日子，可是需要钱的地方实在太多了。

郝自强正在发呆，手机响了。

"郝老弟，我是张二锤。近来在哪儿发财啊？"电话里传来张二锤那一贯比旁人优越的声音。

"张哥好！马哥也好吧！给您二位老哥拜个晚年……"郝自强很谨慎地回答，毕竟和人家还不熟。

"不瞒你老弟，我兄弟俩又揽了个大活儿。就我们俩人忙不过来，不知道你有空吗？工钱一天一百，当天结算，不拖。"张二锤大咧咧地说。

郝自强心里一阵高兴，真是天无绝人之路啊！可是郝自强留了个心眼，没有立刻答应下来。经过这段时间的磨炼，他对人情世故又有了新的认识。他在故作为难地说："张哥，感谢你还记得小弟我。不过这几天家里还有点儿事，不行过个一两天我再联系大哥？"

"别别别"，张二锤一听郝自强的口气，一下子就急了。"兄弟，工期很紧。嗯——这样吧！一天一百二，管午饭。不过你晚上得住在工地儿看门。怎么样？"张二锤涨了码。

郝自强没敢再抬价，虽然他心里知道还可以再靠靠，但怕人家找别人，他太需要这份差事了。现在人家既然加了钱，就很爽快地答应明天就去，"家里的事"嘛，再推迟几天处理也行。

正月十九一大早，太阳还在地平线下睡觉，郝自强就起床了。他收拾了一下房间，把要用的生活用品用方便兜装好了，挂在车把上；又把铺盖卷紧了用蛇皮袋子装好装在三轮车上；吃了一大碗面条，怕面条子不靠长还特意加了两个荷包蛋；锁了门，骑着三轮车，载着铺盖卷儿，向着张二锤提供的地方赶去。

这是一个新开发的小区，可能是社区自己开发的，整体感觉很精致。大门正对着一座雪花石的假山，花纹是透明的迎客松，松针微翘，疏密有度；树干呈七十五度角倾斜着，状如黄山迎客松，且更加苍劲有力。左边偏上是"迎客松"三个篆体字，浓浓的中国红带着满满的喜气；下面的落款是行草，郝自强自是认不出来了。

假山的左侧是一条鹅卵石铺成的小路，两边的竹子还是光秃秃的，根部的积雪还没化彻底。再往里走是一座八角的小亭子，旁边是一条顺着地势蜿蜒曲折的小溪，溪里还结着一层厚厚的冻，有几根枯黄的蒲子被大雪打击得东倒西歪，匍匐在河面上。穿过河上的一座小水泥桥，就到了今天要去的地方——6号楼。

6号楼是一栋五层高的住宅楼，主体结构已经完工，外皮也已经处理好了，可是门和窗都还没有装上，远处望去，就像一个个黑洞洞的瞭望口。

郝自强把车子停好，张二锤他俩已经在楼道口等着他了。

"我们负责给整栋楼的厨房、厕所、阳台贴瓷砖。"张二锤开门见山，"你负责搬运瓷砖、沙子、水泥，并负责和好砂浆。"

"我明白，就是我给你们两个打小工。是不？"

"对。工具我们都拉来了，放在最东边那个单元里，咱下手干吧。"马跃说完就走向放工具的房间，郝自强推着三轮车紧紧跟在后面。不用说，以后这间房子白天是他们三个人的工棚，晚上就是郝自强的卧室。

张二锤和马跃拿着自己的工具上楼，水泥桶里装着瓦刀、吊线坠、皮尺、皮锤、灰斗、铲子、抹泥板……满满两桶。郝自强则扛着脚手架跟在后面。

先贴墙上的瓷瓦，这可是个技术活儿。张二锤和马跃拿着皮尺、吊线坠、灰斗在墙上量过来量过去，找平、画线、对齐，一丝不苟。

郝自强则把瓷瓦、水泥、沙子、搅拌桶、水管子……一样一样地运上来。这个活儿不用技术，只要有力气就行。

贴瓷瓦得用水泥腻子，腻子的稀薄程度很关键，太稀，不往墙上掬，稀里哗啦全溜地上了；稠了，抹匙子拉不动，也不往墙上掬。张二锤把水泥灰弄了小半桶，在水龙头上接了水，用抹匙子搅拌着，动作娴熟，火候把握得刚刚好。

郝自强把瓷瓦一摞一摞整整齐齐地摆在厨房门口，跟着两个人的节奏及时把需要的材料递进去，空里则细心观察，揣摩技术要领。张二锤的技术相比马跃略胜一筹，抹泥、上墙、净泥，干净利索，速度也快了一点点。

水泥腻子怕挺，所以两人是马不停蹄，一上午一歇没歇，一口气把整个厨房的墙面拿下来了。

眼看到了中午，张二锤洗了洗手，掏出五十元钱递给了郝自强，

"你去买点大包子,多买点儿啊,都饿草鸡了。别忘了要着蒜瓣啊!"郝自强答应着接过钱,快步出去了。

当郝自强回来时,马跃已经用电热壶烧好了开水。

"肉的一块钱一个,菜的八角钱一个,买了二十个肉的、二十个菜的,一共花了三十六块。咸菜和蒜瓣不花钱。"郝自强说着,把剩下的钱还给了张二锤。

"嗯,开始吃吧。"张二锤掐灭了手里的烟,把郝自强递过来的零钱放进口袋里。

三个汉子围着纸壳上的包子和咸菜狼吞虎咽地吃了起来。看到张二锤二人的杯子里没有开水了,郝自强赶紧起来给二人倒上。不一会儿,一大包包子就进了肚儿。

"点上支?"咽下最后一口包子,张二锤掏出烟来分给马跃和郝自强,"饭后一支烟,赛过活神仙。"

马跃接过来点上了,郝自强却推辞了。他把剩下的五六个包子和咸菜用方便袋装好,放到一边。然后对二人说:"两位哥哥先休息一会,我再下去弄趟瓷瓦和水泥。"

"你也休息一会吧!"张二锤和马跃说。

"不用,我不累。"郝自强说完,就从楼梯下去了。

"这伙计不错,实成还会看眼色。"看着郝自强消失的背影张二锤对马跃说。

"是不错,不过这才刚开始,还得看以后。"马跃默默地端起杯子又喝了一口水。

时间紧,任务重,两个人也不敢多歇。吸了两支烟,喝了点开水就又开工了。恰好,郝自强已经运了一趟料上来,三个人就又马不停蹄地干了起来。

初春的天黑得早，五点不到，太阳已经落山了。三个人正好把阳台的瓷瓦贴完了。

"今天就到这儿吧！"张二锤决定收工了。郝自强把工具收拢了一下，三个人都在水龙头上冲了冲手。

"哥，剩下的包子你捎着。"郝自强将中午剩下的包子递给张二锤。

"不要了，你不嫌弃就将就着吃了吧。只可惜凉了，这儿又没法加加热。"张二锤摇了摇头，从口袋里掏出钱包，准备给郝自强算工钱。

"哥，不急，完工一起算就行了，天天算麻烦。"郝自强赶紧推辞。

张二锤想想也是，就答应了。他收了钱包和郝自强打了个招呼就和马跃骑上电动车走了。

郝自强也开始准备自己的住宿了。房子很大，三室两厅，因为没门没窗，乍暖还寒的小风悠闲地在各个房间里胡转悠，把阵阵寒意毫不吝啬地吹到郝自强身上。

郝自强在房子里转了几圈，大体规划了一下，又到外面的工地上捡了几块废弃的木板和砖头，就开始动手忙活了。

郝自强在部队时参加过野外生存，这下派上用场了。他选择阳光最充足的东南角的主卧室作为自己的储藏室兼卧室。先用木板和包瓷砖的硬纸壳做了一个四方形的挡风板遮住窗户口，抵挡从南面涌入的寒风；然后又用同样的方法做了一个挡门。可是这个"挡门"立不住，被从北面灌过来的寒风一吹就倒下了。这一点难不住郝自强，他把门板绑到小推车上，再把小推车竖起来放到门口，问题就迎刃而解了。解决了门和窗，剩下的事就好办了。几块包瓷砖的硬纸壳放到地板上当床垫，上面铺上自己带来的铺盖，地铺就搭好了。

当郝自强舒服地躺在自己的地铺上时,天空中的月亮已经升得老高了。肚子"咕噜咕噜"地叫开了,郝自强忽然想起来自己还没吃晚饭,他记起了中午剩下的那几个包子。

"没有电炉,只有一把电热壶,怎么热热呢? 唉,放在热水里泡泡将就将就吧!"郝自强自己跟自己说着话,起身烧了一壶热水。然后把包子放到自己带来的快餐杯里,倒上热水,过了几分钟,就大口吃了起来。有一只包子被热水一泡破了,白菜肉馅漂了一缸子。吃完包子后,郝自强干脆把快餐杯里的水也一起喝了。这顿饭就这么对活过去了。

小台灯下,是一个小锅盖大的光斑。郝自强趴在被窝里,拿着一支中性笔在一个本子上写着。他一直有写日记的习惯,顺手把当天的大事儿、开销记下来,也把对儿子的思念记下来。

一页纸没有写完,疲倦袭扰他的身子,他打了个哈欠伸出手关了台灯。月亮还挂在南天,风吹着硬纸板呜呜作响,郝自强紧了紧身上的被子,把自己的棉衣也搭在被子上面,缩了缩身子,不久就发出了鼾声。

第二天早晨,当张二锤和马跃到达工地时,发现昨天动工的那处房子的厨房、阳台和厕所的地面都已经打扫得干干净净了。不用说,郝自强知道今天要铺地板砖了,提前做好了准备。

铺地板砖,得先准备好砂浆。张二锤上来先教郝自强如何和砂浆。先把用中号沙筛子筛好的沙子和水泥按2:1的比例拌匀了, 再用水管子往里加水,用搅拌桶反复搅拌,直到看着水泥和沙子完全结合在一起了,才最好用。第一次干这样的技术活,郝自强很虚心地一点一点跟着张二锤学。他知道学到手了就是自己的,所谓"技不压身",多一门技术就多一条活路。

马跃贴厕所的瓷瓦,张二锤铺厨房的地板砖,郝自强两下里跟着递递拿拿。这边要瓷瓦他就快递瓷瓦,那边要砂浆他就快往里倒砂浆,虽然忙活点儿,但看着人家两人娴熟的动作,郝自强心里很是羡慕。他太想掌握这门技术了,所以他把二锤和马跃看作自己的师傅,徒弟看师傅秀活儿,那就是学艺的好机会,所以,郝自强是"累并快乐着"!

几天下来,郝自强和张二锤、马跃二人渐渐熟了。二人都感到郝自强确实是个实在人,正直、勤恳。郝自强则直接把这两人看成了自己的大哥兼老师。三个人配合越来越默契,工程进度稳步推进。

这一天早上,只有马跃一个人来了。

"张哥呢?"郝自强问。

"家里出了点儿事,回去处理了。"马跃回答,"今天就我们两个了。"

一个人给一个人打小工,郝自强轻松多了。

"马哥,你能教教我贴瓷砖吗?如果我搭把手也能加快进度。"闲下来时,郝自强鼓足勇气问。

"呵呵,求之不得啊,老弟。"马跃正担心跟不上进度,一看郝自强主动要求,立刻就很高兴地答应了,"你先跟着我学着铺地面,等地面铺好了再学习贴墙皮。"

之后,马跃一面自己干活,一面手把手教郝自强铺地面。

铺地面的难度其实一点儿都不低,先用中号沙和的砂浆把地面找平,瓷砖一块一块地往上排,再用皮锤轻轻地摁着砸结实,劲头不能太大,太大怕伤了地砖;也不能太小,太小铺上去的地砖不平,容易移位还影响美观。横着竖着砖缝都得对齐,最标准的是有缝不见缝。还得保证四下里的水都往着地漏子的方向淌,倾斜度得控制得恰到好处,否则验收就不达标。

郝自强一边好好观察马跃的示范,一边默默记住要领,不会的地方及时向马跃请教。因为用心所以郝自强学得很快，当天下午就可以独立铺地面了。

有了郝自强的加入，铺地板砖的时候，两人可以一齐动手，互相帮衬，速度就快了不少。可是一旦轮到往墙上贴瓷瓦，郝自强就插不上手了。郝自强很着急，心里也很想学。他一直很用心地观察马跃，希望有机会也试一把。

一连五天，张二锤都没有来，工程的进度还是明显慢了不少。照目前的速度说什么也不可能按期交工，马跃有些急了。郝自强看出来了，他觉得时候到了，"马哥，你歇一歇，指挥着我贴贴试试？"马跃抬头看了看郝自强，"你行吗？""你在旁边看着点儿，不行你就说。"郝自强拿着抹匙子，学着马跃的样子，上灰、上墙、净灰，一气呵成。回头看看马跃，"哥，行不？"马跃点点头，"不但行，还很行嘛！你小子学事儿真快！"话里的赞许很明显。

第七天，张二锤终于来了。

"张哥来了，大爷病好了吗？"看到张二锤回来了，郝自强亲切地问。

"多少年的老毛病，没个好了。这次一下子厉害了，打几天针比原来轻了，这不就嚷嚷着出院了。"张二锤笑着说，"我不来这几天，把你忙坏了。马跃都和我说了。"

"张哥看看质量行不？别验收验不过。"郝自强很谦虚。

张二锤还真的把这几天干的活详细地看了一遍，下来后对郝自强大加赞扬。

"这几天两位老弟辛苦了，今天晚上我请你们去喝羊肉汤。"晚上收工后，张二锤没有急着走，而是热情地邀请马跃和郝自强。

"你俩去吧，工具都在这儿，我得看着。"郝自强推辞。

"没有事儿,前边还有看门的,走吧。快去快回。"马跃和张二锤拉着郝自强一起去了。

"三碗十五的,然后拌一斤羊头肉,再来六瓶小白干。"张二锤点完,三人就在一张小桌前安顿下。

郝自强看到腌辣椒、凉拌白菜丝等小菜是免费的,就拿了小碟去盛。

张二锤和马跃坐了下来,抽着烟,看着郝自强忙这忙那,都点头赞许。

三个人都很直爽,四口一杯,不用推让,很快六个小白干瓶子就倒出来了,盘里碗里都吃了个干干净净。点上一支烟,张二锤看着郝自强:"兄弟,让你受苦了!"郝自强深深地叹了口气:"哥,别说这样的话,兄弟是心甘情愿跟着你和马哥干的。""我知道,你是个实在人,哥哥也不会亏待你。你放心跟着我俩干。等这活儿交工了,咱们好好吃一顿。"

干了一天,大家都很累,早散早休息。

回到住处,郝自强先打着手电转了一圈,发现一切正常后,就准备躺下了。

忽然手机响了起来,郝自强赶紧摁下了接听键。电话是儿子打过来的。儿子在电话里告诉他:那个戴着眼镜的高益智在家里和妈妈吵起来了,被儿子撵走了。

"好样的!"郝自强鼓励自己的儿子。

"我姥爷病了,住院了。可能要花很多钱。妈妈好像也没有钱了。"

"我有,你对妈妈说明天我打到她的卡上。你放心吧!好好学习。"

结束通话后,郝自强没有了睡意,看了看表才晚上八点多,就果断去了附近的银行,在银行的自动存取款机上将一万元转到了李岩的账户上。

羊汤喝得有些多，郝自强半夜起来上厕所。看到手机提示有短消息，就打开看了看。

"谢谢你！苦了你了！"

是李岩发过来的。

郝自强看着这七个字，心里一遍一遍地默念着，泪水流了下来。

苦吗？看看粗糙的双手就知道。苦吗？问问浑身酸痛的肌肉就知道。苦吗？看看这周围的环境就知道。这算苦吗？只要那颗心为之颤动，这点苦算得了什么！

郝自强睡不着了，躺在被窝里想起了过去的点点滴滴。两人走到今天自己也是有责任的。下岗后，自己迷恋了一阵子炒股，把家里的几万块钱积蓄差点都搭了进去。当时，李岩为了给自己解闷，允许自己买了一台笔记本电脑，没想到，自己一天到晚趴在电脑上。想到了那台笔记本电脑，郝自强心里一阵后悔。如果一下岗就出来找工作，也不至于离婚啊！

郝自强就在这种懊悔中慢慢地睡着了。

第六章　看望

经过四十多天的紧张施工，活儿终于按期完成了。

"兄弟，这是四十八天的工资，你点点。"张二锤拿出一摞百元票子笑呵呵地递给了郝自强。

"张哥，你多给了五百四十元啊。"郝自强拿出六张百元大票还给张二锤说，"你看，一天一百二十，四十八天是五千七百六十元，给我五千七就行。你却给了我六千三。"

"兄弟就是实在。我和二锤商量好了，五百四就算是给你的看门钱，你就别推辞了。本来打算咱哥仨一起喝顿完工酒，可是二锤急着回老家办事，咱们隔天再联系吧。"马跃说的话直接叫人没法拒绝。

"好，既然两位哥哥都商量好了，我就不客气了。"郝自强把钱放进贴身的口袋里，"以后有什么活儿用着我就给我打电话。"

"一定一定！"张二锤和马跃还真稀罕郝自强的活儿。

郝自强帮着张二锤二人把行李装上车，送走了。然后开始整理自己的行李。整理好后，放到三轮车上，就高高兴兴地回"家"了。

这是第一次太阳还大高高，郝自强就回到了出租房。郝自强整理了一下铺盖，不禁思念起儿子来了。

人啊，就怕闲着，忙的时候啥也不想，闷着头往前赶；闲着了，就开始想这想那。

"很长时间没有见到儿子了，"郝自强念叨着，"也不知道岳父的病咋样了？"

郝自强看看天还早，就决定去看看儿子。他换了身衣服就上路了。初春的阳光照在蹬着三轮车的郝自强身上，虽然还不是很暖和，但是仍然让他感受到了丝丝暖意。

到放学的时间了。郝自强站在校门口的拐角处，等着小强放学。有两个多月没有见到小强了，郝自强有些渴望，想尽快见到儿子。放学的铃声已经响了一段时间了，还没有看见儿子出来，他不由得有些担心，开始胡思乱想起来。

终于，一个熟悉的身影出现了。

"小强！"郝自强忍不住高声叫了起来。

"爸爸！"原本低着头走路的郝小强听到喊声立马抬起了头，像一只受惊的小马驹一下子冲了过来，整个身子结结实实地扑到了郝自强的怀里，胳膊搂住了他的脖子。

"想死我了。"郝自强强忍着要夺眶而出的热泪，紧紧地搂着儿子瘦小的身体，心就像有只大手揪着似的疼。

"我也想你啊，老爸！"

郝小强纵身一跃，从郝自强的怀里跳了下来。抬头看着爸爸的眼睛，小强的嘴唇紧绷了一下，似在吞咽从心底涌动出来的情绪。

"回家，爸爸。"郝小强拉着父亲的手就往家走。

"不好吧！看见你，我就满足了。"郝自强下意识地推辞。

"我不管，跟我回家。"郝小强执拗地紧握着父亲的手往家里拉，那架势活脱脱一头生气的小牛犊。郝自强知道儿子这是太想他了，也只好推着车子跟着儿子回到了以前的家。

"来了！"李岩看到郝自强进来，打了声招呼，没有欢迎，也没有下逐客令,郝自强尴尬地"嗯"了一声,不知道该怎么接话。

"爸爸,坐下,我给你泡茶。"郝小强拽着郝自强的手有些着急地说,好像怕自己一撒手,父亲又会突然离开。

"坐吧。"李岩说完,进了自己的卧室,把郝自强孤零零地留到客厅里。

"爸爸,咱俩一起看电视吧。"小强放好茶杯,蹭到父亲跟前,用遥控器打开了电视。小强把电视定在了电影频道,这是郝自强最喜欢看的。爷俩靠在一起看起了电影,《长江7号》已经看过一次了,可是再重新看一次还是很吸引人。

这时,门铃响了。很煞风景!

正在郝自强犹豫着要不要去开门,李岩从卧室出来开了门,一个三十多岁、戴着眼镜、留着小胡子的人走了进来。

"真像个汉奸。"郝小强故意大声地说。

"这是谁?"眼镜看着郝自强问李岩,李岩刚要张嘴……

"我爸爸。"不等李岩回答,郝小强已经站了起来,"我爸爸回来了,这个家不欢迎你,你带着你的小子滚蛋吧!"

"怎么这样说话?太没有礼貌了。"李岩朝着郝小强吼了一声。

"反正我的房间,不允许别人进来。"郝小强站了起来,冲进了自己的房间,把门重重地摔了一下。

眼镜白净的脸唰地红了。

"马老师晚上想约我一起吃个饭,你有空吗?"眼镜问李岩。

"我妈妈没空,你快滚吧!"郝小强突然拉开了门冲眼镜喊道。

"这孩子,真没有礼貌。"李岩讪讪地说。

"李岩,其实马老师的条件也不错。"眼镜若有所指地说了这么一句话转身走了。

"这人是谁？"看到眼镜走了，郝自强禁不住问。

李岩低了头，很累的样子，"这就是我们学校刚调来的高校长——我同学。"

"什么校长？我看就是个流氓，只想带着那个野小子住到我们家，没门儿。"郝小强突然气呼呼地从房间里走了出来。

"别这样，小强。"郝自强劝自己的儿子，他知道这个人就是李岩的初恋情人高益智了。

李岩扭着身子坐在旁边的沙发上，已经落泪了。

"我做作业了。"小强看了妈妈一眼，好像知道李岩为什么哭，找了个借口回到自己的屋里。

客厅里只剩下李岩和郝自强，看着李岩哭，郝自强的心里很难受，他知道李岩过得并不好。可是该如何安慰她？一时还真找不到很恰当的词语，毕竟两人走到今天这一步，谁都不好受。

"这些日子还好吗？"见郝自强闷在那里不吭声，李岩先打破僵局。

"还行。天无绝人之路，这一个半月赚了六千多。"郝自强如实回答，他不想让李岩可怜他。

"很累吧？"李岩用抽纸擦了一下眼泪和鼻涕，闷声闷气地说。

"累点儿就累点儿，咱身体好。我看明白了，只要舍得下力气，在哪里也能挣着钱，不愁吃不饱。真后悔那段时间炒股玩电脑，惹你生气。"

"过去了就不要再提了，晚上在家里吃饭吧，我去做几个菜。"李岩说完就进了厨房。以前郝自强也经常下厨房，炒笋片、爆炒腊肉、梅菜扣肉，都是桌上的抢手菜。老岳父李建生就喜欢女婿炒的笋片，脆、嫩、鲜，吃一口满口留香，清香！

郝自强看着厨房里带着碎花围裙忙碌的李岩,心里隐隐作痛,他怀念两人一起准备晚饭的日子。李岩的胃不好,她从来不敢空腹品尝凉菜,每次拌凉菜,她都是一口又一口地往郝自强的嘴里夹,盐口怎么样?还得加点儿醋吗?香油呢?要不要再滴上几滴?每到这个时候,郝自强都感觉自己的老婆像个孩子,万分地依赖他……

可是谁知道在关键的时候……唉!

"哐啷!"厨房里的声音,郝自强立马冲了进去!李岩一手拿着锅盖一手拿着把手正在使劲往上按,"锅盖的把手掉了!"看见郝自强紧张的表情,李岩红着脸解释着,以前这些活儿哪用她操回心。郝自强默默地接过来,从里面把垫钱、螺丝按上,又把外面的垫钱扣上,再把把手对正当了慢慢拧紧了,然后把锅盖盖到正炖着排骨的锅上。一切就像以前一样……

李岩默默地看着郝自强,一句话也不说,脸上出现了一丝悔意。这个男人受过太多的苦,自己当初就因为他炒股、玩电脑,就和他离了,是不是太轻率啊……而那个高益智,肯定又和一脸妩媚的马老师在一起……

晚饭后,郝自强要离开,毕竟自己的出租房离这儿要十几里地,他想趁明早点回去。

"爸爸,明天我不上学,再陪我看会儿电视吧!"郝小强双手拽着郝自强的胳膊不让自己的父亲走。

"你们看吧!我睡了。"李岩回到了自己的房间,带上了门。只剩下爷俩在客厅里看电视。

看到儿子满脸的期待,郝自强虽然很不自在,却也决定留下来陪儿子一晚。

半夜醒来,郝自强去上厕所。回来时想也没想很自然地走进原来的卧室。门虚掩着,台灯亮着,李岩侧着身子躺着,两只眼睛呆呆地,不知道在想什么,显然一直没有睡觉。

"不好意思,走错了。"郝自强脸红了,准备赶紧离开。

"小强的床太小。"李岩说着把身子往里靠了靠,随手拉灭了台灯。

郝自强站在黑暗里……

一只滑腻的小手握住了郝自强满是老茧的大手。郝自强不知道该怎么做,任凭这只小手摸过他结实的胸膛,广阔的双肩,突出的喉结,胡子暴涨的下巴,浓密的眉毛……终于,一张湿湿的脸凑到了郝自强腮边,像一只饿极了的小鸟贪婪地掠夺着妈妈嘴里的食物……

人们都赞扬光明,憎恶黑暗。郝自强却愿意永远停留在这黑暗里。这黑暗孕育着希望、孕育着畅快,也滋润着他伤痕累累的心。

这是初春的没有月亮的夜,星星不知疲倦地在寂寥的长空中眨着眼睛。围墙边的大树上传来了几声亢奋而悠扬的猫叫,随后响起的回应让人明白这不是一出独角戏。

东方露出了鱼肚白,郝自强醒来了。这一夜,他的每一寸肌肤、每一条筋、每一块骨头都得到了滋润。半年来的辛劳,已消失得无影无踪。

"坏了,衣服还在小强屋里。"郝自强发现了一个很重要的问题,"我得过去了。"

"去吧!我起来做饭。"李岩两腮潮红,笑得很轻松。她是否想重新接纳郝自强?

小强还在甜甜地睡着,小脸儿红彤彤的,郝自强忍不住低下头亲了一口,小强的胳膊立刻就攀上来,"有爸爸在身边睡得真香,一觉醒来天就大亮了。"

"是吗？"郝自强的脸红了，有点不自然地回应着，顺手拧了儿子的脸一下"起来吧？妈妈马上就要把饭做好了。"

"爸爸，吃了早饭你陪我去买本子和笔吧！最好再买几本课外书。"小强自己边穿衣服边和爸爸商量。

"好，好，刚好今天我有空。"对儿子的小小要求，郝自强立刻就愉快地答应了。

三个人一起坐在方桌边吃早饭。郝自强和李岩都有点小尴尬，只有小强兴高采烈，已经有半年的时间没有像今天这样全家人一起吃饭了。

饭是单饼卷鸡蛋，稀饭是大米小米掺在一起的黄金白银饭，郝自强就好这口儿。李岩的胃不好，喜欢喝小米粥；小强呢，就喜欢白白胖胖的大米粥。

一盘香肠，一盘炒芹菜，还有醋熘土豆丝，都是郝自强的口味。

郝自强看着桌子上摆的三个盘，三个碗，精神有些恍惚……

"爸爸，给我剥个鸡蛋；妈妈，给我再舀一勺稀饭……"小强兴奋地吆喝着，俨然一个被宠坏的"小皇帝"。

这在单亲家庭里是没有的景象！做了半年单亲孩子的郝小强现在心里乐开了花。

郝自强看看儿子，现在他最对不起的就是儿子，以后有时间一定多来陪陪他。

当一切事情都办完后，郝自强没有再留下来的理由了。

"这五千块钱你拿着，补贴补贴家用吧！我一个人也花不着。"郝自强将一摞钞票硬塞到李岩的手里。

"这……"李岩不知所措。

"我知道小强他姥爷刚做过手术,你需要这笔钱。"

"拿着吧妈妈。"郝小强帮着妈妈接过了郝自强的血汗钱。

"你以前的电动车还在储藏室里,也没人骑,你拉走吧!"临走前,李岩掏出一串钥匙递给了郝自强。

"李岩是什么意思呢?"郝自强躺在出租房的小床上,打量着手里的那串钥匙苦苦思索。

这串钥匙共有五把,正是离婚前自己的那串。除去电动车的两把外,一把是储藏室的,另外两把是楼门的。

"难道李岩是忘了摘下来?还是故意留给我的?"郝自强浮想联翩。结合昨天晚上的甜蜜生活,郝自强感到第二种可能性比较大。

郝自强兴奋了,从床上一蹦跳了下来。本来离婚就是李岩提出来的,郝自强一百个不愿意,他太爱李岩了,太爱那个曾经温暖的家了。现在事情有了转机,郝自强无端地感到全身发热。

郝自强在斗室里乱窜了一会,又躺在小床上,往事如流水般浮上心头。村前的杨柳下,穿着一身崭新军装的他将娇小的李岩揽在怀里。李岩那娇滴滴的声音在耳边响起:强,你要一辈子对我好!是啊,我一定一辈子对你好,可是,你得给我机会啊!我们结婚吧!答应吧!傻瓜,你不去我家提亲,我怎么嫁给你啊?明天去,不,现在就去。你猴急啊……

"大白天躺在床上在干嘛,神不守舍的。跟我喝酒去。"吴宝福推门走了进来,看到郝自强在床上发着呆,笑着说,"看你满面春风,有什么喜事啊?"

"呵呵,师兄。李岩可能又想和我好了。"郝自强从床上蹦了下来,满脸兴奋。

"走喝酒去,边喝边谈,这真是个好事。"吴宝福也很高兴,招呼着郝自强去北屋。

"好,我去割斤烧肉,买点炸货。"郝自强拔腿就往外走。

"去吧,不拦着你了。我还有瓶好酒,今天咱哥俩一起弄出来。"

"必须的。"

"怎么?你把五千块钱给了李岩。你傻啊,你们已经离婚了。那可是你的血汗钱。"吴大嫂数落着郝自强。

"她爸爸刚动了手术,缺钱。我又花不着。"郝自强笑着解释,"再说,老爷子一直对我很好。"

"你啊,就是心眼实。早晚要吃亏的。"吴大嫂叹了口气,不再说话了。
"敬大哥大嫂一杯酒,感谢对我的关心!"郝自强端起酒杯,满怀敬意地向吴宝福两口子表示感谢。

人不管穷富,不管贵贱,只要身边有几个真心相处的朋友就是值得庆幸的事情。

带着一肚子酒菜,郝自强又回到了自己的小屋。他躺在床上,拨上了李岩的电话号码,想了一会又删去了。他起来倒了一杯水,然后又拨上了李岩的电话号码。

"你曾经是一名军人啊!怎么这么婆婆妈妈了?大胆追求你的幸福啊!"郝自强的内心深处,有一个声音向他吼叫着。

郝自强一咬牙,摁下了拨出键。悦耳的铃声响了起来,可是没有人接。郝自强狠了狠心,又拨了一遍,还是没有人接。

"唉!我多情了。人家可能就是为了安慰我一下吧!"郝自强叹了口气,"我就是个打零工的,吃了上顿没有下顿,跟人家校长相比,一个天上一个地下了。”

郝自强胡思乱想着，酒劲上来了，就歪在床上睡着了。

电话那边的李岩其实没有睡着，她正在为接还是不接郝自强的电话而犹豫。

对于郝自强，她一直有一些内疚。她知道郝自强是真心爱她的，爱的全心全意，爱得死去活来。

“都怪他下岗后好出去喝酒，都怪他上网炒股不理我，都怪他盯得我太紧，都怪他对人家不客气……”

“唉！他是心烦啊！一个大男人没有了工作怎么办啊？我和高益智走得近，他不愿意也对啊……”

“高益智真小气，对小强也不好，是不是只是对以前的我感兴趣？真不如郝自强实在、贴心……”

“郝自强再打过电话来，我就接！”

胡思乱想的李岩终于下了决心。

可是，郝自强已经睡着了。

生活中，这样的事情很多。只要再坚持一分钟，事情就可能有转机。可是，很多人往往放弃了这一分钟的坚持，结果也往往让人扼腕叹息！

第七章 拘留

郝自强又继续在劳务市场打零工了。又是一天沉重的劳动,当郝自强从包工头手里接过一百元血汗钱时,太阳已经快要落山了。他顾不上休息,骑上电动车就往自己的出租房赶。今天的活儿太沉了,中午吃的那两个朝天锅早就消化干净了,现在肚子一直在"咕噜咕噜"地抗议……

口袋里的手机响了,是儿子。

电话里小强的声音都变了,说妈妈放学回家就一直哭,直到现在还没有停止。

郝自强的心乱了,他一扭车把,向着自己熟悉的那个家飞驰而去。

"爸爸!"小强看到推门而进的郝自强,叫一声扑入了他的怀里。

郝自强抚摸着儿子的头,问:"你妈妈呢?"

小强指了指卧室的门。

郝自强轻轻地敲门。

"李岩,我是郝自强,你开开门。"

"你来干什么?我就是被人欺负死了,也不用你管。我们已经没有关系了。"李岩开了门,朝着郝自强吼着,两眼红红的。

"谁欺负你了? 你说!"郝自强感到一股子血顶着脑门子生疼。

"妈妈!你喝水!"小强乖巧地依偎着妈妈,把一杯子水递给了李岩。

看着这爷俩,李岩的眼里露出了复杂的表情。她长叹了一声,喃喃地说:"怎么说好呢,我已经放不下他了,可是他又和那个马老师卿卿我我的,我该怎么办?"

"我去揍那狗娘养的。"郝自强说完想都没想转身就出去了。此时的郝自强心里有多苦,没有人知道。他像疯了一样来到了教师宿舍,他知道那个戴眼镜高益智就住在那儿。

正是傍晚时分,校长高益智正打了饭坐在宿舍里吃。这段时间高益智很得意:李岩已经为了他离了婚,成了他的人,但是他实在不愿看到李岩和郝自强的儿子;马老师也明显向自己表示了好感,这个女子虽然不如李岩漂亮,但是年轻没有孩子,又有房子。下午放学前,高益智和李岩摊了牌,如果坚持带着郝小强,他将选择马老师。

"唉,快乐又烦恼着啊!"高益智摇头晃脑地叹了口气,放下酒杯,准备吃饭。

门开了,郝自强冲了进来。

"你要干什么?"高益智看出了来者不善,一下子站了起来,"你不要乱来。"

一记重重的耳光落到了那张小白脸上,金丝眼镜很不情愿地飞到了角落里。

"你他妈的勾引着李岩和我离了,现在又去勾引别的女人。"郝自强一边骂着,大耳光又扇了过去。

高益智看事不好,不敢回骂,赶紧向外溜,还没等迈开步,被郝自强飞起一脚,踢倒在地。郝自强俯下身子,一把提起高益智上衣,大拳头就要铺天盖地地落下去。

这时,一个娇小的身影冲了进来,一边死死抱住了郝自强攥拳的胳膊,一边招呼高益智快跑。

郝自强见是李岩，只好停了手。高益智趁机一骨碌爬起来冲了出去。这时，五六个正在吃饭的男教师听到动静围了上来。高益智一看自己这边人多，而对方就一个人，胆子立刻壮了，就掉转头过来要和郝自强理论。

郝自强怒火又上来了，朝着高益智冲了上去，几名男教师赶紧拦阻，郝自强用肩膀左右一晃，就撞开了拦截圈。高益智见事不好，转身就跑。郝自强拔步向前，一个正蹬，正踢在高益智的后身，高益智一个狗啃屎趴在了地上。

几个男教师死命拽住郝自强，李岩的哭声也像一把钻一样钻入了他的耳朵，郝自强稍微冷静了些，不愿意伤及无辜的人，只好停了手，高益智这才爬起来溜走了。

看到高益智溜走了，大家松了手，有些歉意地看了看郝自强，都散了。李岩也跟在高益智的后面，急匆匆地去了。郝自强两眼发红，呆呆地站在原地，心里好似一团麻。

当城关派出所民警张大刚和于涛到达现场时，看见郝自强正蹲在教师宿舍的墙根下和自己的儿子说着话。

"我叫郝自强，是我打了人。"看到穿着警服的张大刚和于涛过来了，郝自强知道有人报了警，主动迎上去说。

"奥，老于你问问他，我去那边看看。"张大刚吩咐完于涛就去周围了解情况。

辅警组长周顺看到郝自强身体强壮，怕于涛一个人应付不过来，也赶紧过来警戒。

"叔叔，你们不要打我爸爸！他是个好人。"郝小强看到全副装备的于涛和周顺把郝自强夹在中间，上来拉着于涛的上衣下摆说。

"小朋友,我们不会打你爸爸,放心吧!"看到郝小强恳求的目光,于涛心里一动,和颜悦色地说。

"小强,你回家吧,别忘了做作业。你爸就是因为学习不好,才落到这个地步。"郝自强转过身对儿子说。

小强这一次没听爸爸的话,固执地站在爸爸的身边。

"你打了谁?"于涛开始现场盘问。

"这个学校的校长,带着金丝眼镜,叫高益智。就是他勾引我妻子和我离了婚。这小子该打。"郝自强很直率地说。

"离婚有很多原因,不是打打杀杀就能解决的。"

"我也知道,但是这小子又去勾引别的女人。惹我前妻在家里一直哭,太气人了。"郝自强在于涛面前,也不隐瞒。

"我已经通知了受害人和证人到派出所接受询问,我们带他回去吧。"张大刚那边的工作已经结束了。

"你涉嫌殴打他人,我们现依法对你口头传唤。"张大刚和于涛出示了警察证。

"跟我们上车吧。"于涛拍了拍郝自强的肩膀,小声说,"你儿子在边上,让他看到不好,就不给你戴手铐了。"

"谢谢!"郝自强轻声说,顺从地上了警车。

小强一直瞪着眼睛看着爸爸,看着爸爸上了警车,看着爸爸不放心地从车窗往外看了他一眼。

警车开动了,小强站在路中央,小小的身子好像风中的一株劲草,让人心疼。在这个世界上,大人之间的纠葛,受到伤害最大的往往是孩子!

城关派出所的询问室庄严肃穆,一尘不染,郝自强感到了一种强烈的威严和正义。

询问笔录制作得非常仔细,在询问郝自强个人经历之后,重点询问了这次打架的过程,每一个细节都没有疏漏,情节描述得非常客观、清楚,用词非常准确。当于涛把笔录拿给郝自强阅读签字时,他深深感到:这两名警察不简单,整个笔录没有任何偏见,完全是客观实在的记录。

"笔录记完了,说几句题外话。"于涛没有立即把郝自强带走,而是继续说下去,"我也是当过兵的人,并且可以说是你的老班长。你还年轻,一些事情要放开胸怀,你把一颗炽热的心捧给你爱的人这没有错,但有时候处事欠考虑,会给你爱的人带来更大的伤害。好好考虑考虑我说的话吧。"

留置室里的郝自强不知道:对于这个案件的处理,张大刚和于涛受到了一些干扰。地方个别领导指出要严肃处理,到学校去闹事,打的还是校长,这还了得?至少拘留十五天!

张大刚和于涛向张国华所长汇报了案件情况,三个人认真分析后认为,这是一起很普通的殴打他人的行政案件,跟到学校闹事扯不上关系。最后,郝自强因殴打他人被处以行政拘留七天的行政处罚。

在去拘留所的路上,于涛掏出烟递给了郝自强一支。

"抽完这支烟,就到拘留所了。七天,长也不算长,很快就出来了。你的手机等随身物品到时都移交给拘留所了,出来后你自己去取出来就行了。你还年轻,在里面好好想想,以后干事不要由着自己的性子。"于涛安慰着郝自强,好像对待当年自己手下犯错误的战士。

"谢谢警官,请问您贵姓?"

"我叫于涛。"

"谢谢于警官。"

车子很快就到了拘留所。办理好交接手续后,于涛就离开了。

"老于,今天你婆婆妈妈的,和你一贯的作风不符啊!"周顺看出于涛有点消沉,有点不解地问。

"你没当过兵,不知道军人的情怀啊!这是个好兵!"于涛点上一支烟,狠狠地抽了一口,看着窗外一闪而过的景物,幽幽地说。

"刚才值班的老金是你的战友,你不叮嘱一下,照顾照顾那小子?"开车的辅警李士才插话道。

"开好你的车吧",周顺笑着说,"老于还用你提醒?"

警车带着落日的余晖,回到了单位。作为警察,他们的任务已经结束了。

夜深了,郝自强躺在拘留所的大通铺上,辗转反侧,怎么也睡不着,边上传来了一阵阵时强时弱的鼾声!郝自强用被捂了头,抵抗着周围的鼾声。由于分散了注意力,郝自强竟迷迷糊糊地睡着了。

白天,郝自强和其他拘留人员一起,在监管员的监视下,把拘留所院子里的一块菜地翻起来,然后栽上黄瓜、茄子等蔬菜。漫漫长夜里郝自强强迫自己静下来,反思着自己的过去。

父母早亡,爷爷奶奶的衰老,让郝自强养成了自主自立的性格,偏执而固执;五年的军营生涯,使自己懂得服从命令,进一步变得坚强,有毅力,但是缺少了社会上的应变能力。下岗后,一门心思上网炒股,一门心思赚钱,不注重和家人的交流沟通。

特别是和李岩的离异,主要起因就是自己上网炒股,下岗了也不想办法找个活干,全部时间和精力都用在电脑上,把李岩的话当成了耳旁风。那段时间,现在想想简直就是疯子。郝自强叹了口气,又回想起几个镜头:李岩叫郝自强陪她回家看望生病的父母,而他却一心扑在股市行情上,眼睛盯着那些弯弯曲曲的线,头都不抬;夜已经深了,李岩多次让他上床休息,可是他陷入电脑游戏的刺激中,往往一直到天亮……

"下岗仅仅是一个方面,是我冷落了自己的妻子,才导致别人乘虚而入啊!李岩,我想明白了,我们能重新开始吗?"

郝自强对着铁筋焊成的房门,在心里呐喊着。风呼呼地刮着窗户上的横档,如泣如诉。

一天,两天……郝自强在心里盘算着。

"郝自强,有人来看你了。"在拘留所的日子里,郝自强唯一盼望的就是这句话。他渴望着李岩能过来看望他,最好带着小强。这样,他就可以把自己内心的忏悔全部告诉自己的心上人,让她原谅自己。可是他失望了,直到他取了东西迈出拘留所大门之前,没有一个人来看望他。

拘留所的大门外,有一老一小在等着他。

小的不用说是小强,老的却不是日思夜想的李岩,而是李岩的父亲、小强的姥爷李建生——一个刚刚做过手术正在逐渐康复的老人。

"自强,李岩找我给你捎句话。她已经领了结婚证,明天就结婚了。"李建生有些惭愧地说,"他们把小强托付给我们老两口。你放心,我会把小强带好的。"

就在郝自强失去自由的这一个星期里,高益智和李岩迅速谈好了条件:小强由李岩父母带,李岩嫁给了高益智;那个曾经的家,也成了李岩和高益智的婚房。

"对不起,爸爸!"明显消瘦的儿子怯生生地说,"妈妈不听我的。"

眼泪从郝小强的眼里滚落了下来。他渴望父母都陪在自己身边,一家三口快乐地生活。可是,自己仅仅是个孩子,没有办法管大人的事。这泪水,是委屈的泪水,也是无奈的泪水!是全天下,和他一样不幸的孩子的泪水!

郝自强一把搂过儿子,泪水也模糊了双眼!

"不怪你,我的好儿子,是爸爸无能。"郝自强喃喃地说,他为这样懂事的儿子感到欣慰,虽然,他在拘留所里想好的话,没法说出来了。

"孩子,俗话说,'没有过不去的火焰山',过了这个坎,会好起来的。"老人空洞地安慰着自己的前女婿——自己一直喜欢的好孩子,"就忘了她吧!有机会再成个家。你还年轻。"

郝自强直起身子,长叹一声,没有回答。

"你的电动车我给你骑来了,你骑着吧。我和小强搭车回去。"老人把钥匙递给了郝自强,现在这串钥匙只有两把了。

"不用了,我还有辆三轮车,这辆车你留着接送小强用吧。"郝自强虽然心里痛苦到了极点,仍然没有忘记自己的儿子。

"李岩的电话号码留给我用了,以后找小强还打那个号就行。"显然老人不想郝自强再去接触李岩,"以后小强就住到我家里了,想看小强直接来我家就行。"

"谢谢!"郝自强深深地给老人鞠了一个躬,然后用粗糙的大手摸了摸小强的头,"以后每月我都会去看你,好好学习!"

郝自强大步走了,没有回头。他知道老人会照顾好自己的儿子,毕竟儿子的身上也流着老人的血。他现在最应该做的是努力干活,挣一些钱来解决他们的后顾之忧,同时,在紧张的劳动中减少自己心里的痛苦。

郝自强闷着头走出了一两里路,估计一老一少已经回去了,就停下了脚步。手机已经关机一个星期了，他急切地想知道有没有人给他打过电话。

开机后，短信提示只有吴宝福打过五次电话。

郝自强赶紧回了过去。

吴宝福带给他的也不是好消息：吴宝福的工厂新上了两套数控车床，吴宝福不会操作，也下岗了。

在吴宝福的出租屋里，兄弟二人一起吃了离别前的"最后的晚餐"。

"我老了，和你嫂子回家侍弄庄稼去，好孬总有口饭吃。你怎么办？"吴宝福有些忧伤地问。

"我连拘留所都蹲过了，我还怕什么？天无绝人之路，还是打我的短工。"郝自强不愿意吴宝福为自己担心，有些做作地大声说。其实，过了今晚他连住的地方都没有了，吴宝福走了，连带着郝自强住的小南屋也被人家收回去了。

"喝酒！今朝有酒今朝醉！"兄弟两个大口大口地喝着劣质的白酒。吴大嫂没有像往常那样阻拦，只是默默地又去炒了几个鸡蛋。然后趁两个人没有注意，将酒瓶里掺入了一些白开水。

这个夜晚，李岩是在郝小强的哭声里度过的。按照当地的风俗，李岩头天晚上要住在娘家，等第二天，婚车来把新娘接到学校的婚房。

从拘留所回来后的郝小强对着李岩放声大哭，谁劝也不管用，最后晚饭也没有吃，就在自己的房间里睡了。看到郝小强伤心的样子，李岩也很痛苦，但是，为了自己的幸福，也只好这样了。

"儿子，原谅我吧！我不是一个好妈妈。"李岩默默地说。李建生夫妇始终没吱声，该说的都说了，该做的都做了，"女大不由爷"，李岩非要跳"火坑"，老俩也只能由着她。

阴历的三月,已经是暮春时节。即使是北方这个小城也不再寒冷,桃花已经次第绽放,春天真的来了。

第二天是一个艳阳天,在这个春光明媚的日子里,李岩又披上了婚纱,嫁给了自己的初恋情人——县中心小学的校长高益智。

就在李岩结婚的鞭炮"噼噼啪啪"响起的时候,郝自强骑着自己的三轮车,载着全部的家当缓缓离开了居住了半年的小屋。

第八章 又见故人

三轮车在街道上缓缓地向前行驶着,郝自强心里一片迷茫,不知道要上何处,只有漫无目的地向前,向前……

这时如果有一辆飞驰的大货车把自己撞飞,也许是一件好事情。郝自强甚至想。真的没有地方可以去啊!

突然,他记起了前些日子在建筑工地上那个和自己很谈得来的看门的老头。他记得建筑工地旁边有很多空闲的板房,是不是可以先借用一间?

有了目标,郝自强的心里一亮,就向那个工地骑去。

推门进去,一位五十多岁的老人正在屋里喝茶。

"你找谁?"老人问,显然这不是郝自强要找的人。

"我——"郝自强顿了一下。

"我想找以前在这儿看门的王大叔。"

"他,回家了,过两天才来。"老人的话让郝自强非常失望。

既然要找的人不在,郝自强准备告退了。

"小伙子有什么事情吗?我跟老王头也是老朋友了。你叫我老赵就行了。"老人显然是个很热心的人。

"赵叔好,我想找个地方住。"郝自强简单说明了自己的来意。

"找地方住?让我想想……"老人居然没有推辞,"我邻居家好像有个南屋要出租,我给你问问?"

"谢谢大叔！"郝自强死马当活马医，殷勤地递上了一支烟，并迅速给老人点上火。

老人掏出老年机，扒拉出一个号码给了郝自强。

郝自强没有犹豫，立刻打了过去，电话通着，可是很久没有人接。

"等等再打，可能有事。"老人劝郝自强，"先进来喝杯水。"

看样很少有人来这间看门的小屋，对郝自强的到来，老人很热情。他拿出了一个脏乎乎的茶杯，从自己的大塑料茶杯里倒了一杯茶递给了郝自强。郝自强没有推辞，接过来喝了一口。他很少享受别人给他倒茶的待遇啊！干净不干净都无所谓了。

两个人正在有一搭没一搭地闲聊，郝自强的电话响了。

"肯定是给你回过来了。"老人笑着说。

老人说的没错，还就是那个房子的主人回过来的。

郝自强说明了自己的想法，对方笑着问郝自强怎么知道的，很清脆的女中音。

老人要过郝自强的电话，大声和房主说，这是自己的一个朋友，要她便宜一下。郝自强听了心里暖乎乎的。

按照电话里的指点，郝自强很快就找到了那个地方。

一位妇人正站在门口等着他。这位妇人三十六七岁的年纪，中等身材，披肩发，穿身浅色的衣裤，白色的皮靴，很时髦。走的近了，郝自强发现一张明亮的脸，画着浅妆，嘴角微微上翘，一看就是个精明的人。

"你就是要租房子的人？"妇人打破了沉默，果然是电话里的清脆的女中音。

"是啊。"

"那个老头你认识？"

"刚刚认识的。"郝自强老实回答。

"呵呵,来看看房子吧。"妇人没有继续追问,领着郝自强进了要出租的南屋。

这也是一幢小四合院,和郝自强以前租住的四合院结构一样。只不过以前租的正房是三间,这是四间正房,南屋就稍大一些,院子也大一些。相比较这个小屋还是有些优点的。一是大,少说也有十个平方;二是有自来水,不用到院子里提;三是有一套煤气灶,可以做饭;四是床椅等家具都齐全。再一个北边的门堵死了,更是一个独立的空间了。

郝自强在小屋里转了一圈,心里很满意。

"大嫂,你说个价格吧!"

"一个月二百,不贵吧?"妇人说,"别叫大嫂,叫老了,就叫姐吧。"

"二百?"郝自强有些拿不定主意。

"怎么? 嫌贵?"妇人歪着头问,一副俏皮的样子。

"不是。"郝自强脸红了,"我原来租的那边和这儿差不多,人家才要一百。"

"这不就是嫌贵嘛!"妇人笑了,露出一对好看的酒窝。

郝自强想狠狠心答应下来,可是又心痛自己的血汗钱。

"一百五吧。"郝自强红着脸小声说,作为一个男人,他感到为了这点钱讲价很没有面子,特别是和一位长相不错的女士。

"一百五?"妇人沉吟着。

正在这时,一辆自行车停在了门口,一个小男孩蹦蹦跳跳地进来了。

"妈,饭做好了吗? 饿死我了。"

"叫叔叔。"妇人指着郝自强说。

"叔叔好! 哎,怎么是你? 我认识你,在大姨隔壁住,教我练武术来。"

男孩立马过来非常亲热地握住郝自强的一只手,抬着头看着郝自强的脸。

"呵呵,你是洋洋？"在这个场合,碰到自己认识的人,还真是缘分,郝自强也禁不住笑了。

"这位就是你和我说过的教你练武术的叔叔？"

"是啊！很厉害的。"洋洋显然很崇拜郝自强。

"好,一百五,成交了。"妇人笑着说,干脆利索。

"我们回家吃饭了。"洋洋不知道妈妈和叔叔的什么交易,他只知道自己肚子饿了。

"坏了,刚忙了,忘了做饭。"妇人有些难为情了。

"那怎么办？我饿了。"洋洋撒娇,"不行还是到路口饭店吃吧。反正很长时间没去吃了。"

"我请你们吃吧。"郝自强突然鼓起勇气说。

"好啊！"洋洋倒是很愿意,他还不懂得人世间复杂的社会关系。

"你会开车吗？"妇人突然问郝自强。

"会啊。在部队拿的证,开了十多年了。"面对妇人这句没头没脑的话,郝自强很奇怪,路口这么近也不用开车啊。但是还是实事求是地回答了妇人的提问。

妇人好像下了什么决心,说道："好,就让你破费了。"

郝自强虽然穷,却不愿让人说小气。他很大方地招呼洋洋点了自己喜欢的四个菜,并且又加了一个西红柿鸡蛋汤。

"我叫赵忠娟,还没有问你的名字来？"妇人笑着说。

"我叫郝自强,以后你就叫我小郝吧。"

"小郝,你现在在哪儿上班？"

"没有正式工作,打零工。"郝自强红着脸说。

"我和你商量个事。"

"姐，你说。"

"我缺个司机，你愿意干吗？一天干七八个小时。工资一个月三千，一月一结，决不拖欠。"

"开什么车？"

"中型箱货，就是拉着货物到各个商店去送。这些天我自己开，累死了。"赵忠娟笑着说，声音里还带着点媚人的味道。

"好，我答应了。"郝自强没有迟疑，立刻就同意了。这些日子的零工生活使他明白了一个道理：一份固定的工作比打零工强多了。也许单纯看一天的收入会低一些，但是不用每天愁着找活儿，况且打零工有时候还找不到活干，这样几个月下来固定工作赚的绝对不会比打零工少。

"今天下午就上工，房租就从工资里扣吧。"赵忠娟也是个痛快人。

吃完了饭，三个人一起往回走，洋洋高兴地在两个大人中间穿过来穿过去。

"车在哪儿？"

"就停在我家过道里。给你一个小时整理一下，最好洗洗脸，处理处理胡子。"赵忠娟看了一下手表，"两点半我们准时出发。"

郝自强用手摸摸胡子，一个多星期没有刮胡子了，确实有些不像话了。

当洗了脸，刮了胡须，穿着一身干净的迷彩服的郝自强站在赵忠娟面前时，一股男性的彪悍和帅气扑面而来，赵忠娟的心"嗖"地颤了一下。

郝自强熟练地发动车子、挂倒挡、松手刹，箱货车缓缓从过道里倒了出来。赵忠娟打开驾驶室右边的门，轻快地上了车。郝自强等赵忠娟坐稳了，熟练地换挡，松离合，车子就平稳地出发了。

赵忠娟手里有一份配货单，照着单子一家店一家店去送。城区有五十多家,其中郝自强家所在小区门前那家超市也在送货的范围。

小区大门口贴着两个大红喜字,像两张血盆大嘴,嘴里面是一身婚纱装扮的李岩。

"发什么愣啊! 快干活。"赵忠娟笑着说。

"好,好。"郝自强回过神来,又朝着那两个大红喜字看了一眼,李岩没有了,只是红纸金字的两个大红喜字。今天是李岩结婚的日子,作为前夫的他,心里颇不是滋味。

"你是小郝吧?!"店主认出了郝自强。

郝自强苦笑着点了一下头,就去卸货了。

"这个李老师真是,这么好的丈夫也舍得离了。"店主摇了摇头嘟囔了一句。

郝自强默默地开着车。

"怎么了? 自从在那家学校超市放下货物以后,你就很消沉,也不说话。"女人天生是感性的,郝自强情绪的变化,很快就被赵忠娟看出来了。

"没什么。"郝自强不会在一个还不是很熟识的女人面前说出自己的心事的。

"还是说说我们送货的事吧。"赵忠娟见郝自强不愿意说,就岔开了话题,"我们送货的超市一共有一百六十五家, 其中城里五十六家,西南乡三十八家,山前乡五十二家,管前乡十九家……"

看到赵忠娟和自己认真地说些业务上的事,郝自强知道自己已经通过了赵忠娟的考验。

十几天过去了,郝自强已经熟悉了所有的业务。简单地说,就是到厂家去取了货物,然后分配到各个超市;超市里卖不出去的货物在规定的时间里退还给厂家。

一天早上，郝自强把车倒出来停在路边等赵忠娟，赵忠娟却把一大本账交给了郝自强，说她今天有事不去了，让郝自强自己去。

"这怎么能行呢？我自己去不妥吧！"郝自强推辞。

"说你行，你就行。去吧。"赵忠娟转身进了大门，留给郝自强一个背影。

没有办法，郝自强只好自己开车去了。今天的目的地是管前乡，一共有十九家。

虽然数量比较少，但都分散在各个村子里，要一家一家送完也不轻快。再加上只有郝自强一个人，既要卸货，又要记账。回到家时天已经快黑了。

赵忠娟家的大门紧锁着，车开不进去。郝自强只好把车先停在门口，自己回到小屋炒菜做饭。

对郝自强来说，饭菜只要填饱肚子就行。今晚也是，炒了一个土豆丝，现成的一碟榨菜，还有两个馒头。

郝自强正准备开饭，赵忠娟推门进来了。

"这么简单，到我家去吃吧。我炒两个菜。"

"不用了，这就很好。"郝自强推辞，虽然相处快二十天了，但是郝自强从没有到赵忠娟的正房里去过。其实他心里一直有个问号，就是从来没有见过赵忠娟的爱人。

"别客气了，忙了一天，得吃点好的。你把土豆丝端过去，算是你入伙。"看得出，赵忠娟是真心邀请。

"好吧。我先把车停到过道里。"郝自强没有再推辞。

"你先看会儿电视吧。"赵忠娟打开电视后，热情地招呼郝自强坐下，然后就到厨房忙活去了。

趁着这个机会，郝自强打量着周围。看得出这是个殷实的人家：一圈真皮沙发围着一张大茶几,茶几上摆着苹果、香蕉等水果;北面的墙上是一台大壁挂电视,至少也得六十四寸的;西南角是立式空调。客厅的东西两边都是卧室,门都是虚掩着,郝自强没有进去看。客厅北面还有一个门,可能是厨房,赵忠娟就是从那个门进去的。

郝自强突然想道:怎么没有见到洋洋啊!有了这个发现,心里有一丝不安,电视里放的是什么节目一点儿也没有记住。

过了十几分钟,赵忠娟就端了四个菜放到茶几上。一盘火腿、一盘酱牛肉、一盘盐焗鸡,还有一盘油煎刀鱼。

"稍等,还有一盘炒菜椒。"赵忠娟笑着,接着就端了出来。

"喝点酒吧。"赵忠娟把最后一道菜端上来后,顺手从一边的小橱子里拿出了一瓶白酒和两个酒杯。

"洋洋来?"郝自强问。

"到他姥姥家了,今晚不回来了。"赵忠娟笑笑,脱下了围裙,在郝自强的对面坐了下来。

赵忠娟熟练地开了酒瓶给郝自强和自己倒满了酒,郝自强在边上坐着,呆呆地看着赵忠娟忙这忙那。

"喝吧!呆子。"赵忠娟举起了酒杯。

郝自强也赶紧端起来。

两只酒杯轻轻一碰,两人喝下了一大口。

"家里大哥干什么啊?"郝自强没话找话。

"喝完了酒就告诉你。"赵忠娟爽朗地笑着,一双大眼睛毫不羞涩地盯着郝自强。

"这是我的老板。"郝自强在心里对自己说。通过这些天的交往,郝自强觉得赵忠娟跟一般的女人不一样,是个活泼开朗、直爽的女人,类似电视上演的女强人。

一杯酒喝完了，赵忠娟的脸有些发红了。

"不喝了吧？"郝自强建议，他想快点回到自己的小屋里去，眼前这个女人让他心里产生了一种异样的感觉。

"我没事，再喝一杯！"赵忠娟又拿起瓶子把两个杯子倒满了。

"我敬你！你是个好人，这些天帮了我大忙。"赵忠娟一口气干了一大口，脸越发的红了。

郝自强本想劝说赵忠娟少喝点，但是一想这是在人家家里，也只好端起杯子喝了一大口。

"你是个男人，不能和我喝的一样，你得喝到一半。"赵忠娟让郝自强再喝，并且把郝自强的杯子端了起来递给他。

两只手不可避免地接触了一下。滑腻的小手让郝自强心里升起一股热火，赵忠娟的脸也更加红了。

郝自强喝完了两杯酒后，就坚决不再喝了。

赵忠娟不管，又拿出一瓶，强行给他满上一杯。

"其实你的情况，我听学校超市的老板娘说过。"酒后的赵忠娟终于开始说出自己的心里话。

"你是不是感觉我很可怜？"郝自强眼睛红了。

"不，你是个好男人。"赵忠娟很诚恳地说，"自从了解了你的过去后，我观察了你十四天，你是个值得信赖的人。"

"谢谢！谢谢！"郝自强端起酒杯敬赵忠娟。被人肯定是件幸福的事，特别是在自己落魄的时候，更不用说还是被自己的老板肯定。

"再给我倒上一杯！"喝完第三杯以后，郝自强主动要求再喝一杯。

"你知道吗？第一天去送货，恰好是我前妻又出嫁的日子。"郝自强终于控制不住,流下了眼泪。

"来,喝酒吧!"赵忠娟也给自己倒了半杯。

"不好意思。"郝自强感觉到了自己的失态,向赵忠娟道歉。

"没关系,你不是想知道我家里你大哥吗?我告诉你,他已经死了。"赵忠娟也哭了。

"对不起,我惹你伤心了。"郝自强忙乱地站起身拿了一张餐巾纸递给赵忠娟。

赵忠娟却一下子抓住了郝自强的手臂,把滚烫的腮贴在上面。郝自强的心"咚咚"地狂跳了起来。他想把手臂抽回来,赵忠娟大概喝醉,一下子跌倒在郝自强的怀抱中,两只胳膊紧紧地搂住了郝自强的脖子。

郝自强呆呆地站在原地,大概是喝多了酒的缘故,脑子里仿佛装满了沸腾的油浆,"咕噜咕噜"地直冒热气,他也不知道是该任由这热气继续上升还是应该出去弄盆子凉水浇在自己头上降降温。

"弟弟,搂着我。"怀里的女人把最诱人的柔软紧紧地贴在郝自强健硕的胸膛上,把所有的身体密码毫不保留地传递了过来,冲击着这个离婚男人的生理防线。

已经有了八分醉意十分神会的郝自强好像一下子识别了赵忠娟的二维码,脑壳子忽然就凉了也亮了。

郝自强没有言语,有力的双臂忽然搂住了赵忠娟的腰,这个女人太需要个男人来疼了。两个杯子里的酒又交融到一起了,这个男人也太需要个女人来爱了。

两颗受过创伤的心,紧紧地贴在一起,贪婪地享受着彼此。

雄性的犁耕过荒芜的原野,把生命的种子播进松软的土地里,希望的禾苗开始生根发芽,虽然晚了些,可是一样的充满生机,蓬蓬勃勃。

空气热起来了,夏天到来了!窗外的树上,似乎响起了一两声蝉鸣。

第九章 如梦的幸福

解决失恋的最好良药就是再谈一场恋爱。其实婚姻也是这样，至少郝自强目前觉着是这样。

和有感觉的人在一起干活也是一种享受。现在的郝自强整个人充满了活力，好像有使不完的劲儿，装货卸货自己包了，直接不让赵忠娟插手。赵忠娟也乐得当一回甩手掌柜，只管拿着本子记记画画。

俗话说：男女搭配干活不累。现在郝自强和赵忠娟两个人一起接货、一起装货、一起开车、一起卸货、一起盘点，配合默契，一切都是轻车熟路，游刃有余。因为对业务熟所以效率就高，每天完工的时间也提前了不少，往往太阳还大高高，他们就回家了。

赵忠娟经常做个好饭儿留郝自强一起在家里吃，要是洋洋不在家，俩人还能整点儿小浪漫，喝上杯红酒，温存一会儿。唯一的遗憾就是无论他多么不情愿都得回自己的那间小屋睡觉，因为绝对不能让洋洋知道他和赵忠娟的事情。

"给你，这是这个月的工钱。扣了房租，还剩两千八百五。"赵忠娟把一摞钱递给郝自强，"还有这个书包，我买了两个，一个给了洋洋，这个给小强吧。"

"谢谢你。"郝自强趁赵忠娟不注意，在她的脸上亲了一下。

"别让人看见。"赵忠娟有些不好意思，"今天完工早，你开着车去看看小强吧。"

郝自强牵挂儿子,赵忠娟岂能不知道?

郝自强把车停在李建生住的小区门口,又在小区门口的小超市里买了箱纯牛奶,就走进了这个熟识的地方。

开门的是前岳母,曾经姣好的面容刻满了岁月的印记,对女婿还是那么亲热,看着郝自强询问的眼神,用手指了指西面的卧室。

郝自强轻轻打开紧闭的门:"小强!"

"爸爸!"正在做作业的儿子一脸的惊喜。

"你们爷俩说说话。"前岳母悄悄地带上了门。

郝自强把赵忠娟给小强买的书包放在写字台上,坐在小强身边,用手摸摸儿子的脸,又瘦了。

"在新学校还习惯吗?"

"习惯了,这个学校比以前的学校还好。"郝小强几乎没用思考。

原来的学校是市里的重点,是全国有名的市第一中学的附小。现在这所学校,肯定要差一点。

郝自强的心里像拴上了一个秤砣,他深深地喘了一口气:"习惯了就好。和老师同学都要好好相处,有什么事给爸爸打电话。"

"嗯,楼上王姥姥家的外甥王家豪和我一个班。"

"是吗?那太好了,你俩可以一起上学一起回家。"

"嗯。他妈妈生病了,他爸爸不要她妈妈了。爸爸,为什么他爸爸连他也不要了?"

"小强,大人的事儿你还不懂,等你长大了就明白了。"

郝自强知道王家豪父母的事儿,他听李岩说过。家豪的爸爸是县里的干部,因为酒醉后没把握住自己,被人家赖上了。据说那女的大着肚子到家里去闹,硬逼着家豪的爸爸娶她,否则就要到县政府找领导去告状,那架势是摆明了不达目的不罢休,要不就鱼死网破。家豪的父母感情一直很好,对这突如其来的变故一下子接受不了,特别是家豪的妈妈,自己引以为傲的家瞬间塌了天,一下子就病倒了。

这出闹剧的结局就是家豪的父亲净身出户,娶了已经快要生了的女人;家豪的妈妈得到了所有的家产和儿子的抚养权。据说家豪父亲的婚礼上离奇地多了一个花圈,没有人知道是谁送的;据说新娘子看见了气得当场肚子疼,早产了,还好母子平安;据说家豪的后妈后来疯了,几年的工夫就变得不认人了,只认得自己的儿子;据说家豪的爸爸为了给自己的疯老婆治病在外面欠了一屁股债,现在终日如丧家之犬,夹着尾巴做人。

当然这些事儿郝自强无法对儿子一一细说,也不能叫儿子知道。

"这些钱你拿着,买点笔、本子什么的。"郝自强掏出了二百块钱递给小强。

"我不要,我还有。"小强怕爸爸不相信,从口袋里掏出几张零碎的钞票给郝自强看。

"拿着吧!有什么需要买的就不用向你姥姥要钱了。"郝自强把钱叠好放到儿子的口袋里。

"爸爸你也买些好吃的吃。"小强用手摸摸爸爸的下巴。

"好。爸爸现在又找着工作了,你放心好好上学就行了。"

"噢。"

"你妈妈经常来吗?"

"这个月就来了一次,还匆匆忙忙就走了。"小强噘着嘴有些不满意地说。

"你妈妈事多,别在意。"

……

天要黑了,郝自强得走了。

小强恋恋不舍地拉着爸爸的手,爷俩一起来到客厅。小强的姥姥在拾掇饭,"自强,吃了饭再走吧!""不了,趁明回去。给您这八百块钱,算是小强这个月的生活费吧。"郝自强掏出钱递给前岳母。老人稍加推辞也就收下了,毕竟两个老人带个孩子花销也不少。

郝自强摸摸儿子的头,转身离开了。现在不但他有牵挂的人,也有牵挂他的人了。

日子像水塘中的荷叶,一天天变大,终于覆盖了整个水塘。郝自强给赵忠娟打工,堪堪快半年了。在这段时间里,郝自强是幸福的。随着季节的变化,郝自强的新衣服多起来了,脸也红润起来了。

但是,在郝自强的心里也藏着几点遗憾和迷茫:赵忠娟每个月都会神秘地消失一天,问她去哪儿了总也不说;二是自己和赵忠娟亲热必须不能让洋洋看到。只要洋洋在家的日子里,郝自强就只能住在小屋里,自己做饭吃。有一天,郝自强喝了点酒,想到赵忠娟的房里亲热一下,被赵忠娟很严肃地赶了出来。三是郝自强有几次提出来要和赵忠娟结婚,都被赵忠娟以时机还未成熟为由拒绝了。

虽然有几点迷茫,郝自强还是充满了激情,尽心尽力地帮着赵忠娟打理生意。由于两个人的努力,客户又多了五十多家,送货的种类也多了五六种。一辆车显然忙不过来了,于是又买了一辆,一人开着一辆。

生意的规模大了,活儿比以前也多了,两个人见面的机会也明显少了。

"你一个人开车太辛苦了,不行再雇个人吧?"郝自强建议。

"我有个表妹和她对象都下岗了,我准备让她俩人来干。"赵忠娟想了一会，笑着说，"只不过她俩人要住你住的南屋，你得换换地方了。"

"我独身一人，到哪儿也行！"郝自强心里一怔，但还是很痛快地答应了。

"我已经租好了一套楼房，不过面积小点，只有三十来个平方，离这儿很近，你搬过去住吧。"看来赵忠娟早就有了新的打算。女人，特别是精明的女人，心细得像头发丝，一切事情都安排得滴水不漏。

新租的住房原先是一个单位的公寓楼，很有些年岁了。由于面积太小，很多住户都搬走了，现在住在里面的大部分是来城里打工的农民工。

虽然小，功能区却也齐全。有卧室，有客厅，有厨房和厕所，还有一个小小的阳台。这对于单身汉郝自强来说，已经算是个不错的居处了。

郝自强利用送货的空闲，把新租的房子打扫了一下，又用车把自己的东西拉过来，一样一样搬上去，整理好。"新家"就正式开始履行职责了。

赵忠娟也不断地过来，看看少着什么下次来一定会带着。慢慢地，小屋里的东西越来越全，郝自强感觉到了家的滋味。

郝自强现在非常渴望有个家，有家人的家。

"表妹夫"是个很好学的人，郝自强也是个很称职的老师，他把自己知道的毫不保留地都教给了"表妹夫"。用了不到一个月，徒弟的各条线路就都跑熟了，用郝自强的话说，就是可以独当一面了。这样，郝自强又和自己心爱的女人共开一辆车了。

大雪赶着季节，占满了整个天空。郝自强把车倒入车库，就在漫天大雪中回到了自己的住处。

抖落了身上的雪，将外衣脱下来挂在衣帽钩上，郝自强在客厅的小沙发上坐了下来。房间里温暖如春,郝自强闭着眼让自己的思想放松到任何想去的地方。

这个鬼天气,儿子回家了吗?

已经半年多没有李岩的消息了,她过得好吗?

有阵子没有和赵忠娟亲热了,也不知道她是怎么想的?

……

郝自强正在胡思乱想,响起了敲门声。

沾了一身雪花的赵忠娟提着一大包东西笑盈盈地站在门外。

郝自强赶紧把东西接过来,一把把她拖进来,扑打掉身上的雪,帮她脱下了外套也挂在衣帽钩上。

今天的赵忠娟穿着一条黑色的软皮裤,乳白色的羊毛衫衬得脸蛋儿嫩嫩的,大红的唇膏像娇艳的红玫瑰,让人想入非非。

"孩子到他姥姥家去了,今晚我住下来陪陪你。"赵忠娟满脸含笑,有些妩媚地对郝自强说。

郝自强大喜,一双有力的大手精准地搂住了赵忠娟的腰,赵忠娟双手环住了郝自强的脖子,两个人紧紧搂在了一起。

外面大雪纷纷,室内温暖如春!

不知过了多久,卧室内传来了说话声。

"我起来做饭,我们喝点。"

"好!一块做。"

"我买了两样现成的,再炒两个热菜。"

……

过了一会儿,赵忠娟推门出来,满脸潮红。郝自强也跟着出来了,笑容满面。

辛苦对于一个男人来说算不了什么，只要他的心中有希望，只要他的努力能得到认可。

和心爱的人相对而坐，又有美酒佳肴，郝自强的心醉了。兴奋的他，没有看出赵忠娟眼角的泪痕。

一斤白酒喝完了，赵忠娟又开了一瓶。

"不喝了吧？喝多了伤身体。"郝自强知道赵忠娟的酒量，赶紧劝她。

"再喝半杯，喝多了我才能把心里的话全部告诉你。"赵忠娟明显有了酒意。

郝自强只好又给赵忠娟倒了小半杯酒。

"如果我欺骗了你，你会原谅我吗？"赵忠娟端着酒杯，双眼慵懒地看着对面的郝自强

"呵呵，你喝多了，别喝了。"

"不，你必须回答我。原谅我吗？"赵忠娟的泪水淌了下来。

"原谅你，原谅你。"郝自强的心里无由地乱了。

"从我们第一次见面，我就看上了你。通过这些日子的交往，我更加确信你是个值得托付的人。"赵忠娟喃喃地说。

"喝口水。"郝自强将一杯茶水递给赵忠娟，心里很高兴。看来今晚能把婚姻大事定下来了。

"我真想嫁给你。"赵忠娟的眼泪如屋檐上的雨水，不断地涌出来，用手擦掉，又涌出来。

"咋了？你有什么为难的事？"郝自强心里开始惴惴不安。

"洋洋不想要后爸。"

"嗨，孩子不愿意咱们再等等。小孩子都这样，小强也不想要后爸。

我会慢慢让他接受我。"郝自强放心了,他握着赵忠娟的手温柔地说,"孩子是最重要的,即使能这样在一起,我也没有什么遗憾的。"

赵忠娟扑倒在郝自强的身上大哭了起来。

"不要哭,不要哭嘛!"郝自强抱着赵忠娟,不断用手轻拍着她的后背,让她发泄一下也好。

过了好久,赵忠娟慢慢平静了下来,从郝自强的怀里抬起头,用红红的眼睛仔细端详着面前的男人,好像要把他刻在心里一般。

"来,喝酒。"

赵忠娟坐直身子,又端起酒杯和郝自强喝了一口。

"今晚上我们要高兴高兴,不说这些伤气氛的话了。"赵忠娟擦干了泪,展颜一笑,"咱俩也浪漫一下,跳跳舞吧。"

郝自强不怎么会跳,但还是顺从地挽了赵忠娟站了起来。两个人带着几分醉意深情相拥,缓缓地移动着身子,彼此倾听着对方的心跳。从狭小的客厅慢慢移动到了卧室。

窗外一片片雪花飞舞着,染白了大地;室内,一件件衣服轻轻飘落,绽放了春天。

郝自强睡着了,幸福地睡着了。

赵忠娟听着身边沉沉的均匀的呼吸声,两眼睁得大大的,怎么也睡不着。她悄悄地起来,带上卧室的门,来到客厅,打开灯,从手包里拿出纸笔,开始写了起来。写着写着,泪水滴到了纸上……

郝自强这一觉睡得真香,昨夜的运动耗费了他大量的体力,腰身有些酸软。"唉,女人真是要命的软剑。"郝自强一边自言自语一边伸手往身边摸去,空的!

迅速穿好短裤,赤着脚丫子跑到客厅:昨夜的狼藉已经不见了,干干净净的茶几上摆着一摞纸。

郝自强用力打了自己的脑门儿一巴掌,围着小小的房子转了一圈,厨房没有,洗手间没有,阳台没有,赵忠娟已经走了。他发疯似的穿上衣服,冲了出去。

雪已经停了,洁白的雪地上一串脚印拐过楼角汇入脚印群中失去……

郝自强垂头丧气地回到了房间,拿起了茶几上的那摞纸。一份房屋出租协议,还有一封写在发货单子上的信,信上有一点未干的水渍,那是赵忠娟的泪?也许是未了的情?

他拿起信读了起来。

"自强,对不起,我没有勇气当面和你说,只有给你写这封信了。我骗了你,洋洋的爸爸没有死,他坐牢了。我本来想和他离婚,然后嫁给你。但是,思来想去,为了洋洋,我决定还是不离了。洋洋他爸在监狱里表现很好,再过几天就出狱了。我们只能分手了。谢谢你这半年来的陪伴。只是苦了你。对不起了。另,房子的出租协议放在桌子上了,我交了一年的房租,到时你和人家交涉吧。你的工资我已经给你打到卡上了。再见了我爱的人。爱你的赵忠娟。"

郝自强把信读了一遍又一遍,泪水把这页薄薄的纸再次打湿了,一个个字鼓涨起来了,模糊的再也看不清楚。他感到头皮发胀、胸发闷、眼酸痛,他站起来想去送货,又一想自己已经下岗了啊!

"爱人飞走了,岗位也没有了。幸福来得快,去得也快啊!"郝自强仰天长叹。

以后的路怎么走啊?郝自强痛苦地在房子里来回转悠,最后干脆跪在床上,膝盖贴着肚皮,两手抱着头,像在母亲温暖的腹内一样。泪水无声地淌着,慢慢地从额头侵入头顶,像流进沙漠里的雨水,是沁入心肺的绝望。

天阴沉着,雪虽然停了,太阳却躲到云彩里不愿意出来,也许,一场更大的雪马上就要来了!

"郝自强啊,郝自强!你是个男人,要尊重人家赵忠娟的选择。你忘了李岩和你离婚时你的痛苦了吗?你忘了小强哀怨的目光了吗?将心比心,你忍心拆散一个完整的家庭吗?好孩子,振作起来!"

不知道过了多久,依稀是慈祥的爷爷从遥远的太空传过话来。

"是啊!是啊!听爷爷的话。别难过了。"奶奶的声音也在耳边响起。

郝自强渐渐地安静了。赵忠娟能在这么关键的时候选择不放弃自己的丈夫,不是一个值得尊敬的女人吗?这不就是郝自强一直希望的做法吗?李岩如果这样想,那事情怎么会变成今天这个样子?儿子也不用跟着姥姥姥爷……

"儿子?儿子?"想到儿子,郝自强一骨碌爬了起来,"大雪天儿子怎么上学?"郝自强突然和现实联系起来了,看了看表,时间来得及,他决定去看看儿子。

第十章 南下

"爸爸！"郝小强望着门外的郝自强高兴地叫了起来。

"外面下了大雪，我送你去上学。"郝自强习惯性地摸着儿子毛茸茸的头发。

"爸爸，今天是星期天啊。"郝小强看着满脸憔悴的爸爸，心疼地说，"大雪天又跑来了。"

"是吗？一看外面下雪了就急着赶过来，忘了算算日子。"郝自强不好意思地笑了。

"强子他爸，进来坐坐吧！"听到声音，小强姥爷出来了。

客厅还是熟悉的客厅，桌椅还是熟悉的桌椅，人还是熟悉的人，但关系变了，人的心境也变了。郝自强有点尴尬地在客厅坐了下来。

岳父拿着瓜子盘儿去屋里拿瓜子，客厅东面的墙上挂着一幅"南国风光"图，阳光、沙滩、椰子树，盎然的热带风光。

郝自强突然想起了自己远在江南的战友沈美强，听说混得不错，心里突然就涌现出一个想法：去他那儿看看。

"爸爸，咱们去堆雪人吧。"郝小强依偎在爸爸的怀里兴奋地说。

"好，走！"郝自强等儿子穿好羽绒服戴好帽子就领着儿子下了楼。

这场雪下得很大，足有半尺多深。爷儿俩齐心协力把雪扫到一起，很快就堆了一大堆。玩得兴起，小强不顾郝自强的反对，把手套都摘了。

"堆个什么雪人呢？老虎还是……"郝自强和儿子商量。

"不,我要先堆个大雪人是爸爸,再堆一个妈妈,中间堆一个小孩,怎么样?"

"好!就按你说的办。"郝自强想都没想就满足了儿子的要求。

"李岩这孩子不听劝要后悔啊!"窗户边上老人叹息着,"多好的人啊!真不知妮子被灌了什么迷魂汤。"

"唉,谁知道怎么回事啊?咱俩是不是也太由着李岩这孩子了?对妮子的这个决定,我心里一直没底。现在我们只能好好照顾小强了,这孩子懂事。"

老人们的话被玻璃隔在了屋内,郝自强不知道,他和儿子玩得快乐,暂时将所有的烦心事都抛到脑后去了。

"爸爸,妈妈脖子上要不要围上一条围巾?"

"要,找一个红色的塑料袋做条围巾吧。"郝自强指点着儿子,"儿子手里应该拿着本书。"

"哈哈,还是拿着把枪吧。"

……

雪人堆好了,是幸福的一家三口。

郝小强在雪人的后面用树枝偷偷地写上了名字:郝自强、郝小强、李岩。

郝自强看着这依偎在一起的一家三口的雪人,心里一阵隐隐作痛。不久前还是幸福的一家人,现在却是劳燕分飞,各在一方了。

"爸爸,在想什么呢?"小强看到郝自强有些心不在焉。

"没有,我在欣赏雪人啊!"郝自强掩饰着自己的情绪,"中午我们一起出去吃好饭儿吧!想吃什么?"

"爸爸,你先陪我完成作业吧。"小强把两只冰凉的小手放在爸爸的大手里，郝自强用心地捧着，暖着。小手太小了，小得让人不放心，让人忍不住想把它窝在怀里。

"好。"郝自强没法拒绝儿子的要求。他爱自己的儿子，虽然为了生存，不得不把他放在这里，但儿子永远是他内心深处的牵挂和欣慰。

陪着儿子写完作业已经是下午5点多钟了，爷俩都很珍惜在一起的时光，好像有说不完的话。儿子就像一块磁性强大的磁石，让郝自强产生无穷的力量，雄心一次又一次地从身体的深处涌出……

回到自己的出租房，郝自强迫使自己静下心来，日子还是要过下去的。

"到江南去看看沈美强吧。"郝自强的脑海里又出现了那幅"南国风光"的画面。

和沈美强通过话后，第二天郝自强就坐上了去江南省的长途客车。

客车一路向南，渐渐地，路两边的积雪不见了，绿色多了起来，过了一条大河后，满眼都是山清水秀的绿色世界，江南到了。

郝自强的座位靠着窗，他两眼有些贪婪地看着窗外的变化：北方还是皑皑白雪，南国却是绿树青山。

"都说'树挪死，人挪活'，也许江南之行能带给我好运气！"这么想着，郝自强心情好了起来，还有了一种莫名的兴奋。是啊，他才三十六岁，人生的道路还长着呢！

长途汽车站的大门口，华灯璀璨，郝自强左右搜寻，沈美强说来接站的。

一个戴着墨镜、留着小胡子的青年走了过来。郝自强上下打量着这个青年：上身穿着花衬衣，脖颈上露着一段粗大的金链子；下身穿着牛仔裤,脚上是一双能照出人影的红皮鞋;留着小寸头,手里拿着个黑色手包。

"呵呵,老班长,认不出我来了?"青年笑着,摘下了墨镜。

"沈美强?"这形象和记忆里的差距太大,郝自强有些发晕。

"哈哈哈哈……"一个大大的拥抱,郝自强感受到一股浓浓的战友情把差距一下子缩短了。人变了,情还在!

"走,老班长,吃饭去。"沈美强热情地搂着郝自强的肩膀,走向自己的坐骑——一辆香槟色的宝马轿车。

"老班长,十年没见了,你一点儿也没变样儿。嫂子和小侄子都好吧?"沈美强熟练地开着车,一边笑着问,"怎么没领着嫂子和小侄子?"

"唉,一言难尽!我和你嫂子离了,儿子判给了她。详细情况以后再慢慢告诉你吧。"坐在副驾驶座上的郝自强神情落寞。

"不谈这些了,咱哥俩好好喝一场,我的酒量又见长了。"

"好,但别浪费,随便吃点就行啊。"

……

香槟色的宝马在一家酒店门前停了下来,门童殷勤地向前打开车门迎接二人,自有车童把宝马车开走。

这样的服务,郝自强只在电视里看到过。踩着软软的红地毯,郝自强脚下发虚,他小声对身边的沈美强说:"美强,咱换个地方吧! 这儿太高档了。"

"我的老班长,你别管了,客随主便嘛!我时常在这儿吃,已经定下包间了。"沈美强呵呵笑着,干脆拉着郝自强的手进了包间。

三名穿着绣有牡丹图案锦缎旗袍的美女站成一列向二人鞠躬致意。

"上菜吧。"沈美强淡淡地说,然后热情招呼郝自强坐下。

两名美女赶紧上前给二人整理餐具,一名美女用甜甜的声音轻声问:"先生喝什么酒,上什么茶?"

"老班长,你看?"

"啊!随意吧。"郝自强也点不出具体的品种来。

"来瓶五粮液——二十年陈的;再来壶碧螺春吧。"

"好,先生您稍等。"美女优雅地弯了一下身,像只蝴蝶飘了出去。

"先生,请用茶!"弯眉美女双手端着一杯茶递到郝自强面前。面对着玉手皓腕,郝自强的脸无端地红了,赶紧接了过来。

海参、大虾……一道道大菜上来了,不等郝自强动手,弯眉美女就一样一样处理好了再递给郝自强,就连酒杯都是那个弯眉美女递到手里,这让郝自强很别扭,脸一直红着,一双手不知道往哪儿放。

沈美强看出了郝自强的窘态,笑着说:"老班长,你放开了。这边就这样,你不接受人家的服务,人家不就下岗了?"

"这位先生说得对,只要先生对我们的服务满意,我们就满足了。"沈美强边上的圆脸美女甜甜地说。

弯眉美女也跟着浅浅地笑了。

郝自强总感到两个大男人让两个娇娇滴滴的美女侍候是一件很别扭的事,但又不能抹了好兄弟的好意,也就强迫自己学着适应,毕竟打算长期在这儿混,就得先适应这里的生活方式。

在结算单上签了字,沈美强径直陪着郝自强上了酒店八楼的客房。

轻车熟路,一看就是这儿的常客。

早有两名身穿紫底印花旗袍的美女在门口等候了。见了沈美强,俩人一齐问候"沈总好!""好,美女们。这是我战友,也是我亲哥。"沈美强的话里带着亲热,也带着豪情。

"哥,咱哥俩一起泡泡脚,好走金光大道。"沈美强招呼郝自强躺在床上,自己也躺在另一张床上陪着。

两名美女麻利地端来了木盆,娴熟地脱掉了郝自强的袜子,一双臭烘烘的大脚就泡在漂着花瓣的温水中了。

既来之,则安之,郝自强索性狠了心,任她们摆布。

"先生,剪趾甲了。"

"先生,脚后跟用锉锉锉吧。"

"先生……"

郝自强刚开始还全身僵硬,好像发自内心的抗拒。慢慢地,在美女们软声软语地诱导下,紧绷的神经一根一根地放松,放松,身体舒展开来……

郝自强闭上眼睛,全身心享受中……

大约过了一个多小时,"先生,好了。"郝自强从迷迷糊糊中睁开眼睛。

"你别说,确实是舒服,南方人真会享受。"郝自强由衷赞叹。他不知道大江南北都有泡脚的。

"老班长,你弟妹管得紧,我得回家睡觉了。我都安排好了,明天早上来接你吃早点。"一看快十一点了,沈美强赶紧告辞走了。

郝自强虽然不习惯这种生活,但对老战友的感情还是非常满意的。送走了沈美强后,他又洗了个热水澡,就躺在松软的席梦思床上准备睡觉了。

突然,床头的电话响了起来。郝自强吓了一跳,赶紧接了起来。

"先生,有人为您定了特种服务,现在我可以过去吗?"一个甜甜的女人的声音从听筒中传了出来。

虽然没有亲身经历过,但看电视多了,郝自强自然知道"特种服务"的含义,他可不是来享受"特种服务"的。"退了,退了,不好意思啊。"郝自强有些慌乱地放下了电话。

电话又响了起来。

"这小子,明天我得好好说说他。"郝自强嘀咕着,直接拔了电话线。

"兄弟,我们不在大饭店吃了,去路边的小摊吧。这儿我不习惯。"当沈美强来接郝自强时,郝自强急不可耐地说。

"呵呵,老班长,晚上玩得可好?"沈美强有点俏皮地问郝自强。

"别提了,晚上有骚扰电话,幸亏我把电话线拔了。"郝自强也笑了。

"好,就听老班长的,到小摊吃。"沈美强知道老班长的性格,也就不再强求。

"咱都退伍这么长时间了,别再叫老班长了。我年长几岁,就叫我声哥吧!"郝自强很诚恳。

"好,哥,走,吃饭去。"沈美强挽着郝自强的手,走出了大酒店。

路边一家干净的小摊,两人每人要了一碗酸菜面,外加两个卤蛋,然后就在摊边的小桌面对面坐下了。

"哥,吃完饭,咱去武夷山玩儿吧。那边风景极好。"

"实不相瞒,哥来这儿是想寻条出路的,实在没心情去玩儿。"郝自强把这些年来的遭遇断断续续告诉了沈美强。

小摊外边渐渐沥沥地下起了小雨。

沈美强看着低头吸溜吸溜扒面条儿的郝自强,眼泪在眼眶子里打转,老班长太苦了,他下定决心,一定要要好好地帮助自己的这个老战友,这个好兄弟!

"只要哥吃得了苦,就先跟着我干吧。"沈美强很爽快地答应了郝自强的要求。

饭后,郝自强抢着去结账。沈美强坐在凳子上看着老战友的背影,深深地叹了一口气。

沈美强经营的产业主要有两处:一处是一个中型的服装加工厂,另一处是一家大服装店。服装加工厂有四百多工人,既接订单,也自己设计品牌。服装店占了一座商贸城的整整一层,有五十多名员工。

他们先一起来到了服装加工厂,门口保安看到是沈美强的车子,立刻开了大门,并站在一边立正敬礼。

"呵呵,很正规啊。"郝自强笑着说。

"保安队七个人都是退伍军人出身,队长老钟还是南部军区特种作战大队的,和咱哥俩有一拼。"沈美强对自己的保安队伍非常满意。

进了沈美强的总经理办公室,郝自强眼睛一亮。东西走向的老板桌上有两台笔记本电脑,背靠的东墙上是一幅"春满江山图",百花争艳,栩栩如生;面对的西墙上是四幅大地图,分别是世界地图、全国地图、省地图、市地图;南边靠窗有一盆生机勃勃的发财树,正对树的西边靠墙处是一张红木博古架,摆着望远镜、军用水壶等军用纪念品,最上面摆着一架银白色的直升机模型;北面一溜摆着沙发、茶几,是接见客人的地方;东面靠北还有一道门,不知道通向何处。

沈美强没有走向自己的老板椅,而是招呼郝自强一起在北面的沙发上坐下了。

两人刚刚落座,一位穿着职业裙装的小巧美女——沈美强的秘书快步进来了。

"沈总不是说今天不来了吗？我先给你们泡茶。"秘书一边说，一边麻利地泡了两杯茶。

"临时有变。你去取两件工作服来，我要陪我哥到处去转转。"

郝自强虽然也当过工人，但只不过是五六十人的小乡镇企业，对于管理，仅仅当兵时带过一个班。跟着沈美强真觉着长了见识。设计部、技术部、销售部、财务部、安全生产部、后勤保障部，还有制衣车间、裁剪车间、缝纫车间、样品车间……

一圈下来，郝自强的头就大了。

"哥，帮我管管公司怎么样？"

"我可管不了，再说你们这儿也不缺人手。"郝自强真诚地拒绝。

"那下午再去看看服装店。反正要给哥安排个好地方。"沈美强也看出郝自强对于在这儿的岗位不感兴趣。

下午到服装店郝自强倒是发现有一样工作很适合自己。什么工作啊？仓库管理员。郝自强干过配货，对各种不同型号的衣服的登记管理一看就会。

"兄弟，就让我暂时当个仓库管理员助理吧，我得从头学起。"参观完服装店后，郝自强主动要求。

"哥，这个活儿太操心。"

"没事儿，我在老家干过配货，有信心干好。"郝自强已经在心里计划着怎么干了。

沈美强见郝自强很坚决，也就同意了。

"至于住的，先暂时和我住在一起吧，我的房子很大，我刚好和你一起上班。"沈美强为郝自强打算着。

"我现在是你的员工了，就不打扰你的私人生活了，看看这附近有没有房间出租，我租个房间住就行。"郝自强笑着推辞。

"那怎么行？必须和我住在一起，当仓库管理员只是暂时的。"沈美强不答应。

"哥，咱仓库前面保卫室还有两间空房，可以让老郝住在那儿，还有全套的炊具、餐具。"服装店的王小花经理——沈美强的小姨子看二人为住宿达不成一致，主动过来出主意。

"以后叫郝哥，别老郝老郝地叫。"沈美强瞪了王小花一眼，"我跟着郝哥干革命的时候，你还穿开裆裤呢！没大没小。"

"是，沈总。"王小花做了个鬼脸，对沈美强一点也不惧怕。

"就听王经理的，住在这儿离仓库近，也好快熟悉情况。"郝自强附和着说。

"派人去打扫好卫生，把被褥都换成新的。"沈美强让步了，其实把郝自强留在家里，没和老婆王大花商量，他心里也没有底。

"是，沈总。"王小花夸张地喊着，细细的眉毛带着俏皮的笑意。

"另外，打电话给你姐，说我们今晚回去吃饭。"

"领着我吗？"

"废话，你得陪客人。"

王小花打量着郝自强，健壮的身材，有棱角的五官，不讨人厌。王小花对有这么一个手下，没有排斥。

郝自强又光荣上岗了，现在的职位是仓库保管员，不，暂时还是助理。

第十一章 返乡

"大家加油了啊,看看人家郝哥……"王小花又在教育手下的员工。

郝自强笑笑,从边上悄悄地离开,去干自己该干的事情。

他来到这儿已经五个多月了。这些日子,他强迫自己放下所有的杂念,白天晚上看的、想的都是服装,每一道工序他都用心去学习,时间长了,居然练出了一套绝技:各种型号的衣服他只要看一遍就能印在脑子里,哪种牌子的衣服有什么特点、哪种料子有啥禁忌、哪种款式是当季流行的明星版、哪种属爆款……甚至对许多流行元素也能说个八九不离十。

服装店里大多是女孩子,男人除郝自强外,只有四五个十八九岁的小青年。年轻人都爱干净,脏活、累活郝自强全包了,反正他有的是力气。郝自强的勤快和热心赢得了大家的尊重。女孩儿好吃零食,郝自强的口袋里便时常有女孩儿塞进去的果脯、花生、甜品。王小花每次看到女孩给郝自强塞零食儿,就会故意板着脸教育人家,但往往一转身又忍不住从郝自强的口袋里掏出来自己大快朵颐。

自从郝自强来到这儿上班后,王小花感到干什么事都顺溜、省心。看着郝自强在身边忙活,王小花感到特别踏实,有事没事她就喜欢往仓库里跑,看郝自强专心致志地记录、分类、整理;在梯子上爬上爬下,把仓库整理得板板正正的。

这一天,郝自强清点完了货物,坐在椅子上休息。窗外阴雨霏霏,没有停歇的迹象。

“已经连续下了八九天了吧？这鬼天气，和北方真是不一样。”郝自强嘴里嘟囔着，“现在的北方应该是春暖花开的季节了。桃花、杏花、梨花还有槐花都开了吧。”他的心又回到家乡去了。

家乡的那片桃林真大，春天一到，满山的桃花就像给整座山披上了粉红色的婚纱。

这个季节的田野，地很松软，踩上去软绵绵的，各种野菜争着从地里钻出来。

每到周末，只要有空，一家三口就一起去踏春，看桃花。李岩是个心细的女人，每次出去玩儿，都是捎着方便袋和小铲子，一边陪小强玩儿看到中意的野菜就顺手采回来。

嫩嫩的荠菜、刚抽叶的婆婆丁、冒出红头的苦菜，一定要连根挖回来。洗净了，蘸上甜酱，婆婆丁和苦菜还不苦，祛火消炎；荠菜生吃入口鲜香，要是剁碎了煎个荠菜饼，那绝对是美味佳肴……

“想什么呢？口水都流出来了。”突然出现的王小花推了他一把，“想嫂子了吧？”

郝自强一愣，回到了现实。

“啊？没没没。这天气真烦人。”竭力掩饰让郝自强的话语里带出了不自然，惹得王小花心里突然涌出一股想调戏一下他的冲动。

“这叫梅雨季节，懂吗？还得十天半月的才开晴。你就慢慢习惯吧。怎么样？中午请我吃个饭？”

“请！沙县小吃。”郝自强漫不经心地回答，他知道这小丫头又要耍赖皮。

“真小气！沈大老总来了，让我叫你。走了。”王小花噘着嘴看着郝自强，翻了翻眼皮，像跟谁赌气一样，踩着高跟皮鞋，咔咔地走了。

"这孩子。"郝自强摇了摇头，跟在王小花后面出去了。

沈美强坐在沙发上，慢慢地斟茶，低头思考着。郝自强进屋就一屁股坐在沈美强旁边的沙发上，端起沈美强刚倒上茶水的杯子就喝了起来。

"哥，在这儿快半年了吧？"沈美强漫不经心地问。

"五个多月了。"郝自强又给自己续了一杯。

"你不能一直在这儿啊！"

"咋？你也要撵我走？"郝自强端着茶杯的手停在半空，愣了。

"哥，你误会了。"看到郝自强的表情，沈美强知道自己又触到了他那根敏感的神经，"听小花说你对服装业务很精通了，我想让你回你的家乡开家服装店。"

"别开玩笑了，我行吗？再说我也拿不出那么多资金。"郝自强呵呵笑了起来。

"你肯定行。昨天我们讨论的时候，小花都对我们打了保票。"沈美强神色严肃起来，"哥，说正事。我们是这样打算的：你回到你的家乡，在县城里先租赁一个场地，不能小于300个平方，如果便宜买下来也行。然后由我们提供服装、鞋帽等货品，你负责经营。你占百分之二十的股份，平时给你开工资。这是详细的计划，哥你过来看一下。"

沈美强从文件包里掏出一份材料，摊到桌子上。郝自强一看沈美强动真格的，赶紧凑过去看。

计划材料写得非常详细，一条一款罗列得清清楚楚，明明白白，一看就知道沈美强下了功夫。

"怎么样？哥，干吧。"沈美强用鼓励的眼神看着郝自强。

走过大江南北,郝自强看到了自己当老板和给人打工的不同,他做梦也想找机会改变自己,不光为了自己,还有儿子,对,儿子,为了儿子,他什么都可以做。

郝自强看着沈美强,他知道自己的机会来了。现在的形势是人人都想当老板,缺少的就是平台和资金,而这两个条件,他现在一下子全有了。郝自强略一思考,把心一横,一拍大腿,坚定地说:"干!"

"好,签字。"沈美强掏出了一份合同递给了郝自强。

"呵呵,早给我准备好了。"郝自强微笑着说,心里暗暗感动,这是人家沈美强在不动声色地帮助自己啊。

郝自强郑重地签下了自己的名字。

"郝经理,你不看看什么内容就签了字,不怕我哥把你卖了?"王小花歪着脑袋一脸坏笑。

"郝经理?别笑话我,我哪是什么经理啊!"

"沈叶服装公司江北部经理不是经理是什么啊?"王小花指着合同笑着说,"下一步可能比我管人还多呢!"

郝自强翻看了一下合同,自己果然成了沈叶服装公司江北部经理了,不由得脸上一阵发烧,一下子就红了。

这些日子不再考虑生活的杂七杂八,郝自强的脸色又恢复到了原来的样子,浓眉大眼的俊脸上,几乎找不到岁月的印记。王小花看着郝自强微红的脸庞,心里生出诸多情愫……

"这张银行卡里有50万元,作为江北部的启动资金,密码我已经发到你的手机上了。"沈美强把卡递给郝自强,"节约着花,但也不能小气,不够再给我打电话。办得差不多了,我过去看看。"

郝自强郑重地接过卡,掏出自己的钱夹,放到最里边那层,然后放回自己的口袋。

"你放心,我会努力的。"郝自强朝沈美强点了一下头。

"我上海那边有个业务,今晚上就得赶过去,就不给哥送行了。明天一早,让小花送你去车站吧!"

"好。"

"别,我想起个事儿来。"王小花突然插上一句。

"啥事啊?"沈美强和郝自强异口同声地问。

"咱车库里不是闲着辆捷达吗?没人开,还占地方,干脆拨给江北部算了。郝哥的驾驶技术那是杠杠的,直接让他开回去就行了。"王小花拍着脑袋一副恍然大悟的样子。

"这事你找你姐吧!我同意。"沈美强朝着郝自强使了个眼色就站起来走了。

"哥,你收拾收拾行李,我去给你要车去啊!"王小花看到沈美强走了,嘱咐一声,也快步离开了。

"今天这事儿挺突然的。"郝自强嘟囔着,回去收拾行李。

郝自强怎么也不会想到,为了给他创造这次机会,沈美强和王小花在家庭会议上说了多少好话,特别是王小花,直接打了保票,惹得老爷子半天没吭声,吓得大家也不敢说话。他们这个家族企业,真正的一把手是老爷子,其余的人都是打工的。不过还好,最终老爷子还是决定让郝自强试试,但是很明显,全家人对赚钱压根儿就没抱多大希望。

这50万,是最少的启动资金,当然,在一个小县城开家服装店是绰绰有余了。

郝自强的行李很简单,就几件替换衣服,不用半个小时就收拾好了。闲着没事,他又把房间的卫生好好地打扫了一遍。毕竟在这儿住了五个多月,还是有感情的。打扫完卫生后,他坐在椅子上看着窗外,桂树的叶子在雨水里更加翠绿,心里有喜事,就连这连绵不绝的阴雨也不再讨厌了。

一辆九成新的白色捷达牌小轿车在仓库边停了下来,王小花从驾驶室钻出来,兴冲冲来到郝自强的宿舍。

"车我给你要来了。给你办成了这么大个事,中午请客吧!"王小花晃着手里的钥匙,有些得意地朝郝自强显摆。

"这车美强本来没打算配给我,是你主张的吧?别打乱了他的安排,退回去吧。"郝自强像嘱咐一个任性的孩子。

"郝哥,你想多了。我那刚大学毕业的小弟想要辆车,我姐打算把这辆给他,他不愿意拾破烂,想要辆好的。你不把这辆开走,小弟怎么能要到好车?机会难得,快请客吧!"王小花把钥匙硬塞到郝自强的手里。

郝自强笑了,他知道王小花的意思,要是自己再不拿着的话就太不解风情了。

"好,中午我请客。想吃什么?"

……

在绵绵的细雨中,郝自强和王小花打着一把花折伞往回走。

"这点雨淋不着,你自己用就行。"郝自强看看外面渐渐沥沥的雨点儿,想离开。

"别这么封建好不好? 都什么年代了。"王小花干脆伸出胳膊和郝自强挎在了一起。

"哥,你真的离婚了?"

"嗯。"郝自强眼睛直视前方,全身有些僵硬。

"那女人真是瞎了眼。"

"都有难处啊。"郝自强的语气里带着对李岩的理解和原谅,还有未了的思念。

王小花不说话了,挽着郝自强的胳膊默默地向前走,郝自强红着脸,侧着身子,把伞下的空间留出大部分,防止伞架上滴下的雨水淋着王小花。

"我要是能找到像哥这样好的男人做丈夫该有多好!"王小花一改假小子的性格,幽幽地说。

郝自强的心无端地颤了一下,这孩子!

小花的意思太过明显,郝自强不知道该如何接话,他用眼角儿瞄了一下王小花,却感觉胳膊被搂得更紧了,一只小手在自己的手臂上爬行,像抚摸又像要传递什么。

郝自强一走神儿,手里的雨伞轻轻地歪了一下,伞架上的雨滴一下子滴进了两人的脖子里,"啊呀!"几乎同时呼出了声。

王小花"咯咯咯"地笑了起来,"哥,你真坏!"

郝自强用手摸摸自己湿漉漉的脖子,一把把罪魁祸首拎到伞底下,手里的雨伞又向她倾斜了一下。

"其实,你更坏!"

王小花没再辩解,窝在郝自强的臂弯里默默地看眼前的雨滴逐渐连成了一串儿。

雨越下越大,伞的四周形成一道密密的水帘,隔断了人的视野……

路上的行人都急着回家,不时有背着肩包的男人和背着背包的女孩子从身旁匆匆而过。

"哥,其实我真不舍得你走。"

"我还回来。"

"我可以去看你吗？"

"可以，我巴不得你去。"

"真的？"

"假的。"

"你真坏！"

臂弯里的女人被牢牢地保护在伞底下。

"我真希望这雨一直下，那样你就走不成了。"

"那还行？本来南方就雨多，涝了可不好。"

"哥，你会想我吗？反正我会想你的。"

"想，怎么不想。你，美强，就像我的弟弟妹妹，我怎么会不想呢。"

"……"

前面是一个大路口，两人快步穿过斑马线，一家大商场前停满了汽车。

"哥，到商场买点礼物给小强吧。"王小花提议。

看来沈美强把郝自强的一切都告诉了这个精灵古怪的小丫头。

到底是女孩子的心细，孩子爱吃什么摸得一清二楚。从商场出来，俩人的手里拎满了大包小包。

雨还是停了，太阳从厚厚的云彩后面钻出来，憋了这八九天，脸都比原来胖了一圈儿。

后备厢里塞满了两人买的礼物，郝自强只好把自己的行李放在后排座上。

早就和同事们道别过了，大家都以为郝自强是来学习经验的，一起预祝郝自强的店铺早日开业，发大财。

小花是唯一一个送出来的,大家都心照不宣,知道老大对郝自强格外用心,都站在门口挥手告别,给他俩个机会。

郝自强看看一直站着不说话的王小花,"我走了!"

"嗯。注意安全。慢点儿开车。"

郝自强笑了,这可不是平日里那个风风火火的假小子。

用手摸了摸小花的头,郝自强钻进了驾驶室。

"到了老家,别忘了给我打个电话啊!"车窗外面,王小花摇着手大声说。

"一定!"

郝自强笑着答应了,白色的捷达车缓缓驶出了大门,朝着江北飞驰而去。

车已经走远了,王小花还站在原地发愣。这个二十三岁的姑娘,心里在想什么呢?

刚一见面,王小花就被郝自强强壮的身体吸引住了。人都有一个共性:自己不具备什么,心里就渴望什么。王小花是典型的南方姑娘,娇小、秀气,一米五六的身高,只有九十多斤。每当郝自强很轻松地搬运着大包大包的衣服从自己身边经过时,王小花心里都会莫名其妙地颤动一下。

随着时间的推移,郝自强的正直、好学、勤劳渐渐在王小花的心里生了根。

特别是一件事情,让王小花一辈子记在心里。

那是一个寒冷的晚上,她和郝自强进了些材料往回走,半路上车子坏了。郝自强下车修车时,从后边上来了一辆轿车,车上的四个醉汉子看到王小花长得漂亮,又只有郝自强一个人,就停下车要调戏王小花。平时老实憨厚的郝自强，勇敢地冲了上去，一番激战，四个人被打得屁滚尿流，连滚带爬地逃跑了。从那以后，她就从心里喜欢上了这个敢打敢拼的大哥。她缠着他讲当兵时的故事，喜欢和他一起吃饭，有事儿没事儿就找他聊天儿。她还从沈美强那儿了解了郝自强的一些事情，知道得越多，王小花越心疼郝自强，这样的好男人真的不多见了。

有时候，她甚至想，嫁给郝自强应该也是件不错的事儿。但是她又马上否定了自己，毕竟郝自强三十六岁了，离异，还有一个十岁的孩子，而自己事业有成，又是个妙龄少女。

唉！

"在想什么呢？"一个声音打断了王小花的沉思。抬头正对上大姐探究的目光。

"没想什么。大姐，你怎么来了？"

"丫头的心思，怎么能瞒得住我？"大姐笑着说，"回屋吧，雨水把鞋子都湿了。"

"不就是想让三儿开辆好点儿的车嘛！"王小花不上当，轻松转变了话题。

"是，小妹做得对。"大姐看破不点破，心疼妹妹。

姐妹二人说笑着回去了。

郝自强开着车，出了市区，上了高速公路，朝着家的方向疾驰而去。

儿子，我回来了！

第十二章 创业之初

离开县城五个多月后，郝自强又回来了。到县城已经是凌晨了，这么晚了不好去看儿子，他就先回到了自己的出租房。一切都跟他离开时一样，只是茶几上落了一层厚厚的灰尘。

赵忠娟没有来过，房主也没有来过，连小偷也没有来过。郝自强苦笑了一下，先开了窗透气，然后整理卫生——他还要在这儿待一段时间。

一切都拾掇妥当了，他美美地洗了一个热水澡，就倒在床上睡了。开了十几个小时的车，只在途中打了个盹，现在感觉累了。

滴滴的闹钟声把他叫醒了，他不敢偷懒，一切都要从头开始，要处理的事情多得很。但是，他还是决定先去看看儿子，五个多月没见了，想得慌。

看到西装革履的郝自强，郝小强惊呆了，过了十几秒，才扑到爸爸的怀里。

几个月没见，小强又明显地长高了。

"来，看我给你带来的好东西。"郝自强把一大包东西放到茶几上，一边往外拿，一边给儿子介绍，"这是香榧，这是杨梅，这是桂圆……"

"给我姥爷和姥姥买礼物来没？"小强悄悄地问，"姥姥和姥爷待我可好了。"

"买了！"郝自强笑了，"给你姥爷是一箱黄花山米烧，给你姥姥是一身衣服。然后,每人一双运动鞋。还有金华火腿呢。都在车里,我们下去拿。"

"爸爸,这是你的车? 太漂亮了。"小强有些意外地问。

"这是单位的,我暂时开着。"

爷俩一边交谈着,一边把物品搬到楼上。

"怎么没有见你姥姥和姥爷啊?"

"姥姥病了,姥爷陪她去打针了。"

爷俩正在聊着,门开了,姥爷和姥姥回来了。

郝自强有些尴尬地站了起来,"爸、妈,回来了。"

"自强回来了,坐吧。"老爷子和蔼地打着招呼。

"听小强说我妈病了,不要紧吧?"郝自强关切地问。

"老毛病了,你们聊我躺会儿。"老太太有些蹒跚地回到了自己的房间。

"在南方干什么活? 还不错吧。"老爷子在郝自强对面的沙发上坐了下来。

"帮一个战友打理生意,这次回来准备在咱们县城开家服装店。"

"那爸爸是不是就不回南方了? 以后就可以经常来看我了?"小强依偎在爸爸身边,惊喜地问。

"是啊。以后我也可以常常见到我的儿子了。"郝自强伸出手轻轻地抚摩着儿子,微笑着。

"好,值得庆贺。可惜李岩这孩子不听话。"老爷子长长地叹了一口气。

"李岩近期过得好吗?"郝自强鼓起勇气,小心地问。

"能好到哪儿去? 那小子天天不着家,她倒好了,自己的孩子管不了,还得给人家看孩子。回来朝着我们诉苦,被我们狠狠训了一顿。"

老爷子站了起来,"今晚上别走了,我做几个菜咱爷俩喝点。有一年多没在一起喝酒了。"

"你陪了一顿床怪累的,我出去买点现成的吧。"郝自强站起来往外走。

"好吧。唉!"老爷子倒是乐意。陪床虽然不沉,年纪在这儿呢。

周围的熟食店很多,种类也齐全,凉菜热菜都有。出去十几分钟,郝自强就大包小包买了八九样回来,为了方便,郝自强直接连馒头也买了,热乎乎的。

"太丰盛了,让你破费了。"姥姥由小强扶着也在饭桌前坐了下来。

郝自强启开了一瓶黄花山米烧,先给老爷子倒上,然后又给自己倒上。

小强有些迫不及待,但一直静静地坐在爸爸边上,直到姥爷和爸爸碰了杯,才拿起属于他的鸡腿狼吞虎咽地吃起来。小强是个懂事的孩子,知道姥爷姥姥家里不富裕,一家三口全凭姥爷的一点退休金生活,平时家里的伙食很少有大鱼大肉,他即使馋,也从来不向大人提出过分的要求,都是姥姥做什么吃什么。

看到小强狼吞虎咽的样子,郝自强心里有些难过。但是他能有什么办法呢?自己都差点过不下去了。不过没有过不去的坎,一切都会好起来的。

看着小强的吃相,姥爷姥姥心里也很难受。自己何尝不心疼自己的亲外孙?确实是没有钱啊。以前李岩两口子还隔三岔五给点,手头还算宽裕。自从李岩又结了婚到现在快一年了,一分钱也没有拿回家。家里两个老人体弱多病,特别是老太太只是办了农村的医保,看病还要自己负担一部分，家里恨不得一分钱掰成两半花。家里的伙食差也是没法子的事。

吃完饭后，郝自强从包里拿出一摞大票递给孩子的姥姥，很诚恳地说："小强给二老添麻烦了，这一万块钱给二老补贴家用吧。"

她推辞不要，郝自强硬塞到她的手里，就准备回去了。

小强粘着郝自强，不舍得爸爸走。

"喝了些酒，今晚就别走了。明天再走吧。"姥爷说，"反正小强的床很大，你们爷儿俩睡也很宽敞。"

姥姥也挽留。

郝自强也就住下了。这一夜，有儿子在身边，郝自强睡得很香甜很香甜。梦里出现了一个模糊的影子，喊着自己的名字，是李岩？是赵忠娟？还是王小花？他竭力想看清楚，但朦朦胧胧的，怎么也看不分明。

今晚月色很好，天空一片清亮。李岩却没有心情享受这美丽的夜景，高益智又喝醉了。当李岩服侍醉醺醺的高益智躺下后，已经十点多钟了。她看着打着鼾声沉沉睡去的高益智，心底慢慢升起一种厌恶的感觉，那个高大强壮的身影又从记忆的深处翻了上来，搅得她辗转反侧，难以入眠。

江南的绵绵细雨还在不停地下着，王小花的香闺里传出了几声呓语，说的什么听不清楚，但北国的郝自强却好像听到了！

第二天，郝自强早早起来买了油条和豆汁。一家人吃过早饭，郝自强开车将小强送到学校。今天的小强特别开心，书包里装着爸爸从南方捎来的好东西，撒着欢儿进了学校的大门，他要和他的伙伴们分享自己的快乐。

从学校回来后，郝自强开始了自己的创业之路。开服装店，首先要选一个好地方。用行话说叫地角,好的地角是成功的基础,对于服装店来说,必须选在客流量大的地角。

郝自强在县城里转了三天,最后相中了城东的泰成大厦。泰成大厦刚刚建成,是城东的标志性建筑,主体建筑高十八层,下面两层分割为商铺出租,主营服装百货;三层四层,以餐饮为主,各色小吃,皆可落户;五层以上是写字楼。

大厦刚刚对外招商,郝自强经过深入了解后,向沈美强做了汇报。郝自强汇报的要点有四:一是地角好,周围开发了大量居民楼,客源大,发展潜力大;二是场地大,可以满足对店铺面积的需要;三是对方免半年租金;四是弱点,现在的客流量不大,赚钱可能要半年以后。

郝自强汇报完后,让沈美强来实地考察考察,再做决定。

"哥,以后店铺的一切都由你全权负责了。所有签订的合同都用你的名字,法人代表也用你的名字,店铺名字不能用沈叶服装公司江北部,我也想好了,就叫'自强服饰'吧。"沈美强在电话里笑着说,"店铺装修完毕,我会安排人过去帮你铺货。一切拜托给你了,钱不够,打电话给我。"

沈美强说完,就放下了电话。

郝自强心里一阵激动,人最高兴的事情是什么?就是能得到别人的信任!

郝自强是第一家比较大的入住商户,泰成大厦的窦总亲自接见了他。

"三百平方米,我一租五年,每年十五万房租,一年一付,怎么样?"郝自强开门见山。

"房租每年应该都会涨的,我预测五年下来,三百平方米的平均房租不下二十万。你是一楼第一位大客户,一年一付,十八万吧。"窦总笑着说。

"你看啊。装修需要两个多月吧,架子、服装摆好也得一个星期吧。这就说三个月后才能开业,只剩三个月的免费期。再说近期的客流量肯定不大,我第一年能保本就不错,弄不好还要折钱。"郝自强很认真地分析。

"这样吧。一年十六万,不能再低了。"窦总也是爽快人。

"当时招商部的刘经理都同意第一年十五万了。您看?"郝自强身子前伸,诚恳地看着窦总。

呵呵! 窦总笑了。

合同顺利签好了。

临告别时,窦总掏出一张名片递给了郝自强。

"小伙子不错,有什么事给我打电话。"

"谢谢窦总。"郝自强两手接过名片,看了一眼,就小心地放到自己的口袋里。

接下来的日子里,郝自强天天泡在店铺里。做工师傅们有什么需要的,郝自强立刻办理;没有事的时候,他就成了免费的小工,递递拿拿一刻也不闲。当然,有什么特别的要求,也会立刻提出来。看到郝自强和其他的老板不一样,做工师傅们特别的用心,装修的速度也特别快,仅仅用了二十来天儿,活儿就圆满完成了。

接下来就是衣服上架,准备开业了。这一点不用郝自强发愁,当店铺装修完毕的第三天,王小花就带着服装以及服装架子从江南赶过来了。

"郝哥,你瘦了啊!"王小花操着软软的吴语,双眼静静地看着郝自强,伸出了白白嫩嫩的小手。王小花本来是想一见面就大胆拥抱一下郝自强的,但是真正见了面,却没有了勇气。

郝自强握了一下那只小手,"辛苦了!"

"没想到这么快就见到你了。效率太高了。"两人边说话边往店里走。

"装修得不错啊!"王小花在店铺里转了几圈,由衷地说,"没看出来,郝哥装修还是行家啊!"

"这算不了什么,关键是以后。走,先卸货。"听出王小花的肯定,郝自强笑了笑,转移话题。

"这也是你的强项,我累了,看着你干。"王小花有些撒娇。

"好的,反正我找了帮工。"

王小花在边上一边指点着货物放置的位置,一边端详着来来回回的郝自强,突然感到自己好像老板娘,不由得偷偷笑了。

忙了一个多小时,货物卸完了。

"我要在这边待一段时间,你和司机结账让他回去吧。"王小花吩咐郝自强。

等所有人都走了,王小花笑着对郝自强说:"已经傍晚了,我快饿死了,你不请我吃饭?"

"好好好,立刻去。把王二小姐饿死了我可赔不起。"郝自强知道小花是故意的。

两人锁好了店铺,走出了泰成大厦的大门。

夜灯初上,小县城的夜景倒是很美。两个人顺着护城河来到一家干净的小餐馆,点了四个菜,要了一份特色炒鸡。

"喝点酒吧。"王小花提议。

"好,喝什么酒?"郝自强作为东道主,当然赞成。

"我看到柜台上有个武松打虎的酒瓶很好看,就喝那种酒吧。"

"那叫景阳春,眼光不错。"

王小花虽然是南方姑娘,但是还能喝点酒。和心爱的人小别重聚,心里自是放松了,一杯酒没喝完,脸色居然红了。

"吃了饭早点休息吧,一路上累得不轻。"郝自强看看王小花喝得差不多了。

"好的,今晚我住哪儿啊？"

"住旅馆吧。"

"你呢？"

"我住出租房。"

"你的出租房有几个房间啊？"

"两个。不过一间没有用过,很脏。"

"我一个人住旅馆害怕,和你一起回出租房吧。"

"这样——"郝自强有些犹豫。

"这么封建,我还能把你吃了。"王小花又恢复了她霸道的样子。

郝自强知道王小花主意已定,多说也无宜,就带着她回家了。

趁着王小花洗澡的当空,郝自强把空闲的房间稍微整理了一下,铺上一床被褥。反正天已经不冷了,凑合一晚吧。

"郝哥,把我的洗漱包递给我。"王小花在厕所兼洗澡间里喊。

郝自强没有办法,只好取了洗漱包,把洗澡间的门拉开个缝,远远地伸直胳膊递了进去。

王小花接过了洗漱包,吃吃的笑声从洗漱间里传到郝自强的耳朵里。郝自强不为所动,躺下来休息。白天的劳累,再加上晚上的三杯白酒,鼾声很快从房间里传了出来。

王小花穿了一身粉红色的睡袍出来了，她蹑手蹑脚地走到郝自强睡觉的房间门口，听到均匀的鼾声源源不断地传了出来，俏皮地吐了吐舌头掉转头，回到了郝自强原来的卧室——现在成了王小花的闺房了。

一大早，郝自强就醒了。他知道南方人不喜欢吃油条等油腻的食物，就煮了面条，炒了一盘青叶菜配饭。想了想又煎了一盘鸡蛋饼。

早餐准备好后，郝自强轻轻敲了敲王小花的卧室门。

"起来吃饭了。"

"进来吧。我已经起来了。"

郝自强推开门进去，王小花正在床边的小桌旁敲打着笔记本电脑。黑黑的长发披在肩膀上，小手熟练地在键盘上跳动着，光滑的脸闪着温柔的光。郝自强看着这幅美丽的画面，有点痴了。

"好了。"王小花关了笔记本电脑，站了起来，睡袍下露出一截雪白的小腿来。郝自强赶紧转身，走了出去。

"哥的手艺很好啊。"王小花一边出溜出溜扒着面条，一边赞不绝口，"我都不会做饭，以后常做给我吃啊。"

郝自强微笑着，没有接话。

"王经理，今天怎么安排？"吃完饭后，郝自强问。

"你烦不烦啊？以后叫妹子！嗯，就叫花妹吧。"王小花娇嗔地说，立刻�‍�’起了小嘴。

"好好，花妹。"郝自强有些无奈。

"这样还差不多。先把服装标签挂上，然后理货上架。但是就我俩这上千件服装得忙一整天。最好是招几名店员，咱一边理货，一边教教她们。"王小花立刻转入工作状态。

"我已经和泰成大厦人事处的人打好招呼,应聘人员都留下联系电话了。我们现在就可以过去挑选店员了。"郝自强胸有成竹,县城里劳动力资源还是很充足的。

二十几个应聘人员很快都到齐了。经过王小花的面试后,最后留下了八名,都是清一色的年轻姑娘。

"从现在开始,你们就是店铺的试用员工了,试用期为一个月。试用期间自己离开的不支付工资,试用期满每人发一千五百元工资。试用期满后月基本工资为一千八百元,绩效工资为个人营业额的百分之二。辞退的加发两百元路费。详细规则,明天每人一份发到手里。"王小花讲话简洁明了,一看就是精明干练的人物。

在这座县城,这个工资已经很高了。普通的店员一个月也就是一千五百元。

在王小花和郝自强的指挥下,工作井然有序地进行着。

"谁是这儿的老板?"一名身穿警服的中年男子进入店里。

王小花推了郝自强一把。郝自强马上站了起来。

"我是,警官有什么事?奥,您是于警官吧?"

"呵呵,我是于涛,你是郝自强吧。现在开店了?"于涛摸了下头,记起来了。

"帮战友打理打理。"

"不错。我是来检查消防安全的。"

"噢,哥你仔细看看吧,需要我怎么做你告诉我。"

于涛在店铺转了一圈说,"老郝,你得准备六具五公斤的干粉灭火器,两具一组,两个门口各放一组,收银台放一组;然后在两个门口各安装一只应急灯;你这个门合格,过道也合格,疏散标志也有了。就前面两项要抓紧落实啊。"

"好好,我立刻落实。但不知道灭火器和应急灯哪儿有?"郝自强应着。

"消防门市上都有。明天我再过来看看,顺便把你们这儿的流动人口登记登记。"于涛说完,就告辞走了。

"这个警察很和气,哥你认识啊?"王小花一边忙着,一边问。

"认识,都当过兵。"

"噢,那你快去办这事吧。这儿有我就行。顺便捎十个盒饭,今中午我请客。"

郝自强点点头,走了。

有了八名员工的帮助,下午四点,所有的服装已经上架了。灭火器等消防设施已经按照于涛的要求摆放、安装完毕。在王小花的安排下,郝自强又购买了四棵绿叶葱葱的招财树摆在店铺的四个角落,还有八盆绿萝点缀在服装中间。

"大家辛苦了,明天九点钟试营业,请大家提前十分钟到达,今天下班了。"王小花宣布。

大家锁好门,都散了。郝自强和王小花也上了车。

"哥,我看咱那房里有炊具,买点菜,咱自己做吧?"

"好啊。"

郝自强知道王小花喜欢吃南方口味的饭菜,这儿的饭馆又都是北方口味,吃不惯也很正常,倒是自己考虑得不够周全。

第十三章　商业秘密

"哥，我要吃米饭。"一进门王小花就捂着"咕咕"叫的肚子提议。

郝自强把手里的东西一样一样放到厨房里，一袋贵州铜仁白水产的大米，一包贡菜干，一包雪里蕻，一包上海青，还有一捆嫩嫩的空心菜，统统都是南方菜。郝自强知道小花吃不惯北方菜，在超市里就用心照着南方人的口味挑选。在南方呆了五个月，他知道南方人的口味，以清淡为主，少见肉，喜甜不喜盐。

"好的。"郝自强答应着，但是没有蒸米饭的工具。

他想了一下，洗干净了一个瓷碗，淘好了一点大米，加好水，放到电饭锅的底部，箅子上溜上两个馒头，就下手准备炒菜了。

王小花在小客厅里打开了笔记本电脑，一边熟练地码字，一边不忘和厨房里忙碌的郝自强说话。

一会儿的工夫，一盘香菇炒上海青先出锅了，接着是一盘蒜蓉空心菜，最后是海苔鸡蛋汤，都是王小花的最爱，以前俩人一起吃饭几乎每次都有。

当郝自强把一碗松软透亮醇香的大米干饭摆在桌子上的时候，王小花再也坐不住了，她迅速去洗了手，要用手抓一把过过瘾，郝自强及时把匙子递过去，"小心烫！"王小花接过匙子就从上面舀了一下放到嘴里，品了一下，"哥，你的手艺真好。"王小花一脸陶醉。

"将就着吃点儿吧。我这儿炊具简陋，明天去买个电饭煲，专门给你焖米饭。"

"这就很好,全是我的最爱。"王小花夹了一筷子上海青放到米饭碗里,满意地说。

郝自强笑了,这丫头一点儿富家小姐的娇气都没有,整天像个假小子一样,在公司里明明是经理却经常和工人混在一起,弄得公司里没个怕她的,都私底下叫她"二少爷"。她也不恼,手插在口袋里,风风火火地在仓库、设计楼、车间、营销部间转悠,像一股活力四射的喷泉,让每个在她身边的人都感觉舒畅。

特别是对郝自强这个"外来户"、姐夫的战友,更是没有一点儿另眼看待,一口一个"哥"叫着,好像这是她的亲哥哥。有时候沈美强在场,故意答应着,招来丫头的一顿白眼儿,"你是姐夫,郝哥才是哥。"沈美强那吃醋的眼神弄得郝自强哭笑不得。

"哥,你的手艺真好!我嫂子是个没福气的女人。"王小花一边用抽纸擦嘴一边把微机搬到了腿上,继续码字。

小花没考虑这句话的深意,但说者无心听者有意,郝自强忽然很惦记李岩,听小强姥爷的意思她结婚后过得并不好。

"哥,你过来看看这个合同还有什么需要修改的吗?"王小花对着正在厨房里忙着刷碗的郝自强大声说。

"哎!"郝自强一下子从沉思里被拽了出来……

"店铺里少了衣服要员工赔!这不合适吧。"

"必须的。店里的一切都与员工紧密联系,赚钱,大家一起赚;损失,大家一起承担,这样才能增强员工的责任心和上进心。我们南方的店铺都是这样规定的。"王小花坚持。

"那要在店铺里多安装几个监控探头,最大限度地保护员工的利益。"   "好的,这你说了算。"

……

和员工的合同商议好了,王小花又拿出了一摞本子。

"哥,下面一起谈谈咱们的运营规则。这个规则,属于商业机密,只能你和我两个人知道。"王小花严肃起来。

"好的,你说吧。"郝自强郑重地点了点头。

"我们这个店的服装进货渠道有两个:一个是从我姐夫工厂进,卖我们自己的品牌,这也是主要的货源;另一个是我们得自己去找货源,毕竟北方和南方的审美有区别,这一块儿咱俩得多下下功夫,特别是你。你对服装的敏感度很高,这块儿不需要我多说。"王小花把其中一个本子递给郝自强,"看,哥。这是一个进货本,记的是从我姐夫工厂进的货,"说着小花又把另一个本子递给郝自强,"这个进货本上记的是我们自己进的。"

看到郝自强点头表示知道了,王小花接着说:"每种服装到店里后都有个价格,就是进价。你看这组数据就是每件衣服的进价。"王小花指着本子上的数据给郝自强看。郝自强就把头凑到本子上看,一股少女的特有的淡淡清香钻到鼻孔里,郝自强脸一红,迅速直起了身子。

王小花感觉到了郝自强的变化,微微一笑,装着什么也没有发生,只是将本子朝自己的身子又挪了挪。

"零售价的八折,是基准价。基准价减去进价再减去运费、房租、员工工资、水电、税务等杂七杂八的所有开支就是纯利润了。公司决定,这个纯利润你占三成,公司占七成。基准价到零售价的这块资金由你全权处理。但是,一些关系的打点都要你自己处理了。"

"我不是占两成吗?"

"别打岔,以我说的为准。"

郝自强认真听着,大脑快速旋转消化,考虑了一会儿才点点头,表示搞明白了。

"这算什么秘密啊?"郝自强笑了,这就是正常的经营规则嘛。

"你傻啊!看看这一栏。"王小花笑着说。

郝自强静下心来仔细研究了一通,突然明白了。

"利润不小啊!"

"这就是秘密,千万不能告诉别人的商业机密。"

"懂了。"

"哥本来就不笨嘛!这是这次的进货单,和本子上记得一样,你算一下总数,我走之前你就要按进价把钱打到我的账户上。"王小花把手里的一大摞进货单交给郝自强,把微机关了放在一边,站起来狠狠地伸了个懒腰,"累死了,我先洗个澡啊。"

郝自强用计算器算了一遍,一共是八万多。担心出错,又仔细地重新算了一遍,两次的数对起来了,这次放心了,把总数记在单子的后面。算完后,闲着没事,就把自己经手的开支统着算了一遍,列成了一个账单。

当王小花穿着浴袍出现在郝自强身边时,他把手里的账单交给了王小花。王小花仔细地看了一会儿,笑着说:"哥,你这个记账是传统记账法叫单式记账法,简单的账还可以,复杂的就不行了。你要学学复式记账法,现在常用的复式记账法叫借贷记账法。"

"记账还有这么多学问啊。我还真不懂,不行你教教我吧。"郝自强红了脸。

"这个也不难,一笔业务,收就是借,出就是贷,有借就有贷,借贷必相等。好比姐夫给了你五十万,是存了银行的,你收了就是借,同时你欠了姐夫的就是贷……"王小花开始手把手教郝自强。

郝自强仔细听着,不懂的就问,王小花也是有问必答,不吝赐教。当郝自强弄明白借贷记账法是怎么回事儿的时候,夜也深了。

南方人有吃夜宵的习惯,郝自强冲了一杯燕麦粥递给王小花,"没有什么好吃的,喝点燕麦粥当宵夜吧。"王小花抬头看看郝自强,笑纳了。

"哥,你最好买台笔记本电脑,在上面记账很方便。"王小花笑着钻进了自己的房间。

郝自强想起了自己那台搁置起来的小笔记本电脑,看来它很快就派上用场了。

第二天,郝自强和王小花一到店铺,于涛已经在门口等候了。

"于哥好。"郝自强故作熟络地打着招呼。

"好啊。消防设施准备得怎么样了?"

"都准备好了。"

郝自强和王小花开了门,于涛仔细地检查了一遍。

"合格了,环境还不错啊。祝开业大吉。"张大刚填写了两张消防检查监督记录让郝自强签了字,然后拿出其中的一张交给郝自强,"拿着这张表到工商所去办营业执照就行了。"

"于哥,员工还没来,信息没有统计上来,不行您再等等?"郝自强笑着说。

"我已经从泰成大厦办公室那边登记了。好好干吧。"于涛拍了拍郝自强的肩膀,就告辞走了。

"现在的警察态度真好啊。"王小花赞美道。

"那是,还是我哥们儿。"郝自强有些吹嘘地说。

八点半,八名员工准时到达。在王小花的坚持下,以郝自强的名字命名的"沈叶服饰自强工厂店"开始试营业。王小花亲自担任收银员,打发郝自强去跑营业执照等各种手续。

晚上八时三十分,随着商场送宾乐那优美的旋律响起,王小花宣布停止营业,对员工们第一天的表现进行了点评。她将合同发给了每一位员工,解答了大家提出的问题。然后,根据门市的实际需要,将人员分成了两组。一组负责上午,从八时三十分到下午一时三十分;二组负责下午,从一时三十分到晚上九时,一周一换班;周六周日则全体人员都上班。并临时指定了两名组长,一组组长叫王桂荣,二组组长叫张文珍,在没确定店长之前,工作暂由王小花全权负责。

晚饭郝自强做的红烧里脊,配上紫菜汤、清炒香芹,王小花又美美地饱餐了一顿。晚饭后,两人泡了一壶茶在客厅闲聊。

"哥,你猜今天的营业额是多少?"

"有两千?"

"不对,再猜。"

"三千?"

"呵呵!八千多。"

"这么多?"郝自强有点吃惊。

"服装买卖好坏,关键是挑选好的服装,从质地、样式、种类、价格,都得好好考虑。我干这行六年多了,还是有些经验体会的。"王小花呵呵笑着说,"你好好做饭侍候着我,以后进货时我好好教教你怎么挑选啊。"

"没问题啊。明天想吃什么?我去买。"

“这个——还没想好，明天想好了告诉你。”

“县城这么小，我们的店铺很快就会传开的。你看着吧。生意会越来越好。”王小花很有把握地说。

“但愿是这样，我心里还是没底啊。”

“没问题。相信你妹子的眼光。”王小花忽然叹了口气，“可惜生意走上正轨我就要回去了，吃不到你做的菜了。”小嘴噘着，那委屈的模样哪是白天风风火火、运筹帷幄的王小花，分明就是个挠人的小精灵。

“你这丫头——”郝自强发现竟然没有什么话来回答，只好端起茶杯来喝茶，掩饰自己的不安。

王小花的眼里放射出了迷人的光芒，她敏锐地捕捉到郝自强对自己不是油盐不进，只是很会掩饰罢了。这就够了，王小花的心里涌出一股甜蜜的味道。

“我要洗澡睡觉了。”王小花端起杯子喝了一口茶水，大咧咧地去卧室换衣服，留下略显尴尬的郝自强。

郝自强回到自己的房间，躺在床上，掏出手机，用百度搜出了借贷记账法，他想好好学学，以后就用这个方法记账，确实实用。

“哥，我洗完了，你洗吧。”郝自强正看得入神，王小花推门进来了，“啊呀，这个房间得好好打扫一下，太脏了。”

“找个空就打扫，你快休息吧。”郝自强赶紧从床上坐了起来。

“我给你烧着水了，洗个澡吧。”纯白的大T恤睡衣上是一个混血美女，性感的嘴唇向前努着，赤裸裸的“烈焰红唇”。

“好，你先睡吧。”郝自强扫了一眼王小花，眼睛好像没从手机上移开过。

王小花见状轻轻地把门闭上回了自己卧室，郝自强继续学习，估摸着水热了,就去冲了个热水澡。

躺在床上,郝自强突然没有了睡意,脑海里居然全是王小花穿着睡衣的样子,那两条白白嫩嫩的小腿儿,那胸前的"烈焰红唇",那蓬松而柔软的发丝,那……

他立刻为自己的想法感到羞耻,抬起手狠狠地在头上打了几下。他强迫自己静下来,然而暮春的气息和温暖的水流让他的身体产生了蠢蠢欲动的念头。

他又想起了李岩第一次到部队找他的情景。

晚上指导员请俩人在连部吃了个小灶,所谓小灶就是让食堂给加了俩菜,一个是西红柿炒鸡蛋,西红柿是连里自己种的;一个是烧肉拌黄瓜,黄瓜也是自己种的,烧肉是李岩从老家捎去的,本来是送给指导员,指导员让食堂一起做了个烧肉拌黄瓜,对战士们说是郝自强小两口请大家尝尝老家的特色菜。还特批郝自强喝了一小杯老家的景阳春。

在饭桌上指导员强调了部队的纪律,因为俩人的结婚报告还没批下来,按照部队的纪律俩人是不能住在一起的。李岩红着脸在桌子底下用脚尖戳郝自强的小腿儿,郝自强一动不动,像没感觉到一样。等吃完了饭,把指导员送走了,郝自强把李岩安排在接待室。

站岗的战士发现接待室的灯亮了一晚上,俩人怎么有那么多话啦啊!

第二天,结婚报告批下来了,郝自强的婚假也批下来了,十个月后小强就呱呱落地了。

郝自强感觉自己的人生一下子圆满了……

郝自强的脸上沉浸着蜜一样的笑意,越想脑子越清醒,睡意跑得无影无踪了。他索性坐了起来,想做几组俯卧撑,可是又怕惊动隔壁房间的王小花,最后,干脆做起了两头翘的动作。这个动作是部队里锻炼腹肌的好方法,具体方法就是身体平躺挺直,头和脚离开床面,整个身体形成一个钝角。一般人也就坚持个一分钟二分钟,只有经常练的人能坚持得稍长一点儿。

五分钟后,郝自强感到腹肌隐隐发酸,汗也淌了下来。他继续坚持,又过了五六分钟,终于挺不住了,整个身子放松,软软地躺在了床上。

休息了几分钟,郝自强又做了一遍。劳累放松了他兴奋的神经,慢慢地眼睛就睁不开了。

隔壁的王小花其实也在床上辗转反侧睡不着,凭女孩子的直觉她知道郝自强还没睡,她有好几次想出去叫郝自强过来聊聊天,但是这么晚了实在是不好意思打扰人家休息,女孩子的矜持又使她一次次打消自己的念头。

她抬起身子听听隔壁有没有动静,夜,静悄悄的……

跑了一天可能是太累了!这样想着,王小花浮躁的内心反而渐渐地静下来。

来北方后,王小花亲眼看到了郝自强原来窘迫的生活处境:房子,租的;孩子,跟着姥娘姥爷;工作,据说原来的厂子都倒闭了。

同时她也感受到了郝自强男人的一面,对家庭对朋友对女人对孩子都是真心相对,这恰恰就是最吸引人的地方。

这个男人太需要个女人来帮他,照顾他,疼他。

谁是这个合适的女人呢?会是自己吗?13岁的年龄差距,南北文化的截然不同,完全不在一个档次的家庭背景……

年龄?郝哥看起来真不像36岁啊;文化不同又怎样呢?家庭背

景？现在这个社会，谁还去在乎背景呢！再说了，哪有几个天生就大富大贵的人呢？自己的爷爷不也是个农民？就是当兵当得比较成功，随大军南下立了个特等功而已。要不是奶奶娘家的厚实家底儿，老王家也没有今天的样子。再说了，凭郝哥的本事，干上几年，那绝对是成功男人啊！

嘿嘿！王小花在黑暗里笑了，她甚至佩服自己的小脑子咋这么聪明啊！逻辑思维能力那绝对是遗传了我奶奶，当初一眼就相中了队伍里的爷爷，一阵温柔战术，成功地让北方汉子留在了山清水秀的江南。

对，看好了就去追，幸福就是追来的，所谓"追求幸福"嘛！

北方的春夜，如此宁静。刚刚苏醒的小动物还带着冬眠的懒气，夜夜好梦。

第十四章 分别

随着各种不同种类服装的不断入驻,店内的陈列逐渐走上了正轨。当大批货物补充完后,正式开业的时机到了。

"我们要赶在'五一'之前开业,'五一'期间南边的大店很忙,我必须要提前赶回去打理。"王小花说,"我看了一下,四月二十八号,也就是农历的三月二十三,就是个好日子,咱就那天开业吧。"

"听你的。我看也别放鞭炮了,就买几个花篮摆摆吧。"

"哥是低调人啊,你是经理你说了算。两个门口,一边一个,需要四个。每个花篮上还都得写上送花篮人的名字,泰成的老板算一个,你那个哥们——于警官算一个,我们总公司算一个,还有一个,写谁呢?"

"就写上你吧。"郝自强想了想,自己也不认识什么有名望的人,干脆写上王小花,这可是实实在在的功臣。

"好,那我也算是个嘉宾了。"王小花咯咯地笑了起来,露出了一嘴好看的小白牙。

"开业""大吉"四个大红的金字对联分别贴在店铺大门的两边,门口两旁各摆着一个花篮,八名员工都画着淡妆,高高的马尾辫,穿着统一的制服,形象气质俱佳。王小花也是一身工装,白嫩的皮肤自带十分气质,给人精明干练又不乏亲和之感。

城关派出所民警于涛准时赶过来了,一身崭新的警服,标准的人民公安,自带一身正气。他为郝自强的成功感到欣慰,所以亲自赶来捧场。

既是维护商场的秩序,也算是对郝自强的一种公开的认可吧!

郝自强自是感觉很有面子,看来人生的经历都是上天为了让你更优秀而给予的磨炼。要不是上一次的鲁莽和牢狱之灾,又怎么会认识这位仗义的人民警察呢!

泰成大厦的大门外,"噼噼啪啪"地响起了鞭炮声。这是泰成大厦招商处特意赠送给郝自强的。招商部经理还亲自过来祝贺,从另一个层面来说,郝自强的服装店在泰城大厦内的地位足够引起大厦总部的重视。两百六十六平方米的店铺也不是谁想弄就能弄的起的。

行内人士都知道,"沈叶服饰"的品牌只对大商厦供货,在北方的城镇,像这样级别的小县城大概只此一家。

郝自强知道自己的位置,所以虽是"沈叶服饰江北部"经理、"沈叶服饰自强工厂店"的法人兼老板,却行事一直很低调。

从装修到今天开业,他一直是凡事亲力亲为,像一个小工一样跟在装修工人的后面递递拿拿,跑前跑后;陈列过程中一直在梯子上爬上爬下调射灯,每个射灯都尽最大限度地发挥它的作用,把衣服的亮点展露出来。两百多平方米的店子,光射灯就六十多个,一上一下,一般人还真吃不了这个苦。王小花看在眼里疼在心里,这些活本来可以找电工一起搞定,可郝自强不放心,说这个活儿得自己人弄,效果孬好,得反复调试之后才知道。知道他认真的脾气,王小花只好由着他,这样的人做事才叫人放心。

中午到了,郝自强很真诚地邀请于涛去吃个便饭,于涛借口所里叫回去开会,谢绝了。郝自强知道于涛的意思,也没再继续让他,两人一起说着话走到大厦门口,于涛叫郝自强留步,骑着自行车离开。

郝自强回店里,他四处走走,看看店里还有哪里需要改进。

王小花在收银台前手把手地教店员,眼角瞄见郝自强进来,就吩咐两名店员去买饭,自己放下手里的笔走下收银台。

"哥,中午你咋吃?"

郝自强看了看面前这张粉嫩的脸,脸上的关切让郝自强的心跳加快了几分。他避开那双迷人的眼睛,右手把货架子上的几件衣服摆得更均匀了些。

"咱俩出去吃点吧。吃完饭陪你出去走走,来了这些日子净忙活了。"

店子开张了,南边也进入旺季,王小花明天就得走了,郝自强决定陪陪她。来这儿十多天,天天忙着店铺开张的事,还没有在这个小县城转转看看。

听说郝自强要带自己到县城转转看看,王小花心里暗喜,特意补了补妆,屁颠屁颠地跟在郝自强后面上了车。

这座小城实在是太小了,说是出去转转,开着车不用半个小时就转完了。汽车沿着商业街一路向东,穿过一条欧式风格的街道,再穿过一条复古的古巷,在一座汉白玉色的大门前停下来。

这是这里唯一的一个公园,江南的园林、江北的湿地、各色的民族风表演、民俗文化展览、原始野人部落、水上运动,可看的可玩的到也不少,这也算是县城最美的一张名片了。

以前忙于生计,虽近在城郊,郝自强也没空来玩过。倒是李岩,只要周末没事儿,就领着儿子四处逛逛。唉,整天忙啥呢?忙了些啥呢?

泊好车,郝自强和王小花肩并肩进去了。公园经过精心修理,到处百花争艳,绿树成荫。他俩沿着弯曲的小路前行。由于不是节假日,公园里人很少,王小花不由自主地牵上了郝自强的大手。郝自强想挣开,但是王小花攥得很紧,也就任由她牵着了。

来到一处荷花塘边,王小花喊累了,拉着郝自强在塘边的一张石凳上坐了下来。荷叶的叶子刚刚拳头大小,成群的金鱼在水里游来游去。水很清澈,能照出人的影子。王小花淘气地抬起脚放到郝自强的大腿上,让郝自强给她揉揉小腿肚子。

看看她脚上的那双高跟鞋,郝自强突然觉得自己考虑得不够周全,应该给她买双旅游鞋的。郝自强用心地给她揉着,心里的歉意转变成手底的柔情,力道把握的刚刚好。

"哥,我们如果是两条金鱼就好了,在水里自由自在的。"王小花看着荷塘里的金鱼,悠悠地说。

"鱼儿离不开水,哪赶上我们可以天南地北的到处转。"郝自强笑着反对。

王小花知道郝自强故意不接招。

"哎,不说了,继续走吧。"王小花拽着郝自强起来,两个人又继续向前走。

郝自强把王小花手里的包拿过来背在身上,打开一瓶矿泉水递上:"喝口水吧!"王小花很自然地接过来,喝了一口,又还给郝自强,"别嫌我脏。"郝自强笑了笑没吱声。

"哥,今晚上你给我做什么好吃的?"王小花忽然问。

"我们到饭馆吃吧。也算是给你送行。"

"不,我就吃你做的,在家里吃。不逛了,咱上超市购物去。"还没有逛完,王小花就改变了主意。

"好,听你的。"对王小花的离去,郝自强也有些依依不舍。虽然,在他的心里,一直把王小花当作妹子。

傍晚的风轻轻地吹着树枝,互相拥抱在一起的树叶发出欢快的哗哗声。这是一天最好的时候,工作了一天的人们,可以好好休息一下,享受美好的夜晚了。

王小花开心地坐在茶几边,看着郝自强端上了四盘精致的菜肴:清蒸鲈鱼、西红柿大虾、凉拌牛筋、蒜蓉空心菜。都是王小花喜欢吃的。

"还有一个萝卜排骨汤,还在炉子上煨着,等会就好。"郝自强摘了围裙,也坐了下来。

"咱喝点酒吧。"王小花提议,"我看到柜子里还有两瓶景阳春。"

"好,少喝点儿,别喝成了小酒鬼儿,嫁不出去了啊。"郝自强也难得开了句玩笑。

"嫁不出去就赖着你,让你天天给我做好吃的。"王小花咯咯地笑了,一脸的得意。

郝自强不接招,不过很听话的打开一瓶景阳春,给小花倒上半杯,小花一看,不依,郝自强看了看她,那任性的样子让人不忍心负了她的意。

两个酒杯都满满的,王小花看着郝自强,端起酒杯,"哥,我敬你!"

郝自强端起酒杯轻轻和小花的酒杯碰了一下,"好,谢妹子!"木讷如此,惹得王小花又"咯咯"地笑了。

"这个大虾是正宗渤海对虾,肉特别结实鲜美,在你们那里没有这么样的。你尝尝!"说着,郝自强把盛虾的盘子往小花那旁推了推,小花"嗯"了一声,用筷子夹起一个放到自己的碟子里,"哥,你也吃。""好!"

其实两人都不是喜欢喝酒的人。特别是郝自强,自小家庭情况就不允许他放纵自己,也没有机会学上什么坏习惯,所以在酒桌上他一般都是渲茶倒水的搞服务,更别说像这样两人在家里推杯换盏了。

不过,有时候没酒还真不行!譬如今天……

王小花压根儿就喝不惯北方这辣酒。南方的米酒度数低,纯粮食酿造,喝多点儿少点儿没啥事儿。这酒不行,喝一口,辣得人嗓子一道火。

可是,她就想喝点儿——和郝自强一起!

酒确实是个好东西,两杯酒过后,原本有点木讷的郝自强说话开始流畅了。

在王小花的鼓动下,他开始聊自己的当兵生涯,聊战友之间真挚的友谊,当然也谈到了李岩,谈到了郝小强。

"李岩这么做,实在太不应该了。"王小花有些愤愤不平。

"谁都有追求自己幸福的权利,我也不对,我们喝酒,不说她了。"郝自强眼里有了泪花,为了掩饰,他端起酒杯和王小花碰了碰喝下了一大口,"小花,我知道你是一个好姑娘。可是我……"

郝自强已经喝得有些多了,话在嘴里失去了往日的逻辑。

"哥,你唱支军歌给我听听吧。"

"呵呵,好!就来首'咱当兵的人'吧。"

"咱当兵的人,有啥不一样,只因为我们都穿着,朴实的军装。咱当兵的人,有啥不一样,自从离开家乡,就难见到爹娘……"

一曲歌罢,郝自强泪流满面,王小花的眼角也湿了。

"哥,汤好了吧。我们吃饭。"

"好了,上饭。"郝自强擦了擦眼睛,笑了。

"哥,今晚你先洗澡休息,我来打扫卫生。"

"你先洗洗休息吧,明天还要坐车。"

"不嘛。给我个机会。"王小花撒娇。

郝自强酒喝得有些过量了,睡意渐浓,匆匆冲了个澡就躺下了。

醉眼蒙眬中,郝自强看见奶奶来到了自己面前,她慈祥地看着自己的孙子,微笑着不说话。郝自强大声地喊奶奶,可是奶奶就是不答应。忽然,奶奶变成了李岩。郝自强含着泪仔细地看着这个曾经朝夕相处的人儿,想把她拥入怀中,李岩却挣扎着不让他靠近……

刚洗完澡的王小花听到了郝自强那压抑的呼喊声。她知道这是做梦呢,她想进去摇醒他,可是……

大眼珠子一转,一个主意成熟了!

"哥!哥!哥!"王小花的惊叫声传了过去。

郝自强毕竟经过部队的锻炼,警觉性很强,虽然有些醉酒,还是听到了王小花的惊叫声。他来不及穿好衣服,爬起来就冲了过去。

"小花,怎么了?"

灯光下,王小花穿着睡袍站在床边,惊恐地用手指着床上。

"是什么虫子吧?"

郝自强赶紧来到床边,俯下身,掀开被子寻找。

王小花从后面搂住了郝自强,睡袍掉到了地上。

"哥,我爱你!"

郝自强愣了,一股热血窜上了头顶。沉睡了半年多的原始的冲动,冲开了理智的大门,直扑无边的苍茫与混沌。

没有月亮的夜晚,星星格外闪亮。

"唉,你个傻妹子,你让哥犯了不可饶恕的错误啊。"

"不,哥,我乐意。今晚是我最快乐的时候。"王小花像一只小猫一样蜷缩在郝自强的怀抱里。

"现在我就是死了,也没有什么遗憾的了。"

"胡说,小小年纪的。"

"我错了哥,抱着我去洗个澡。"王小花搂住郝自强的脖子撒娇。

郝自强这才发现自己还是赤身裸体的,赶紧找了衣服穿上。王小花躺在床上,微笑着看着这个男人忙这忙那,心里充满了幸福。

对王小花来说,似乎一切都要结束了,又似乎一切才刚刚开始。她爱这个男人,她愿意一辈子都陪着这个男人,和他一起快乐,一起忧伤,一起走向人生的黄昏。男人年龄大点没有关系,会疼人;家里人不同意,没有关系,可以慢慢说服;只要能和心爱的自强哥在一起,王小花就满意了。

王小花去洗澡了,郝自强看着凌乱的床铺发呆。昨夜的痕迹犹存,那朵鲜艳的花朵还印在床单上。

郝自强啊,郝自强,虽然你生来就是个孤儿,虽然你经历了下岗、离婚的疼痛,但是你有疼爱你的爷爷奶奶,有活泼可爱的儿子,现在又有了真心爱你的姑娘,你要珍惜啊!

郝自强换了新床单,然后把洗完澡的王小花抱着放到床上。

"你再休息一会儿,我去做早饭。"

王小花没有回答,只是紧搂着郝自强的脖子,使劲亲了一口。

"哥,今天我不走了。明天再走好吗?"王小花昂着脸,一脸的期盼。

"怕你耽误了事。"郝自强何尝不想。

"耽误不了,你答应了?"

"好吧。"

"其实我知道你放不下李岩,昨晚你叫她的名字来。"女孩子真是敏感。

郝自强无言以对,有些惭愧地搔着头。

"我不怪你,说明你是个重情义的男人。"王小花把被子拽上来,盖住自己的身子。

不管怎样,新的一天开始了。

"哥,我想今天一起去看看小强。"当店铺的事情都处理完后,王小花说出了一直憋在心里的话。

郝自强微笑着点点头。是啊,是得让王小花见见自己的儿子。

小强非常喜欢这个阿姨。王小花特意给小强买了一台学习机,并手把手教会了他如何使用。对于穷人家的孩子,这无疑是一份天大的礼物。王小花的活泼、大方,还有天生的亲和力,很快就和小强熟络了。一阵阵欢笑声从小强的卧室里传出来,坐在客厅里的三个人都好奇,两人在屋里干吗呢?

姥爷和姥姥都是过来人,他们已经发觉了王小花和郝自强的关系超出了一般的同事关系。但是他们无话可说,自己的女儿不听劝,做的事儿已经让他们无地自容,又有什么资格去干涉别人呢!

当回到属于两个人的小屋后,没有人知道又发生了什么故事,也许若干年后,在王小花或者郝自强的日记中会有所披露。

反正在一个春光明媚的早上,王小花恋恋不舍地离开了郝自强,登上了南下的长途客车。车子已经发动了,王小花还将脸贴在窗户上,看着那个挺拔的身影,一颗心已经让那个人装满了。

看着车子渐渐远去,远去,终于看不到了,郝自强回到车里,给王小花发了一个短信:一路顺风。很快,王小花回了信,也是只有四个字:永远爱你。

郝自强闭上眼,任泪水在脸上流淌。他不是一个多愁善感的人,但生活的经历让他的心在悲欢中不断坚强起来。

他知道王小花的心已经和他郝自强的心连在一起了。多么好的姑娘啊！一点也没有不嫌弃自己，并且不顾一切地把自己最纯洁的心献了出来。他要努力去工作，出人头地，不然对不起爱他的人！

　　郝自强在车上待了一会儿，让自己那颗剧烈跳动的心安静了下来，整了整稍显凌乱的衣服，开车去店里了。那儿是他新开辟的战场！他要重新开始，实现自己的理想！

第十五章 为了爱

就像远航的轮船见到了灯塔,就像迷路的旅行者碰上了向导,郝自强的世界一下子明朗了起来。

每天早晨六点钟,郝自强准时起床,锻炼身体,打扫卫生,吃饭,然后送儿子上学;七点半到八点半,研究服装走向,订货,那台笔记本电脑也重新派上了用场,不过不是炒股了,而是记账或搜寻资料;九点准时到店里,开晨会,布置一天的工作。一有空闲,就自学会计学知识。当然,处在热恋中的王小花,隔三岔五就打个电话过来,或公或私,两人一聊就半个多小时。

幸福的日子过得很快,转眼就过去了一个月。

到发工资的时间了。

郝自强根据以往的经验,把店员分成两组,对货物进行了第一次盘点。

时间就一天,还不能影响正常营业。

这是门儿学问:先分男装和女装;再分上衣和下衣;女装根据料子又分成雪纺、纯棉、涤纶;库里和库外;库外又划分为六个区,依次对账。到货本儿、销货本儿、调货本儿,三个本子一对,总数一定……

这活儿郝自强干起来是游刃有余,但这么短的时间完成这么大的工作量,小姑娘们有些吃不消,忙得焦头烂额,一直到晚上九点,才算完成了。姑娘们累得直咧嘴,可没有一个人喊累,老板都亲自上阵,跟着忙了一天,谁还好意思抱怨呢?

下班后,郝自强领着姑娘们在对面的"十月天"饭馆好好地搓了一顿儿,沟通一下感情,鼓舞一下士气。

在饭桌上,郝自强把第一个月的工资按照规定发给个人,每人一个大红包,看清钱数的姑娘们一阵欢呼。

看着这群欢呼雀跃的小姑娘,郝自强忽然很想王小花,要是她在身边该多好!

一个人的夜晚是漫长的。郝自强睡不着,就干脆爬起来,把这一月的账目详细地过了一遍,这一算不要紧,结果让他大吃一惊,他马上又重算了一遍,没错,这个月净赚两万八千多元。这还没算上王小花所说的提成,加上两万多的提成,有五万了。

一个月五万,十二个月就是六十万,这样下去,最多一年,他就会拥有自己的店铺了。

郝自强兴奋了,完全没有了睡意,他要把这个消息告诉王小花,告诉沈美强,告诉儿子,告诉……好像没别人了。

他掏出手机刚要拨号码,一看表,凌晨一点多了,这个时间大家都在睡觉,打扰谁都很不礼貌。

"真是穷汉得了一头驴。"郝自强自嘲地笑了,关了灯,仰面躺在床上。屋里有前楼上射过来的灯光,透过窗帘子,越过郝自强的头顶,在北墙上留下一道光亮,黑夜也不黑了。黎明已经渐渐逼近。

时间进入六月,炎热已经到来,是到了换季的时候了,服装的旺季也随之而来。

郝自强知道这个时候必须压货了,再过一个月学校就放暑假了,不存点货后面就会很被动。他大胆地把前面卖得好的货每款要了六套,一下子就压下了近二十万块钱的货,他要甩开膀子大干一场!

事实证明郝自强的决定是正确的,随着大批学生放假归来,营业额出现了大幅度的上升,好多服装店出现断码断货,而自强服饰工厂店一直是很及时地给顾客提供满意的服务。在周围的店铺看来这无疑是个很有底气的店铺,在郝自强的店铺面前,气势立马就矮了下去。

都说"同行是冤家",甚至有的店铺直接在门口竖着一块"同行勿进"的牌子,搞得神秘兮兮的。郝自强的店铺却截然不同,欢迎同行参观切磋,共同完善。渐渐的,郝自强的名字在业内开始被大家所熟知,有的小老板还主动约郝自强一起坐坐,交流交流管理经验,像朋友一样说道说道生意上的喜悦和苦恼。

郝自强一直想约于涛一起吃个饭,但又苦于没有个正当理由。他一直很感激这个关键时候拉自己一把的哥们儿,正直善良,可能是都当过兵的原因吧,两人很谈得来。

每季度的安全检查开始了,于涛挨家挨户仔细过筛。查到自强服饰工厂店时已经快 11 点了,郝自强积极配合工作,从报警器、消防包、消防栓、烟感器,到应急灯、疏散指示标志、每条线路,一样一样,边检查边做记录,一丝不苟。检查完毕业主签字。

郝自强认真地签上自己的名字,"哥,晚上一起坐坐? 这顿客早就应该请了。"

"不用客气。坐坐可以,我请客。我还有几个朋友一起,都是当过兵的,介绍你认识一下。"

"这……好,哥。地方你定,到时候给我电话。"

"好。走了啊,还得查完一家再下班。"

晚上的酒局设在一家农家乐,来的都是于涛的好兄弟,大家时间长了不见面找成块儿聊聊家常。

大家的身份各不相同,但都是当过兵的兄弟。所以当于涛把郝自强介绍给大家的时候,众人都站起来热情地握手。

这种被大家认可的感觉郝自强第一次感觉到,突然多了这么多兄弟,郝自强的底气一下子爆棚了。

"兄弟在泰成打理一家服装门市,欢迎大家过去捧场,白送那是吹牛,八折兄弟还是有这个权力的。"

"郝兄弟敞亮,我们一定去。"

"来,敬郝兄弟一杯酒!"

"来! 干杯! 都干了!"

……

这顿饭吃得舒畅,临走时,大家互相留下了电话号码。在以后的日子里,他们的交往渐渐多了起来,成了好朋友。当然这顿饭钱,是于涛付的。郝自强过意不去,以后又找了个机会,请了一顿,心里才舒坦了。

进入七月底,郝自强感觉应该上秋款了,正在他四处打捞着订货的时候,接到了沈美强的电话,让他回公司参加一个订货会。

"订货会? 还用我去吗?"以前可从来没听说过分部的经理要参加什么订货会。

"来吧。自己开车,一天就到了。我还有点别的事情在电话里不好说。"沈美强说完就挂了电话。

郝自强听出沈美强的语气很郑重,不像以前那样随便,预感到要有什么事情发生。

是不是王小花和家里人摊牌了?郝自强心里犯了嘀咕,就忍不住偷偷给王小花打了个电话。

"还没说！不过大姐和姐夫肯定知道了。我爸爸妈妈的态度我心里有数，老脑筋，要面子，得慢慢来。只要你别胡思乱想就行。来了给我电话。"王小花态度很坚决，但她自己顶着多大的压力，郝自强能感受到，毕竟两人的差距太大了。

挂了电话，郝自强心里明白了，这次去怕是会有大变故。

他没有直接去公司，在没弄明白事情的真相之前不能贸然回去，那样可能会自取其辱，没了回旋的余地。

郝自强驱车在公司附近找了一家小旅馆住下，然后打电话约沈美强一起坐坐。

事情果然和郝自强预料的那样。

"岳父和岳母都知道了，他们很生气，嫌我把你带进来。"沈美强开门见山。

"都怪我不好，给兄弟添麻烦了。"郝自强自责地说。

"哥，我没想到事情会发展成这样。说实话，我自己的家庭条件也不好，是靠了老婆的家族才发展起来的。其实，财政和管理大权还是掌握在岳父手里，他是董事长。"沈美强叹了口气，端起杯子和郝自强碰了一下，"喝，哥。"

"这件事他们打算怎么处理啊？"郝自强喝了一口酒，也开门见山地问。

"你们俩结合是不可能的，除非他们都死了。"沈美强叹了口气，"他们的意思很明确，资金追回，车辆追回，从此不再往来。"

"我明白了。我回去马上和你清算，就算砸锅卖铁也会还清你们的。我也是一时糊涂，才把事情弄得这么糟糕。谢谢你兄弟！不管怎么说，我都十分感激你和小花，不嫌弃我，给我那么好的机会，可是……

是我太贪心！"郝自强明白了也死心了，站起身准备回旅馆。

"别这样嘛，哥，咱俩永远是好兄弟。"沈美强一把拉住郝自强，"我是这样考虑的，我还有二十万私房钱，所以你只需给我三十万，再把车还回去就行了。你要想办法自己把店铺做下去，其他的事儿，以后再说吧。"

沈美强说完，点上一支烟，大口大口抽了起来。

"兄弟，我回去立刻把三十万打给你。二十万，算我借你的。你需要的时候，我会还的。谢谢了。"郝自强紧紧握住了沈美强的手。

两个人没有再说话，郝自强把车钥匙交给了沈美强，拒绝了沈美强送他，自己坐出租车回了小旅馆。

躺在床上，郝自强闭着眼睛休息。开了一路车，眼睛瞪得很累。他记起来之前王小花嘱咐他打电话的事儿，翻身掏出手机，翻出小花的号码……不能打，既然要断，就别再藕断丝连了，彻底一点儿，对大家都有好处，也给自己留着脸面吧！

小花，对不起了！

郝自强把手机关了扔在一边，又躺回床上，闭了眼，两滴泪珠顺着鬓角慢慢滑入耳郭。人生真是不可预料，刚才还是艳阳天，接着就是狂风暴雨！

店铺一定要开下去！郝自强强迫自己静下心来，先把账目清理一下。这次来，本来想和沈美强汇报一下店铺的情况，所以，把各项数据都清理了一遍。前期各种投资一共十五万，这个月的纯收入是十六万，未出售服装款二十万。加上自己的收入，现在手上实际还有资金三十六万余元。还给沈美强三十万后，自己的流动资金就还有六万多了。六万就六万吧，店里还有二十万元的存货，郝自强心里还不是很紧张。

这一夜，王小花要急躁死了。她知道郝自强已经来到江南，可一天了，死活没见着人。说好了来到就打电话的。她一遍遍拨打郝自强的电话，都是关机。"这个人干什么去了？"王小花嘟囔着，在房间里来回踱步，像热锅里的蚂蚁。

最后，她终于忍不住给沈美强打了个电话。沈美强不好隐瞒，只得把一切都告诉了自己的小姨子。王小花坐不住了，她太了解郝自强了，这是要和自己彻底决裂呢。她立刻穿上外套准备出去找郝自强。

客厅里，一个人正威严地坐在那儿，是自己的爸爸——王金山。

"这么晚了，你要出去干什么？"

"我——有点事。"

"放肆！你什么时候学会这样跟你爸爸说话了。你的事别以为我不知道。回去睡觉，明天我再教训你。"

第二天，当王小花到达那个小旅馆的时候，郝自强已经退房离开了。

"傻哥哥啊！怎么不等着我。你问过我的意见了吗？"王小花很委屈，又很心痛。前面不远处的一辆出租车里，男人的目光坚毅而决绝，可是男人的心也碎了。

按照沈美强说的，郝自强给他打过去三十万元。从此，这家店铺就和沈叶集团完全脱离关系了，自己也不再是沈叶集团江北部的经理了，他要自己独立经营，自己当老板。可是，他还是低估了服装业的水的深浅。

郝自强去了几家服装批发市场。款式好的，进价都不低；价格低的款式又不好，弄回去也是些愁货儿。十天过去了，郝自强费事挑来的五万元的货，摆在店里卖出了不到一半。虽然有以前的陈货顶着，营业额还保持在几千元左右,但是,郝自强知道,再这样下去,店铺很快就垮了。

就在郝自强一筹莫展的时候,收到了一封挂号信。看着上面娟秀的笔迹,郝自强的心立刻剧烈地跳动起来——王小花的信。

不错,是王小花写来的信。

郝自强急不可待地打开了信。

"哥:你这个大软蛋,你走啥?害得我去找你也没有找到。你还好吗?你的事情我都知道了。现在肯定很缺钱,货也快断了吧。我也没有多少钱,只有五万块钱的私房钱,已经打到你的卡上了。这段时间,我被爸爸盯得很严,暂时不能帮你进货了,但江北一家服装批发市场里有我们要进的服装,那家老板叫程东,你去找他。不要让我们的店铺倒下去。我永远爱你!不要换电话号码!早晚我会联系你的!爱你的小花。"

信后面是那家服装批发市场的地址和联系电话。

王小花克服了种种困难,将信发到了郝自强的手里,在关键时刻,挽救了店铺,也浇灌了郝自强那颗干涸的心。

郝自强立刻去银行,卡上果然多了五万元。他立刻带着所有的资金去了那家服装批发市场,果然找到了心仪的服装,虽然价格比王小花说的贵一点,但郝自强已经心满意足了。

挑好了服装,结账的时候,差了一万元。包裹都打好了,怎么办?郝自强立刻就急出了一头汗。他赶紧打电话给张二锤想借钱,可是张二锤没有接,给马跃打也没有接,给吴宝福打,接了是接了,可是没有那么多钱。

"没有钱就来挑衣服,早干什么来。"服装市场的人不乐意了。

郝自强赔着笑脸,想来想去,最后给程东总经理打了个电话。

"噢,是小花介绍来的。你让管市场的人接电话。"对方很客气。

"写个欠条,先走吧。下次来还上就行。你小子和老板还很熟,一般都是现钱交易。"市场人员嘟囔着,让郝自强写了欠条,就放他走了。

危机终于解除了。

秋款到了,郝自强看到店铺里还有不少断号的或者是过季的服装,就大胆贱价甩卖了,实在卖不了的也下了架。

这时一个新的问题出现了,郝自强没有仓库。刚好,郝自强以前租的房子到期了。他就通过于涛的帮助在店铺附近租了一处有车库的房子。车库就暂时当了仓库。

店铺终于走上正轨,郝自强暂时可以缓一缓了。这时小强已经放假了,他把小强接过来和自己一起住,再开学儿子就上初中了。他要多陪陪儿子。

"爸,我会自己做饭吃,你以后放心出去进货就行。"看到爸爸回来了,小强兴奋地说,"看我做的晚饭。"

郝自强看着茶几上摆的两盘炒青菜,直接用手抓起一点放到嘴里。

"嗯,不错,不错,我儿子长大了。"郝自强高兴地夸奖着儿子。

爷俩吃完晚饭,照例出去散步。

"爸,怎么没有见那个给我买学习机的阿姨啊?"

"她回老家了,不在店里工作了。"

小强没有再问,他被前面的书摊吸引住了。爷俩立刻在书摊前蹲下来翻看。

炎热的夏天,往往伴着暴风骤雨。原本好好的天,一阵大风刮过,乌云滚滚,大颗的雨点就落了下来。

郝自强拉着儿子,跑步赶回了家。爷俩也淋了个落汤鸡。

"洗个澡,然后吃西瓜。"郝自强笑着吩咐儿子。

小强很听话,脱了衣服就进了洗澡间。

这时,手机响了。

"好,我马上去。"郝自强说完,挂了电话。

"怎么了?爸。"小强在洗澡间里问。

"你姥爷摔倒了,我过去看看。你早点睡觉啊。"郝自强嘱咐完,就匆匆下了楼。

当郝自强急匆匆赶到急诊室的时候,看到老爷子躺在担架车上,老太太坐在一边陪着自己的老伴。

看到郝自强来了,老太太很不好意思地说:"李岩的电话没有打通,就只好打你的了。"

"应该的。"郝自强和姥姥姥爷打了个招呼就跑去问随诊的医生。

"胯骨骨折,需要住院动手术。"医生回答,"你是老人儿子吧,先去办手续吧。"

医生开了单子,郝自强拿着快跑出去了。

看着郝自强的背影,老两口叹了口气。

等一系列的手续办好,老爷子被推进了手术室,夜已经深了。

"李岩这丫头也不回个电话,太不像话了。"姥姥攥着手机坐在椅子上,不时低下头一遍一遍地看手机。

"她也许没有拿手机,要不她还不马上跑来?"郝自强安慰着老人。

一个小时过去了,两个小时过去了,等在门外的两个人开始担心,这时手术室的门开了。郝自强连忙跑过去帮着护士举着吊水瓶推着车子回病房。

"手术很成功,老爷子年纪大了,得慢慢恢复。"医生很负责地帮着分析。

"先上收款处交五千块钱的押金。"护士吩咐道。

"我没有那么多钱。"姥姥愁眉苦脸地说。

"我有,我马上去交。"郝自强安慰了一下老人,就去交款了。

回来时,病床前多了一个人。在灯光照耀下,这个人显得消瘦、苍白,两个眼角已经有了数不清的鱼尾纹——正是一年多没见面的李岩。

李岩没有看到门口的郝自强,她正在跟自己的母亲解释:"老高又喝醉了,才弄着他躺下睡了,手机在静音上,没有听到。"

老太太不吱声,两眼盯着病床上的老头子,好像没听见李岩说什么。

"没有事,我回去了。"郝自强把缴费单据交给了老太太,看了看还昏迷着的老爷子一眼,轻轻地走了出去。

李岩跟着出来,低着头小声说:"谢谢你,等我有钱了就还你。"

"不用客气,老人还是小强的姥爷,我出点儿钱也应该。"

"你现在过得好吗?"

"还行吧!你呢?"

问完了,郝自强就有点儿后悔,不是明摆着嘛!

李岩没有回答,眼泪在眼眶子里打转儿。

"快回去吧!我走了。"郝自强不想看也不愿意看现在的李岩,就扭头钻进黑夜里。

看着郝自强远去的背影,李岩再也忍不住,靠在走廊的拐角处泪流满面。

路是自己选的,就是含泪也得自己走完。这句话可能说的就是她自己。

第十六章 订货会

时间一天天过去,几阵秋风吹过,那份炙烤的炎热淡去了不少。

九月一号,是开学的日子,由于郝小强学习成绩好,也可能是李岩找的关系,反正他收到了全县最好的一所中学的入学通知书。

这所学校离姥姥家很近,所以郝小强平时还是住在姥姥家,只在周末才去郝自强的出租房。

这个夏天,是个繁忙的夏天。在郝自强的精心打理下,店铺的生意蒸蒸日上。郝小强每天下午放学就去医院陪姥爷,坐在姥爷的病床边写作业,听姥爷讲故事,和姥爷下棋,所以老爷子虽然不能动但精气神一直很好。

空闲时,郝自强也去医院,有时是接小强,有时是专门探望,偶尔也会碰到李岩。看得出,李岩过得并不幸福,有一次他甚至听到老太太唠叨女儿,说那个姓高的不是东西,这么长时间就来过一次。李岩低着头不吱声。

郝自强也不舒服,每次和李岩见面,表面上客客气气的,其实内心很别扭很痛苦。

人都是自私的,郝自强当然也不例外。

李岩是他的初恋,是他全身心爱着的人,却在他最需要关心的时候弃他而去,不痛心是假的。

他现在很矛盾,站在自己被狠心抛弃的角度,他不希望李岩和高益智过得好,特别是姓高的;但站在一个男人的角度,他希望自己爱过的女人过得幸福,过得快乐。

过去了就是过去了,现在他不愿意关注李岩的生活,所以虽然不可避免地碰成块儿,也似路人一般。

不过,李岩的模样倒让他特别想念另外一个女人——王小花。

整个夏天都没有她的一丁点儿消息。她就像一道流星,在他的世界里划了一条深深的痕迹就消失了,消失得那么彻底,就好像从来没有出现过。但是,流星留下的痕迹是不可能磨灭的,那些美好的记忆正如小花的名字,一直点缀着郝自强的世界,温暖着他微凉的内心,鼓舞着他的斗志。为了她,郝自强的手机一直二十四小时开着,就怕她联系不到自己。

其实,王小花也在思念着他。这位刚刚得到爱情滋润的女孩,怎么会忘记她的白马王子呢? 即使生活里有太多的不如意,即使父母不近情理地反对,都阻挡不了爱情的脚步。

这一天夜晚,郝自强处理完了所有事务,刚要洗个澡睡觉。床上的手机突然响了,这么晚了谁会打电话? 郝自强狐疑地拿起一看,是个外地的固定电话号码,虽然怀疑对方打错了,还是摁下了接听键。

"喂,你好!"

"哥,我是小花。"竟然是王小花! 多么熟悉的声音。

"小花? 你现在还好吗? 我——"郝自强一下子扔掉了手里的浴巾,抱着手机激动得说不出话来。

"呵呵,想我了吧?"还是那么调皮,揶揄郝自强的习惯还没改。

"哎,五十六天没有你的消息了。"郝自强几乎没用思考,就脱口而出。

"哥——记得真清楚。"小花知道郝自强的感受,自己又何尝不是度日如年。

"……"郝自强站在阳台的窗前,前面楼上的客厅里夫妻两个正在看电视,妻子一只手搂着丈夫的胳膊……

"哥,你在听吗?"

"在。你现在在哪里?"

"我在江北那家批发市场参加一个订货会,住在绿荷宾馆 301 房间。后天上午就回去了。"王小花尽量让自己的语气正常一点。

"好,我立刻去找你,明天一早就去。"郝自强立刻就明白了小花打电话的意思。

"到了这里你先住下来,等我电话。先挂了啊。"没有往日的缠绵,每句话似乎都惜字如金。

"看来王小花身边还有别人。"郝自强暗自思索着,一颗心儿已经飞到王小花身边去了。

一夜无眠……

第二天一早,郝自强安排好了店铺的事情,就直奔江北市。

江北是个以服装批发为主的沿海城市。因为批发的规模在全国数一数二,汇集了服装界的许多大佬、批发商、小商贩。明星、模特、设计师、各国的游客都聚集到这里。每年两次的服装展和订货会,往往也是旅游业最火爆的时候。

各色小吃的摊子和叫卖的商贩摆满了本来就不很宽的街道。各种肤色、各种语言都在这里通行,穿着奇装异服的美女帅哥互相打着招呼,一起 K 歌拼酒享受年轻。

郝自强背着肩包穿行在人群中。市中心的宾馆旅店早就爆满了,费了好大的劲儿才在街道的尽头找到了小花说的绿荷宾馆,郝自强就急忙去订房间。前台告诉他三楼正好有一间还空着,322号,单间,就是位置少偏点儿。偏了更好!郝自强毫不犹豫就订了下来。

郝自强也没心思去参加订货会,他到街上买了些食物,回到宾馆,待在房间里,等着王小花。时间一分一分过去,天色已经逐渐暗下来了,还没有王小花的消息。

郝自强吃了些买来的食物,为了打发难耐的等待,就坐在床上看电视,为了及时接听电话,一直把手机放在身边。

晚上八点,手机终于响了起来。郝自强一把抓起来,是店长王桂荣打过来的。郝自强有个规定:只要郝自强不在店里,店长每天都要汇报当天的营销情况。

今天的营业额比昨天又有所增加,总之一切正常。放下电话,郝自强继续看电视,可是心怎么也静不下来,心里惦记着小花。天已经完全黑下来了,两边的霓虹灯把整条街都映成了暖暖的橘色,楼下的叫卖声似乎也渐渐少了。

"叮……"是电话声,郝自强几乎在一秒内就接了起来。

郝自强一直站在门前,通过猫眼看着走廊。王小花穿着一袭红裙悄悄地走过来了。

没等王小花敲门,郝自强就开了门。

王小花闪身进来,两个人紧紧地搂在了一起。

来不及端详,来不及说话,只有忘情地亲吻,好像两块多少年互相吸引的磁石,终于碰在了一起。亲吻,亲吻,唯有亲吻才能把内心的煎熬和渴望表达出来。

搂着小花更加纤细的腰肢,郝自强感受到来自原始欲望的召唤,一股不可抗拒的力量让他抱起小花来到床边,俩人一起倒在了柔软的席梦思床垫上。

衣服落了一地,红红的连衣裙被粉色的胸衣压着,动弹不得。

电视里的黄晓明正肩上扛着车轮子,手扶着周迅的香肩,站在女式单车上,满脸幸福地穿过熙熙攘攘的街道,那发自骨子的得瑟劲儿让电视前的女人们忍不住添了几次嘴唇。

房间里的情景则更加让人多浪费几升荷尔蒙……

终于静下来了。

王小花靠在郝自强的怀里,用手抚摸着那张棱角分明的脸,喃喃地说:"哥,你瘦了。"

郝自强笑笑,一只手搂着王小花娇小的身子,一只手捋着她乌黑的长发,叹了一口气,"你也瘦了,受到的压力很大吧?"

"心里有你,再大的压力也无所谓。"

小手在宽阔的胸膛上游走,慢慢诉说连日来的牵挂和思念。

郝自强闭了眼,把四处点火的小手放在嘴上亲吻着,感受心田里咕咕流淌的甜蜜。

"带着疲惫带着愧对,我的心一路向北,那个曾经深爱我的人……",冷漠的略带伤感的手机铃声一下子把正在亲热的两个人惊醒了。

"我得回去了,姐姐散步回来了。"王小花匆匆亲了郝自强一口,起床穿衣服。郝自强心里一阵失落,静静地看着小花穿衣服,心里像一个被抢走食物的小孩子,想哭,想骂人,想……

看着王小花整理好衣裙急匆匆走了,郝自强也从床上爬起来,关了电视机,把买来的食物放到床边的小桌上,拿出一瓶自己带来的白酒,自斟自饮起来。

其实郝自强并不好这口儿,可是现在他需要酒精的帮助。

半瓶子白酒已经没有了,看样子王小花不会再过来了。

郝自强觉酒了,头有些昏昏沉沉,想睡觉,最好是一觉到天明。可是下意识里,他觉得小花一定还会来,所以他还在坚持,他决定就这样等到天亮。

朦胧中,他听到门外响起了轻轻的敲门声,郝自强喜出望外,赶紧过去开了门——他的王小花又回来了。

"哥,你喝酒了?"一进门王小花就看到了他迷离的双眼,闻到了他身上淡淡的酒香。

"喝了。你不在,我,只能喝酒。"郝自强好像有点儿和谁赌气。王小花知道自己半路离开,伤了郝自强,可没有办法,父母就是怕她和郝自强藕断丝连,所以安排姊妹两个一起来参加这个订货会。

王小花踮起脚双手搂着郝自强的脖子亲亲郝自强带着酒香的嘴唇,郝自强一下子就把小花抱了起来。

郝自强趁着酒兴迷醉在花丛中,醉人的花香沁润着他长期干枯的身心,如一个大漠深处修行的人看见了绿洲,清冽的泉水就是救命的良药。

"哥,今天就是我俩结婚的日子,让我们好好喝点儿。"王小花也给自己倒上一杯酒。

"你怎么出来的?你姐姐不会生气吧?"郝自强清醒了,担心两人的忘我会给小花带来更大的麻烦。

"没事,早上六点前回去就行。今夜属于我俩了。"王小花贪婪地看着郝自强,举起酒杯,"来,哥,一起喝个交杯酒。"

郝自强多么希望这交杯酒真的可以把小花留在身边,俩人真的可以像夫妻一样,双栖双飞。可现在看来根本不可能,除了小花,王家人像防贼一样防着自己,虽然不知道真正的原因是什么,但男人的尊严还是要有的,他不可能做出多么过激的行为,虽然他很想那么做。

生活教会了郝自强且行且珍惜,他不想让自己后悔。

郝自强端着酒杯站起来,小花的眼睛一直盯着面前的男人,笑脸盈盈,让人不忍挪开眼睛。胳膊穿过胳膊,嘴唇吻上了酒杯,一饮而尽!

"从今天开始,我就是你的人,我俩的心永远在一起!"王小花依然笑着,眼泪却像花瓣上的露珠,从无到有,从小变大,终于突破眼眶的束缚倾泻而下。

郝自强的心剧烈地颤抖着,一把搂过心爱的女人,"除了你,我不会再爱别的女人。"咬牙切齿地,带着满腔的愤怒和决绝。

"不,只要在心里最爱我就行。"小花似乎不赞同郝自强的专一。

郝自强只有紧紧抱住怀里的身体,要是能把它揉进自己的身体里带走该有多好啊!

"我现在就想当你最快乐的新娘!"王小花的嘴贴着郝自强的耳朵轻轻地说。

郝自强又一次热血沸腾,他和她就像两只快乐的海豚,穿过层层浪花,嬉戏在大海的深处。

风平浪静了,两个人在沙滩旁喃喃细语。

"哥,你一定要扩大店铺的规模,最好开几家分店,不要拘泥一个县城,条件允许了,可以到别的地方去发展。"

"一定要继续拓展进货的渠道,保证充足的货源,保证我们卖的服装走在潮流的前面。这是我了解到的全国部分设计新颖、规模比较大的企业的情况。"

王小花探手拿过自己的坤包,掏出一个 U 盘交给郝自强。

郝自强静静地听着,不断点着头。

"我们要是有个孩子的话叫什么名字呢?"王小花嘱咐完了,改变了话题。

郝自强没料到小花会突然问这么个问题,略一思索:"不管男女,都叫郝爱华吧。是郝自强和王小花的爱情的结晶,华就是花。"

"好,听你的。"

两个人静静地躺在床上,王小花把自己完全埋进郝自强的怀里。

郝自强双手紧紧搂着怀里的柔软,空气里是浓浓的欢爱的味道,光亮已经透过厚厚的窗帘,从缝隙里钻了过来。

郝自强看看腕上的表,已经五点四十五分了。"宝贝儿,你该回去了,晚了叫姐姐发现了就麻烦了。"王小花在怀里撒着娇,不想动。郝自强用手扳过小花拱进自己怀里的脸,"还有十五分钟,回去吧,啊!""嗯。真讨厌!"小花摸了摸郝自强的脸,起床。

来来回回一晚上真够她受的。

王小花不让郝自强起来,自己穿好衣服,又伸过头深深地吻了郝自强一下,然后就带上门走了。

当门轻轻合上的一刹那,郝自强从床上蹦了起来,赤着脚跑了过去,轻轻把门推开了条缝,看着走廊尽头那团红色的云慢慢消失了。

郝自强无来由的一阵悲痛,泪水就那么果断地倾泻而下。都说男儿有泪不轻弹,真的只是未到伤心时。这个坚强的汉子趴在床上号啕大哭。

静下来后,郝自强洗了个澡,就躺在床上睡着了。他也确实累了。当醒来时,已经是上午十点多了。他匆匆穿上衣服,赶到总服务台询问,301 的客人早就退房离开了。

他无精打采地回到自己的房间,收拾了行李也准备离开。忽然,记起了那个 U 盘。他赶紧找出来在随身携带的小笔记本电脑上打开。里面是王小花这些年来所有打交道的大客户的详细的资料。

看着这些资料,郝自强暗暗下了决心:一定要把自己的事业做大做强,一定要把王小花娶回家!

下午,郝自强根据王小花提供的资料,在订货会上找到了几家服装企业,果然和王小花说的一样,就订购了一批。

订完货后,他在熙熙攘攘的人群里像个没头的苍蝇左右乱窜,东张西望。他只有一个目的,就是想再看一眼王小花——他的新娘!

可是他失望了,围着订货会熙熙攘攘的会场转了三圈,没有见到王小花,只好失望地踏上了归途。

其实郝自强不知道:就在这座楼上的一个窗口,一双美丽的眼睛始终盯着他,眼睛里有爱恋、有执着、也有无奈……

还有更多的事情,郝自强不知道。从订货会回去后,王小花就要嫁人了。嫁给一个人人都知道的富二代,一个典型的花花公子。作为局外人的郝自强不知道,受国际国内经济形势的影响,服装加工业步履艰难,产品积压过多,即使卖出去了的,资金也很难收回来。王小花家族的企业也受到了严峻的冲击,资金链几近中断,需要寻找强大的后盾抱团取暖。那个富二代的家族,就是最佳人选。而富二代的爷爷——真正的当家人,看上了王小花的聪明活泼和教养,这样王小花只能作为和亲的公主,成为两家联合的纽带。

王小花自然不乐意,甚至以死相抗,但是经不住父母的苦苦哀求,经不住姐弟的娓娓劝说,更经不住舆论对王氏集团的诋毁,只好牺牲自己的幸福,来保持家族的兴旺发展。

郝自强不知道这些,他只想着自己要多赚钱,赚很多的钱,尽快把小花娶回家。

连日的劳累让他在返乡的长途客车上昏昏沉沉地睡着了,他做了一个美丽的梦,在梦里自己成了富甲一方的大商人,开着很拉风的越野车,车上坐着自己美丽的新娘——王小花。后面是一对可爱的儿女,儿子看得很清楚,是郝小强,女孩儿扎着小小的朝天辫儿,模样像极了郝小强小时候,一对大眼睛和郝自强的一模一样……

第十七章 当头一棒

回到县城后,郝自强一心一意打理自己的店铺,希望挣足了钱早日娶回王小花。

心里充满了希望,事情处理得也特别顺利。季度结束,郝自强彻底进行了一次盘点,把店铺一年的租金结清,自己手头还剩下五十多万的现款。

他决定把沈美强的二十万和王小花的五万还清,王小花是自己人无所谓,可沈美强的钱毕竟来的也不容易,老话说"好借好还,再借不难",就是说做人要讲究个信誉。人家在关键的时候帮了自己,要懂得感恩。

可是当他拿着卡到银行准备划款时,营业员告诉他卡号不对,郝自强大吃一惊,请人家给查一下原因,原来两个人的卡号都已经注销了,也就是说自己手里的两个卡号都作废了。他立刻掏出手机,给沈美强和王小花打电话,服务台提示王小花的号码是空号,沈美强的则换成了别人。

郝自强一下子懵了:怎么回事儿? 为什么卡号注销了,电话号码也换了?

回想到自从上次订货会回来后,就再也没有收到王小花的任何信息,郝自强感觉肯定出了什么事,越想越担心,越想越感到不对头,他决定去一趟江南。他要和王小花的父母摊牌,他要想方设法娶回王小花。

安排好店里的事情,郝自强急匆匆登上了南去的客车。

长途客车是限速的,中午在服务区停车就餐。郝自强心里有火,吃不下,只买了几瓶矿泉水,他恨不得一下子就飞到那儿。

终于到了,车子刚刚停下来,郝自强就蹿了下去,拦了一辆出租车,直奔自己曾经打工的那家市场。

还好南方下班晚,还开着门。郝自强一进去,就被一个女孩子认出来了。

"郝哥回来了。"

"郝哥回来了。"

"郝哥回来了。"

……

大家热情地围了上来。

"走了这么长时间也不回来看看我们。"

"今晚让郝哥请吃宵夜吧?"

……

大家七嘴八舌,好像郝自强是他们外出旅游归来的闺蜜。

郝自强一边和大家打着招呼,一边四下里看了看,没看见王小花。于是故作随意地问:"怎么没看见王经理啊! 她以前可是够敬业的啊!怎么我来了也不见她的人影。"

"郝哥你不知道啊? 王经理嫁人啦! 嫁给了一个在这一带很有名的大老板的公子。出嫁时,名牌轿车就二十多辆,真是气派啊!"一名女孩带着羡慕的口气说。

郝自强的头嗡地一下,喉头发咸。他赶紧去了厕所,一口鲜血吐了出来。紧接着鼻子里的血也溢了出来。他双手捧了凉水拼命浇自己的面部,最后干脆将整个头都塞到水龙头的下面,让凉水直接浇在晕晕乎乎的头上。

淡红色的水流顺着鼻子尖哗哗地流进白色的瓷盆里,涩涩的,掺着这个男人的血、泪和汗。十几分钟后,脑袋清醒了,鼻子里的血也早停了,郝自强用手抹了抹头上和脸上的水,镜子里是一张灰白色的脸庞,头发湿漉漉的,水珠滴滴答答地浸湿了纯白的衬衫。

"忽然有点不舒服,改天请大家啊!"郝自强强装欢笑,和大家打着招呼,快步向门外走。

"郝哥,你的脸色看起来很不好,要不去医院看看吧。"一个矮个子的女孩关切地说。

"谢谢,我自己去就行。"郝自强逃也似的离开了那里。

他漫无目的地在街道上走着,大脑里一片空白。

下了班急匆匆回家的人们谁也没在意这个目光呆滞的北方男人;路两旁忙着赚钱的商贩们没工夫盯着这个失魂落魄的高个子男人;看孩子的爷爷奶奶宝妈们甚至有意识地躲着这个犹如丧家之犬的失意男人……

不知道何时,灯亮起来了。

这儿是座不夜城,头顶的路灯发出刺眼的光芒,两边的酒吧、洗浴中心的霓虹灯闪耀着诱惑的光。今晚天气很好,风里夹带着白天的余热,一弯月亮挂在楼房的一角,在绿树的影子下,若有若无地露出一张消瘦的脸。

郝自强在一家小摊前停住了脚。他的脑海中浮出了一幅画:他和王小花坐在小桌前,每人一碗酸菜面大口大口地吃着,俏皮的王小花忽然把自己碗里的皮蛋扔到郝自强的碗里,看着郝自强慌乱地擦脸,王小花笑得前仰后合……

"一碗面,一瓶黄花山米烧。"郝自强在一张小桌前坐了下来。

"哎哟,是你呀,好久没见你了。"摊主是个五十多岁,矮矮瘦瘦的男人,典型的南方人体格。他用围裙擦擦手,笑着说,"不来点下酒菜?"

"来盘卤鸭翅吧。"

"好来,接着上。"摊主赶紧去忙活了。

郝自强也不用酒杯,直接吹瓶。大口大口的白酒灌到胃里,流入血液里,麻醉了神经,忘却了所有的伤心事……

夜深了,摊主要收摊回家了。他推醒了趴在小桌上酣睡的郝自强。

郝自强跟跟跄跄地向前走。他不管白天还是黑夜,不管东南还是西北,只管往前走。

胃里翻江倒海,眼前火冒金星。他在路边的一棵桂花树前停下了,想扶着树休息一下,伴随着剧烈的咳嗽,胃里的食物喷涌而出,黄的胆汁、红的血丝也伴着呕吐物一股脑儿地出来了。他逐渐失去了意识,一头倒在了树下……

他躺在树下,感觉自己就是一片落叶,整个身子没有了重量,随着风飘啊飘,飘啊飘……

一个红色的身影走过来了,越来越近,看清了,终于看清了,是王小花! 是他日夜思念的王小花! 郝自强想伸过手去拉住她,但是王小花好像压根儿就没看见他,没有丝毫的停留,一直向前去了,红色的身影越来越远,越来越远,消失了不见了。

郝自强大声呼喊,却又喊不出声。他急得两眼充血,攥紧了拳头,用尽了平生的力量,大喊了一声:"王小花。"

"哎哟,哪来这么个人,可吓死了。"一个清洁工用扫把探了探郝自强，把郝自强戳醒了。

天还没有全亮，不过黑暗已经淡去。郝自强完全可以看清眼前的这个人：不是王小花，而是一位五十多岁的老妈妈。

"对不起。"看到地上的呕吐物，好多片段在郝自强的眼前回放。他站起来，嘴里像嚼了块黄连，胃里火辣辣的，头好像被人砸了一榔头。唉，自己这是怎么了？摁了摁蹦蹦直跳的太阳穴，郝自强朝着环卫大妈深深鞠了一躬，在大妈那疼惜的眼神儿里转身离开。

"可怜的孩子，这是糟蹋自己啊！"大妈看着郝自强伟岸的背影自言自语。

虽然头还很痛，但是郝自强已经清醒了。顺着石子路，郝自强很快找到了一条哗哗流淌的小溪。他歪歪扭扭来到小溪边，蹲下身捧着清清的溪水洗了洗脸，整了整凌乱的衣服和头发，然后，在水边的一张石椅上坐了下来。

他昂着头，闭着眼，把过去的事情仔细地回忆了一遍。他记起了那天晚上王小花说过的话——今夜我就是你的新娘——从此我俩的心永远在一起！

王小花知道自己要出嫁？

王小花是故意在婚前和自己过夜？

王小花是在用这种方式和我告别？

王小花肯定没办法摆脱只能接受！

王小花现在肯定不幸福！

王小花肯定……

随着思想的回归，郝自强的心在一点点沉下去，沉下去，以至于万念俱灰，他甚至不愿意睁开眼睛，不愿意面对这样残酷的现实。但是倔强的郝自强没有屈服，虽然心里一阵一阵地抽痛，紧接着又一阵眩晕袭来，他双手抓住椅子，把脊梁牢牢地靠在椅子背上，在心里默默告诫自己要慢慢来，"留得青山在不怕没柴烧"。

脚下的溪水静静地流淌，好像怕打扰到岸边这个心力交瘁、满面沧桑的汉子。

"哥，你一定要把生意做大做强。"他又一次回忆起那一夜王小花说过的这句话，想到了王小花临走时塞给自己的那个 U 盘。

一定要把生意做大，把自己的幸福抢过来。郝自强狠狠地拍了一下石椅，在疼痛中发誓。

郝自强没有再在这个地方待下去，带着一颗千疮百孔又豪情万丈的心直接坐车回去。

当重新踏上县城的土地时，他才感觉到秋天已经来到了。看着随风而起的一片片枯黄的落叶，他开始考虑自己的生意了。秋天是服装业的淡季，行内人士戏称为"尴尬季"：很多店铺里堆积着大量的夏季服装卖不出去，占去了大量的流动资金；而由年初挤压下的春装转成秋装的货品也一样受到敏感的消费者的冷遇。一些资金不充足的店铺躲不过秋天的肃杀，只好裁员维持，或者干脆关门转让了。

而郝自强没有这个顾虑，他的资金很充裕，他想正好利用这个机会，扩大规模呢！经过考查，郝自强又在城西觅得一处好地方。这儿本来是一家品牌男装专卖店，由于价格定位偏高，和本地区消费水平衔接不上，才开业没有几天就不干了。

近三百平方米的店面，装修豪华，年租金十五万。相对于城西的地角，房租价格偏高，但是郝自强看到原来的装修可以继续留用，这样可以节约装修资金，还能立即上货，就毫不犹豫地租了下来。

看到店里的两名员工业务很熟练,郝自强也把她们留下了。经过几天紧锣密鼓地准备,自强服饰城西店正式开业。

由于是淡季,东店的人手明显过剩。就在员工们担心被裁员的时候,西店开业。郝自强对人员进行了重新划分:让东店的张文珍带着一名员工去西店,担任西店的店长;王桂荣继续担任东店的店长。这样东店六人,西店四人,完全可以运转起来了。

人员安排好后,郝自强又接连组织了几次让利活动。还授权两个店长可以有八五折的权力。通过这些努力,郝自强的库存卖出了不少,基本上做到了淡季不淡。

郝自强很虚心地向一些同行学习,学习他们一些有效的管理办法,特别是员工待遇这块,他详细地制定了工资发放标准:工资=保底+提成+全勤奖+加班费+完成总任务奖+完成个人任务奖+店长费+年终奖-盘点-罚款-休班扣款-保险,他还给自己的发明起了一个名字,叫"加减工资法"。另外为了增强店长的责任心,他还给每位店长百分之五的利润,每年一分红。这些措施极大地调动了员工的积极性,确保了店铺的良好运营。

现在郝自强的手头还有三十万存款。他本来想买套房子,把王小花娶过来,好好过日子。现在,希望破灭了,他根据王小花提供的信息,利用手中掌握的资金,不停地去各个厂家预定冬天的服装。他现在只有一个念头,就是要多挣钱,挣很多钱。

正在郝自强准备拼命挣钱的时候,一个电话又改变了他的计划。这天他正在清点购来的服装,接到了一个陌生电话,电话是吴宝福的老婆,也就是吴大嫂打过来的,她在电话里一边哭一边说,郝自强很快就听明白了:吴宝福出事了。

原来吴宝福回到老家后,除了种种责任田,还在村里的一个小加工厂里上班。就在刚才,吴宝福一不小心,整条胳膊卷到机器里了。现在正往医院送。

郝自强和员工简单交代了一下,就打出租车往医院里跑。

吴宝福的左胳膊已经被机器绞烂了,必须马上截肢。这需要大笔的钱。那家小厂的老板早就找不到人了。吴大嫂只知道哭,一点办法也没有。

郝自强手里还有十万元,本来准备再去采购一些冬装,现在看来他得先救急了。没做过多考虑,郝自强直接把全部积蓄交给了吴大嫂。

还好,手术成功了。

"兄弟,我可没钱还你。"醒来之后的吴宝福用仅存的右手握着郝自强的手,喃喃地说。

孩子上学要花钱,自己又成了残废,吴宝福不知道以后的日子怎么过。

"哥,你安心养伤,钱没有了还可以去赚,人如果有个三长两短一切都完了。"郝自强安慰着自己的师兄,其实何尝不是在安慰自己。

男人的肩膀是越靠越坚强,郝自强感受到了生活的压力,但这恰恰成了他疗伤的好机会。

好男人没有工夫低迷。

以后的半个多月,郝自强就在店铺、家、医院之间忙活,三点一线。店里的生意越来越正规,吴宝福的身体也慢慢恢复了。

郝自强知道现在自己必须全力以赴,两个家庭都需要钱。

小强的姥娘姥爷年纪越来越大,身体越来越差;吴宝福夫妇现在更是依赖自己,住院费一天就得七八百,这不是个小数目,何况还有两个孩子的学费。

当吴宝福伤愈后，郝自强又帮吴宝福安装了假肢。

将心比心，吴大嫂懊悔当初郝自强困难的时候自己也无能为力。郝自强知道嫂子的意思，在郝自强的心里，吴宝福就是大哥，就是他的亲大哥，和自己的大哥大嫂，还有什么好计较的呢？

天空飘起了鹅毛般大雪，寒冷的冬天来了。郝自强的两个店铺货源充足，品种多，价格合理，所以，生意非常好。但是郝自强不敢掉以轻心，只要没有什么事就在店里，听听顾客的反映，督促员工干好本职工作。

这一天晚上，快要打烊了。郝自强正在和王桂荣盘点账目，进来了一个喝得醉醺醺的男人，带着一副金丝眼镜，外面披着一件褐色的毛呢大衣；身边的女子则是浓妆艳抹的，外披一件纯白色皮草。一看就是有钱的主儿，员工立刻迎上去接待。

郝自强听着那女人撒着娇让男人给她买这买那，感觉不像夫妻，忍不住抬头看了他们一眼——

那男人竟然是高益智——李岩的现任丈夫！

郝自强立刻走了过去，一双大眼盯着高益智，有点嘲讽地说："高校长这是陪着谁家的娘们儿来这儿潇洒啊？"

高益智一看是郝自强，也不接话，拉着那个女人就急匆匆地往外走。

"怎么啦？你不是答应给我买件外套吗？"女人嘟嚷着，被高益智拽着走了。

"以后，这个人再来买衣服，直接把他轰走。"郝自强狠狠地说。

员工们都愣了，平时好脾气的老板，怎么突然发火了。虽然不理解，但员工们都纷纷点头答应。

回到住处，郝自强一个人躺在床上生闷气。他恨李岩，恨她那么绝情地离开了自己；但是现在更担心她，担心她知道高益智的所作所为会被气疯了。女人都是自私的，谁也不愿意自己的男人在外面公然地拈花惹草；都说成功男人的标志是"外面彩旗飘飘，家里红旗不倒"，可那些原配雇人惩治小三儿的传闻足以证明红旗不是不倒，是不能也不愿意倒。

看高益智那副恬不知耻的样子很显然在外面还有别的女人。他想打电话告诉李岩，让她留意一下高益智，可是又怕她知道后管不了还徒增伤心；要是不告诉她吧，让这个傻女人蒙在鼓里，自己又实在是于心不忍。

该怎么办？

如果说的话自己该怎么说？

以什么身份说？

李岩知道了又能怎么样？

唉！郝自强在床上辗转反侧，一次又一次否决了自己的假设。最后决定还是先不告诉李岩。

外面的大风刮得窗子"咕咚咕咚"地响，郝自强站在阳台上往外看，前面楼上的灯竟然一盏也没亮，这应该是个安睡的夜晚，关灯，睡觉。

同样的夜晚，李岩坐在床上，看着旁边空荡荡的枕头，长长地叹了一口气，伸手把台灯关了，睡吧，也许明天一切就都好了！

第十八章 又到春节

送走了湿热的夏，迎来了温暖明快的阳光之秋。江南的秋天远没有江北那样分明。叶还是绿的，水还是蓝的，气温还是暖的。

这样的天气适合疯狂，只有王小花是蛰伏的，她像一位心如枯木的出家人，在这栋宽阔的别墅中静静地修行。那位花花公子丈夫只是象征性的在家吃过几顿饭，就又沉醉于外面的灯红酒绿中了。作为一家之主的爷爷，看到王小花安静文雅，对孙子的行为并没有表示反感，也就放心了。他有很多事要做，虽然年纪大了，他也没有放权的意思。不是他不想放权，而是选不出放心的接班人。

王小花在家里也没有什么事可做，平时就是看看书，看看电视。有时候也陪着爷爷、公公婆婆打打牌。日子就这么平稳地度过去了。只有在夜深人静的时候，她才敢去想郝自强——自己远在北方的爱人。他还好吗？生意做得怎么样了？也只有在这个时候，她是微笑着的，她知道，她的男人肯定也在思念着她。

前段时间身体突然不舒服，好几次无缘无故地呕吐。婆婆立刻带着她去了医院，检查的结果当然是怀孕了。

知道消息的爷爷大喜，他太盼望有个重孙了。爷爷立刻派人给王小花雇了专职保姆，照顾她的饮食起居。那位花花公子丈夫听说王小花怀孕了心里更是大喜，自己的责任已经完成了，从此，更加放心地在外面游荡，王小花月整月都见不着他的人。

　　王小花一点也不在意丈夫的行为,现在她专心呵护自己肚子里的小生命,还有就是关心郝自强的生意,虽然,她一直没法联系郝自强。

　　一进腊月,店里突然之间多出了许多新鲜的面孔。倒腾服装的都知道,在外上学的大学生放假回家了,这是旺季到来的讯号。

　　在春节前添置几件新衣服,这似乎已经成了这座小城一种亘古不变的风俗。过新年,穿新衣,戴新帽,挨家挨户去拜年,有面儿。孩子们最讲究这个,父母们也一定会想办法满足他们;如果孩子大了,能挣钱了,用自己的工资给父母买上身衣服,父母脸上有光,既体现了孝心,又满足了虚荣心,让全家倍儿有面儿;那些结了婚的孩子也会想方设法在年前买上几身衣服,两头的父母要一碗水端平了,每人一身;两口子在外面辛苦了一年,回家过年也得好好打扮一番⋯⋯

　　自强服饰工厂店店面大,品种多,时尚,价格又适中,自然成了人们的首选。

　　生意好了,工作量就大了,眼看着现有的员工忙不过来了,郝自强赶紧招聘了八名回来度假的大学生,工资按天结,买衣服还能享受和正式员工一样的折扣价。

　　货销得快,就需要两个店及时沟通,调货就成了大问题。为了拉货方便,郝自强买了一辆面包车。自从有了车,一切似乎变得方便多了:两个店之间调货,到配货站接货,接送小强,拉着小强姥娘姥爷去医院复查,甚至吴宝福换药,都是这辆面包车来来回回地跑。

　　郝自强像个电动陀螺似的滴溜溜地转着,快乐而动力十足地转着,这动力就是儿子——小强,当然还有远方的那个心上人儿。

　　小强的学习一直很省心,进入初中后,前进的势头越来越明显,每次开家长会都会被表扬几次,有一次还被作为优秀学生代表在家长会上发了言,听着家长们热烈的鼓掌,郝自强的眼睛湿润了。

儿子的优秀让郝自强很自豪,忙起来也特别有劲头儿。只要有空就一定自己接送儿子上学放学,虽然小强一直说姥姥家和学校离得很近,不用他接送。但郝自强很希望多陪儿子说说话,再说自己也需要个人倾诉。

都说孩子离不开父母,其实有时候父母更需要孩子。

"爸,今中午我看到妈妈了。"小强似乎是无意地说。

"她还好吗?"郝自强专心开着车,也似乎无意地问了一句。

"不好。妈妈守着姥姥哭了。我看到妈妈的额头上有一块鸡蛋那么大的青,肯定是姓高的那个坏蛋打的。"

郝自强没有回答,也没法回答。面包车还在默默地前行,车内的两个男人都不再说话。

小强用眼角瞅瞅父亲,后者紧绷着一张脸,看不出什么表情。

"爸,这次期终考试我考了全班第一。"其实,这已经不是第一次了。

"好。想吃什么我们这就去买。"

"买个烧鸡吧,可以拿回去和姥姥姥爷一起吃。"

"好,听你的。"郝自强看了看儿子那张颇似自己的脸,这孩子从小就懂事儿,知道孝敬。经历了这么多事儿,小强比一般家庭的孩子更懂得亲情的可贵。

爷儿俩来到一家熟食店。郝自强买了炸鱼、烧鸡,还根据小强的要求,买了姥爷最喜欢的红烧猪蹄。

看着大包小包走进来的爷儿俩,两位老人的脸上顿时像绽开了两朵花儿。在两位老人的心里,郝自强和自己的儿子差不多。不用说这十几年的陪伴,单说老爷子骨折的那些日子,郝自强跑上跑下,出钱出力,即使是亲儿子,能做到这么样也已经很不错了。

郝自强照例陪着老爷子喝上几盅,小强和姥姥吃饭,全家围在一起说说笑笑。

"李岩又和她男人打架了,听说她男人又在外面挂了个骚女人。"姥爷喝了一口酒,叹着气说。

"都怪李岩这孩子不听劝,"姥姥看看郝自强,"今天中午来被我说了一顿,哭着走了。"

郝自强知道这是老人在向他传递李岩的一些信息,明确告诉郝自强离婚后的李岩过得不幸福,很不幸福。

不幸福又怎样?当初非要离婚的是她,和姓高的结婚也是她自己心甘情愿的。

郝自强不想也不便插言,只是端起酒来招呼老爷子一起喝酒,屋内的气氛一下就冷了。

饭后,郝自强独自走着回出租房。

夜风很大,夹带着西伯利亚的寒气,吹得脸生疼。郝自强将外套紧了紧,把领子竖起来,踩着路边残留的积雪,大步向前。路灯发出刺眼的白光,照到路边光秃秃的树上,越发的清冷。

路上行人不多,偶尔有几个从身边走过,也都是包得严严实实,只露两个眼睛。过往的车辆也是急匆匆地,"嗖"的一声就过去了,带给人一股寒气。

走了十几分钟,身子开始发热,郝自强放慢了脚步,呼吸着清冷的空气,心肺一阵舒畅。刚才老两口的话题把饭桌上的气氛一下子拉低了,接下来的时间虽然没人再提李岩,可四个人的心都被李岩的情况搅得难受。

郝自强不是不明白老两口的意思，那两句话里既有对郝自强的愧疚，也有对女儿不争气的愤怒，更多的是担心女儿受气。郝自强其实已经不恨李岩了，毕竟俩人走到今天这个地步，自己也有很大的责任。

前面的路灯下一个娇小的身影在徘徊，低着头，羽绒服上的帽子扣在头上挡住了大部分脸。郝自强很好奇地紧走了几步，凭直觉他觉得这人是李岩。脚下很滑，郝自强小心翼翼又装作不刻意地走过去，果然是李岩。

"李岩？这么晚了，你在这儿干什么？"

李岩抬起低着的头，眼睛不敢看郝自强，"没事儿。"嘴里说着，眼泪却不由自主地流了出来。

"是不是高益智又欺负你了？我去揍他去。"郝自强心里很明白，两口子肯定是吵架了。论说自己没权过问，可就是压不住心头的那股火，一见李岩被欺负就来气，就上火。

"别去了，"李岩擦擦腮边的泪水，无奈地说，"他又喝醉了，把我撵出来，里锁上门不让我进去了。"

"这么晚了，天又这么冷，你一个女人待在外面不安全，快回你母亲家吧。"

"中午刚回去了……"李岩为难，怕父母担心，又怕母亲再唠叨，自从和郝自强闹不和开始，老人就没给过自己一句好气儿。唉！父母的话里包含着人生的阅历和经验，都怪自己不听话。

"这么冷的天，在这儿可不行。我陪你去吧。"郝自强看出了李岩的为难，不由分说，拉了李岩就走。李岩半推半就地跟着郝自强往母亲家走。

一路上李岩低着头不说话，郝自强也只能沉默着，脚下的雪"咯吱,咯吱"地响着。

"没有再找个？"李岩终于打破了沉默。

"有一个,不过又和别人结婚了。"郝自强想起了王小花,心里一阵难受。

"要是有合适的,就再找个吧。都是我不好。"

"唉,我也不好。过去了就过去了,不提了。"

……

腊月二十八下午五点,郝自强决定放假过年,过了年初七开业。现在的郝自强已经不是孤家寡人,他手下有十八名员工,虽然八名还是临时的。年货是一定要好好置办的。发完了工资,他每名员工赠送了十斤刀鱼、一桶花生油、一盒香肠、两瓶葡萄酒。两名店长除上述礼品外,还按照规定分了红。

这么丰厚的年货员工一阵兴奋,有的人甚至感动得哭了,在外面打工这么多年,头一次发这么多年货过年。等大家欢天喜地地离开了,郝自强把两个店铺仔细地检查了一遍,确保没有安全问题了才回到住处。他要详细算一算,这一年来自己到底有多少家底了。

现在的他,已经可以熟练地在笔记本电脑上算账了。一阵捣鼓以后,数字出来了:八十一万三千一百一十六元。

也就是说郝自强已经有八十多万元的人民币了。这还不算沈美强和王小花的二十五万以及他们的分红。他决定给沈美强和王小花预留百分之二十的股份。这对于从根儿上就穷的郝自强来说,简直就是一个天文数字。他激动地在房间里走来走去,他想把自己的喜悦告诉自己的亲人,可是除了儿子外,他还能告诉谁呢?而儿子还小,不适宜知道这些。他想起了近四个月没有消息的王小花,她在哪儿？她过得还好吗？郝自强坐了下来，想着自己心爱的女人，激动的心渐渐平静了下来。

八十万，离一个富豪的标准还差得远呢！郝自强自言自语。

转眼间就是年二十九，马上就是春节了。前年的春节是孤零零一个人在出租房过的，去年的春节是在南方和王小花等同事们过的，今年的春节在哪儿过呢？吴宝福早就打来了电话，极力邀请郝自强带着小强去他那儿过春节；而小强的姥爷和姥姥希望他们留在家里过年，毕竟就老两口，过年还不就是在一起图个热闹。

郝自强吃过早饭，带着小强去了吴宝福家，送去了鸡鸭鱼肉等年货，在吴宝福家吃过午饭，聊了一会天，就告辞了。他要去给爷爷奶奶上坟。

朔风呼啸，郝自强用自己的身体挡着风，点着了纸钱。火苗哗哗地舔着冰冷的空气，把周围的积雪融化了一大块，露出了黄黄的草皮，几点绿色，若有若无。

纸钱烧完后，郝自强开了一瓶景阳春，全部洒在了爷爷奶奶的坟前。然后带着小强一起跪下虔诚地磕了三个头。

太阳快要落山了，风越发的大了。郝自强擦了擦眼角的泪，领着儿子驱车离去。

除夕的上午，郝自强和儿子帮姥姥家贴好了春联。两位老人都非常高兴。自从李岩和郝自强离婚后，连续两年家里都是冷冷清清的，现在终于又有了一些喜气。虽然李岩没有回来，有郝自强父子的陪伴，也是莫大的安慰。

其实李建生心里还有一个秘密：自己在外当兵多年的弟弟今年要回来过春节。说起这个弟弟，已经有十几年没有见面了，就是李岩也仅仅见过一两次。本来说好李岩结婚要回来，可是因为工作耽搁了。这次定了，说是下午就到。

午饭刚过，一辆挂着军牌的黑色奥迪牌轿车停在了李家楼前，车门打开，走出了一位五十多岁的中年人。这人和李建生长得酷似，都有一张国字脸，只不过身材健壮，腰板挺直，目光沉稳，穿着一条半旧的军裤，披着一件军大衣，一看就是久经战阵的老兵。

"小强，叫二姥爷。"李建生指着刚从车上下来的人对郝小强说。

"二姥爷，我怎么不认识你啊。"小强好奇地看着酷似自己姥爷的老人，"不过，您长得很像我姥爷。"

李建勋哈哈大笑起来，伸出手摸了摸郝小强的头，慈祥地说："我是你姥爷的亲弟弟，当然长得像你姥爷了。你是郝小强吧，今年几岁了？上几年级啦？"

"是啊。今年十一了，上初一。"郝小强有点拘谨地回答。

"你是郝自强吧？"李建勋主动伸出手和郝自强握手。

"是，叔叔好。"郝自强有点不自在，毕竟和李岩已经离婚了，自己在这儿有点名不正言不顺啊。

大家簇拥着李建勋上了楼，郝自强故意留下来帮着拿行李。行李不多，就两个手提箱，司机和坐在副驾驶的一名年轻的少校已经提着跟在后面了。郝自强只好空着手上了楼。

"你们回去吧，路上注意安全。"李建勋笑着对两名年轻军人说。

"首长，师长安排我们全程陪同首长。"少校有些为难。

"都到自己家了，就不用你们陪同了。回去跟你们王师长说，这是我的命令。"

"是，首长。"两人敬礼告辞。

"建勋快坐下,喝杯茶。有十三四年没有见面了吧?"姥姥端着一杯茶递了过去,眼角含着欢喜的泪花。

"嫂子你也坐,都坐下吧。"李建勋招呼大家都坐下,其实也没有几个人。

"怎么没见小岩啊?"

"唉,等会再说。我们先喝口水,待会儿先去上坟吧。"李建生还是按照古老的风俗提议道。

"好。"李建勋点点头。不管当了多大的领导,成就了多大的事业,祖宗是不能忘记的。

喝了几杯水,稍微休息一会儿,李建生和李建勋老哥俩一起由郝自强用面包车拉着去了李家的坟地。

按照当地的风俗,女婿是不到坟头上的,前女婿就更不用说了。郝自强在面包车上等着。白雪覆盖着一个又一个坟堆,几乎每个坟头上都压上了新的坟头纸,那些没换纸的就是没有后人了,也就是老人说的"香火断了"。

不远处冒起了烟火,风夹着烧纸味儿和酒香刮了过来。过了一会儿老哥俩一前一后走了回来。

"回去吧。"两个人上了车,李建勋吩咐郝自强开车,然后就把头昂在车座的靠背上闭上了眼睛,看样子是累了。

"路不好走,慢点就行。"李建生看看弟弟,有些不好意思地对自己的前女婿说。

郝自强笑了笑,没有说话。

透过反光镜,郝自强看到李建勋的脸上有一丝丝哀伤。

车子刚进大门,就看到院子里围了一些人。车刚停稳,一个西装革履的中年人就赶了过来。

"欢迎李将军荣归故里。我是县委书记王玉田。"中年人热情地伸出了双手。

"王书记好！"李建勋看到院子里很多人，很客气地说，"谢谢你们来看望我，我哥哥家里窄，就不请你们上去了。我知道，你们还要到一线单位去慰问，快去忙吧。过了年，我找个时间专门去拜访你们。"

"好啊，好啊！那我们就不打扰将军了。"王书记又和李建勋聊了几句，就笑着道别。工作人员将带来的慰问品赶紧递给郝自强等人，就跟着王书记走了。

李建勋目视着县委一班人离开，就准备和哥哥上楼。

"二姥爷，你是将军？"小强凑上去问。

"莫听他们的，我不过是个老兵。"李建勋摸摸小强的头笑着说，"不过你想当兵我倒是可以要你啊！给我当个通信员吧。"

世上没有不透风的墙，王书记拜会了李建勋不到一个小时，高益智就得到了消息，立刻带着李岩赶了过来。

"这位是？"面对着梳着大分头、戴着金丝眼镜的高益智，李建勋疑惑地问。

"我是李岩的丈夫高益智，县小学校长。"高益智自我介绍完了就伸出手去想和李建勋握手。

李建勋没伸手，转过头看了看郝自强，又看了看李建生，

"这位是小岩的丈夫，那小郝……"

"李岩已经和我离婚了。"郝自强连忙解释，满脸通红，尴尬地不知道走还是留，两只手在腹部不安地搓揉着。

"这么大个事，怎么没有对我说。"李建勋很明显对自己的哥嫂不

满意了。

"你离得太远，再说也不是什么好事儿。"李建生也有些后悔，谁知道自己的弟弟是个大人物呢？在电话里他又从来没有说过。

"你们都来了，我就告辞了。"郝自强找了个空，客气地道了别，在高益智如刀的目光中，从容地走了。

小强抱着羽绒服从屋里跑出来，"爸爸，等等我，我和你一起走。"

郝小强紧跟着爸爸，虽然很想成为一名解放军战士，但他更爱自己的爸爸。

"走，我们回家，咱爷儿俩吃水饺，放鞭炮。"郝自强一只手紧紧搂着自己的儿子，下楼，上车，回家。

爆竹声此起彼伏，大年夜拉开了帷幕。

第十九章 一年之计

人应该是群居的，特别是在过年过节这些特殊的日子里。前年的郝自强是一个人度过的春节，想想就心酸；去年的郝自强虽然和同事们一起看的晚会，吃的水饺，但大多数时间里也是一个人度过的；但是今年不一样了，有了儿子的陪伴，这个春节他不再孤单。

虽然就两个人，爷儿俩照常过得非常快乐。大年夜，郝自强和儿子一起包水饺，一起看春节联欢晚会，一起吃团圆饭，一起放鞭炮。当小强举起可乐敬自己的时候，郝自强又一次湿了双眼。当然这是欢喜的眼泪，欣慰的眼泪。

白天爷儿俩没有事就一起到街上看节目，逛超市，上书店。小强已经达到爸爸的肩膀了，一大一小在人群里很显眼。夜晚爷儿俩躺在床上聊天，郝自强给儿子讲故事，小强给爸爸讲学校里的趣事；一起背诗，玩词语接龙，郝自强的语文功底很扎实，让小强很佩服。

小日子过得悠闲自在。

当然还有一件让郝自强开心的事：大年初一的早上，还没起床就收到了一条短信，短信的内容只有六个字，但就是这短短的六个字让郝自强的心情一下子舒畅了。他一遍一遍默念那六个字：爱你，永不放弃。想到小花没忘了自己，郝自强不由得偷偷地笑了。

高益智这几天很忙，每天天不亮就到岳父家去，很晚了才回去。平时的狐朋狗友也不联系了，一心一意地侍候李建勋。李岩在高家的地位也陡然上升:公公婆婆见了都笑脸相迎;家里的杂务也不让她干了;高益智和前妻的孩子见了李岩也老老实实的了。早知道李岩有个当将军的叔叔,谁还不像对待太太那样对待她呢?

对于高益智的过分殷勤,李建勋好似很享受。他每天捧着高益智递给他的茶杯和哥哥嫂子有说有笑,有时也和高益智说几句,每当这时,高益智就眉开眼笑,一副受宠的样子。高益智像个侍者一样在边上盯着,一看到李建勋茶杯里水少了,就手脚麻利地赶紧续上。很多儿时的伙伴听说李建勋回来了,都过来看望,所有续茶倒水的活高益智全包了。他是忙并快乐着。

按照计划,李建勋是初六吃了早饭就走。回去前,他决定去见一下当地领导,毕竟人家来拜访过自己。

"益智,跟着我一起去吧。"李建勋把手里的茶杯递给高益智,随口说。

"好,好。"高益智等的就是这句话,他立刻像条哈巴狗儿一样跟在李建勋身后下了楼。车早就在楼下等着了,高益智快走一步抢着打开了车门,用手搭在车门框上请李建勋上了车,然后自己理所当然地爬到副驾驶座上坐下,俨然一副领导跟班儿的。来迎接的县委办公室主任本来是坐在副驾驶位置的,一看这架势只好笑了笑挨着李建勋坐下了。

在以后的很长一段时间里,高益智逢人就吹自己已经和县里的王书记一起吃饭了,自己马上就要被重用了。可是时间一天天过去,高益智同志日思夜想的教管办主任的位置始终没落到他的头上。

一直到李建勋回去,郝自强再也没有去过李家。他知道,那里没有自己的位置,就连懂事的小强也没有提出回姥姥家。

将军走了,日子该怎么过,还得怎么过。连日来门庭若市的李家也恢复了平静。将军走了,高益智也就不过来了。按照他的观点,将军在哪儿,自己的战场就在哪儿。

正月初六晌午,郝自强接到了前岳父的电话,要他晚上带着小强去家里吃饭。

"这段时间没顾上让你爷儿俩来吃顿饭,别有意见啊。"姥姥有些歉意地说,"这是给小强的红包,拿着。"

姥姥掏出一个大红包硬塞给小强,小强看了看爸爸,见爸爸笑着点了点头,就拿着了,欢天喜地地喊了一声"谢谢姥姥!"。那幸福的模样惹得三个大人哈哈大笑。

"这是他二叔捎来的伊利老窖,今晚上咱爷儿俩好好喝几杯。"李建生从小柜里拿出一瓶包装精美的白酒,启了封亲自给郝自强倒了一杯。

"甘甜中有一股浓香,真是好酒。"郝自强喝了一口,不由得称赞道。

"一共就捎来四瓶,上坟时用了一瓶,吃年夜饭喝了一瓶,剩下的两瓶都在这儿呢!"老人笑着说,"来,咱们一块过个晚年。"

什么也不用说了,老人的心意,郝自强完全领了。虽然已经和李岩离了婚,在老人的内心深处,郝自强是自己外甥的爸爸,还是他们最亲近的人之一。

酒喝得畅快,喝得尽兴。老人和郝自强谈了许多陈谷子烂芝麻的事情,谈了李岩的不对,谈了这个家里发生的大大小小的故事,直到深夜。

临睡前,老人又从抽屉里拿出一张纸条递给郝自强,"这是小强他二姥爷的地址和电话号码,他现在是大秦省军区的副司令,你有什么事就给他打电话,你的事情我都跟他讲了,他会帮忙的。"

看到郝自强郑重地接过了纸条,老人就带着醉意,带着满足,回房休息了。

郝自强看着这张小小的纸条，心里一阵火热。不管怎样，李建勋将军是他这辈子认识的最大的领导了。回想自己退伍时，团长亲手给自己戴大红花，为这事自己兴奋了好几天。司令，那是比团长大很多的官啊！郝自强微笑着，把纸条小心地放进了上衣兜里。

春天是挡不住的。"打了春的雪，狗也撵不上"，似乎在一夜之间雪就不见了。风还带着凉气，不过已经有了清新的味道。小草倔强地从泥土中探出了头，转动着瘦弱的身子，空间渐渐变大，一不小心碰到了边上的小伙伴，到处是青青的脑袋。当然少不了老邻居五行草，圆圆的笑脸，在阳光下逐渐变大，红色的径小心地绕过小草瘦弱的身子，在小草身边铺开来。树木也不甘寂寞，不停地伸展着肢体，挤出一个个嫩芽。小河里、水湾里的残冰化作耀眼的碧色，引来了成群结队的鹅鸭和水鸟，"红掌拨清波"，荡起了一圈圈涟漪，幻化成春的眼睛。

郝自强也没有闲着，他正准备物色个买卖，把手头的那一笔资金投出去。他把自己熟悉的人梳理了一遍，把可能的人联系了一遍，可是大家手头都没有好的项目。

这天吃罢早饭，郝自强准备到隔壁县城去考察考察，刚走到城西，天上忽然下起了雨，淅淅沥沥的，这湿冷的天气不适合逛街，就一打方向盘拐到西边的店铺。

刚开春，店里的冬装还没全部下架，和刚上架的春款挤在一起，感觉很满。时间尚早，店铺里没有顾客，两个员工正忙着打扫卫生，整理货物。看到郝自强进来忙站起身打招呼，郝自强点了点头，让她们继续，自己在收银台前坐了下来，拿出账本看看这几天的营销情况和个人业绩。

年后这一阵儿又是淡季,营销情况和预想的一样,仅仅能保本儿。"所以,不能只靠着服装,必须另外找一条赚钱的门路",郝自强正考虑着,店里进来了一对中年夫妇。男的长得很魁梧,浓眉大眼,有点面熟,好像在哪儿见过。两人仔细地扒拉着货架,专门挑冬天穿的那些过季的厚衣服。

"大哥,大嫂,不挑几件春天穿的,我们刚进了一批时尚的春款,在这边。"一名员工热情地推荐。

"呵呵,小姑娘,我要到大秦省去工作,就得穿厚的。那边冷。"中年汉子声音洪亮。

听着这洪亮的声音,郝自强突然想起来了,当年自己收废旧品刮了人家的车,就是这个中年人帮着自己解的围。记得当时好像大家称呼他刘哥。

郝自强立刻站起来走了过去:"是刘哥吗?"

"我是刘延全,你是?"这位叫刘延全的中年人有些吃惊,他肯定记不起郝自强了。

"刘哥,你忘了两年前我在你的院子里收废品……"郝自强把当时的情况详细地说了一遍,并再次感谢刘延全仗义相助。

"呵呵,应该的应该的。还没问兄弟你怎么称呼?"刘延全客气地说着话,对郝自强产生了好感,这是个知道感恩的人啊!

"我叫郝自强,现在这家小店就是我开的。大哥大嫂选吧,我请客。"郝自强大大方方地说。

"郝老弟不简单啊,短短两年就开起了这么大一家店铺。"

"我们郝哥在泰成还有一家呢,比这家还大。"员工忍不住在边上插话。

"是吗？好样的。后生可畏啊。"

"让大哥见笑了。大哥说要去西北，是去干什么大事业？"郝自强好奇地问。

"咱们汇成筑路在大秦省中标了一个项目，过几天就走。这不趁着雨天来买几件抗寒的衣服，听说那儿很冷啊。"

"您是汇成筑路的刘总？"郝自强心里一震，汇成筑路可是县里首屈一指的大企业。

"什么刘总，就是领着一帮弟兄们挣饭吃吧。"刘大嫂在一旁插话，"去那么远，人生地不熟的。都说那边很冷，到底冷到什么步数也不知道，只有多带几件衣服了。"

"天冷点倒是不怕，咱筑路工人什么苦没有吃过？咱就是对那个地方的情况不熟悉，筑路材料的购置和当地有关部门的沟通都无从下手……"刘延全对郝自强很有好感，不知不觉就打开了话匣子。

"刘总这次又揽了个大买卖吧？"

"确实应该算不小，有两个亿吧。咱还是直接中的标。"刘延全也很自豪。

郝自强心里一动，突然想到了李建勋。郝自强忽然感觉可能机会来了，他决定试一试。

郝自强两眼注视着刘延全，真诚地说道："我家孩子他二姥爷李建勋是那边军区的副司令。"

在关键时候，郝自强隐瞒了一件事，他已经和李岩离婚了。可是，他又没有撒谎，李建勋确实是郝小强的二姥爷。看来，老实的人，有时候也得学着动动心眼。

刘延全抬头看了看外面纷纷的细雨，略微思考了一下，对郝自强说："今天老弟没有什么大事吧？要不到我的公司去参观一下？"

郝自强心中一喜，没有推辞。

汇成筑路是一家有一级资质的民营公司，在业内那是绝对的有响当当的名气。公司自成立以来承包的工程都是千万元以上的，质量就是最好的口碑，这次直接中标就是再好不过的证明。

看到宽大的院子里整齐地停着一台台大型的机械，外面包着迷彩的防护布，雄壮之感油然而生。郝自强知道这是一家有实力的公司。

刘延全领着郝自强围着公司转了一圈，最后一起来到总经理办公室，一色的栗子皮色的办公设施，高端大气。

两个人谈得很投机，最后达成了意向：郝自强加盟汇成筑路，担任马上就要诞生的西部筑路指挥部副经理，负责对外联系和生活保障，享受公司中层领导待遇。另外，郝自强出资五十万，作为股份，享受西部筑路项目百分之十的纯利润，等项目结束后，本金退回，利润立刻支付。如果郝自强不能胜任本职工作，则予以开除，视情况没收投资股金。

午饭是在汇成筑路有限公司的小伙房吃的。参加人员除了刘延全和郝自强外，还有技术总监鹿联正和施工队长王宝江。

"我先介绍一下，这位是郝自强兄弟。我正式邀请他加盟我们汇成筑路，担任西部筑路指挥部副经理，负责对外联系和生活保障。"

刘延全话音一落，郝自强就站起来给大家鞠了一个躬，"两位大哥，我就是来跟着你们学习的，以后有什么吩咐尽管说。"

"好说，好说，实在不实在，从酒上就看得出来。"王宝江一看就是个豪爽的汉子。

鹿联正是个四十多岁的中年人，中等个，一头花白的头发，戴一副阔边眼睛,一看就是个大知识分子。他朝郝自强点了点头,算是打了招呼。

郝自强的酒量不错,和王宝江不相上下,两人又都是实在人,喝得很尽兴。酒是个好东西,可以拉近人和人之间的距离,一场酒下来,王宝江和郝自强就熟了。

"跟着刘哥干,没问题。一年怎么也能挣个百儿八十万的。"王宝江喝得满脸通红,和郝自强使劲握了握手,就回宿舍睡觉去了。

"你也回去休息吧,我叫司机送你。明天处理处理手头的事,后天再过来,我们好好筹划筹划,争取大后天就出发。"刘延全说完就吩咐司机送郝自强回去。

酒醒后,已经是晚上了。小强在姥姥家没有回来,郝自强泡了一碗方便面吃了,就坐在沙发上开始细细筹划自己的未来。店铺要保持甚至还得发展壮大,这是王小花的意思,也是自己的信念所在。但是,为了挣大钱,实现自己的理想,早日把王小花夺回来,自己必须拼一把。自己去了大秦省,店铺怎么办?思来想去,最后想了一个办法:将进货权交给两名店长,自己只负责财政权。为了鼓励两名店长,将其股份增加到百分之五,然后再任命两名副店长,享有百分之三的股份。店长和副店长都有向自己汇报的权力。这样,自己可以牢牢控制自己的店铺,又可以抽出主要的时间去大秦省。

"如果王小花在就好了,她管店铺,我可以全力到大秦省去打拼了。"郝自强发现自己很想念小花。可是,小花已经成为别人的妻子。他只有横下心,把店铺交给手下人处理,自己到大秦省搏一搏。

第二天,郝自强就将自己的想法付诸了实践。结果证明郝自强的方法非常好,在郝自强不在的日子里,两个店铺的生意一直有条不紊地进行,员工的积极性也一直很高涨。

处理完店铺的事情后,郝自强买了些食品、酒水去了李建生家。他要和自己的前岳父好好沟通一下,毕竟这次是投奔李建勋去的。

听完郝自强的打算,老爷子非常支持,并且立刻给自己的弟弟打了电话,说是郝自强过几天要去找他,李建勋很爽快地答应了。

"小强在我这儿你就放心吧。我和你妈身体还行,能照顾了。"老人一直把郝自强当作自己的孩子,虽然郝自强和李岩已经离了,也一直没有改口。

"这次我可能要去很长一段时间,这五千块钱您先拿着。"郝自强掏出一摞钱递给了老人。

"不用,我还有钱。"老人推让。

"万一有个什么事急用。"郝自强坚决让老人收下。

其实在郝自强的心里一直把李岩的父母当成自己的父母来孝敬的。自己从小没有爹娘,爷爷奶奶拉扯大了自己还没享几天福就去世了,当初人家李岩的父母没嫌弃自己是孤儿,把自己的独生女儿嫁给一个啥也没有的孩子,老人的善良让郝自强一直很感动。从结婚到小强出生,再到两人凑钱买房子,老两口一直默默地站在后面,无偿地支持。特别是李岩生孩子,当时郝自强还在部队里,正好赶上集训,请假报告打上去一直批不下来。等到郝自强赶回家,老俩早把李岩娘俩儿接回家了。

这十多年来,老两口对小强的疼爱自不必说,就是李岩和郝自强离婚这个事儿,两口子也是一直站在郝自强这边。

现在老两口的态度更明朗,恨不得李岩和姓高的快离了算了,还是原来的三口之家,多好。

但许多事儿确实不往自己希望的方向走,没办法,"人生不如意事常八九",尽自己所能吧!

　　小强知道老爸要出去待很长时间,吃完饭缠着郝自强不放,郝自强当晚就和小强住一个房间,没有再回出租房。

　　春天来了,万物复苏,一切都是蓬蓬勃勃的样子。

　　郝自强也浑身充满了力量,他期待着爆发!

第二十章　挺进大秦省

时间紧迫,郝自强一边处理店铺的事情,一边加紧准备远行的物资装备。

考虑到大秦省的冬季漫长而严寒,一百斤散装白干,是郝自强的首选。接下来,郝自强又购买了三百斤面粉、一百斤大米、二十斤粉条子、二十斤粉皮以及大量的火腿、虾皮、咸鱼、干紫菜、卤蛋、罐头、杠子头火烧等食物。推测着到那儿可能要露营,他还采购了一些防水布、绳索等工具。总之,只要能想到的,郝自强都准备好了,甚至还准备了治疗头疼感冒拉肚子等病的一些日常的药品。

这些物品装了整整一车。刘延全认为郝自强的面包车不适合在大秦省的戈壁沙漠中使用,特别给他配了一辆越野性能很好的带斗皮卡越野车,作为后勤保障用车。郝自强原来的那辆面包车自然就留给店里了。

阴历的二月二十八,是个好日子,上午八点,汇成筑路的车队准时出发了。

走在最前面的是刘延全的黑色奥迪越野车;接下来是王宝江带领的施工车队,由四辆大型拖车、两辆自卸车、两辆商砼搅拌车、一辆油罐车组成;再接下来是一辆中型轿车,载着鹿联正和他手下的四名技术员,以及测量工具、图纸等设备资料;郝自强的皮卡越野车在最后面,车上除了郝自强驾驶外,还有炊事员老李。

鞭炮齐鸣,烟火腾空。车队缓缓驶出公司大门,在众人的欢送下,踏上了征程。小雨已经停了,日出东方,温煦的阳光洒满了大地,也洒在了这支远行的队伍上。

车队出了城,上了公路。刘延全在前面稳住了队伍前进的速度,车队以时速六十公里的速度稳步向前。走了个把小时又拐上了高速,车速加快了,但也控制在八十公里左右。

路上车辆不多,郝自强自如地驾驶着车子,悠闲地跟着车队。老李是个好说话的人,很快就和郝自强聊得火热。从老李的聊天中,郝自强知道老李名叫李录山,是两个孩子的父亲。

"老大是个闺女,现在上大二了,再有两年就毕业了。老二上初三,马上就中考了。最好能考上个好学校。"

不用郝自强接话,李录山继续说下去。

"老大不用愁,这次寒假回来说有个男孩子正在和她交往,要是成了到时嫁出去就行了。这个小的愁人,一出生就罚了三万多,学习还不用功。"

"李哥今年多大了?"

"四十五了,干不几年了。刘总人好,不然早就不干了,也想着在县城里开个小饭馆,老婆孩子热炕头啊。"说着李录山呵呵地笑了起来。

"哎,对了。郝总,这次怎么没见弟妹来送你啊?"

"离了。"郝自强淡淡地说。

"我老婆也没有来。女人,头发长,见识短。不说了。对了,你到过泰山没有?去年公司组织……"李录山也算机灵,一听郝自强离婚了,巧妙地岔开了话题。

李录山是个多话的人,可能长期在厨房工作,少有人和他聊天,现在有了郝自强在身边，就兴致勃勃聊个不停。郝自强耐心地听着，不时插上几句，旅途倒是一点也不寂寞。

过了黄河不久，天就暗下来了，车队在服务区停了下来。

初春的夜晚还很冷，特别是下半夜。这么多物资得有人值班看守，郝自强就自告奋勇住在车上。皮卡车的车内空间比较大，躺在后车座上倒也舒坦，就是郝自强个子高，伸不开腿。他蜷缩在座位上，枕着行李卷，盖着自己当兵时发的军大衣，怕脚冷就没脱鞋，怎么也能对付一晚，将就一下吧，和当兵时的野外生存相比，这简直就是小菜一碟！

人就是这样，不想吃苦、怕吃苦就永远没有机会品尝成功的喜悦。

一路走来，郝自强深深体会到了这句话的含义，所以他不怕吃苦，也抢着吃苦。从小到现在，生活对他一直就不是慷慨的：父母长什么样都不知道，所幸还有年迈的爷爷奶奶。爷爷是个跛子，每次从村前面的水井里打水，都会洒一路，到家看着水桶里的半桶水，爷爷自己都气得掉泪。每当这时，奶奶都是安慰他说："你这还能走路，比比那些在炕上动弹不了的，你就应该满足。"奶奶的乐观豁达深深地影响了郝自强，从小郝自强就不怕吃苦，懂得高高兴兴地干活，俗话说得好"苦也一天，乐也一天"，为什么不快快乐乐的呢？

郝自强蜷缩在皮卡车的后座上，脑海里似乎是送行的场景，人群中好像有个熟悉的影子正朝着他招手：是李岩！不对，分明是王小花……不可能，她们都不可能来送行。那是谁呢？场景忽然又换了，分明是村前的小路，远处是一条哗哗流淌的大河……那是探亲归队的时候，自己一身戎装，李岩拉着自己的手送了一程又一程……正在迷糊间，突然听到有人走动的声音，还有物体拉着地面拖动的声音。他一下子醒了，侧着耳朵听了一会，确实有动静，在油罐车那边。偷油贼！

郝自强迅速起身，一手拿着手电，一手拿着一柄大扳手悄悄摸了过去。

一线弯弯的月牙儿挂在南天，在夜色的吞噬下，若有若无。

夜色下，两个人正蹲在油罐车旁用两根皮管从油罐车的大油箱里往外抽油，边上放在两个大塑料桶。看到手电光，两个人慌里慌张地站起身，当看到只有郝自强一个人时，两个人使了个眼色，一起大着胆子冲了过去，想制服郝自强然后逃跑。郝自强从容放下手电和扳手迎上去。面对扑面而来的拳头，郝自强右手一挡，身子一扭，把两个人让到一侧，然后一个勾踢，一个人"噗"的一声就倒下了；另一个看事儿不好，拔腿想溜，被郝自强快步赶上，直接往膝窝里一脚，一个狗啃屎就趴了下去。前面倒地的人爬起来又想背后袭击，郝自强一个回身，轻轻一拽就把他的左手扭到了背后，"哎哟，哎哟，疼疼疼……"

这夸张的声音，惊动了在车上休息的其他人。大家纷纷起来，协助郝自强将两个小偷扭了起来。

"好汉，饶了我们吧！我们俩都是附近的村民，一时鬼迷心窍，想发个小财。饶了我们吧。以后再也不敢了。"两个小偷齐声求饶。

郝自强看了看油没少，明天一早还要开拔，不愿出什么意外，把两个人教育了一顿，就放了。出门在外，多一事不如少一事，这是爷爷告诉他的。

天亮后，大家一起吃过早饭，准备出发了。刘延全特意过来拍了拍郝自强的肩膀，表示赞赏，看来昨晚的事情，已经有人告诉他了。

"没发现，郝总还是武林高手啊。"李录山一脸敬佩，一出发就主动进了驾驶室抢了方向盘，让郝自强在副驾驶休息，"我也是个老司机了，以前这辆车我经常开，以后还是交给我吧，你坐在旁边我有安全感。"

郝自强拗不过李录山,只好上了副驾驶位。一路上两个人抢着倒换着开车,感情也不断升温。还没等到目的地,已经成了无话不说的好兄弟了。从李录山的口中,郝自强知道了很多汇成筑路公司的信息,对这个团队了解得越多,越感觉跟对了人。

到了第四天下午,车队拐下高速路。再向前走,公路两边的村庄渐渐少了,大片大片的草原呈现在眼前,天空也变得瓦蓝瓦蓝的,奇形怪状的白云垛好像就在手边。

虽然已经是春天,这儿的草还没有返青,放眼望去一片苍茫。

"已经进入草原了,我们的工地,就在草原的尽头。"李录山笑着说。

郝自强被眼前的景色惊呆了:苍茫的草原一直蔓延到遥远的天际,在天地相接的地方是一连串起伏的小丘岭,清澈的天幕如蓝色的绸缎,自远方一路遮来,漫过草原,漫过车队,漫向身后不知道的远方。洁白的云朵像一群害羞的瓷娃娃,或远或近地凑到车队的四周,瞪着大眼睛好奇地看着远方的客人,虽是若即若离,却也热情好客,让人忍不住想伸手抚摸一下……

"想什么呢?"李录山见郝自强没有回应,笑着问,"以前没来过草原?"

"没有啊。"郝自强回过神了,有点不好意思地说,"确实太大了。我有些走神了。"

"这才开始,大的还在后头。"李录山呵呵笑了,很为自己走南闯北,见多识广而自豪,"以后跟着刘总干,天南地北都去,好景多了去了。"

李录山说的没错,越往里走,郝自强越感觉草原的宽广辽阔。到了第五天,出现了起伏的大山,皑皑白雪东一块、西一块点缀在山岭上。大山和眼睛之间,除了草原,还是草原。村庄已经不见了,代之而来的是三三两两的蒙古包,渐渐地蒙古包也不见了,天地之间惟余莽莽。风大了起来,呼呼地刮着车玻璃,沙尘飞扬,已经看见裸露着的大片黄沙了。

路的尽头不是沙漠,而是一个绿树葱茏的去处。不但有树,还有两层的楼房。这儿以前是一座兵站,现在是大秦省公路建设指挥部的驻地。这里的人有个共同的特点:脸黑,皱纹多。接待他们的旦正太主任正是这样。

旦正太是藏族人,高大魁梧,黑黝黝的脸上却有一双清澈的眼睛。

"欢迎远方来的客人。请到屋里喝茶。"

刘延全等人随着旦正太进了屋,郝自强却没有跟着去,他掏出手机给李建勋打电话,说他们已经到了大秦省公路建设指挥部了,这是他的主要任务。

事情出奇的顺利。李司令不但答应立刻帮忙联系,还说过几天亲自过来看望大家。

郝自强挂了电话,吃了定心丸,站在屋外镇定地查看着周围的环境,思考着如何开展工作。

王宝江从屋里跑了出来,"郝经理,郝经理。"他大声喊着,一脸的兴奋,"旦正太主任叫你过去。"

郝自强赶紧跟着王宝江进了屋。

"是郝自强兄弟吧?"旦正太热情地握着郝自强的手使劲晃着,得到肯定的回答后,旦正太豪爽地说,"郝自强兄弟,刚才老首长打电话给我了,让我关照你们。"旦正太拍着胸脯,"你放心,只要不违反原则,都好办。今晚我先给你们接风。"

刘延全是见过大世面的人,看到这种情况,心里暗暗欢喜,他知道找对人了。

接风晚宴在指挥部的餐厅举行,旦正太特别让人烤了两只全羊。征得了刘延全的同意后,郝自强从车上拎着了一桶二十斤散白干酒。

白干酒的香味和羊肉的香味混合在一起,弥漫在整个指挥部餐厅,让人直淌哈喇子。

旦正太喝了一大口酒,兴高采烈地说:"真是好酒!来,大家使劲喝,使劲吃。"

在旦正太主任的带动下,晚宴气氛热烈。

"来,我给你介绍一下,他叫吐尔逊,以前是我的通信员,现在是我的司机,本地人,明天就给你当向导。"旦正太拉着一名矮个子青年介绍给郝自强等人。

"你好,我叫郝自强。以后多关照啊。"郝自强看着吐尔逊大声说。

"放心吧。这儿就是我的家乡,熟悉着呢。方圆几百里,哪儿有棵树,哪儿有水源都在我脑子里。"吐尔逊红扑扑的脸上洋溢着青春的笑容。

"旦正太,你小子不地道啊。这么香的酒也不叫叫我。"一位满头花白头发、两眼放光的五十多岁年纪的精壮汉子走了进来。

"哎呀总指挥,您老什么时候回来的?快给总指挥倒酒。"旦正太嬉皮笑脸地迎了上去,"有没有给我捎点家乡的特产啊。"

"呵呵,少不了你的。"总指挥接过吐尔逊递过来的一碗酒,喝了一口,吧咂吧咂嘴,连声说,"好酒,好酒。"

旦正太赶紧把总指挥介绍给大家。总指挥名叫李相国,老家河北邯郸,曾经担任大秦省某边防部队副部队长,现为大秦省交通厅副厅长兼任大秦省公路建设指挥部总指挥。

"感谢你们来大秦省支援建设,有什么需要的直接找旦正太就行。他处理不好,我饶不了他。"北方的汉子加上大秦省的豪爽,让人亲切。

有了李相国的表态,刘延全确实放了心,也就放开了量。

这一顿饭,直吃到凌晨三点才结束。临走时,醉醺醺的旦正太提着还剩下一半酒的酒桶,怎么也不让别人拿,坚持自己提着回了宿舍。惹得大家呵呵大笑。

一觉醒来,郝自强一看表,八点多钟了。他立刻飞快地起床,出去一看,还是繁星满天。郝自强一拍头,想起来了:这儿比自己的故乡往西移动了整整四个时区,家乡的太阳六点就升起了,这儿的却要十点啊。

然而,他却睡不着了。他想起了自己的儿子,自己的店铺,还有那个日日魂牵梦绕的爱人。对着无边的黑夜,他默默地给自己鼓着劲,一定要坚持下去。

拖车将装载机、铲车、挖掘机、吊车等全套修路修桥机械在公路的终点卸下后,就回去了。剩下的到工地去的八十多公里就需要自己前进了。都是熟练的工人,不用吩咐,按照分工,纷纷检查了自己的设备。刘延全一声令下,队伍就出发了。

吐尔逊在前面带路,他开了一辆国产猎豹吉普车早早就过来了,因为都当过兵,他特别邀请郝自强坐自己的车子。

没有路,只有茫茫的草原。前行了三十多公里后,草渐渐稀少,地面上露出了大大小小的黑褐色石块,和一丛丛的骆驼刺。这就是所谓的戈壁了。在戈壁中前行了三十多公里,西边出现了一道南北走向的高大的山脉,由于太远,只看到黑糊糊的,把天和地连接到一起。

　　"这就是雪山，近了就看到山顶上的皑皑白雪了。大秦省这样的雪山有几十座，我的家乡就在前面这座雪山的脚下。"吐尔逊用有点生硬的汉语说。一路上，他和郝自强聊得很投机。

　　郝自强专心听着，他完全被这雄浑的大自然征服了。

　　继续向西，眼前出现了一条干涸的河谷，大约有七八十米宽，谷底铺着厚厚的黄沙，也稀疏地生长着一些叫不上名字的植物。

　　"这就是你们的施工场地了。你们要在这条河谷上修一座大桥，然后向西直到山脚下。"吐尔逊停下了车，指着河谷告诉郝自强，"这条河是一条季节河，别看现在是干枯的，到夏天就有水流，有时候水还很大，所以营地不能建在河谷里。"

　　郝自强静静地听着，知道还有很多知识需要自己去学习，毕竟自己是第一次来到沙漠，第一次接触戈壁滩，第一次和这儿的大自然面对面，第一次要对这么多人的生活操心。

　　随着吐尔逊的分析，郝自强意识到了自己身上的担子很重大，这支十几个人的筑路队伍的饮食起居和工程用度以后就全要他来负责。后勤保障，乍听起来好像很简单，实际操作起来一点儿都不简单。这儿是戈壁滩，沙漠的深处，物资不像内地那么丰富，很考验管理者的调配能力。

　　吐尔逊领着大家转了转，对周围的情况做了大体的介绍，这时候，太阳已经偏西。郝自强看了一下表，下午五点十分，从这一刻起，他们就要驻扎在这片荒凉的土地上，团结一致去奋斗了。

第二十一章 营地

"郝哥,这是一顶帐篷,送给你。今天晚上就别住车里了。"吐尔逊从越野车的后面将一个包裹搬了出来。

"谢谢你,兄弟。有空去找你喝酒。"郝自强非常感激这个比自己小五岁的战友。

"好的,我要回去了,有什么事就去找我。"吐尔逊和郝自强告别,转身上了越野车。

"兄弟,这儿能找到水源吗?"郝自强忽然记起了自己一直思考的这个问题,没有水,人没法生存。

"忘了告诉你,水源地有两个:一个是指挥部,另一个是过了河往西北一百多里路的山脚下有个村子,那儿有个水湾。不过路很难走,车过不去,还是去指挥部好些。"

"这河谷里能找到水吗?"

"很难说。你顺着河谷,看到植物茂盛的地方往下挖,可能能挖到水。"吐尔逊想了想说道,"我曾经听我爷爷说过,这条河里曾经有一条龙,住在一个永不干涸的水潭里。我小时候还见过那个水潭,不过这个水潭现在早就干了,水潭的位置大约在离这儿三里路远的上游,你有空可以去找找。"

郝自强在心里默默地记下吐尔逊的话。

送别吐尔逊后,刘延全召集全部人员开会部署工作。十八个人围在刘延全身边听他安排。

"王宝江负责平整一块地作为营区,具体位置在靠北面稍高的戈壁上,不要破坏了周围的草皮。我和鹿联正负责根据标书要求,对设计图纸进行实地勘测,制定施工方案。郝自强负责伙食等所有后勤保障……"

大家按照分工展开工作。

郝自强和李录山忙着做饭。他们只有一套两个炉头的液化气灶,一个炉头上焖了一大锅干饭,一个炉头上做了一锅西红柿鸡蛋汤。条件简陋,也只有将就一下了。做好后,郝自强招呼大家先吃饭,吃完了再干。

铲车轰鸣,用了不到两个小时,王宝江就平整了一块长六十米,宽五十米的地面。多余的石块都堆到了北面形成了一道两米多高的石墙,用来遮挡北方来的寒风。后来郝自强运来好土填充到石墙里,再种上草皮,这里就成了大本营的北墙。他还在北墙上开了门,可以直通到他的胡杨树林里去。当然这是以后的事情了。

平整好地面后,大家从汽车上卸下板房材料,开始安装板房。太阳还没有落山,十六间板房已经安装好了,并且上面都带着编号。由西向东依次为:一号、二号、三号是后勤用房,四号、五号、六号、七号、八号、九号是施工队住房,十号、十一号是经理室,十二号、十三号、十四号是技术队住房,十五号、十六号是器材室。

郝自强看到这个进度,心里很是佩服。不用说,这是一个一流的团队。

这还不算,简易车库也迅速搭建起来了。各种类型的车辆有序地开到了库里。

郝自强和李录山把液化气灶搬到三号房，这儿以后就是厨房了。李录山开始做晚饭，郝自强就把车上的物资向二号房搬运，他决定把二号房作为仓库，而自己和李录山住一号房。

太阳落山了，王宝江开了一台发电机组，明亮的灯光立刻笼罩着营地。大家挤在十号间——刘延全的办公室里，共进晚餐。

"天冷，都喝点。"郝自强提了一桶酒，给每个人都倒了些。

没有酒杯，大家都用搪瓷缸盛着酒，围在桌子前，说说笑笑很是热闹。虽然，菜仅是大白菜炖粉条和萝卜炖咸鱼，还有的就是每人一块火腿肉。但是这是进驻工地的第一天，大家还是有些激动。

"我们现在紧缺的是水。人用得少还好办，机器一开动需要的水就多了。明天郝经理就带我们的两辆自卸车去拉水，顺便采购铁丝网。我们要在这儿住很长时间，要用铁丝网把我们的营区围起来，形成一个封闭的空间。"刘延全边吃边给郝自强安排了任务。

"这儿一路上也没有看到户人家，刘总也太小心了吧。"王宝江喝了一大口酒，不以为然地说。

"不是防盗，这戈壁荒滩上，可能有狼。咱们出门在外，万事都要小心啊。"刘延全意味深长地说。

"刘总对，我没考虑周全。来，敬刘总酒。"王宝江倒是坦率，立刻就认可了刘延全的看法。

大家嘻嘻呵呵，吃过饭就睡了。除了郝自强，大家都是老员工，都明白艰苦的工作马上就要开始了。

第二天天刚刚亮，郝自强就带着两部车出发了。到了指挥部，郝自强找到了吐尔逊，在他的帮助下，顺利买到了皮囊。装水是个非常费事的工作，没有抽水机，得一桶一桶地人工往里装。一个皮囊盛两立方水,人工太慢了,郝自强赶紧去买了一个小型的柴油机水泵。

在装水的过程中,郝自强又和吐尔逊去买了两百米铁丝网。本来郝自强还要去采购一些蔬菜,吐尔逊告诉他,蔬菜采购要到二百里外的县城驻地去,郝自强只好放弃了。看到郝自强失望的样子,吐尔逊答应明天指挥部去采购的时候,替他捎回来。郝自强赶紧写了个购买菜单给了他。

指挥部里就三家商店,一家卖日用品,一家卖各种标准件,一家卖摩托车以及各种配套机械。在卖日用品的商店里,郝自强又买了一套液化气灶,买了两罐液化气。

回到营区时,天已经快黑了。

王宝江他们已经在营区的周围用钢筋焊好了支架,铁丝网一来立刻带人进行安装,营区很快有了家的样子。

现在最让郝自强担心的就是水的问题。去指挥部拉,太远了;去山脚下那个村庄,虽然稍近点,但是吐尔逊说那里路不好走车辆很难通过。他记起吐尔逊说的那个水潭,决定去碰碰运气。给养近几天不用补充,也没有什么对外联络的事情,做饭有李录山就可以了。所以,当郝自强提出要去找水源时,刘延全很痛快地答应了。

第二天一早,郝自强带了铁锹、镐、水桶等物,又把吐尔逊给他的帐篷也带上,一个人开着皮卡越野车沿着河谷向上游出发了。

河谷边不时出现一簇簇胡杨树,都是一棵大树周围分出来很多小树。虽然已经是春天了,但树木还没有发芽,依旧是光秃秃的枝条在寒风里晃动。郝自强在一本书里看到过,胡杨树是顺着河流生长的,所以顺着胡杨树的方向找就没错。

吐尔逊说得没错,向前走了三里多地,在河谷的一个拐弯处出现了一块杂草丛生的地方,这和周围的黄沙形成了很明显的对比。河岸上不但有三簇胡杨树,还有四株红柳。郝自强停了车,走了过来,他粗略估算了一下,这块地大约有半亩左右。

这可能就是吐尔逊见过的那个水潭了。他决定挖下去看看。选了一个地势最低的地方——当然也是杂草最茂盛的地方,开始作业。

除掉上面的杂草,是一层沙子,沙子层不是很厚,大约有三十厘米,除去这层沙子后,露出了黄褐色的淤土。郝自强用手抓起一把攥了攥,不是很干,还有零星的水分在里面。

郝自强继续向下挖,这层淤土只有二十厘米厚,下面又是黄澄澄的沙子。这层沙子已经有了湿气,不像上层那么干燥了。

郝自强回到车上,喝了几口水,拿出一条口袋,然后又返回工地。他把工作面扩大成直径五米的圆形。把挖出的淤土装到袋里压实,然后倒在周围垒成了一道圆形的土台,阻挡沙子的侵入。

对一个人来说,这是一项庞大的工程,也是一项枯燥的工作。当挖到第三层淤土的时候,太阳已经到了头顶上了。郝自强试了试土的湿度,已经可以攥成一团了。这是一个好兆头,这说明越往下,淤土的含水量越高。

郝自强索性把帐篷在土台边撑开,把车里的物品全部搬到帐篷里,就在帐篷里吃了点干粮,休息了一会,接着继续往下挖。

土坑渐渐地深了下去,没过了郝自强的身子。为了上下方便,郝自强做了一个台阶。

太阳就要落山了,郝自强拖着疲惫的身子出了土坑。看看自己携带的食物和水还能支持一天,他决定不回营地,晚上就住在帐篷里。他把一块防水布铺到地下,再垫上一床折起的被子,然后自己和衣钻到被子里,上面盖上大衣。他要提前休息了。夜晚的风很大,虽然是在河谷里,依然把帐篷吹得哗哗作响。郝自强挖了一天土,已经很累了,很快就睡着了。

到了下半夜,郝自强被冻醒了。他出了帐篷,风已经停了。没有月亮的夜晚,星星特别明亮。寒冷还在包围着他,他用力活动着胳膊和腿,用运动抵御寒冷。忽然,他听到远处传来了沙沙的声音,就拿了手电,循着声音找了过去。

是一只沙鼠,在手电光下晃动着小小的头颅,两只黑色的小眼睛定定地注视着郝自强,长长的胡须上下抖动着。看着这只在恶劣的环境下生存的小沙鼠,郝自强不由得一阵感动,他想起了在烈日下艰难生存的五行草,想起了没有父母照顾的儿子,想起了仅剩一只胳膊的吴宝福,想起了杳无音讯的王小花——

只要活着就有希望!只要活着就要奋斗下去!郝自强悄悄地离开了那只小沙鼠,但愿它能找到食物。

回到帐篷后,郝自强已经没有了睡意。静静地躺在被窝里,两眼盯着头顶圆锥形的顶棚。离婚已经两年多了,曾经淡忘过的李岩的影子,在这个寂寞的夜里,却又浮上心头。那是憔悴的影子,无助的影子!郝自强有意识地想放弃,有意识地不去想她,专心回忆和王小花的点点滴滴,可是她却总是在脑海里逛荡,让郝自强很纠结。就在这纠结中,郝自强又昏昏地睡去了。

又经过一天的努力,郝自强面前的这个深坑可以叫作井了,因为它至少有四米深了。虽然还没有水,但是挖出来的沙子和泥土已经非常潮湿了。随着井的深入,它的直径也在不断缩小,现在最下面的部分,直径已经不足两米了。

天暗下去了，郝自强奋力装了一袋泥沙扛了上来，就准备回去了。他决定把帐篷放在这儿不拆了，反正周围又没有人，他还要回来。他还决定把这一袋泥沙带回去，让鹿联正等人研究研究，看看往下有没有水。

回到营区，刘延全他们也刚刚回来。李录山端上饭菜，大家边吃边谈。

"郝经理，水找得怎么样了？明天就要开挖路基了，找不到水源的话每天必须抽调出两辆汽车去拉水。"刘延全搔了搔头，看着郝自强。

"我挖了四米多了，还没有见水，不过已经很潮湿了。挖出的泥沙我带回来一些。鹿总是专家，看看下面有水没有？"

"吃完饭就拿过来我看看。"鹿联正笑着说。作为同济大学的高才生，对这件事情很有信心。

郝自强匆匆吃完饭，就把泥沙样本去取了过来。

"已经接近水线了，最多再下去一米，就出水了。"鹿联正肯定地说。

"明天抽一台挖掘机去，争取一上午就解决用水问题。"刘延全下了决心。

机械的力量是巨大的。仅仅用了一个小时，就把郝自强挖的井扩大成一个直径十米，深五米的大坑。挖掘机巨大的机械手有力地插入地下，一大铲泥沙就被挖了出来。

六米深了，还没见水。郝自强急得头上都冒汗了。

终于，伴随着机械手的抬起，清澈的泉水淌了出来。

继续往下挖，一直挖到十米才停了下来。

水样经过检测，达到了施工的标准，稍加净化就可以饮用。当然这仅仅是第一步，还要看出水量。如果水量不够用，还得再想办法。不过，郝自强的担心是多余的,下午当他带人去拉水时,水位已经到了六米多一点的位置了。

两个皮囊都装满了水,大坑的水位虽然下去了很大一截,却没有见底。第二天一早,水位就复原了。

保护好水源,是施工的基础,也是人能住下去的前提。特别是在这戈壁大漠上,水是最珍贵的东西。他们在这儿施工不是一天两天,是一年甚至两年。所以,郝自强找到刘延全提出了要保护好水源,把这口水井用水泥砌起来,上面盖上盖子。

这个工程量不小,但是刘延全立刻就答应了。刘延全还特别嘱咐在井壁的四周打几道圈梁,确保水井长久不塌。即使他们撤退了,也能留给后来者。

在王宝江和郝自强的指挥下,施工人员抽干水后又用挖掘机对井底进行了整理,然后放入焊接好的圈梁,接着倒入搅拌好的混凝土,一层一层上来后,最后把外面的大空回填好。

郝自强怕河流发水的时候把井口淹没了,淤泥进到井里,特别让施工人员将井口砌到高出河谷半米,井口上面弄上了水泥盖。当河流发水的时候,只要把井口盖盖上,淤泥就进不到井里。

工程完工后,郝自强非常满意。若不注意,谁也感觉不到河谷中有一口水井存在。而这口深十米,下面直径三米,上面直径仅有一米的钢筋混凝土浇筑的水井确确实实在河谷里安家了。

有了这口水井,施工队的用水问题彻底解决了。

有了水,就扎下了根。

接下来的几天,吃过早饭,王宝江和鹿联正各自带人施工。李录山则忙着收拾饭桌,洗刷碗筷,准备午餐。刘延全则在自己的办公室里忙碌。剩下郝自强一个人,除了几天采购一次物品外,基本成了闲人。

可是他闲不住,看着宽大的院子,他忽然有了一个想法:他要开出一块菜地,自己种菜。这边的蔬菜种类特别少,就是土豆、大白菜为主,新鲜的蔬菜基本没有,就是有价格也特别高。工作量这么大,伙食必须要调理好。让员工吃好,是他这个后勤保障经理最重要的事。

说干就干,他在营区的东南角平整出二分多地,先把地面的碎石子捡走,然后到河谷里运来比较肥沃的淤土。他打算尝试着建两个塑料大棚,彻底解决人员的吃菜问题。

对郝自强来说,这是一次不小的挑战。因为,对于种菜,他可是个门外汉。虽然自己从小没少干农活,但那时仅仅是帮着爷爷奶奶侍弄庄稼,种菜可没有具体操作过。

郝自强到县城买了种植的书,开始认真研究。从整地、使用基肥开始,一直到播种、育苗、浇灌、病虫防治等等,一项项学起来。他坚信只要用心没有克服不了的困难。

有事情干,时间不知不觉就过去了。俗话说:一亩园,十亩田。虽然只开垦了二分多地,但是,一切都是从零开始,边摸索边干,一个人也够忙活的,毕竟种菜是个劳力活。

第二十二章 蓝图

这一天，郝自强正在地里劳动，刘延全跑过来喊他到办公室一趟。这个地方手机没有信号，打电话得跑到大秦省公路建设指挥部附近去。

"施工展开以后，我们将需要大量的物资。主要有沙子、水泥、钢材……"刘延全开门见山地说，"这儿现在没有物资供用站，所有的物资都需要从别处调运。这些都得我们自己去协调。我打算明天和你一起回去一趟，顺便处理一些事情。来回可能要十几天，你先准备好这儿的给养。"

"沙子这儿不是遍地都是吗？"郝自强不解地问。

"呵呵，遍地都是也要人家批准啊！"刘延全笑了。"还有，我们这儿没有信号，手机用不上，很不方便，要申请一部电话。这么远，人家不一定愿意为我们安装啊。"

"我明天就去联系。咱再好好想一想，还有什么需要办理的。"郝自强心里有些内疚，按照当时的约定，这些都是他应该提前干好的活儿。

两个人找来笔和纸，把需要解决的问题一条条列出来，明天好有针对性地解决。刘延全是个身经百战的大哥，郝自强是个虚心学习的菜鸟，两人一个肯教一个爱学，不一会儿工夫就把面临的问题列了满满一张纸。真是不学不知道，一学吓一跳，看着这密密麻麻的一张纸，郝自强才知道刘延全的工作量有多大，后勤保障的工作得有多细，远不是自己想象的只要让大伙儿吃好喝好那么简单。

还好,有刘延全在身边手把手教自己。郝自强抬头看看刘延全,他凝眉静思的状态让人不忍打扰。

"我去提车去?"

"好。"

可是还没等他俩出发,李建勋来了。

将军在李相国和旦正太的陪同下,直接到了营区。王宝江他们都出去施工了,营区内只剩下即将出发的刘延全和郝自强还有炊事员李录山。

看到将军过来了,郝自强赶紧把刘延全向将军作了介绍。

"欢迎大家来到大秦省支援边陲建设,我们大力支持。"李建勋握着刘延全的手,很热情地说,"刘老弟是我的家乡人啊。早就想过来看看大家,有件事耽误了,抱歉啊。"

"才来了没几天,准备安顿一下就去拜见将军,没想到将军亲自赶过来了。感谢将军!请将军屋里坐。"刘延全大喜过望,热情把大家领到自己的办公室。

大家落座后,郝自强和李录山赶紧泡好了茶端上。

"有什么困难直接说。"李建勋喝了口茶,一句废话也没有,直奔主题。

刘延全也没有客气,他把和郝自强商量好的那些问题,一一说了出来,旦正太拿出一个本子,一项一项记了下来。

"你们谈着,小郝陪着我出去走走。"李建勋说完,起身出去了。郝自强赶紧和李相国、旦正太打了个招呼,跟在李建勋后面,出了房间。

两个人没有坐车,出了营区,踏着乱沙石,迎着风向北走去。

李建勋指着远处的山脉说:"这座连绵几百公里的大山叫卧龙雪山,山上除了积雪外,还有大量的针叶林、野花、中药材。以前山下是大片大片的树林,经常见到野山羊、野骆驼,现在树林没有了,动物也不见了。"

"这可能是我们过度砍伐树木,没有保护好生态环境造成的吧?"郝自强接着话茬说下去,"我前几天在河谷内寻找水源,发现了很多死掉的胡杨树,也有动物的骨头,说明以前这儿不是这样的。"

"是啊。四十年前我刚来这儿的时候,还没有这么多风沙,地上还有草皮,河流虽然会断流,但河谷里一年四季都有水湾。当时这儿还有个小村子,二十年前就被迫搬走了。"李建勋叹息着,"都是我们过度砍伐树林造成的。当时科学知识少,不懂得保护,现在想想得不偿失啊。"

郝自强跟着李建勋,默默地听他讲述过去的事情。

"当时只知道多开荒多种地,砍了不少灌木,破坏了不少草皮。地是种起来了,却破坏了这里的生态平衡,结果,土地沙化了,水也少了,过了没有几年,地里就长不了什么庄稼了。不按照自然规律办事是要吃亏的。"李建勋看着树木稀疏、沙石遍地的戈壁荒滩,长长地叹了口气。

突然他话锋一转:等公路修好了,交通方便了,我们就在这儿植树造林,治沙固土。再有三年我就离休了,离休后哪儿也不去,就来这儿种草种树。我们破坏了的,我们就要再恢复过来,不然真对不起子孙后代。"

郝自强被将军掷地有声的话感动了,他想了想说:"我也来和你一起种树吧!咱把这儿变成一片大森林,让搬走的村民再搬回来,让不见了的动物们再回来安家。"郝自强用手指着这片戈壁荒滩,感觉自己的心里渐渐宽广了起来。

"真的？不是安慰我吧？"李建勋看着身边表情凝重的郝自强半当真半开玩笑地问。

"真的。这些天我想了很多。人生无非酸甜苦辣，开心的事和不开心的事都是那么回事儿。和这广阔的戈壁荒滩相比，个人的那点事儿真算不了什么。"郝自强面朝北方，真诚地说道。

"是啊，人在大自然面前是渺小的，可是有时我们给大自然造成的破坏却是巨大的。人活着，总要做点有意义的事。你能这样想，我就没看错你小子。"李建勋呵呵笑了。

"这样吧。等会我和李相国打个招呼，让他出面协调协调，咱爷儿俩把这片地包下来，植树种草，造林固沙。"李建勋伸出大手，在半空中画了个大圈。

"好。咱沿着河谷两边开始种植，最后和远处卧龙雪山上的树连起来。"郝自强也激动了，这是一个伟大的蓝图。

"将军您看，这次修路，如果我们从河谷中取沙，将形成一个巨大的坑。夏天水来了，就能储存大量的水，自然就形成一个水库，这样我们植树浇水的水源就解决了。"郝自强顺着种树的思路，忽然蹦出了这么一个想法，他指着河谷向李建勋汇报。

"对，有道理。种树首先就是要有水。"李建勋点头表示赞赏，"哎，你不要叫我将军，你得叫我叔叔。"

"是，将军。不，叔叔。"

"这样就对了。你们的公路计划什么时候修好？"

"合同是两年。听刘总说，争取一年半完工。"

"也就是说，今年雨季就可以储存一些水了？"

"如果指挥部同意我们取沙的话,应该是的。听刘总讲,我们要先在河上建桥,这样河谷地段肯定首先开工。"

"哦,你现在在这儿主要负责什么?"李建勋渐渐转到工作上。

郝自强把自己的工作情况详细告诉了李建勋,还特别提到了自己要在这里建蔬菜大棚的设想。当然,有些事情,他保留了。

"大秦省这边,只要是不违反原则的事,我是能说上话的。不过正常的业务,你要自己去办理,真有什么困难,直接打电话告诉我。另外,一定要严把质量关,国家投入这么大,不能让你们弄个豆腐渣工程出来。"

"这一点请叔叔放心,刘总是个严谨务实的人,更是有责任感的人。我也会在原材料的质量方面把好关,绝对不能让不合格的材料出现在工地上。"

"好,这我就放心了。我看好了,你们现在的驻地以后就作为我们植树林场的大本营。不过板房要改建成永久性的住房。你可要有思想准备,蔬菜大棚的事儿,也要做长久打算。"

"回去时我和刘总汇报一下,应该不会有问题。我现在担心这片土地太大,恐怕得几百平方公里吧! 我们拿不出这么多钱来。"

"问问他们再说,我认为主要是种树投资大。"李建勋笑着说,"咱承包他的地,给他们绿化,他们应该还得补贴给我们一部分资金才行啊。再说,我们得一步步来,一下子也种不过来这么多。"

"这方面的政策我不大懂,不过我可以咨询一下。"郝自强就是这么喜欢边学边问。

"你放心,国家绝对不会忘记有功的人。以后,干好本职工作的前提下,多拿出功夫来考虑考虑种树的事儿。"李建勋呵呵笑了起来。

郝自强郑重地答应了。

两个人一边走，一边聊，渐渐走到了他们取水的地方。

"叔叔，那就是我们刚刚打好的水井。"郝自强指着河谷里的水井对李建勋说。

李建勋点点头，两个人下了河谷，来到水井边。郝自强把打井的经过说了一遍。

"这个地方原先是个大水潭，你们还真会找。"

"是吐尔逊告诉我的，听他爷爷讲，以前这儿住着一条龙。"

"有没有龙我不清楚，不过这儿好像有个废弃的村落。"李建勋向周围看了一会儿，指着西南角的一处地方说，"看，就是那儿，过去看看。"

两个人越过河谷，来到了河对面。向前走了二三百步，在黄沙中出现了一些残垣断壁。郝自强从地上捡起了一块砖头，看了看又放下了。李建勋则盯着从黄沙里钻出来的几株沙棘若有所思。

"叔叔，看这些砖头，时间很久远了。"

李建勋回过神来，也捡起一块砖头看了看，然后用力地向远处扔去。砖头在空中画了个弧，在远处的沙地上落了下来，没有一点儿声息，四周静得让人发慌。

"总有一天，我们会将这些沙子固定在地底下。"李建勋对着天空大声说。

"叔叔，我们回去吧。"郝自强看到天快晌了，建议道。

"好，回去。"

两个人顺着原路往回走，没走几步，沙地里一件闪闪发光的东西吸引了他们。

郝自强走向前弯腰捡起来，是一片铜镜，虽然不知在沙地里待了多久，有些地方已经锈迹斑斑，可是经过打磨的一面，还可以照出人的影像。

郝自强将铜镜递给李建勋，李建勋仔细地打量了一番，有些感慨地说："这面铜镜很久远了，看来这个地方在很多年前就有人居住，可惜到我们这代人这儿变成了戈壁荒漠。这样不行，对不起祖宗，我们要努力改变这里的面貌。"

走着走着，李建勋突然问了一句："你和李岩为什么离婚？"

郝自强在李建勋面前不敢撒谎，只好说了实话。

"就因为你下了岗炒股、玩网络游戏？还有没有别的原因？"不等郝自强回答，李建勋接着说，"炒股确实风险很大，不是你能够驾驭的。再说你迷恋网上游戏也不对。但这也不至于离婚啊！"

"高益智是小岩的初恋，又分到小岩的学校当校长……"

"哎，我明白了。孩子，看来主要责任不在你啊。"李建勋大手挥了挥，不再说话，向着营区大步流星地走去。

郝自强跟在身后，步履轻捷。

春天的阳光照耀着他们，已经接近中午，即使地处大秦省边陲，空气也是温暖的。不经意间，身旁一株骆驼刺坚强地从沙砾中伸出了头，它终于享受到了第一缕阳光。

刘延全和李相国他们的会谈非常成功。刘延全提出的要求，基本得到了满足，特别是允许就地开采沙石，允许他在附近开个搅拌站。这让刘延全非常感动，这样不但可以节约大笔开支，如果对外的话，还有很大一笔利润可以赚。本来刘延全想把公路一直修到大山脚下，可是刘延全的公司对于钻隧道是外行，那一个标段就只能让给别人了。有了搅拌站，他们就可以和那个标段的公司洽谈，为他们提供混凝土，这样就可以获得不少的利润。并且可以在交界段合拢的谈判中占据有利的地位。

当然，也有很多问题不是指挥部可以解决的。例如安装电话，那需要电信部门。不过，刘延全相信，相比前面的问题这些都不算问题，只要下决心去办是能够克服的。

午饭是在刘延全的办公室进行的。大锅羊肉炖萝卜，大锅咸鱼炖茄子，几个罐头，一包虾皮，当然还有白干酒。

李建勋喝着老家的白干酒，兴致勃勃地把自己离休后要和郝自强在这大漠种树的打算和大家说了，大家纷纷表示赞同。

李相国喝了一大口酒，说："我支持老首长，但俺媳妇说了，退休后要给儿子看孩子，所以没有空陪老首长种树了。不过地皮的手续问题，我帮着办理。这里的政策我熟得很。"

旦正太也不甘落后，赶紧表态："我们办公室就是搞服务的。以后树苗啊之类的，我们可以帮着联系，不过钱得你们出。"

"你小子就是钱上急，不过能帮着联系树苗也是件好事。来，喝酒。"李建勋笑着和旦正太、李相国碰了碰杯子，两个人立刻喝下了一大口。

"我们也得表示表示，这样吧。我们负责在河谷修一座小型水库，尽量解决用水问题。"刘延全也表了态。这是一件很费钱的活，但是相比项目部的收入，这也算不了什么。

郝自强没有喝酒，因为下午他要和刘延全出发。他坐在边上，只是静静地听他们说话，自己一句话也没说。他知道他们的讲话可能影响自己的未来，他需要认真地听，认真地领会。现在，他听明白了。他感到自己又有了一个新的奋斗目标，他也许要把后半生献给这块广阔而荒凉的土地。

王宝江和鹿联正等人也回来了,他们听说李建勋来了,都跑过来向李建勋等人敬酒。李建勋非常热情地和他们握手、碰杯,就像老乡相见,丝毫没有架子,这让大家都很兴奋。在离家几千公里的边陲能碰上一位老乡是件非常高兴的事,并且这位老乡还是一位叱咤风云的将军!

这顿饭大家吃的都很快活。李建勋他们离开后,郝自强开着那辆黑色的越野车,拉着刘延全也上路了。他们需要去各地购买大量的施工材料和签订一份一份的合同。郝自强也想回去打理一下自己的两个服装店,同时看望一下儿子。

这一次的大秦省之行,虽然前后待了还不到十天,但是对郝自强来说,一个陌生领域的大门,正在他面前缓缓打开,他的人生即将迎来一片新天地。

第二十三章 小花的煎熬

刘延全和郝自强驱车直接去了全国最大的钢材市场。时间紧任务重,必须抓紧。

为提高桥梁的承载能力,钢材首先要求具有较高的强度;现代桥梁主要是焊接梁,钢材同时必须具有良好的焊接性能;为延长桥梁的使用寿命,防止脆断,钢材还必须具有良好的韧性和时效冲击韧性。另外,对钢材的抗疲劳性能和耐大气腐蚀性能都有很高的要求。

对于这些,郝自强是不知道的,都是刘延全在路上教给他的。

刘延全和郝自强在钢材市场待了整整一天,最后敲定了一家性价比最高的,直接签订了供货合同。这是一件大事,钢材的质量直接决定着工程的质量,不能省钱。

第二天两人又直奔水泥市场。水泥的需求量很大,刘延全联系了以前的老供货商,双方就桥梁水泥的要求达成一致,保证桥梁的质量是前提,最后选定 C50 和 C55 标号的。老板知道他们是支援边陲大开发后,价钱又让了一步。

这两项敲定后,他们又去采购配件、焊条等物资。接连四天,两人马不停蹄地在市场、企业之间穿梭。随着计划上的项目一件一件被敲定,修桥筑路的知识也源源不断地输进了郝自强的脑袋里,他也明白了刘延全带着他的良苦用心了。

郝自强跟着刘延全一路上认真做好各项辅助性工作,看到刘延全比较辛苦,干脆司机的活儿全包了。在各种采购谈判中,郝自强也是努力做好秘书和助手,遇到什么问题虚心求教,他的能力和人品得到了刘延全的充分认可。在一家大型机械制造企业采购时,刘延全又特意给郝自强订购了一台小型的挖掘机。用这台机器在戈壁滩上挖树坑是再好不过的了。郝自强要自己付款,被刘延全拒绝了,说是送给郝自强的一件礼物。

计划书上的采购项目都完成后,他们终于回到了家乡——那座小县城。郝自强送下刘延全后,匆匆买了些礼品就去了儿子的学校,他要等儿子放学接儿子回家。离放学还有半个多小时,郝自强坐在车里休息。

春天来了,街道上来来回回的男女已经脱下了厚重的冬装,各式各样的春装纷纷登场。灰色的阔腿裤配一件米色的风衣,简约大方;破洞的牛仔下蹬一双纯白的平板鞋,朝气蓬勃;齐臀的黑裙包不住大长腿的诱惑;那时尚的腰带下的小蛮腰儿让郝自强不由得又想起了王小花。

郝自强不知道,王小花正在煎熬中。

过去几天,王小花找了个机会,给郝自强打了一个电话,结果服务台提示郝自强的电话不在服务范围。王小花不相信,又接连打了几次,语音提示总是电话不在服务范围。

郝自强怎么了?上了哪儿?为什么会不在服务区呢?王小花心里很着急,越着急就越打,无数次提示让她彻底乱了心,她的一颗心都被这个失联的郝自强占满了。现在她真恨不得长出双翅飞到北方看看。

异地恋的无奈啊!"空牵挂,独思量,再思断人肠。"

其实,随着她的肚子一天天大起来,现在王小花的自由程度有了很大的提高。自从怀了孕,婆家人对她的限制明显少了,他的那个花花公子丈夫习惯了花天酒地的潇洒,更是压根儿就不在乎家里这位大肚婆。这倒让王小花很舒服，没人打扰，自己和肚里的宝贝更自由。无数个一个人的夜晚，她抚摸着自己渐渐隆起的肚子，想着远方的亲人，慢慢回味着那些美好的记忆，憧憬着美好的未来，虽然孤独却很快乐。

王小花是典型的南方姑娘，虽然长得娇小，却很有自己的主见。她上过大学，经营过店铺，在这个大家族中还是很优秀的。但是，结婚后的她，极力掩藏自己的才华，把自己装成一个傻傻的什么也不懂的姑娘。渐渐地这个大家族的主持人就不在乎她了。当肚子大了后，对于后代有强烈渴望的家族年老成员明显对她好了起来，可是到医院做体检，孩子的性别确认是女性时，又对她渐渐冷落了。出生前的性别鉴定是违法行为，这是很多人都知道的。但是对于这么个庞大的家族，这简直就不算是事。

没有人再关注王小花，他的老公又基本不回家，回家也不会理她。她成了这个大家族的局外人了。唯一的精神寄托，就是远方的郝自强了。可是郝自强就像是一道闪电，突然就不见了，电话也打不通了。

就在这个时候，王小花的丈夫又领回了一个花枝招展的女人。据说这个女人怀了丈夫的孩子，而且还是个男孩。她丈夫之所以敢把这个女人领回来，就是知道爷爷盼望有个重孙子。

果然，爷爷在一阵雷霆大怒之后，竟然默许了。这个女人就理所当然、明目张胆地住在了家里。

当然，在表面上，家人还瞒着王小花，只说是家里的一个远房亲戚。可是那个自己觉着有分量的女人在王小花和众人面前揭开了那层薄薄的遮羞布。

在一个三角梅盛开的日子里，那个大着肚子的女人，在王小花面前宣布了自己肚子里孩子的父亲。就在这一刹那，王小花决定去找爷爷说理,她感到机会来了,毕竟,这个国家奉行的是一夫一妻的制度。

"我们不会亏待你的。那个女人生了孩子,就给她点钱,打发走。你还是我家的大少奶奶。"爷爷也知道自己对不起王小花,就和颜悦色地劝说自己的孙媳妇。

王小花抹了一把眼泪,哽咽着说:"我知道自己肚里的孩子是个女孩,让爷爷失望了。但是,天天看着那个趾高气扬的女人,我心里难受,我——我想回家去住。"

王小花终于试探性地说出了自己的意思。

爷爷沉思了一会儿,也就答应了。王小花的家族虽然需要自己的帮助,但也是当地有名望的,不能太过分了。

回到家的王小花并没有得到太多的自由,父母管得很严。王小花心里明白:今年受国际国内环境的影响,生意一直不好做。自己的家族仰仗那边很多,所以父母不会答应王小花任由自己的性子的。

不管怎么说,住在自己家里,比在那个大院要好多了。姐姐、弟弟会时常陪自己聊聊天,打打牌,自己也可以在院子里自由地散步了。

在这个"杂花生树,群莺乱飞"的日子里,她的心也暖了起来,她日夜思念自己的心上人,她真想长上一双翅膀飞到北方去。她又偷偷地给郝自强打了个电话,电话依然不在服务区。亲爱的人啊!你到底在哪儿啊?王小花日思夜想,渐渐消瘦了——

郝自强从未接来电的短信中发现了两个南方的号码,他知道这肯定是王小花打过来的,但是他不能回过去,他牢记他们之间的约定。他知道王小花会因为打不通电话而伤心,现在盼望着王小花再打电话过来,他好解释解释自己的事情。

儿子放学了,看到郝自强以后,欢快地跑了过来。

"爸爸,你黑了。"

"呵呵,那个地方风大。上车。"

父子俩高高兴兴地开车回到了小强的姥姥家。

郝自强把自己这段时间的经历,向两位老人做了汇报,并且决定自己要常住那边了。

听了爸爸略带夸张的描述,边陲的大漠、荒凉、落日,让郝小强充满了向往。他很支持爸爸,并决定暑假也要去看看,当然得和姥姥姥爷一起去。郝自强很高兴地答应了。

夜深了,郝自强在床上翻来覆去地睡不着觉。通过和刘延全的这一次出差,他感到了工作的繁杂。他想把两个店铺都处理掉,但又想起王小花的嘱咐,想起了那张娇媚可爱的脸。不处理吧,自己确实没有精力再去管理了。

他索性开了灯,点上了一支烟。

在烟雾缭绕中,他左右为难。他掏出了一枚硬币,用大拇指一弹,硬币打着旋在空中翻滚,然后噗的一声,落到了床上。

"字朝上就卖,字朝下就不卖。"郝自强念叨着,过去看看这枚决定命运的硬币。

字霍然在上面。

郝自强苦笑了一下,又扔了一次,这次是字朝下。

郝自强自己笑了起来,倒头就睡,天大的事,明天再说吧。

正在这个时候,手机响了起来。亲爱的王小花终于又打过电话来了。

"哥,这些天你干吗来?电话怎么也打不通?"电话那边,传来了王小花压抑的哭声。

郝自强赶紧把事情的经过说了一遍。

王小花释然了,这些天的担心放下了。

"我要和你一起去种树。等着我,最多三年……肯定是我爸爸过来了,再见啊。"王小花听到了门外传来了脚步声,赶紧放下了电话。

"这么晚了,快睡觉吧。"父亲敲了敲王小花的门,嘟囔了一句,就又回去休息了。

放下电话后的郝自强这才记起,没有和王小花谈店铺的事。

当郝自强把员工召集起来说打算处理掉店铺的时候,这个决定遭到了一致反对。

"老板,你该干什么干什么,店我们一定帮你照看好。你看,你不在的这些日子我们的营业额一点也不少啊。"王桂荣很诚恳地说,一张脸变得通红。

"就是,老板。你只要定期和批发商结结账就行,进货、这边的账目,甚至发工资都帮你干了。还不行?"另一名店长张文珍也劝郝自强不要处理掉店铺。

其他的店员也纷纷表示干好工作,让郝自强保留店铺。店铺开张快一年了,郝自强没有欠她们一分钱工资,福利也没有话说。这样的好工作谁也不想离开。

郝自强思考了一会,做出了决定。他充满感情地说:"以后这两个店铺能否开下去,就看你们的了。这样吧。以后店铺的利润,我自己要五成,其他的五成你们分。店长占各自店铺的两成,副店长占一成,剩下的两成作为年底的奖励。大家看怎么样?"

这个政策出乎大家的意外。两成是个什么概念?两个店长大概是清楚的。她们可能每年收入不会低于十万元。这在这个县城绝对是人人羡慕的。

"请老板放心,我们一定不会让您失望。"王桂荣和张文珍简直用发誓一样的语言向郝自强保证。

大家也纷纷表示同意,店铺的事情就这样圆满解决了。事实证明这个措施很好,郝自强自己没有出多少精力,每年都有三四十万元的纯收入,直到五年后,房租到期。这正像一个老板说过的一句话:当你幸运时,你在娱乐,有人也在为你赚钱;当你倒霉时,你在睡觉,也得为别人赔钱。郝自强是幸运的!郝自强也是大度的。五年后,郝自强干脆把泰成的一楼盘了过来,成立了县城最大的服装批发销售中心。王桂荣和张文珍分别担任了经理和副经理,所有的老员工都得到了妥善的安置。当然,这是后话。

店铺决定开下去后,下一步就是具体的工作分工。谁负责进货,谁负责盘点,谁负责现金,谁负责记账,还有很多杂七杂八的事情都要安排清楚。当年郝自强在部队时,有个口号叫:人人有事干,事事有人管。按照这个口号,郝自强用了半天时间,把每一项工作都落实到了个人。他相信即使他不在店铺,甚至几个月不在,他的店铺也可以正常运转下去。

刘延全和郝自强约定的处理个人事务的时间就是两天。两天时间很快过去了,郝自强处理完了这儿的事情。又特意买了两大桶白酒,买了三大卷薄膜,买了些黄瓜、西红柿、小油菜、扁豆等种子,塞了满满一后备厢。

一路上,郝自强看到刘延全很疲倦,就主动开车。刘延全知道郝自强的驾驶技术,也就放心地把车钥匙交给了他,自己在车上多休息了一会儿。从此以后,郝自强又多了一个身份——刘延全的兼职司机。只要外出,刘延全就叫着他。他也从刘延全身上学到了很多学问和做人的道理。这是后话，暂时按下不表。

就在王小花和郝自强通过话的第二天吃过早饭，王小花的父母就到王小花的房里专门找王小花说话。

"昨天晚上和一个男人通电话来吧？这个人是谁？是不是那个破退伍兵啊？"王老爷子像连珠炮一样发问，一脸严肃。

"你姐就是找了个退伍兵，家里没有什么背景，只能给我们管管工厂，关键时候帮不上什么忙。而你找的这个丈夫，虽然有些花心，但是能帮上忙。这次如果不是人家，我们的企业早就倒闭了。企业倒闭了，我们喝西北风啊。所以，你要和人家好好过日子。"老太婆也在一边帮腔。

"即使企业倒闭了，我们也喝不了西北风。就咱那服装店一年也能赚百八十万，够我们吃喝的了。何必把你闺女往火坑里推呢？"王小花不服气地说。

"哎呀，闺女。你知道咱们贷了多少款吗？咱那个服装店挣的连利息都还不上。"王金山有些着急地说，"你必须在那边好好的，你以为我愿意你嫁给那个花花公子啊。"

"你也知道是花花公子啊？还是让我嫁给他。我就是你们的一个工具罢了。"王小花得理不饶人，继续和爸爸抬杠。

"唉，我也是没有办法。两个亿的贷款，只有人家愿意给我们担保。等这个坎过去了，再慢慢打算吧。"老爷子软下来了。企业对于老爷子来讲，何尝不是自己的孩子，甚至比自己的孩子都亲。为了企业能够生存下去，连自己的女儿都推到了火坑里，王金山的心是痛的，但是，他没有别的办法。

看到自己头发斑白的老父亲，王小花叹了口气，低下头不说话了。

"孩子,别再和那个人联系了。好好保胎,等生下来,即使是个女孩也好说话。"母亲看到王小花软下来了,劝说着。

"好了,好了,我知道了。都出去吧。我要休息。"王小花拖过被子来捂住脸,不再理自己的双亲。

两个老人只好叹息着出去了。

虽然不关注,但面子上还要说得过去。每隔几天,王小花的婆婆也会过来坐坐,带些稀罕水果什么的。就这样,一直到王小花肚子痛,住了医院,一直都住在父母家里。

王小花拒绝了剖腹产,坚持顺产。她想用撕心裂肺的痛,来铭记对郝自强的爱。她成功了,顺产生下了一个女婴。出院后,只能回到那个大院里了。她丈夫当然懒得过问,他还等着别的女人给他养儿子呢。还好家里雇着保姆,对自己还很好,姐姐也经常过来照看,时间就这样一天天过去了。

自从生了女儿后,王小花把所有的爱都花到自己的女儿身上,这个大家族的事情一点也不过问。这样也好,大家都相安无事地过自己的日子。时间也就在平静中一天一天过去了。

第二十四章 边陲的春天

刘延全和郝自强一回到大秦省,李录山就告诉他们抓紧去公路建设指挥部,原来旦正太已经来找过他们好几趟了。俩人顾不上休息,立即驱车前往。

原来是上级的批文下来了。大秦省公路建设指挥部会同有关部门研究决定:授权刘延全的汇成筑路公司建设一座搅拌站,可以在河谷及周围采集沙石,除自己使用外,也可以对外提供服务,但是不能破坏这儿的生态环境。太好了! 施工中最主要的问题就解决了。

刘延全在授权书上签了字,交给旦正太一份,自己保留了一份。

有了这正式批文,刘延全感觉所有的事情都可以提上日程了。几天过后,他们订购的物资一批批陆续运过来了,大规模的施工正式开始了。

郝自强除去准备后勤给养,帮着刘延全接收订购的物资外,剩下的时间就侍弄那块菜地。他看到工地上有不少施工剩下的钢筋等下脚料,征得王宝江同意后,就用这些下脚料搭建起了大棚的骨架,然后上面蒙上薄膜,建成了两个蔬菜大棚。大棚里面种上了黄瓜、西红柿等蔬菜。有了大棚的庇护,这些蔬菜居然不嫌弃这戈壁滩的贫瘠,长得都很好。这给了郝自强很大的鼓舞。戈壁滩不拒绝生命,一样可以种出时令蔬菜,一样可以让人安居乐业。

看到菜娃娃们长得生龙活虎，郝自强又在旁边建了两个。这两个大棚的面积比前面的两个又大出了一倍，种上了大姜、大葱、菠菜、油菜……只要能买到种子的，郝自强都大胆试验，一个一个菜畦子像襁褓中的婴儿，在这位奶爸的精心呵护下，茁壮成长。

四个大棚种的蔬菜，数量足，品种齐全，基本上能够满足施工队的需要，很好地改善了施工队的伙食水平，受到了大家的一致肯定和赞扬。到后来，只要有空，大家都喜欢到大棚里逛逛，有新鲜的黄瓜、西红柿甚至豆角，大家也是随手就采来大快朵颐，边吃边叫："真新鲜，还是自己种的好吃。没有农药吃着也放心。"当然，如果有活也是及时帮忙，就当耍耍一样，放松心情。用刘延全的话说，这大棚就是弟兄们的休闲娱乐场所，哪天不进去几趟，就像少了很多事没干似的，"走，到大棚里看看去！"成了施工队饭后的必备节目，一起照看这几个大棚成了他们生活的一部分。

随着工程进度的推进，搅拌站很快在营区的北边设立并开始作业。一色的机械化作业，效率快得惊人，一天的时间就堆起了像山一样高的两大堆砂石。商砼搅拌机开始昼夜不停地运作，自卸车拉着混凝土在光秃秃的戈壁滩上穿梭，桥墩已经开始看到雏形了，一切都在有条不紊地进行。

这些活郝自强插不上手，但他闲不着。刘延全送给他的挖树坑的小型挖掘机已经来了。他每天开着挖掘机，在搅拌站挖取过石子的地方挖坑，然后再从河谷挖来泥土填上。工程进展很快，挖的树坑也越来越多，放眼望去，一排排的树坑就像等待检阅的方队，让人热血沸腾。

这个工作一直持续了很久，直到有一天，他发现水井边的小草开始返青了，植树的黄金季节到来了。他决定去找李相国和旦正太联系地皮和树苗的事情。

电话的事儿也还没落实好，他等不及了，决定再去催催。吃过早饭，他开着皮卡越野车直接去了指挥部，旦正太正在指挥所里办公，但是李相国回了省城。

"这样吧。我让吐尔逊陪你先去采购树苗，等李相国总指挥回来，咱再办理租地的事情。"旦正太信誓旦旦地说，"反正我知道你种树不违法，是没有人管你的。"

季节不等人，郝自强也知道办理什么租地手续不可能那么快，听旦正太这么一说，也就不再等李相国总指挥了，一踩油门儿就拉着吐尔逊去采购树苗了。

车子出了指挥部，沿着唯一的公路向前行驶。大约走了五六十公里，吐尔逊指着前面一条沙石土路让郝自强开车拐上去。从远处看，土路的两边已经有淡淡的绿色了，但车子驶到近前却依旧是黄黄的枯草，"天街小雨润如酥，草色遥看近却无"大概指的就是这样的意境吧。

车子爬上一道山岭，岭下不远处出现了一条银色的带子，那是传说中的美丽的娄兰河，顺着山势蜿蜒流向远方。带子的两边长满了大大小小的树木，树木丛中隐约露出几幢红色的二层小楼。

"看，那就是娄兰县的林业研究所，我们就是要去那儿采购树苗。"吐尔逊指着那几幢小楼说，"所长才旦大叔是旦正太主任的堂兄，非常好客。"

郝自强一踩油门，尘土飞扬，越野车撒开蹄子直奔小楼。这里不愧是林业研究所，两边的树木都是没见过的一些品种。车子驶入树荫下，虽然树枝还是光秃秃的,但是浓密的树枝还是挡住了部分阳光。

路的尽头是一道铁栅栏门,门两边挂着几块白色的木排,郝自强眼尖,看到靠里边的一块写着"娄兰县林业局",另一块写着"娄兰县林业研究所",右边的没来得及看,门开着,车子就直接开进去了。在吐尔逊的指引下,郝自强把车停在了一幢小楼前。说是小楼,其实就是两层平房,家乡人叫摞屋儿的那种。

两人下了车,径直走进去。楼里静悄悄的,只有一个值班人员。

吐尔逊向前对值班人员说明情况,问才旦主席去了哪里。

值班人员告诉吐尔逊,才旦局长在楼后面的苗圃里。在一边的郝自强听糊涂了,这两人说的是同一个人吗?

"才旦大叔有好几个职务,什么主席、局长、所长,不管他,去找他去。"看到郝自强不解的样子,吐尔逊一边呵呵笑着解释,一边快步走在前面带路。

他俩沿着楼边的水泥路,向后走去,两边都是一畦一畦的树苗,有胡杨、沙柳、红柳、沙棘等各种适合在戈壁沙漠种植的品种。树苗有大有小,大的已经有手腕粗细,小的还没有手指头粗,都光秃秃的没有一片叶子,不过只要走到近前观察,枝条上已经鼓起了一个个凸起,也许只要一阵春风吹过,就要破壳而出,露出尖尖的嫩芽了。

"才旦大叔。"吐尔逊对着苗圃里弯腰工作的一个满头花白头发的老人大喊。

听到喊声,老人直起了身子。吐尔逊摆着手赶了过去,郝自强紧紧跟在后面。

走得近了,郝自强看清了才旦。他的身材很高大,至少有一米八,一只大鼻子挺拔地立在脸上,绵连不绝的皱纹,像一条条沟壑,在黑红色的脸膛上纵横交错。一头花白头发卷曲凌乱,一身老式的作训服沾满了沙土,和一名饱经风霜的普通老农没有区别。

可是郝自强还是看出了不同,才旦的一双眼睛深邃而清澈,像一湖清水碧波漪滟,又像夜空里的星星,蕴含无穷的智慧和神秘感。

"才旦大叔,这位是郝自强经理,他要在我们的戈壁滩上种树,特地来采购树苗。"吐尔逊热情地把郝自强介绍给才旦。

"小伙子,欢迎你。"才旦用力握着郝自强的手很感慨地说,"黄沙是我们的敌人,只有大面积的植树造林,才能涵养水源,固住沙丘。"

"我对植树是个外行,还得请才旦所长多多指导帮助。"郝自强一下子就喜欢上了这位饱经风霜的老干部。

"好好,我非常愿意。我那个兄弟旦正太已经打电话告诉我了。有什么困难,尽管找我,我会尽最大努力帮忙的。"

"谢谢所长。"

"应该是我们谢谢你。现在我们面临的形势很严峻,这里就欢迎有人来种树,我也盼望有人来这里种树,我恨不得把自己劈成十半,都去种树啊。我们这儿可以种树的土地太多了——不说了,我们去看树苗。"才旦收住了自己的感慨,领着郝自强二人来到一片苗圃前。

"这是培育四年的胡杨树苗,除去我们今年计划种植的,还有四千多株,全部卖给你了。按照最低价格十元钱一株吧。"才旦指着这片核桃粗细、根部周围还有不少枝条的树苗说,"我负责找人把树苗挖出来,这是个技术活,挖断根就不容易成活了,我亲手栽培的树苗可不能让它们死在戈壁滩上。我这儿没有运输车,你明天来拉的时候,我亲自跟着过去指导你们栽。"

"好的,以后还得麻烦您老多给我们培育树苗。"想起了自己和李建勋的那个宏伟计划,郝自强未雨绸缪。

"行,一般的树苗培育三年就可以移栽。不知你要多少?"才旦一下子来了兴致。

"越多越好。"郝自强笑着说。

"呵呵,我会尽最大努力多培育的。你那边搞好了,等我退休后就去你那边帮你育苗。"才旦半开玩笑半认真地说。

"真的吗?太好了!希望我们合作愉快!"郝自强紧紧握着才旦的手,感觉离着自己的宏伟目标又近了一步。

郝自强交了树苗款后,就要急着往回赶,他要回去准备车辆,明天还要来拉树苗呢!

"不要空着车回去,我这儿还有几棵沙枣树苗,送给你。"才旦命人将六棵沙枣树苗搬到郝自强的皮卡车上。

和才旦告了别,郝自强和吐尔逊拉着沙枣树就回去了。

第二天,才旦果然和昨天承诺的那样,跟着郝自强出来了,同行的还有一位美丽的藏族姑娘。

"我女儿,才旦卓玛,大学毕业了,还没有工作,暂时做我的助手。"一上车才旦就热情地向郝自强介绍自己的宝贝女儿。

"你好!"才旦卓玛大方地伸过手来。

"你好!我叫郝自强。请上车吧。"郝自强轻轻地握了握姑娘的手,把姑娘让上自己的皮卡车。

才旦是个寡言少语的人,一上车就闭了眼,享受着车子晃动带来的快感,不久就发出了均匀的鼾声。

"姑娘在大学里是学什么专业的?"郝自强打破了车内的沉静。

"什么大学,只是个职业学院,学的服装设计。"才旦卓玛笑着,指了指自己身上穿的那件浅黄色外套,有点儿自豪地说,"这是我自己设计自己动手做的,还不错吧?"

"确实不错,穿着很合身、很漂亮。"郝自强由衷地赞叹。

"我想到内地发展,可我爸爸就我一个女儿,坚决不同意。"才旦卓玛朝在旁边酣睡的爸爸做了个鬼脸,咯咯地笑了起来。

"你也可以在这边开个服装店,甚至开个服装加工厂啊。"郝自强心里一动,一个大胆的想法在脑海中出现。

"这确实是个好主意,我也想过。可是困难很多啊。老爸的工资高倒是很高,但是都贴到植树上去了,家里没有什么积蓄。我和几个同学也联系过,凑不起那么多资金啊。"才旦卓玛的话里有些无奈。

"你要是真想干,我倒是可以帮你。你看这样好不?我负责投资,你负责管理,到时候赚的钱我们平分。"郝自强笑着提出了自己的意见。

"那当然太好了。你出钱可以多给你一成,不过折了本怎么办?我可没有钱赔。"

"折了本当然算我的。"郝自强大度地说。

"成交。咱什么时候开始?"这么好的条件,才旦卓玛立刻就答应了,不过她不放心地问,"叔叔你没有骗我吧?"

郝自强笑了起来,他从观后镜里看了才旦卓玛一眼,小姑娘期待的表情很急切,他很认真地说:"我在家乡有两处服装店,由几个和你差不多大的小姑娘管理着,生意还不错。我正准备在这儿继续扩展我的服装生意。"

"那太好了。我还有很多同学,分散在这个地区各个地方,我们可以成立很多分店。"女孩兴奋起来了,似乎看到了未来的成功。

"我支持你们。"在后座休息的才旦突然说话了。"种完这批树苗,我陪你们到县城选地方,县里的情况我都很熟。"

"谢谢爸爸。"才旦卓玛转过身,摸了一下才旦的鼻子,高兴地笑了。

"本来我想让你旦正太叔叔在省城给你找个工作,现在看来不用了。在县城,离我还近。"才旦对郝自强的提议非常赞同。

三个人又探讨了一些开店铺的细节,不觉就到了营地。

才旦对郝自强挖好并且填上淤土的树坑非常满意。在大家的共同努力下,在天黑前就种下了二百多株。

李录山知道才旦所长要来,特意把从家乡带来的咸鱼和虾酱端上来了,当然还有醇香浓郁的白干酒。

大家围坐在刘延全的屋里一起用餐。才旦喝得兴起,满脸绯红,手舞足蹈,很豪爽地哼起了民族歌谣。在大家的鼓动下,才旦卓玛唱了两首民族歌曲,还跳了一段正宗的藏族舞蹈。王宝江平时也喜欢音乐,走到哪里都带着一把吉他,这次忍不住也去取了来为大家献上了一曲。在王宝江的带动下,大家纷纷主动表演节目,晚餐变成了一场别开生面的音乐会。

这些远在边陲的建设者,把对家乡对亲人的思念,化为一首首优美动人的歌曲,陶醉了这片戈壁大漠。

郝自强和李录山没有参加音乐会,他们收拾好餐具后,就忙着给才旦父女准备住宿的地方。他们把自己的床铺让出来,找出崭新的床单铺好。李录山抱着大衣去了皮卡车,郝自强则在蔬菜大棚边架起了吐尔逊送给自己的帐篷。

夜深了,大家都回到自己的房间休息。郝自强亲自把才旦父女安顿好后,就回到了自己的帐篷。

躺在帐篷里,瞪着一双眼睛盯着黑黑的帐篷顶,郝自强忽然非常想念王小花,要是她现在在自己的身边该多好啊!

第二十五章　土地

在才旦的指导下，植树工作仅用了两天就圆满结束了。郝自强没顾上休息，就开车拉着才旦父女去了娄兰县城。

他要去为自己的店铺挑选个好的地段，同时把种树的地皮和政府商谈下来，省得夜长梦多。本来计划约着旦正太一起去，但是他要参加一个重要会议，不能离开。旦正太说有才旦指引也一样，并且还有一心想大干一场的才旦卓玛美女一起。

郝自强不明白旦正太的意思，但既然人家走不开也只能如此了。

娄兰县域面积很大，足有四万平方公里，比宝岛台湾还要大。娄兰的县城却很小，仅有东西两条街，南北三条路，城区人口不足三千人，和郝自强家乡一个大村庄的人口相仿。

下午五点多钟就来到了县城，县委、县政府就在县城的中间位置，大门敞开着，汽车直接开进院子，在正冲的建筑物前停下。这是一栋三层的楼房，每层楼房有八九个房间，很普通的钢筋混凝土建筑。在这栋楼房的西面，还有一栋一模一样的楼房，中间有一道大门相连。院子很大，几十株粗大的胡杨树站在四周院墙边，已经长出了新芽。

"西面是县中学，我在那儿上了三年。"才旦卓玛指着西面的楼房跟郝自强说，"看，还有一个门和这儿连着呢！一点儿也没变。"才旦卓玛很兴奋，自己的母校呢！

在才旦的带领下，郝自强他们直接去了一楼的办公室。偌大的办公室里就一个人在低着头办公,可能太专心了,三个人进屋他居然没抬头。

"小张,张老师,张校长,张局长!"才旦一下子连呼了四声。

"啊呀!才旦大叔!"办公室主任张振刚立马放下笔,站了起来。这是位四十多岁的汉子,一米七左右,看起来有些消瘦,但肌肉很结实,手上的青筋都露了出来。

才旦果然和张振刚很熟,两个人很亲热地握手。

"这位是县委办公室主任张振刚,这位是汇成筑路的郝经理。"才旦看到张振刚从办公桌后走了出来,就介绍两人认识。张振刚和郝自强握了握手,很热情地把三个人让到东面的沙发上坐下,并麻利地给他们泡茶。

郝自强仔细地打量着这间朴实的办公室,两两相对的四张办公桌上各有一台电脑和一摞摞码放整齐的文件资料,木制的桌椅显然有些年头了,有些地方已经掉了漆。但是,整个房间打扫得干干净净,一尘不染,窗台上摆着一盆仙人掌,绿意盎然。令郝自强惊奇的是,在最靠里的办公桌上还放在一摞学生的作业本,黄色的封面格外显眼。

张振刚搬了个椅子在对面坐下来,郝自强说明来意,张振刚表示非常欢迎。他很高兴地说:"据我所知,你是第一位来我们县城开店的外省人;也是第一位来我县出资大面积种树的人。我应该马上领你去见刘增军书记和扎木和县长。但是不好意思,两位领导今天一早就下乡了,要晚上才能回来。"

郝自强略微有点儿失望,毕竟来一趟不容易。

郝自强的这点变化,被张振刚敏锐地捕捉到了。

"既然两位领导不在,郝先生可以先考察考察县城,选择一个好一点的地方。等两位领导回来了,也好提出你的计划……"

"报告!"门外传来了清脆的声音,接着一个十一二岁的少年推门进来了。

少年的脸黑黑的,这是太阳的杰作,草原上的孩子都是这种健康的肤色。他朝着房间里的人笑了笑,就去搬那摞作业本。

"严曾显,你妈妈的病好些了吗?叫同学们先预习一下。"张振刚和蔼地对少年说。

少年点了点头,看了看郝自强他们,回答了声"好多了"。接着小声问:"老师您接着就过去吗?不行我们先自学着?"

张振刚笑了,"好,让同学们先把昨天学的公式背一下。我马上就过去。"

少年点点头安静地抱着本子出了门,回头把门轻轻地带上……走廊里传来了蹬蹬的声音,显然是飞快地跑了。屋里的人相视而笑。

"你先去上课吧!我们先喝会儿水,待会儿出去转转。"才旦可不想耽误人家上课的时间。

"那好,郝先生,你们先休息一会,我先去上课。上完课就回来陪你们。晚上我请你们吃饭。"张振刚和大家打着招呼,就夹着书本出去了。

"办公室主任还上课?"等张振刚走远了,郝自强不解地问。

"我们这儿人少,都是一人兼数职。张主任不但是县委县政府办公室主任,还是县中学的校长,还是县教育局局长。"才旦笑着说,"还是七年级的数学教师呢。我呢,也不仅仅是林业研究所的所长,还是县林业局的局长,还有一个更大的职务也不妨告诉你吧……"

"爸爸,别吹了,你那个县政协副主席,就是搭上的。咱们北边牧场的木宏大叔都排在你前面。"

听到女儿的"挖苦",才旦禁不住呵呵大笑起来。

三人喝了一会儿水说了一会儿话，就决定到街上转转。街道很宽敞，两边是两行碗口粗的柳树，长长的枝条似少女如瀑的长发，已经吐出了嫩嫩的绿芽，毛茸茸的花苞有序地趴在枝条上。因受到了建筑物的阻挡，这里的风不是很大，长长的柳条伴着三个人的脚步，轻轻摇曳。

用了不到一个小时，他们把县城的大街小巷都转了个遍。整个县城除了机关、医院、车站、电力、电信、邮政等必要的部门以及他们的家属房外，只有两家较大的超市，旅馆和饭店比较大的就只有政府的招待所了。人员流动倒是还可以，可是没有一家像样的服装店，郝自强看到了开服装店的商机，这事儿必须干，而且要好好干。

"没有看到合适的出租房屋，看样要自己盖了。"回到县委办公室后，郝自强思索着说。

"也行啊！我看着医院家属院西边就是块空地，在那边盖怎么样？"才旦问。

"那块地少说也有五六亩，这里一亩地不知道多少钱，我怕我们买不起。"郝自强实事求是地说。

"这里的地皮不像内地，便宜得很。我猜也就几千块钱一亩吧。"才旦其实也拿不准，他从来没接触过商业用地这一块业务。

张振刚上完课回来，看到三人聊得火热，就插话问地角考察得怎么样了。才旦把情况和张振刚说了一遍，并问他这里商业用地的价格。

"我也不了解，我给问一下国土资源局吧。"张振刚立刻打电话给国土资源局了解情况。

"一般情况，工业用地，两万元一亩；商业用地三万元一亩。到时再和书记县长汇报一下，看看能不能便宜一点儿。"张振刚如实汇报。

"这么贵？难怪没有人来投资。"才旦卓玛嘴里嘟囔着，心里很不痛快，看样子自己的老板梦要黄了。

郝自强心里盘算着：五亩就要十五万，盖房子装修好至少要五十万，再加上进货，没有七十万拿不下来。自己手里有沈美强和王小花的三十万，手头现在还有十几万，还差将近三十万……

才旦卓玛看到郝自强低着头不说话，觉得自己的美梦可能要泡汤了，急得眼泪都快流出来了。

"没事儿，女儿，我们想想办法，服装店一定要开起来。我还有五万存款，本来准备给你当嫁妆的，先拿出来给你投资吧。"才旦看到女儿伤心的样子，也豁出去了。

还差二十五万……

"书记和县长回来了。"张振刚指着外面说。

一辆沾满灰尘的猎豹越野车停在院子里。车上下来两个人，两个人手里都拎着黑色提包，一边走一边谈，直冲楼门口而来。

张振刚和才旦等人赶紧走出去迎着。

"大博士，什么风把你吹来了？是不是又来问我要资金？上半年没有了。"高高壮壮的扎木和县长笑着对才旦说，"喝酒倒是可以，今晚上书记和我刚好有空，不过我孩子多，家里穷，得你请客。"

"呵呵，大博士来了，我们再穷也要请你吃顿饭。这样吧，老例子，县长出酒，我出菜。"干干瘦瘦的刘增军书记呵呵大笑。

"还是我请二位领导一起吃个便饭吧。"郝自强迎上去微笑着说。

"这位兄弟怎么称呼？听口音像是山东那一带的吧。"刘书记笑着问。

"我是山东平安县的，刘书记对山东口音很了解啊。"

"呵呵,咱是老乡啊。我老家是你隔壁胸水县的。"刘书记热情地伸出手来和郝自强使劲地握着。

"刘书记老乡来了,这个酒我出定了,大家一块儿。"扎木和县长很大气地扬了扬手招呼着。

张振刚趁机把郝自强介绍给两位领导,把他们来娄兰县的目的一块儿做了汇报。

"我们也破破例,酒桌上谈?"刘书记扭过头朝扎木和说。

"好。"扎木和笑着回应,又吩咐张振刚在招待所定两个房间,不能冷落了来投资的老板。

两位领导回去换衣服,郝自强直接开车拉着张振刚等人去招待所。

已经是下午九点多了,太阳马上就要落下去了。看着西半天火红的晚霞,想到此时故乡已经繁星满天了,郝自强不由得一阵感慨,自然真是造就奇迹的大师,明明是同一时间却有如此大的差别。

招待所离得很近,几分钟就到了。看着张主任来了,前台直接领着一行人进了包间。

包间不大,坐七八个人正好。说话间,刘增军书记和扎木和县长也到了。在郝自强的再三推辞下,才旦坐了主宾,郝自强坐了副主宾,才旦卓玛挨着自己的父亲,张振刚挨着郝自强。书记和县长亲自担任主陪和副主陪。

"请问两位领导,为什么称呼才旦所长为大博士啊?"郝自强首先打开了话题。

"郝经理,我给你说啊,才旦所长是我们县第一个土生土长的大学生,是首都林业学院的高才生。毕业回来后,在林业领域成了全县的领头人,只要有不懂的事情,都要跑来问他。你说是不是大博士?"

大家一听都笑了。

接着扎木和转变了语气,很严肃地说了下去,"本来县里是把他作为领导干部培养的,但是才旦同志不愿意当官,只想全心全意地种他的树。结果呢?五十平方公里的戈壁荒滩成了森林,这个面积还会不断地扩大下去。所以说,才旦同志的贡献比我不知道大了多少倍。"

"你不要夸我,只要不批给我钱种树我就不会说你好。"才旦摸了摸花白的头发,盯着扎木和说,"现在又来了种树的人了。郝经理已经和我说了,要在咱们县投资种树,他还说李建勋司令员退休后也要来咱们县一起种树,我们大家都等着你们的政策呢!"

"李建勋司令员也要来种树?那是我的老营长老领导啊。"刘增军书记有些吃惊地问。

"是啊。就是他启发我下定决心种树的。"郝自强肯定了才旦的说法。

"明天上午咱开个党委会专门研究这个事情,你看怎么样?"扎木和看着刘增军问。

"好,这个事不能拖。还有要地皮是怎么回事?"刘增军接着问。

张振刚把开服装店的事情以及国土资源局报的土地的价格一一作了汇报。

"明天开党委会一块研究,开会时间就定在十一点半吧。你通知国土资源局的游局长列席会议。"刘增军吩咐张振刚。

张振刚掏出小本子,记了下来。

菜上来了,主菜就是烤羊肉,竟然还有一道红烧鲤鱼,可见主人对客人的重视,当然还有一种可能就是有人特别嘱咐了。

郝自强开了自己带来的白干酒给大家斟满,刘增军带头喝了一大口,大家也一起举杯跟着喝了一口,这是开席酒,先品品。

"好酒,好酒。"扎木和对白干酒赞不绝口,"青稞酒清冽,这酒醇香,不错,不错。"

有了领导的肯定,喝酒的气氛渐渐上来了。大家相互碰杯,谈些风土人情,不知不觉两个多小时过去了,最后,大家尽兴而归。

第二天的会议结果,让郝自强喜忧参半。喜的是植树的土地问题解决了,忧的是建房开店铺的事情搁浅了。张振刚正式通知郝自强,正在修建的公路以北,小弱水——那条枯河两侧各五公里,直到县域的北界大约一百五十平方公里的土地全部交由郝自强用来种树。具体合同和划界工作,由县国土资源局负责,一周内完成。郝自强选择建房的那块地皮,上级没有批准,因为电力公司已经报上去建家属楼了。

才旦卓玛得到消息后,非常失望,低着头不说话。

"不要紧,我们可以另外选地方。"郝自强安慰着才旦卓玛,看着这个女孩子,他不由得又想起了王小花,又有二十多天没有她的消息了。

"我倒是有一个主意。"张振刚思考了一会,说道。

"张叔叔,你快说。"一听张振刚有主意,才旦卓玛立刻来了精神。

"是这样的。"张振刚娓娓道来,"我老家是江东,我却是在这儿出生的,我父母都是当年的支边干部。我父母留给我一套老房子,虽然很旧了,院子却很大。我本来准备退休后收拾一下住在那儿。现在让给你们用吧,正好临着大街,改造一下开个服装店还是不错的。"

"走,马上去看看。"才旦拖了张振刚就向外走。才旦卓玛兴高采烈地跟在后面。郝自强笑了笑,快步走到前面开了车门,然后拉着他们去看房子。

房子在家属区,四间正房,一个大院子,占地大约半亩。院子里两棵还没有发芽的沙枣树,像两个哨兵,站在院子的两侧。房子是标准的藏地结构,除了西南角有个厕所,东南角有个大门外,其余的附属设施都省略了。

“不瞒你们说,我儿子在省城要买房子,我需要钱,你们最好买下来。”张振刚很实在。

“我想在南面盖四间往外开门的店铺,北面改造成宿舍和库房,你们看怎么样？改建这儿有规定吗？”郝自强必须要问清楚。

“改建没有问题,我可以帮助你协调。”张振刚很肯定地说。

“那好。张局长你说个价吧！”郝自强决定了,就是这儿了。

“我先打个电话征求一下老婆子的意见。”张振刚有点腼腆地朝着大伙笑了笑,拨通了妻子的电话。

“十万,她说要十万。”张振刚有些为难地说,看样子他自己也觉得这个价格有点儿高。

“张叔叔,也太贵了吧！”才旦卓玛噘起了嘴。

“唉，家里的事儿都是你婶子说了算。要不我再负责给你们过户吧。”张振刚脸红了,算是稍微弥补一下。

“好,成交。我马上去银行取钱,打到你的卡上也行。你这几天就把过户手续办了吧。”郝自强很爽快,决定了的事儿就不再磨叽,这是他一贯的风格。

才旦一直没有说话,郝自强的办事能力比他这老头子爽快、老辣。

五天后,国土资源局的同志来到营地找郝自强,带来了土地使用合同,顺便也捎来了城区的那处房产的土地证,变更后,郝自强成了那半亩地的所有者,这样他在大秦省也有了自己的固定资产了。

第二十六章 自强服饰总店

郝自强和国土资源局的同志一起划定了种树的边界,竖起了界碑,对一些具体的政策进行了一次深层次的咨询。了解得越多,郝自强种树的决心越坚定。

他一边处理着营区的后勤保障工作,一边开始着手筹划自己在这边的第一家店铺。

商店的设计不用郝自强操心,同济大学建筑系的高材生鹿联正仅用了一个晚上就给他设计好了图纸。郝自强自己掏钱请鹿联正和他的团队吃了一顿大餐,结果王宝江不乐意了,他坚持让郝自强也请他的团队吃一顿,然后他派出一名技术人员负责指导施工。郝自强知道王宝江这是拿他当兄弟,很痛快地又弄了一顿。

在张振刚等人的帮助下,不到一个月的时间,一间一百平方米的沿街商铺就建起来了。粉刷装修完毕大家又一起好好地搓了一顿。

店铺的名字,才旦卓玛早就起好了,就叫自强服饰总店,以后再到别的地方发展就加上地名 + 分店。听起来很有道理,居然考虑到了开分店的事儿。简单好记还好操作,大家一致同意。

万事俱备,就欠服装了。

刘延全正好安排郝自强回去处理一些事情,郝自强决定带才旦卓玛先去家乡的店铺学习一个星期,顺便把货带回来。这时才旦卓玛告诉郝自强已经约了三个希望加盟的同学,问能不能一起去学习。这可是天大的好事儿，郝自强立刻就答应了。

拉着四位姑娘的皮卡越野车，在一阵阵欢声笑语中沿着公路向前疾驶。

节气已经到了夏季，公路两边绿树红花、碧水青山，一派火热的情景。才旦卓玛四人都是头一次出远门，一路上叽叽喳喳，兴奋得像一窝饥饿的小麻雀。受到她们的感染，郝自强也觉得自己年轻了很多，但他很少说话，只是微笑着专心开自己的车。

真不能小看现在的姑娘，四个人居然都会开车，其中有两人安全行车五万公里以上了。这样，五个人轮流开车，路上也就不用停车住宿，只需在服务站就餐加油加水就可继续前进。经过三天两夜，一行人顺利到达了目的地。

郝自强把她们安顿在店铺附近的一家旅馆，让她们好好休息一下，然后就回到了自己的出租房。他也有些劳累了，毕竟大部分的路程都是他开的车。洗了个凉水澡，倒在床上很快就睡着了。

王小花躺在产床上，满脸汗水，手紧紧抓住床单，娇小的身躯一阵一阵扭动着，忽然，哇哇的婴儿的哭声响了起来——

郝自强一下子惊醒了，原来是个梦。但是，这个梦是那么真实，那么清晰，仿佛就在眼前。他看了一下日历，六月十八日，阴历五月二十五。他把这个日子牢牢记在了心里。一看时间，已经七点多了，这一觉整整睡了十个小时！他匆匆穿上衣服，驱车来到旅馆，姑娘们早就等不及了。

王桂荣等人对才旦卓玛她们的到来表示热烈欢迎。郝自强把她们来的目的详细地说了一遍，要王桂荣手把手带带她们，要求和正规店员一样，争取一周的时间让这四个姑娘出徒。当然他也把大秦省自强服饰总店的情况简单地介绍了一下,店员们一下子又兴奋起来,都希望有一天也能到大秦省的店铺去看看。才旦卓玛立即热情地向她们发出邀请。看到姑娘们没有芥蒂地互相交流,郝自强很高兴。

布置完店里的工作,郝自强看了看一张张粉嫩的脸,大声宣布:"姑娘们,这一周你们的午餐全部免费,我请客。争取用一周的时间陪着才旦卓玛四人吃遍县城所有的好吃的。"

"啊,太好了!老大万岁!"在大家的欢呼声里,郝自强离开了店铺,他还有很多事情要处理。

当然在处理事情的时候,他没有忘记自己的儿子和前岳父一家,找了个时间专门过去看望了一下,并陪老人和儿子住了一晚上。让郝自强高兴的是,儿子的学习成绩很好,也很听姥姥姥爷的话,有空就抢着帮他们干点力所能及的活,让老人多休息。有这么懂事的儿子,郝自强感到很欣慰,自己在外面不管多么累,都是值得的。

当郝自强圆满完成了刘延全安排的任务,拉着半车斗的物资去接才旦卓玛她们回去时,得到了一个意外的惊喜,这一周的营业额翻了两番。

"听说我们店里来了少数民族的员工,好多人都跑来购物,差一点就清仓了。"看到郝自强来了,王桂荣兴奋地说。

"这几天太美妙了!这儿的人真多,吃得也太好了。"才旦卓玛非常高兴。

"郝哥,我和乌丽两个暂时在这儿打工好吗?"善泉县的叫莉亚的姑娘打算和她的同伴暂时留下来。

"和你们的父母商量了吗?"郝自强笑着问。

"都商量好了。我和张晓回去准备我们的总店,等我们的店开好了,她俩就回去开善泉分店。现在先在这儿打工,一是积累经验,二是挣点钱贴补家用。"才旦卓玛怕郝自强不同意抢着回答。

"让她们留下吧。我保证带好她们。"王桂荣也帮着说话。

郝自强思考了一会儿,就答应了。自己就要走了,租的房子用不着,索性就把钥匙给了莉亚,让她俩住在那边。

姑娘们都买了不少物品,这一点郝自强早就想到了,特意给她们在车斗里留下了位置。一样一样都装好后,还有一点儿空,郝自强又买了些白酒、香烟等物品装上,来一趟不容易,能多买点就多买点,毕竟比在那边便宜很多。

一到大秦省,才旦卓玛和张晓就开始打扫清理店铺,准备开业。郝自强驾车去了指挥部,他要送给旦正太等人一些土特产。

刚巧旦正太和吐尔逊都在,两个人坚决要求郝自强住下喝酒。郝自强正想和他们交流交流,也就没有推辞。

"郝哥,我得告诉你,这儿的雨季快要来了,最多还有十来天。到那时河里就满了水,再到你那边的营地去,车辆就过不去了。所以在这之前,你们所需物资什么的都要准备好。"吐尔逊端着酒杯一脸庄重地看着郝自强。

"谢谢老弟提醒,我一定提前做好打算。来,敬你一杯。"郝自强从心里感到高兴,这个提醒非常及时,他回去要立刻向刘延全报告。

"我这儿也有个事,不知道你有没有兴趣?"旦正太也得到了一个重要的消息。

"老首长也学会卖关子了。快讲吧,郝哥在听着呢!"

"主任请讲。"郝自强知道肯定是好事情。

"这次修的这条道路,指挥部以西分为四个标段:雪山以东两个,贯通雪山的隧道一个,雪山以西一个。你们是雪山以东的第二标段,第一标段是从我们指挥部到你们标段东端的四十公里,其中只有三座比较小的桥梁,比较简单,是我们省内的一家公司中标了。现在这家公司不准备干了,想转包出去。"旦正太盯着郝自强,"如果你们有兴趣,我可以帮帮你们。"

"要多少转包费? 如果合理,我们回去商量一下。"郝自强试探着问。

"还转包费? 完不成合同,要罚款的。"旦正太有些气愤地说,"二、三、四标段都动工好几个月了,这个标段到现在还没打算动工。李相国总指挥都生气了,准备明天就去汇报换人干。"

"等会儿我回去立刻就向刘总汇报, 看看刘总意见。如果刘总同意,我们马上来协商。您先和李总指挥汇报一下,这件事情就拜托主任了。"郝自强端起一杯酒,很敬重地和旦正太干了杯。

这两条消息都很重要很紧急,郝自强决定连夜赶回去。他坚持结了账,和二人告别后,就急匆匆地往回赶。

草原的夜晚格外寂静,远处的山岭像黑魆魆的围墙,漫天的星斗是清澈的天幕上会眨眼的宝石;白天散撒在山坡上的牛羊早已入了圈,偶尔从牧民的家里透出一两点灯光,像远航的轮渡遥望灯塔,给人温暖和鼓励。十多天的工夫,草原就变了大样,车灯照过去,是一片片碧绿的草地,夜风也不像以前那么冷了,清澈中带着浓浓的牧草的香味……

突然,郝自强一个紧急刹车停了下来。在明亮的车灯下,路边蜷缩着一团毛茸茸的东西。他立刻下了车,壮着胆子走过去。居然是一只狗,很瘦,好像生病了,皮毛脏得快看不出本来的颜色了。看到有人靠近,它慢慢抬起了头,一双眼睛里有渴望也有执着。郝自强从这双眼睛里好像看到了自己。他毫不犹疑地伸出手，抚摩了一下，狗低着头没有拒绝。他想起车上还有熟羊肉，立刻拿了一大块过来。这家伙看来是饿坏了，看了看郝自强，就毫不客气地大口吃了起来。

"愿意跟着我回去吗？"郝自强抚摸着狗问，它好像听懂了郝自强的话，摇摇晃晃地站了起来。郝自强这时看明白了，它的后腿上有伤，都化脓了。看来是这条腿让它无法正常行走，回不去家了。郝自强把它抱起来，放到车斗里，狗顺从地趴在车里，跟着郝自强回到了营地。

到了营地后，郝自强顾不上休息，立刻给它处理伤口。郝自强在部队学过战场救护，一般的伤口处理没有问题。他用双氧水认真地清洗了伤口，上了药，包扎好。狗的后腿不停地抖动，但它一声也没有叫。郝自强拍了拍它的脑袋，赞许地说："真是好样的，以后就叫勇士吧。"

那家伙点了点头表示同意，然后，用嘴蹭着郝自强的裤管表示感谢。当晚它就在郝自强的床底下住下了，郝自强怕它着凉，找了一块防水布铺在床底下，上面垫了一床毛毯。

在郝自强的精心照料下，勇士很快恢复了健康，恢复了它本来的面貌：宽宽的胯，滚圆的膀子，尖尖的耳朵直立挺拔，自带机灵劲儿；两只眼睛像两颗晶莹的翡翠珠，放射出慑人的强光，一看就是一条纯种的草原牧羊犬。

它天天跟在郝自强的后面，就像一名忠诚的警卫员。郝自强上菜地，他就在大棚外来回走动，两只耳朵直竖着，随时保持警戒；郝自强要开车外出，它早就在副驾驶那边等好了，车门子一开，迅速到位。工地上的同志们都很喜欢它，说它是筑路队的好伙伴、项目部的编外成员。

刘延全对郝自强带回来的两条信息高度重视，立刻叫来鹿联正和王宝江研究。最后决定，由王宝江和鹿联正负责营区这边的雨季防范处理,刘延全带着郝自强到指挥部去谈项目的转包和物资的调运问题。

匆匆吃了早饭,郝自强将皮卡车的钥匙交给李录山,又交代了一下,就钻到刘延全的越野车后座上躺下,一路睡着去了指挥部。

转包合同谈得非常顺利,只是对方代表提出要五百万的转包费,不然不在合同上签字。李相国和旦正太十分生气,将对方过来商谈的副总狠狠骂了一顿,要求对方必须立刻无条件签字,否则就付诸法律。副总不敢承担后果,请示了老总后,在转包合同上签了字。

"你们等着瞧,我们是不会就这样算完的。"签完合同,副总并不甘心,气势汹汹地朝着旦正太和刘延全说。

旦正太立即把这一情况向李总指挥做了汇报,"不管他,已经签字了,就生效了。你们赶紧动工吧,我可不希望项目不能按期竣工。"李相国不在乎地挥了挥手,作为行伍多年的老兵,对这种恐吓简直不屑一顾。

刘延全不敢怠慢,立刻安排鹿联正带人进行测量,马上开工。

可是事情并没有他们想象的那么简单。合同签订后的第三天,通往指挥部的道路被拦住了,说是要维护保养。运送物资的所有车辆都被迫停在了路边。物资不能及时到位,那边的工程就无法按时开工。郝自强赶紧打电话联系旦正太,旦正太一听大怒,立刻向上面反映,答案是三天后才能维护好。

三天?三天意味着工程很可能要延期,成本要大幅度上升。再说雨季马上就要来临了,如果前期工作做不好,工程的质量也很难保证,这是最关键的问题。

看到刘延全着急的样子,郝自强只好给李建勋司令员打了电话。半个小时后,道路维护好了,车辆开过来了,大家都松了一口气。

然而事情还没有完结。第二天上午,旦正太、刘延全和郝自强正在研究第二标段的具体细节，一辆大卡车拉着五六十人驶进了指挥部。他们挡在指挥部门口，不让人员出入，还在指挥部门口打起了横幅：我们要吃饭。不用说，肯定又是那家公司捣的鬼。

"给他们点钱算了。"刘延全想妥协，这样下去总不是个办法。

"报警吧。"郝自强建议。

"县里就那么几个警察，到了这儿又要好几个小时，远水不解近渴啊。"旦正太苦笑着说。

"这儿有军队驻扎吗？"郝自强问。

"对啊，向南五十里，有一个团，我怎么忘了。"闻讯赶过来的李相国一拍大腿，"我给老首长打电话。"

三辆军车很快开了过来，一个连的兵力快速下车，将所有闹事人员驱赶到一边控制起来，等着警察过来处理。

警察没有来，一辆豪华轿车开进了指挥部。那位副总经理慌慌张张地走了进来。

"对不起李总指挥，不，李厅长。我考虑不周，已经被老总大骂了一顿，您大人大量，放过他们吧。我给您赔罪了。"那位副总经理深深地弯下腰给大家鞠了一个躬。

"以后不要再闹事了。工程本来承包给你们了，是你们干不了我们才找别人干的嘛！"

"是是是，我们错了，以后坚决不敢了。"

"旦正太，让人把他们放了吧。"李相国也不想把事情闹大了。

"这是一百万的支票，你拿回去，算是弥补你们公司的损失吧。"虽说同行是冤家，但也只有同行才知道同行的不容易。为了给对方一个台阶下，也为了以后的工作能顺利进行，刘延全决定主动付出点。

副总不敢接,用眼光看着李相国。

李相国知道刘延全是真诚的,也知道对方公司前期投标也确实投了一定本钱,就点点头同意了。

过了几天,那个副总又来了一趟。只不过这次不是来闹事的,而是把前期的一些测量数据无偿提供给了汇成公司。双赢才是真正的赢。通过这件事,汇成公司和那家公司建立了合作关系,以后还合作了几单大项目,都取得了可喜的业绩。

事情终于告一段落了,第二标段的工程也正式拉开了帷幕。

自强服饰总店也要开业了。现在的运输业实在是发达,郝自强他们订下的服装、货架等物品,不到一个星期,就从四面八方运过来了。才旦卓玛和张晓两个人马不停蹄地进行整理归类上架,一个星期的实习,让她们足以胜任这项工作。

太阳渐渐向北回归线移动,人的影子渐渐短了,阳光热烈了起来,强劲的南风携带着大量的热量也过来凑热闹,娄兰县城有人开始穿起了裙子,就在这个时候,自强服饰总店开张了。

鞭炮噼噼啪啪地响了起来,整条街道都能听见。才旦、刘延全、旦正太、吐尔逊都参加了开业典礼,门前的四个花篮上就写着他们的名字。和老家的那两个店相比这只能算是一家小店,但郝自强还是比较兴奋,毕竟这是自己进军大秦省的第一步。

才旦卓玛还搞了一个小小的仪式,由店主郝自强讲话,郝自强考虑了半天,就说了一句话,他说,要让五颜六色的服装之花,开遍整个大秦省!说完这句话后,他又想起了王小花,他心中最美的那朵花!

第二十七章　大秦省的夏天

今年闰五月，夏天来得晚，但持续的时间长。处理完所有的事情，郝自强又回到了营地，继续干他的老本行，挖树坑，往里填淤土。

一天，他正开着小挖掘机在河岸上挖树坑，突然，他发现干涸的河床上有条黄色的东西从远处游了过来，越来越近，他终于看清楚了，那是水流！对，就是水流！他不知道，这是数百公里以外的地方下了一场大雨，浩荡的雨水沿着河床流淌过来了。水流正缓慢地向前移动，填满了河床上一个个低洼的坑、一道道裂开的口子，不屈不挠地向前、向前……

看着这道缓慢向前而又勇不可当的水流，郝自强心里升起了一股神圣的感觉，他庄严地举起了手，给这股水流敬了一个军礼！

水不停地流进郝自强他们挖沙后留下的大坑。这些日子，施工队的机械一直没有停止工作，沙坑的容积可以赶上个小型水库了。根据刘延全的安排，王宝江还带人在大桥的北面筑了一道钢筋水泥坝，这样既可减轻大桥的冲击力，又形成一个较大容量的水库。目前整个大坑的蓄水量已经相当可观，郝自强种树和施工可全指望这些水啊！

第二天，营区的上空积满了乌云，几声雷声响过，大滴的雨点噼里啪啦地落了下来，他们终于迎来了来到这儿的第一场雨。连续忙活了三个多月的人们终于可以好好休息一下了。

郝自强拉来的烟、酒、扑克牌，还有充足的给养，现在派上用场了，李录山忙活得好像开起了小卖部。

"多少钱进的,就多少钱卖给他们,一分钱不能挣。"郝自强叮嘱李录山,把购物的登记本交给了他,上面的价格清清楚楚。郝自强的举动,赢得了全体人员的心,他们完全接纳了这个刚刚加入进来的汉子。

郝自强没有去打牌,他躲到那辆皮卡车里,认真学习种树的知识。送树苗的时候,才旦捎给了他很多这方面的书籍。

大雨下了整整一天,弟兄们也玩了整整一天,简易房里烟雾缭绕的,人一进去就呛得一阵咳嗽。有打牌的,有下棋的,有躺在床上聊天的,也有的在静静地看书或者玩手机游戏……这里没有网络,大家倒是能安心玩耍,好好放松。

第二天一早,雨停了,吃罢早饭,又开始了正常的施工。可是外出的道路却被河流挡住了,真像旦正太说的那样,河床都满满的了,郝自强只能留在营区。利用这段时间,郝自强又陆续开辟了十几畦菜地,他的目标就是达到蔬菜能够自给自足,尽可能地改善大家的伙食。

一天早晨,郝自强正在忙活,刘延全叫他过去,他随意擦了擦手上的泥巴,就走了过去。

"兄弟你看,阻挡我们的有三条河,都不是很大。我准备先在这三条河上建桥,桥修好了运输货物就方便多了,再也不用看老天的脸色了。"刘延全指着地图对郝自强说,"如果早拿到第一标,我立刻就组织人修桥,现在早就可以通车了。"

"刘总,说让我干什么吧!我一定尽力。"郝自强坚定地说。

"以后不要叫刘总,我比你年长几岁,就叫哥哥吧。"刘延全抬起头来,很诚恳地说,"从现在起你就是汇成筑路的核心成员了。经过这段时间的了解,我感到你是个非常值得信任而且很有能力的人。我已经和其他人员沟通了,现在任命你为汇成筑路有限公司的副总经理。如果你没有意见,晚上我召集所有人员开个会宣布一下。"

"我——我没有能力担任这么重要的职务吧?"郝自强愣了。

"你哥我的眼光不会看错的。就这样定了。"刘延全很大气地说,"现在要给你个重要的任务,负责这三座桥的修建。你考虑考虑怎么干吧。"

郝自强深吸了一口气,一下子感觉压力山大。进来时就只说负责后勤保障,自己也确实把后勤办得挺到位。至于负责筑路架桥,自己确实没有经验……郝自强心里没底。

但是有刘延全在身边,有这么强悍的筑路团队在这儿,有什么不会的可以学,可以问,万事开头难,干开了就没有那么难了。

郝自强决定再逼一下自己,干!

晚上,在班子会上,刘延全宣布了任命,鹿联正和王宝江带头热烈地鼓掌。王宝江当场表态,现在这里用不着的机械正好是架桥需要的,明天就可以连人带机械跟着郝自强出发。鹿联正则表示明天亲自带着两个人跟着郝自强一起去,前期的很多工作需要自己把好关。

郝自强知道这是弟兄们在帮他,向着对面的二位深深地一抱拳,"欢迎!欢迎!"刘延全在边上呵呵地笑了。

第二天早饭后,一队人马在郝自强的带领下东行三十多公里来到了第一条河边。

河底虽然还很潮湿,但大部分地方已经没有水了,只是低洼的地方还保留着一湾一湾的积水。

"完全可以施工。"鹿联正根据设计图纸立刻指导施工队展开工作。

郝自强没有去指手画脚,他立刻把煤气灶从车上搬下来开始准备午饭。临来前,他已经和李录山商量好了,中午饭在工地吃,早上晚上回去吃。

太阳就要落山了。郝自强安排鹿联正和施工人员坐他们两人的车回去,自己在工地守护。

"这儿什么都没有,不用看守工地,一块回去就行。"鹿联正劝郝自强。

"明天一早,我提前把皮囊灌满水,这样你们一来就可以下手干活。"郝自强自有留下来的原因。

鹿联正点了点头,有道理,就领着众人回去了。

方圆几十里,就剩下郝自强一个人了。

他给自己下了两包方便面,还顺手打上了一枚鸡蛋,放了一把小油菜。生活再艰苦,也不能亏了自己。

方便面出锅后,郝自强借着落日的余晖,把煤气灶等用防雨布遮好,然后端着快餐杯进了帐篷。

帐篷里,一只小灯泡发出温柔的淡黄色的光,这是郝自强从王宝江处要的一块旧电瓶,自己改造的照明系统。

郝自强出溜出溜扒了面条,最后连快餐杯内的汤也喝了,又从边上的保温杯中倒了一点水涮了涮,一扬脖喝了,郝自强对自己的这顿晚餐很满意。

晚饭后的郝自强,拿出一本书,翻到以前看过的折了一个角的那一页,就开始接着看下去。外面起风了,刮得帐篷呼啦啦地响,郝自强抬起手把帐篷口紧了紧继续看书。

一只蚊子不知何时钻进了帐篷,围着郝自强嗡嗡地叫着。郝自强专心看书,好像没听到一样。蚊子不甘心如此被忽视,气势汹汹地降落在了他的脸上。当修长的吸管刺入郝自强的腮后,鲜红的血液就顺着吸管进入蚊子的胃里。它正陶醉在无比幸福的享受中,一只大巴掌如雷霆一击直截了当把它送上了西天。

郝自强忽然想到了一个重要的事情——蚊帐。他没有料到,雨后的大秦省也是有蚊子的,得尽快给所有人员配上蚊帐,不然会影响大家睡眠质量。他决定明天就想办法。

放下书,走出帐篷。风呼呼地刮着,一轮明月挂在东半天,四周一片苍茫。郝自强拿了手电筒来到河边,钻机等设备矗立在月光下,远处一汪汪的水,闪着神秘的光。他突然想起了爷爷曾经说过的话:远怕水,近怕鬼。一股凉意从脊梁杆子下面升起,他大声地咳嗽了几声,算是给自己壮胆儿。看了看设备完好无损,郝自强就回到帐篷和衣躺下。

当第一缕阳光照到大地上时,皮囊里的水已经都满了。郝自强看了一下时间,快八点了,就停了水泵,回去做饭吃。早饭也很简单,用面粉、萝卜丝、鸡蛋掺和在一起,烙了一个大"比萨",连做加吃,总共用了不到二十分钟。

这时候,远处传来了马达的声音,两条蜿蜒的土龙由远及近,施工队回来了。郝自强看到两辆越野车极力避开一簇簇的青草,只在沙子碎石中前进,心里很欣慰。戈壁沙漠的生态是很脆弱的,必须像珍惜自己的眼睛一样,珍惜戈壁沙漠里的每一棵草木。

"弟兄们,晚上是不是有蚊子啊?"郝自强大声问。

"是啊,还好关着门,过几天天热了就不好说了。"一位工人笑着和郝自强打了个招呼,就爬到了钻机上面,开始工作了。

"我也让蚊子咬了个包。你这儿也有吧?"鹿联正走过来问道。

"有,但不多,天还冷。过几天就不好说了。"郝自强回答,"下午我看看能过河不?如果能过去,我准备到指挥部去一趟,让人快点发过二十三顶蚊帐过来。晚上肯定赶不回来,不知你那车坐开这么多人了不?"

"你去吧,挤挤就坐开了。这是个正事。"鹿联正说完,继续忙自己的事情,郝自强也开始准备午餐。

吃过午餐后,郝自强把做饭的家什收拾好了,就开了皮卡车准备过河。河水不算很大,他选了一处坡度较缓的地方,先走着过去试了试河底的硬度,然后加大油门儿一鼓作气冲了过去,车子轰鸣着冲上了对岸,渡河成功了。

郝自强凭着自己过硬的驾驶技术和超强的记忆,很顺利地渡过了剩下的两条河,到达了指挥部。

当他说明来意,旦正太笑了:我们的仓库里确实还有蚊帐,不过不能白送给你。"

"我买,绝对不能让主任犯错误啊。"郝自强知道旦正太的脾气,绝对的公事公办。

"哈哈,好。不过今晚上你是回不去了,我们再一起喝喝酒吧。"旦正太热情地邀请郝自强,这个地方人很稀少,来了朋友,特别是郝自强这样够义气的朋友,旦正太自然很兴奋。

既然蚊帐已经有了着落,任务就算完成了。再说回营地必须要走那三条河,白天是好不容易过来的,晚上谁也不敢去冒那个险。

郝自强掏出手机,趁着这里有信号,赶紧开机看看。竟然有几十个未接电话。有王桂荣的,有客户的,有才旦卓玛的,有吴宝福的,还有一个是南方的,后面还跟着一条短信,短信内容只有四个字:母女皆好。不用说,是王小花发过来的,她告诉他她当妈妈了。郝自强忽然想起了那天晚上自己做的那个梦,心里隐隐有一种说不出的感觉。他想打电话过去问候一下,又想起了之前的那个约定,只好算了。

他把剩下的未接电话一个个拨过去,客户是要货款的,王桂荣是问打过款来收到了吗,才旦卓玛是要进服装,同时打给自己货款。郝自强一一处理完毕后,就打通了吴宝福的电话。原来是吴宝福的儿子吴晓杰高考结束了,想让郝自强带着出去打工。郝自强答应找空回去接他来大秦省。

处理完这些事情,郝自强就去和旦正太喝酒了。

"你是好兄弟,每次都给我带来好酒。有困难跟我说,没有办不了的。"两大杯酒入肚,旦正太开始说大话了。其实这是喝酒人的通病,没喝酒时小心谨慎,喝得差不多了,也就随心所欲了。

"对,旦正太主任神通广大,上到大秦省的领导,下到这里的干部,都熟得很。"吐尔逊也喝多了,帮着旦正太鼓劲。

"兄弟,你必须说出你的困难,不然不是好兄弟。"旦正太感觉自己是总指挥,甚至是厅长了。

郝自强就又把那边手机没有信号,也没有通电,生活很不方便之类的困难随口说了几个,上次旦正太答应给问问,也一直没给解决。

第二天一早,郝自强拉着买来的蚊帐和一些给养,返回了新营地。刚到营地不久,刘延全的奥迪就开过来了。

"河能过去吗?按照时间计算,有一批物资要过来了,我们得去指挥部接。"刘延全一腚坐在郝自强旁边,顺手点上了一支烟。

"过去了,我刚回来。把蚊帐买回来了,还买了些牛肉干和熟羊肉。"郝自强一边忙活午饭,一边回答。

"吃过饭和我一起去趟指挥部吧。这儿连个电话也没有,太不方便了。"刘延全抱怨道。

吃过午饭后,郝自强和鹿联正交代了蚊帐等事情,就开车拉着刘延全去了指挥部。

"哎,郝兄弟,过来一下。"旦正太看到郝自强来了,就在指挥部二楼的窗户上朝他打招呼。

"电信局已经答应给你们装一部电话,不过路太远了,他们只愿出线,让你们自己拉过去。"旦正太有些得意地说,"八十多公里的电话线,得好多钱啊。"

这真是一个好消息! 拉过去电话线,就可以装传真机,以后办事就方便多了。

"主任,太谢谢你了,晚上我请客,我们好好喝一顿。"郝自强诚恳地邀请。

"用你们的话说,你请客,我们不参加是不给你面子,所以我们必须参加了。"旦正太一本正经地说。

电话线终于在第二场大雨到来之前拉到了营地,这条电话线成了雨季营地和外界联系的唯一通道, 极大地方便了人员的工作和生活,被他们亲切地称为生命线!

正是有了这条电话线,刘延全可以指挥调度公司运作,郝自强可以遥控自己的店铺,员工们可以和家里人互报平安……

大秦省的夏天是美丽的。有了雨水的滋润,漫天的沙尘暴不见了,大地上长出了绿绿的野草,开出了五颜六色的花朵。蓝天如洗,白云悠悠,如同仙境。郝自强种下的三千多株胡杨树也都长出了狭长的嫩绿的叶子,焕发出勃勃生机。根据才旦的嘱咐,郝自强趁着有水,又给树苗浇灌了一次,保证了树苗的成活率。

这个夏天,郝自强繁忙而又充实,唯一让他感到遗憾的是没能带吴晓杰来这儿打工,河水阻住了回去的道路。但是,他安排吴晓杰到自己的店铺里干活,也算是对吴宝福夫妻有个交代。

这一天，吴宝福又打来了电话。原来是吴晓杰被西北工业大学录取了，全家人很高兴，但是高昂的学费让这个老实巴交的残疾人头痛不已。

"孩子一定要去上学，学费的事，我来安排。"郝自强毫不犹豫地接过了这副担子。

"可是孩子说不想上了，说是要自己创业。我和你嫂子也不知道该怎么劝他。估计这小子是怕我们为难。"吴宝福深深地叹了一口气，孩子想什么，父母一眼就能看出来，晓杰从小就懂事儿。

"这儿的水快退了，我回去劝劝他吧！"郝自强打算回去一趟，看看儿子，顺便处理处理这件事情。

大秦省的夏天也是短暂的，来得晚，走得早。河里的水已经断流，夜风里夹杂着凉气，蚊子渐渐销声匿迹。刘延全决定安排员工分批回家探亲。这就是刘延全的观点，再怎么忙，也要让员工常回家看看。

在一个晴朗的早晨，郝自强开着皮卡车，拉着四名员工，踏上了回乡的路。

第二十八章 悲喜交集

郝自强轻轻地敲着前岳父家的门,大家还在午睡,不能影响周围的邻居。

"爸爸?"郝小强从猫眼里瞅了一眼,欢快地叫了一声,迅速开了门。

"爸爸!你回来了?"小强边说着边把爸爸让进屋里。才个来月没见,这小子又长高了,快来到自己的耳朵根了。

"嗯,回来了!"郝自强把手里的东西放在门口的柜子上。"这是给你买的。"郝自强拿着一个乒乓球拍,外面是红色帆布的包装,一看质量就不错。小强没有别的爱好,就喜欢和同学打乒乓球,郝自强一直想给他买副好拍子,今天终于兑现了。

郝小强很喜欢,握着球拍挥舞了几下子:"谢谢老爸。"

郝自强摸摸儿子的头,没吱声。

"爸爸,有件事情我必须要告诉你。"小强压低声音。

"什么事儿?"郝自强用手轻轻刮了一下儿子的鼻子,笑着说,"这么神秘。"

"你得先回答我一个问题,我才说。"郝小强故意卖关子。

"好,问吧!"

"你还爱我妈妈吗?"郝小强昂着头看着爸爸的眼睛。

郝自强愣住了,儿子的话里含有另外一层深意,他不能随意回答。

"儿子,我们都已经——"郝自强斟酌着。

"你只需要回答爱还是不爱。"郝小强很执拗。

"爱！"郝自强没有退路，在儿子的注视下，只有如实回答。

"谢谢爸爸！"郝小强忽然扳过爸爸的脸狠狠地亲了一下，跑了。留下郝自强独自在客厅一头雾水。

"谁啊？"姥姥从卧室里走出来，手里拿着褂头往身上套着，姥爷跟在后面。

"妈，是我。"郝自强连忙站起来。

"回来了。快坐吧。"李建生两口子含笑招呼郝自强，郝自强敏锐地发现两个人都有些不自然，脸上带着一丝丝难以掩饰的痛苦。

"妈，出来啦！"郝小强拽着李岩从屋里走了出来。李岩苍白的脸上带着十分的不自然。

看到半年多没有见面的李岩，郝自强惊呆了：原本就娇小的身躯，现在更加瘦弱了；苍白的脸上挂着一丝难为情的羞涩。

郝自强不知不觉站了起来，看着这个曾经心爱的女人，感觉有很多话要说，却一时不知道怎么开口。他只好点点头，微笑着，脸却不由自主地红了。

"今天自强回来了，我们家就算团聚了，一起吃个团圆饭。"姥姥意味深长地说。

"等会出去吃吧，在家里还得忙活，天又这么热。"郝自强提议。

"在家里吃，在家里吃踏实，说话也随意。"李建生立即就否决了郝自强的提议，好像怕大家不同意，一口气列举了两个理由。

"那我去买点儿吧。"郝自强不好拂了李建生的意思，不顾自己疲劳，立刻站了起来。

"你刚回来，累了，喝点水休息一下吧。我去买。"李建生赶紧阻止。

"还是我去吧。路上轮流开车，不累。"郝自强决定还是自己去，大热天，自己开着车，方便。

"爸爸，我陪着你去。"小强紧跟着郝自强下了楼。

他们买了些鱼、虾等海鲜，又买了一只白条鸡和一些烧肉等熟食，郝自强还特别给儿子买了一大瓶橘子汁。"买瓶葡萄酒吧！姥姥和妈妈可以喝点。"小强提议。

爷儿俩在红酒区仔细地挑选，红酒的样数很多，价位从十几块到几百块不等。郝自强拿了一瓶张裕干红，这种酒口感醇厚爽口，很适合女士饮用。

郝小强神秘地对郝自强说："爸爸，我妈妈和那个坏蛋离婚了，姥姥和姥爷说话我偷偷听到的。"

李岩和高益智离婚了？这情况来得有些突然。如果在以前，郝自强肯定感到万分高兴，可是现在，王小花已经住进了他的心里了，他不想也不愿意重拾这段感情，过期的旧船票，再也勾不起浪漫的回忆了。

但十三年的夫妻感情，也不是说放下就能放下的。对李岩又离婚这件事儿，来得太突然，他还真不知该怎么面对。

郝小强是个敏感的孩子，他看出爸爸没有因为这个消息而高兴，反而表情纠结，他隐隐感到，爸爸和妈妈之间已经有了裂缝了。小小的心受到了伤害，他想甩开爸爸，一个人回家，可是，爸爸也没有什么错误啊。

郝自强发现儿子低着头不说话了，意识到自己的表现让儿子不乐意了。他轻轻地拍了拍儿子的肩膀，心平气和地说："这个事情太突然了，爸爸得好好考虑考虑。谢谢你儿子。"

郝小强点了点头，心中破灭的希望又重新燃起来了，他坚信奇迹会出现的。

五口人终于又围在长饭桌旁。李建生作为一家之主,位置一直不变,一直在长饭桌的一端;郝小强拉了姥姥坐在了姥爷的左侧,将右侧的两个位置留给了郝自强和李岩。两个人略显扭捏,也只好坐了。

"今天我多说两句。自强大老远回来了,小岩正好也'回来'了,我们一家人又聚在一起了。我高兴啊。来,举杯。"李建生端起了酒杯。

姥姥、小强、郝自强也端了起来,李岩看到大家都端起来了,也端了起来,五只酒杯轻轻地碰到了一起。

郝自强已经习惯了四个人一起吃饭的日子,现在忽然加上了李岩,反倒有些不自在。李岩也是,自从离婚后就没再和郝自强坐在一起过,这样挨在一起坐着,也是感觉很别扭。

李岩拿着筷子不知道该夹点儿什么吃,这些日子胃口一直很差,不想吃也没有劲儿干活,就想躺在床上。

郝自强也看出了李岩的变化,在自己的娘家也不自在了。

这气氛实在太压抑了。

郝自强看了看沉默的一桌子人,感觉自己应该说点儿什么。

李岩静静地听郝自强说戈壁滩、大沙漠的事情,说被黄沙吞没的村庄,说种下的三千株胡杨树,说自己开垦的荒地撑起的大棚……

听到郝自强做了这么多事情,李建生很高兴,酒不觉就喝高了。

"自强,现在小岩和姓高的离婚了,你也一直没找,为了小强,为了这个家,我和你妈希望你俩能重新考虑一下。这么多年,我们没有把你当女婿看,你也像亲儿子一样孝敬我们。我打心里高兴。前面你俩为了那么点儿小事儿就离了婚,我们劝不住,只能帮着把孩子带好。小强也跟着我们吃苦了。"李建生的眼里有泪了,他端起酒杯自己抿了一小口,"两个人凑搭在一起是搭伙过日子的,有了矛盾互相将就一下就过去了。两人一起,把工作干好,把孩子培养好,把老人照顾好,就行了。我和你妈也老了,没有什么想法,就是希望你们都好好的……"李建生喃喃地说着,潜意识里他觉得女儿女婿没有离婚,是自己将来坚实的依靠。

老人这次是真喝高了。

郝自强把李建生架到了床上,嘱咐老太太要给他喝点儿水,他就要告辞。

以前郝自强都是和儿子睡在一张床上,但现在有李岩在,他只能离开。

"这么晚了,不行在沙发上将就一下吧。"一夜没有说话的李岩,看着郝自强要离开,轻声提议。

有这一句话就够了,郝自强的心里已经涌起了波澜。

他躺在垫了一床被子的沙发上,任自己的思绪回到遥远的过去。说真的,他想忘记她,重新开始新的生活。在拘留所的七个夜晚,他夜夜想她,甚至幻想着自己出去后,李岩会在门口等着他,会冲过去和他紧紧拥抱。然后是复婚,重新开始幸福生活。可是,等待他的居然是李岩结婚的消息。

他想起了两个人的初恋,一身戎装的自己领着娇小的李岩,在众人羡慕的眼光中回到家。看到自己的孙子领回了女朋友,奶奶满是皱纹脸,笑成了一朵花;爷爷捋着花白的胡子,泪花里都带着笑。他想起了无数个傍晚,他挽着她的手,在街道上散步,欢快的笑声让夜灯都变得格外亮。

他甚至一直都觉得李岩就是他郝自强生命中的太阳,会一直在那儿,照亮他的一生。可是,他忘记了还会有阴天的时候……

他的脑海中又浮现出了一张脸，那是一张活泼的、阳光的、执着的脸。王小花，这位一心爱着自己的姑娘，她还好吗？最后，王小花的影像定格在郝自强的脑子里。不能辜负了她！不能辜负了她！郝自强默默地念叨着，连日的疲劳把他拽进睡梦里。

郝自强现在很忙，不但有自己的三个店铺，一大片土地，还是汇成筑路的副总经理，这次回来还要去吴宝福家，去动员动员那个因为贫困而不愿去上大学的吴晓杰。

他首先去了公司，根据刘延全的安排，处理了公司里的一些事务。然后，就匆匆去了泰成商厦。

自己原先那辆面包车，就停在店铺门口，一个青年正从车上搬了一大摞服装往店铺里搬，不用说，这就是吴晓杰了。

郝自强停下车，没有急着下来，他在车上观察着店铺里的一切。毫无疑问，现在这个店是泰成商厦里生意最红火的店铺，人来人往，络绎不绝。

当郝自强看到吴晓杰锁了车门，搬着最后一批货物进了店后，也下了车，跟在后面进去了。

"老板回来了。"莉亚眼尖，看到了郝自强。

王桂荣等人都过来和郝自强打招呼。

"叔叔好。"吴晓杰也过来了，这个高高瘦瘦的青年长得酷似吴宝福，只是比吴宝福高了很多，此刻，正拿了个玻璃杯喝水，脸上是一道道汗水的痕迹。

"晓杰。"郝自强知道这么大的孩子需要别人的尊重，一边叫着吴晓杰的名字，一边热情地伸出了手。

吴晓杰显然没有料到郝自强要和他握手，有点不好意思，愣了两秒,就像个大人一样也伸出了自己的手。

"在这儿还习惯吧?"

"很好,几个姐姐都很照顾我。"

"晚上怎么住?"

"就住在店里,我捎着铺盖。"

郝自强心头一热,这个孩子,真能吃苦,也怪自己没有想到这一点。

"快开学了吧?"

"叔,我不准备上了,先在这儿干着吧。"

"这个以后再说。多少天没有回家了?"

"自从来了就没回去,快两个月了。"

"我刚好找你爸有点儿事儿,咱一块回去看看吧。"

"好。那我出去买点东西吧。"

"有钱没有?"

"有,发了一个月工资没花多点儿。"吴晓杰小跑着出去了,看来这孩子也想家了。

郝自强问了些店铺的事情,让王桂荣把吴晓杰的工资算好。

"小吴人很勤快,又有文化,很好。"王桂荣表扬着,试探着问,"要不要按照正式员工算?"

"好,你说了算。"郝自强笑了。

吴晓杰买了一个西瓜和一把香蕉回来了,还有两瓶白酒。

"晓杰,这是你这个月的工资和奖金。"王桂荣把一个信封递给了吴晓杰。

"王姐,还不到月底啊?"吴晓杰奇怪地问。

王桂荣用眼光示意了一下一边的郝自强。

"我们暂时不在这儿干了,把你的铺盖也带上吧。"郝自强朝吴晓杰笑了笑,帮吴晓杰提着买的东西,先向外边走去。

吴晓杰好像明白了什么,抱了自己的铺盖跟王桂荣等人打了个招呼就跟在郝自强的后面出去了。

车子驶出了县城,向着吴宝福住的村子前进。

"如果我借给你学费,等你上完大学再还我,你去上吗?"郝自强一边开车,一边打破了沉默。

吴晓杰思考了一会,鼓足勇气说:"叔,我知道你对我们家帮助很大,但是大学毕业后挣到钱是很久以后的事了。"

"呵呵,你这孩子,想得倒很长远。"郝自强笑着说,"挣钱早一天晚一天都行,上学可是过了这个村就没有那个店了。不要紧,给你十年期限,可以吧?"

"十年是够长的了,我肯定能还上。叔,这个学我上了。"吴晓杰被打动了。

"还没问你考了哪所大学呢?"

"……"

两个人一路交谈,不知不觉就到了吴宝福家门口。

吴宝福和吴大嫂正在大门楼下面数鞋楦——鞋楦就是放到鞋子里面的一种泡沫模子,放到鞋子里使鞋子不变形。邻居家开了个皮鞋作坊,需要大量的鞋楦。吴宝福他们从一堆好坏都有的泡沫鞋楦中选出好的,每一百个装到一个袋子里。一袋子挣三元钱,一天怎么也能挣四五十块钱。

看到郝自强和儿子一块儿回来了,吴宝福这些日子吃不好睡不好一直悬着的心立刻就放到肚子里了。看到郝自强的脸色,他就知道,所有的难题,都已经解决了。

郝自强把他和晓杰的约定简单地和吴宝福夫妻俩说了一遍,晓杰也保证一定会好好学习,争取在学校里拿到奖学金,减轻爸爸妈妈的负担。

郝自强拿出五万元现金交给吴宝福,并且当着全家人的面很郑重地把吴晓杰写给他的借条放到口袋里。他没有留下来吃饭,他不愿意看到吴大嫂在自己面前感恩的样子,也不愿意在吴晓杰的心里留下抹不去的阴影。

对吴大哥和吴大嫂,郝自强愿意尽最大的努力去帮助他们,从没想过要回报。人和人之间,只有真正的友谊,才可以做到这一点,否则,就不能算是真正的友谊。人活在这个世界上,不可避免地要和很多人交朋友,但真正达到郝自强和吴宝福这样的感情的,是少之又少。但愿世间这样的友谊多起来!

现在郝自强的出租房被莉亚等人住着,李建生家李岩又在,郝自强在县城还真没有落脚的地方了。他只好在一家小旅馆开了个房间,反正再有几天,就回大秦省了。

晚上他正躺在床上看电视,一个电话打过来了。郝自强一看是个陌生的号码,并且是本地的,就接了起来。

是李岩打过来的。

当他又回到自己两年没有来过的房子时,心里是非常复杂的。他曾经在这儿度过了人生最美好的五年时光,也被迫从这儿离开,去走一条坎坷的路。现在他又回来了,是他曾经的爱人约他过来的。物是人也是,只是身份变了,心境也变了。

茶几上摆着四样菜和一瓶红酒,李岩一袭红裙在日光灯的照耀下,显得楚楚动人。

这是要复合的意思吗?如果没有和王小花的际遇,郝自强会毫不犹豫地答应。但是现在不行了,王小花已经在他的心里扎下了根。虽然现在王小花还是别人的妻子,但是在郝自强心里已经把王小花作为自己永远的爱人了。

郝自强有些心不在焉地和李岩喝着酒,心里很苦涩。他的态度瞒不过李岩的眼睛。

"你是不是心里有人了?"

"是。"郝自强决定不再隐瞒,他将这些年来的经历,特别是和王小花之间的恋情详详细细地告诉了李岩。

李岩静静地听着郝自强的述说,眼里噙着泪水。

"是我对不起你,不理解你下岗后的痛苦,没有和你好好交流,只是一味地反对你玩电脑游戏。更不应该被高益智所诱惑,迈出错误的一步。"

"其实当时我做的也不对,不应该借打游戏消愁,更不应该不接受你的指责,硬是把你逼到别人的怀抱。"

"当我彻底知道了高益智的真面目后,已经晚了。"

……

时间在悄悄地过去,两个人没有注意到时间的流逝,在悔恨中诉说着过去。

"如果时间能倒流就好了。"李岩苦笑着,一股殷红的血从鼻孔里流了出来。

"你的鼻子出血了。"郝自强赶紧抽了张餐巾纸递给李岩。

李岩很平静地用餐巾纸擦拭着,起身去了洗手间,郝自强不由自主地也站了起来,跟在李岩的后面。

"左鼻孔出还是右鼻孔出?"

"右边。"

郝自强自然地抓起了李岩的左手,用食指和拇指捏住了她的中指。这是郝自强从一本书上看到的制止鼻出血的方法。

李岩没有挣脱,任由郝自强握着自己的左手。

"我这次叫你来是想告诉你一件事情。"擦洗完后,李岩在郝自强的搀扶下回到客厅。

"什么事情?"

"我前一阶段老发热,去医院检查,医生说我患了白血病。"

"什么?白血病?"郝自强听到这三个字,脑袋顿时大了。他听说过这个病,就是血癌。小时候看过一部名叫《血凝》的日本电视剧,女主人公幸子得的就是这个病,全家人都是医生也没能救活她,最后还是去世了。

"死我不怕,小强有你,我就是放心不下我的父母。"李岩流着眼泪,轻轻地说。

"别想那么多,先治病。明天咱就去省城医院。"郝自强想也没想,一下子就把李岩搂在了怀里。李岩没有挣扎,而是静静地待在郝自强的怀抱里,很温暖,很安全,就像远游归来的孩子终于找到了家,看到了妈妈。

两人都没有说话,就这样静静地坐在沙发上。茶几上的酒和菜几乎没动,四个菜都是郝自强最喜欢的,那红红的酱肘子一定下了不少功夫……

郝自强看看怀里的女人,后者竟然沉沉地睡着了。

第二十九章 命运交响曲

郝自强几乎一夜未眠。

一切都来得太过突然，让他不知道该如何应对。

先是儿子告诉他李岩和高益智离婚了，希望自己和李岩能重新开始。站在儿子的角度，这可能就是最美好的愿望了，可自己的心里还有个王小花呢！

现在李岩又告诉自己她查出了白血病，这可是绝症。这个要强的女人表面上看起来不在乎，可是谁不想好好活着，她还年轻，还有很多美好的东西值得留恋。

当然自己完全可以不管，都离婚三年了，没人会指责自己。

可是她还是儿子的妈妈，儿子还这么小，不能没有妈妈；两个老人不能没有女儿，这可是他们唯一的女儿啊！

从认识李岩到现在，两位老人都是默默地站在身后，从没有主动要求过什么。两人离婚了，孩子一直由姥娘姥爷照顾。这些年，无论身在何处，儿子都是自己的希望和动力，都是自己内心最骄傲的一部分。

他无法想象如果李岩没有了，儿子会怎样，两位老人会怎样。他不敢想，如果真是那样，他们的世界会不会塌掉！他呢？

胡思乱想了一通，结论就是李岩不能死，他也不允许她死。

天一亮，郝自强就带着李岩去了省城。

挂号、排队、漫长的等待，终于轮到李岩了。然后是询问、检查、抽血,然后又是漫长的等待。郝自强自始至终寸步不离地陪着李岩,像是陪着自己的孩子。

此时的李岩心里是不平静的,坐在身边陪自己默默等待的男人是自己三年前狠心抛弃的人, 这个男人曾经为了她可以放弃转士官的机会,退伍回家;为了她可以净身出户;为了她可以打到人家的单位;为了她可以去蹲监狱;为了她可以在两人离婚后拿钱给自己的母亲做手术;可以放下男人的自尊陪着已经是前妻的自己跑这么远的路到省城来检查……她没有告诉任何人,也没有人知道她的心里是一种怎样的痛苦。她恨自己,恨自己在关键时候没好好地尽到一个妻子的责任,没好好地珍惜这来之不易的幸福;恨自己没有把握住自己的感情, 见到高益智就失去了理智, 给身边的亲人造成了无尽的伤害;恨自己太自私,只考虑自己的感受,对父母、儿子还有身边的这个男人不闻不问。现在自己的身体出现问题了,却又厚着脸皮跑回来,让父母担心,要父母照顾;让这个已经和自己没有什么关系的男人陪着焦虑、陪着担心……

眼泪顺着眼角滚落下来,李岩连忙抬手去擦,她不希望郝自强看到自己的眼泪,毕竟这所有的一切都是自己种下的果,就由自己好好品尝,慢慢咀嚼吧。

看着走廊里来来往往的人,郝自强的心里也很不平静,本来幸福的一家子人,就因为李岩和高益智的旧情复燃,一下子全乱套了。先是自己净身出户,辛辛苦苦干了那么多年,一下子成了光腚;接着儿子也被赶到姥姥家,成了没有父母陪伴的孩子;高益智占着自己的房子睡着自己的老婆,喝高了还得家暴李岩;现在人生病了,倒是不管了,一张离婚协议书就拍拍屁股走人了……看着身边这个曾经让他爱得疯狂的傻女人,该继续爱还是继续恨,郝自强说不明白,可能一辈子也说不明白。

两个人就这样各自抱着不为外人明白的心态,迎来了检查结果,李岩患的是慢性混合细胞白血病——还好是慢性的。

这无疑是宣判了李岩的死刑,只不过是缓期执行!

拿着化验单,郝自强心里一阵难受。他握着李岩的手,紧紧地握着,不知道该怎样安慰她,泪水却憋不住流了下来。李岩反而很冷静,她抬起手,帮郝自强擦了擦眼角的泪水,幽幽地说:"至少还有几年时间,就让我好好弥补弥补你和小强吧,这两年让你们俩吃苦了。"

"不,只要有一线希望,我们也不放弃。现在科学发达了,会有好办法的。医生不是说可以骨髓移植吗?还可以干细胞移植,还有中医……"郝自强语无伦次地安慰着自己的前妻,不,在他的心里,现在李岩就是他的妹妹——亲妹妹!

"不要告诉小强,他还小。"李岩轻声叮嘱郝自强。

"好,我向你保证!"郝自强喃喃地说,"我以前还向你保证,一定让你过上好日子,可是——"

"别说了,我们毕竟幸福地在一起生活了十年,有了可爱的儿子,我也没有遗憾了。走,去化疗,化疗完了回家。我想儿子了。"这个看似软弱的女人,在死亡面前终于顿悟了。

回到家后,李岩做的第一件事就是把郝自强的那串钥匙从抽屉里找出来又递到他的手里。

"去把小强接过来,咱们三口一起过几天。你看行吗?"李岩恳切地盯着郝自强,满眼都是期待。

"嗯!"郝自强不愿意李岩再伤心,很痛快地答应了。

现在最快乐的就是郝小强了,不但回到了自己的家里,而且爸爸和妈妈看起来已经和好如初了。

三口人好久没坐在一起吃饭了。

郝自强戴上围裙置办了四个菜,李岩又找出了以前郝自强珍藏的白酒,给儿子准备了果汁,三口人一起举杯,李岩看着郝自强:"谢谢你。"谢谢你的照顾和宽容,后面的内容李岩没有说出来,不过郝自强理解了,他深深地呼了一口气,喝了一大口,酒还是那么醇香,喝酒的心情却变了。

郝小强倒是滋得不行不行的,一边是爸爸,一边是妈妈,小家伙儿忍不住地撒娇。一会儿"妈妈,给我倒上杯果汁吧",一会儿"爸爸,给我掰块猪蹄筋",一会儿又要和爸爸妈妈碰杯,快乐得像一只叼着肉骨头的小花狗。

郝自强和李岩看着有些夸张的郝小强,高兴地满足着儿子的要求。这个孩子懂事儿得叫人心疼。

吃完了晚饭,三口人愉快地一块到楼下去散步。小强故意走在旁边,把妈妈夹在中间,爷儿俩就像两个护花使者。李岩右边挎着儿子,左边挎着郝自强,幸福的眼泪一直在眼圈里打转转,希望一切还来得及。

仓库前的空隙里,五行草长得正旺盛。肥厚的叶子肆意往四周伸展着,好像要占满所有的空着的土地。有的居然开花了,嫩黄的花朵像一个个小太阳,映亮了原本阴暗又潮湿的角落。

郝自强微笑着和熟悉的人打着招呼,丝毫没有曾经离开过的尴尬。倒是夹在这爷儿俩中间的李岩,只是朝人家点点头,很少说话。

高益智仿佛就是一个过客,在这个院子里待了两年,就匆匆消失了。最多就算是大家茶余饭后的一点谈资罢了。人们都真诚地希望郝自强和李岩复合,希望这对经历过挫折的伴侣能够白头到老。

让小强高兴的事情还在后面呢!第二天一早,郝自强就开车拉着全家人——当然包括姥姥和姥爷,要去看大海。看大海啊!这可是小强一直非常想去,但没想到真的能去的地方。

以前暑假后开学,同学们都喜欢凑在一起聊聊暑假里的见闻,自然少不了七嘴八舌地说说上哪里去玩儿,看见了什么有趣的东西。每当这个时候,小强都是默默地坐在旁边,静静地听。

自从爸爸下了岗,家里的大人都不知道怎么了,吃饭不像吃饭的,睡觉也喜欢怄气。妈妈变化更大,几乎整天不着家,在家也是愁眉苦脸的。姥姥和姥爷整天唉声叹气的,见着妈妈就唠叨,妈妈总是偷偷掉眼泪。更可气的是那个戴眼镜的家伙,他自己的儿子亲得像宝贝,从来就没好好和自己说过一句话,那眼镜后面的小眼睛就像两把匕首,每次看自己都"嗖嗖"的,也不知道妈妈到底看他哪里好。唉,大人的世界真难懂。还好现在妈妈和他离了,亲爱的爸爸又回来了,要不的话,这大海我还不知道啥时候能看上。

坐在姥姥和姥爷中间,小强不停地点评迎面而来的车辆,描述沿途的风景,把车里的大人们惹得笑声不断。

这小子从昨晚上就很兴奋,一直在想象大海是什么样,说一定要亲口尝尝海水到底是苦的还是咸的。

路边的植物渐渐地少了。"进入盐碱地了,"小强叫姥姥姥爷快往外看,"风里已经有大海的味道了。"这小子鼻子倒是真尖。

接近两个小时的奔波,终于到了。

这是一片巨大的沙滩,金黄的细沙像柔软的床,脚丫子放在上面就像沐浴在风里。到处都是搭起的帐篷,五颜六色,各式各样,像海水里飘上来的蘑菇。小强高兴地在沙滩上撒欢,汗水顺着头发淌下来,在脸上形成了一道道汗痕。姥爷姥姥跟在小强的后面,和海滩上的其他人汇在了一起。

沙滩的尽头就是碧绿的海水。小强和姥娘姥爷拿着救生圈慢慢地往里走,海水不凉,李岩嘱咐大家小心一点。李岩站在沙滩边,没有进去。郝自强一直跟在李岩身边,沿着沙滩向前走,前面不远处有一大块岩石。海水拍打着岩石,发出哗哗的声音,和沙滩上海水轻舔着细细的沙粒的温柔完全不是一回事儿。

"人的生命要是和这不息的海浪一样该有多好!"郝自强感叹。

"不要再为我伤心了,我现在很满足。"李岩微笑着,把身子轻轻依在郝自强宽大结实的胸脯上。

两个人就这么静静地站着,看着海浪一次又一次扑打着岩石……

欢乐的日子过得飞快,转眼间郝自强就要离开县城去大秦省了。

"放心吧,爸爸,家里有我呢!"郝小强像个小大人一样,信心满满的。

"好好学习,听妈妈的话。"郝自强和天下所有的父亲一样,用最普通的话,表达自己最深沉的爱。他用力拍了拍儿子的肩膀,就转身上了车。

李岩没有下楼,她怕控制不住流泪。现在在她的心里郝自强已经是唯一的了,虽然她知道郝自强的心中还有另外一名女人,并且排在她的前面。李岩站在窗前,看着郝自强和儿子道别,看着汽车慢慢驶出小区,眼泪还是禁不住流了下来。

这次回乡之行,让郝自强无比感慨:人的生命是脆弱的。李岩说有病就有病了,而且还是绝症。让他感到幸福的是,李岩在这个时候选择了他,依赖他,让他再一次感觉到了感情的重要性,他下定决心陪李岩度过生命里的最后几年。

他想把这些事情都告诉王小花,他坚信王小花会支持他的。但是人们常说爱情是自私的,万一王小花不同意该怎么办？郝自强的心里很矛盾也很不安。

还有一件事让郝自强很不安:王小花已经有很长一段时间没有给自己打电话了。他很盼望接到王小花的电话,又为不知道和王小花怎么说李岩的事而犯愁。

王小花是不是又遇到什么麻烦了？这种想法在郝自强的脑海中逐渐扩大,让他更加不安。

回到大秦省后,他又投入到正常的工作中。现在他已经很胜任自己的这份职责了。他不但和员工们处得相当好,在鹿联正和王宝江的指点下,对于架桥筑路也有了一定的了解,不能再说是门外汉了。

服装店铺的生意也很好,才旦卓玛已经迅速成为独当一面的人才,不用再操心。

还有一件让他高兴的事情:他种下的三千多棵树苗全部成活了,竟然没有一棵死亡,这简直就是个奇迹！实验田里的两畦胡杨树苗也钻出了一颗颗小小的脑袋,一切都是勃勃生机。

唯一让郝自强感到不安的是一直没有收到王小花的信息,哪怕是一条小小的短信。在数不清的夜晚,郝自强辗转反侧难以入眠,他想念远方的王小花,推测她可能面临的处境,为她担心。

终于在一个酒后的夜晚,他鼓足了勇气,拨通了王小花经常打给自己的那个电话。

一个女人的声音传了过来,是王小花的声音,不错,确实是王小花的声音！郝自强的心"咚咚咚"地跳得厉害！终于又听到了心爱的女人的声音了。

"哥，有些事必须要和你说说。"王小花那熟悉的声音从电话那边传了过来，听得出有点儿迟疑，有点儿犹豫。

"你说，你说，我在听着呢！"郝自强把听筒紧紧地放到耳朵上，生怕漏掉了一个字。

"哥，我一个人好寂寞啊！孩子又天天哇哇地哭闹，真是烦死了。不过现在好了，孩子有保姆照顾。我没事就上上网，聊聊天儿。在网上我认识了一个男孩，我们聊得很投机，哥，你不会不高兴吧？"

"只要你高兴就行。"郝自强只能这样回答，但是心里隐约感到可能有不好的事情要发生。

"那个男孩都向我求婚了，我说我有老公，他还说不在乎呢！呵呵，现在的男孩……"电话里传来王小花咯咯的笑声。

本来听到王小花的笑声郝自强该高兴才对，可是郝自强却高兴不起来，没等郝自强说话，王小花说有点事情就挂了电话。

郝自强走出房间，心里一阵迷茫。和王小花的这次通话，出乎他的意料，看得出王小花有很多机会可以和自己通话，但是她没有。现在又出来个男孩向她求婚，听她的意思还很幸福。

郝自强慢慢地梳理自己和王小花的关系，似乎没有自己想象的那么密切，再说自己已经三十八岁了，王小花才二十六岁，一个二十六岁的女孩子就被困在孩子身边，没有人陪她说说话，没有人帮她拿拿主意，再说了，自己又没向她承诺过什么，她有重新选择爱人的权利啊！听着周围草丛里的虫鸣，郝自强突然释然了。不管以后的路怎么走，只要对得起自己的良心，一切都顺其自然吧！

郝自强抬头看着并不遥远的苍穹,漫天的星星闪着俏皮的眼睛也在看着他。大秦省的星星真是明亮! 就像挂在头顶的霓虹灯,清澈夺目。如此美景却只能自己欣赏,真是可惜! 郝自强叹了口气,突然想起了李岩。自从离开家乡,再也没有给她打过电话,虽然每次和儿子通电话时,都会问问李岩的情况。

　　郝自强快步返回房间,拨通了李岩的电话。

　　其实,郝自强不知道,这段时间王小花经历了人生中的又一个挫折。就在王小花产下女儿不久,那个女人产下了一个男孩。在那个封建思想还很浓厚的大家族里,这预示着王小花的彻底失宠。那个女人母凭子贵,借着儿子发力,光明正大地要求住进孩子爸爸的卧室。这可难倒了一家之主的爷爷,毕竟,王小花才是明媒正娶的嫡长孙媳妇。

　　聪明的王小花主动提出让那个女人进来,自己回娘家去。这个要求立刻得到批准,她带着孩子回到娘家。为了弥补对王小花的亏欠,爷爷给她配备了保姆,当然也有监督的意思。回到娘家后的王小花并没有过上她想象的日子,老爷子埋怨她看不清形势,说她这是主动认怂。老娘倒是没说什么,反正这三个孩子没一个让她省心的。

　　大女儿结婚都快十年了,一直也没要上个孩子,人家婆婆公公倒是没说过什么,可自己的女儿自己知道,要不也不用把沈美强像宝贝一样看着。小儿子大学毕业都一年多了,整天和一帮小哥们儿混在一起,喝酒飙车泡妞,公司的事儿一点儿也不管,到时候就知道回来要钱。二女儿算是听话的,为了公司嫁给了自己不喜欢的花花公子,可是为什么偏偏生了个姑娘呢,婆婆家几代单传,眼巴巴地等着呢,这下好了,直接被扫地出门了。

　　小花没想那么多,本来她就不想在那个家里待下去。就是这宝妈不好当,孩子整天哇哇地哭,一天一天待在家里瞅着她,心里憋得慌,只好上网解闷,结果认识了一个自称"火热男孩"的男人,在无数个寂寞的夜里,两个人聊得火热。王小花毕竟是个年轻的女子,渐渐沉迷其中,把郝自强也看得淡了。

接到郝自强的电话,李岩有点意外,但她很高兴地和郝自强聊了起来。借着酒力和王小花对他的刺激,郝自强和李岩回顾了以往的幸福生活,最后,两个人互道珍重,嘱咐对方要好好保重身体。

生活好像转了一个大圈,又回到了原点。

第三十章　大棚

让郝自强始料未及的是，他的那块小菜地火了。这是大秦省的一个重大项目，来调度视察公路建设进度的领导很多，他们很快发现了简易房边上的这几个大棚。戈壁滩上竟然还有这种蔬菜大棚，这是不可思议的，他们都很好奇地进去看了看。

四个蔬菜大棚里种着芸豆、黄瓜、茄子、西红柿等蔬菜，样样都长得非常茂盛，大有取之不尽的意思。据厨师李录山介绍，这四个大棚完全可以满足筑路队二十多人的生活需要。这让领导们很震惊：在大秦省这样的环境下居然可以种出这么丰富的蔬菜？如果在大秦省，户户都有这么个大棚，那不就解决了草原缺乏蔬菜的问题了吗？人民的生活不就上了个大台阶吗？于是，领导们离开后不久，前前后后来了不少取经的人。作为大棚的修建者，郝自强少不了要出面接待一下，介绍一下大棚蔬菜的种植常识。

大棚种植反季节蔬菜，在郝自强的故乡已经是很成熟的一项技术，菜农们都懂得，但在大秦省，却还是一件新鲜事物。

送走一波又迎来一波，郝自强对大棚种植的常识也逐渐从实践慢慢上升到理论，在不断讲解的过程中又达到了一个新的理论高度。

郝自强心里突然产生了一个大胆的想法：在大秦省建设一个蔬菜大棚种植基地，专门种植反季节蔬菜。根据以往的经验和实践，又通过这一阶段的研究，对于建大棚种菜他已经很有信心。当然他不会贸然撒开手就干，他决定先建立一个样板大棚。

经过周密地考察，他在幼发河——他带领大家在在建桥梁的那条河的西岸选择了一块土壤好点儿的土地作为实验田。之所以选择这儿当试验田，一是因为建桥用沙时在河底挖出了两个大坑，现在坑里面积满了水，可以解决蔬菜浇灌问题；二是河底的淤土比较肥沃，可以挖出来做菜地的基础土壤；三是这段时间自己白天晚上都住在这儿，便于照看。

为了充分吸收阳光，大棚的构建选择了东西走向，宽八米，长五十米；大棚的北墙高两米半，使用砂浆混凝土建造，南边矮墙离地面只有二十厘米，北高南低便于大棚充分吸收太阳的热量；骨架用钢筋搭建，上面覆盖透光强的薄膜，最外面是厚厚的草帘子。这个地方昼夜温差大，太阳一落山就必须把草帘子盖好，防止白天的余热跑了。

事情进展得很顺利，大家齐心协力，有的帮着从河底挖出淤泥铺到大棚底部当基土，有的帮着焊接钢筋骨架，有的帮着砌墙……下班后的时间大家都很愿意搭把手，就像侍弄自家的后花园，说说笑笑间就把活干了。

郝自强对自己的这个团队非常满意，大家很团结，彼此也很默契。工程的进度也一直很稳步地向前推进，按照预算，再有半个来月这座桥梁就要竣工了。郝自强一直盯在工地上，鼓舞士气，监督质量，这可是自己的第一个项目，绝对不能有任何问题。

大棚完成的那天晚上，郝自强自己掏钱和李录山弄了几个好菜，拿出了从老家带来的老白干，大家好好地喝了一顿，庆祝大棚建成，预祝桥梁顺利推进，按时交工。

来大秦省半年多了，大家渐渐地了解了郝自强的能力和为人，都很看好这个低调而敦厚的年轻的副经理。特别是鹿联正和王宝江，从当初的不看好到后来的认可，再到后来的主动加入这个小团队，可以说，就是被郝自强的能力和诚恳所感动，这算是人格魅力吧。

郝自强举杯感谢大家的付出，感谢大家在这个团队中的配合，说到动情处，郝自强的双眼蒙上了热泪。"我是个下岗工人，被自己工作多年的厂子抛弃了，自己单打独斗了好几年，虽然小有收入，但一直很迷茫。说句掏心窝子的话，我真的很感谢刘哥，是他给了我这个和大家共事的机会，给了我和大家一起拼搏的机会，也让我在和大家相处的日子里重新找回幸福的感觉，重拾男人的雄心和自信。"

郝自强看着屋里的每一个人，高高地举起手里的酒杯，"感谢各位的支持和鼓励，我敬大家一杯！"大家再一次一起举杯，接受这个年轻人的谢意。

这是一个甜蜜的夜晚。

李岩看着手机上郝自强发来的那个情意绵绵的短信，笑了。

为了转移李岩的注意力也让她从心里产生战胜疾病的勇气，郝自强把与大棚有关的所有采购事务都安排给了她。李岩极为负责，肥料、种子、草帘子等物品很快就源源不断地从内地运了过来。

大棚里种上了李岩采购来的各种蔬菜种子，现在就等着发芽，生长了。

大秦省的秋天来得早，来得迅速，几天的工夫，干热的天气就变成了呼呼的东北风，夹带着北极的寒气肆无忌惮地扫荡着这片广袤的土地。草原上的草发黄了，枯萎了；狂风扭着身子卷着黄沙冲向了天空。

为了好好保护这块实验田，大家伙儿齐动手和郝自强一起在大棚的外面加了几道绳索，把草帘子结结实实地捆成了粽子。这下可不会有事了!

　　沙尘哗哗地敲打着板房的后壁,风呼呼叫着,打着旋儿仿佛要把板房吹跑,郝自强在睡梦中惊醒了。他不安地听着外面令人恐怖的声音,想着自己刚刚竣工不久的大棚,辗转反侧,难以放心。

　　一夜狂风,刮得让人心神不宁。天还没亮透,郝自强就起来了。还好,营区的大棚没有事。匆匆吃了早饭,他就急急地驱车前往幼发河那边。哪里还有以前大棚的样子? 盖在大棚上面的草帘子和薄膜都不见了,只有焊接的钢筋骨架蹲在敞着口的大棚上,孤零零地立在那里,像啃净了肉的鸡架子。

　　大棚内的菜苗东倒西歪,有些甚至被连根拔起。整个现场一片狼藉,多日的心血,被一场大风吹得所剩无几,郝自强的心里一下子像堵上了一块冰。

　　难道是大棚太长了? 还是太宽了? 郝自强围着只剩了框架的大棚转了一圈又一圈,没看出有什么问题。

　　这时候,才旦开着吉普车来了。

　　自从才旦卓玛为郝自强打理店铺后,才旦时常来看望郝自强。因为县城离郝自强这儿太远,才旦卓玛有什么事情要请示,就委托离这较近的爸爸来转述。当然,这只是一个方面。吸引才旦往这跑的原因还有很多,如郝自强这儿有好酒是一个方面,郝自强正在学习种树,和才旦有共同语言是一个方面,两人渐渐成了好朋友也是一个方面。

　　才旦一般不是一个人来的,大多时候都会带上吐尔逊。吐尔逊打心眼里喜欢郝自强这个老班长。

　　这里还有一个小故事。

　　吐尔逊当年也是部队的训练尖子,一身军事技能全团出名,特别对自己的格斗术,信心十足。可是有一次三个人一起喝酒,聊起部队生涯,郝自强居然也是格斗的好手,特别是自由搏击技术,全团无敌手。一个是自诩全团第一,一个是全团无敌手,到底谁厉害?在才旦的鼓动下,吐尔逊趁着酒兴主动要求和郝自强切磋了一下,结果竟然完败!吐尔逊很震惊,郝自强看起来可是老实憨厚不像会点功夫的样,没想到却是人家低调,他才知道什么叫天外有天,人外有人,以后再也不自诩武功盖世了,不过和郝自强的感情却是更加深厚了。

这次也不例外,还是两个人一起来的。

看到大棚的惨状,两个人也默然了。

"走,喝酒去,不管它了。"看到两个好朋友来了,郝自强展颜一笑,暂时将烦心事放下。

才旦摇了摇手,他走到大棚跟前蹲下身子,仔细观察着大棚毁坏的情况。不时抓一把沙土扬一下,测试风向。过了一会儿,他走出了大棚。

"我已经找到问题的症结了。"才旦很肯定地说,"你的大棚是正南正北的,和风来的方向有一个夹角,这样风一到这里就自然形成了一个旋转的力矩,产生升力,把草帘子和薄膜旋起来了……"

就在才旦比画着要做进一步阐述时,吐尔逊憋不住了,他着急地说:"别说理论了,我们也听不懂,你就说解决的办法吧。"

"很简单,只要在风来的方向,筑一道防风墙就可以了。"才旦走到大棚的北面,用脚迈了几步,用手在地上画了一道,"在这儿筑就可以,三米高,半米厚,长度最好超过十五米。"

"为什么是十五米啊?"吐尔逊忍不住问。

"和你说了你也不懂,还是算了吧。"才旦呵呵地笑了起来,花白的头发在风中飞舞。

"好好,我一定照着你说的做。咱喝酒去。"郝自强松了口气,只要有解决的办法就行。他笑着,拉着两人去了简陋的营地。酒是现成的,安顿好二人后,郝自强立刻动手整了几个下酒菜端了上来。

三个人坐在郝自强简陋的板房里,一人端着一个搪瓷茶缸。前面不锈钢盘里摆着吐尔逊带来的熟羊肉,还有午餐肉罐头,两盘炒青菜。

还是老规矩,才旦首先带酒,大家先喝一口尝尝,润润喉咙。

"和你们在一起喝酒就是爽快,和我在军营时的感觉一样。"吐尔逊喝了一大口酒,吧嗒着嘴用心品味。

"不是在部队不让喝酒吗?你不会又是吹吧?"才旦笑着说,一副不相信的样子。

"不让喝,偷着喝。我是旦正太团长的司机,偷着喝酒的机会还是有的。"吐尔逊是个直爽性子,怕才旦不相信,赶紧往下讲。

"有一年冬天,我和团长去哨所巡查,路上遇到了大雪——"吐尔逊比画着,"那雪真大啊,铺天盖地的;风又特别猛,飞沙走石的。周围什么也看不清了,我们只好停下车来等待雪停了再出发。"

吐尔逊看了看才旦和郝自强,发现两个人都在很认真地听,就得意地接着讲下去。

"天太冷了,我们又舍不得发动着车取暖,汽油珍贵着哪,再说离下一个哨所还很远。这时团长拿出了自己的酒壶,自己喝了一大口,然后递给了我。这是我第一次喝酒,真的是第一次。我家穷,喝不起酒。我学着团长的样子,喝了一大口,好辣!我赶紧吞下去,感觉喉咙里火辣辣的,全身一下子就热了起来……"

吐尔逊闭着眼,好像在回忆那第一口酒的味道,两滴晶莹的东西在眼角发光。

"都怪团长,让我尝到了这么好的东西。从那以后,我时常偷着喝团长的酒,团长装作不知道,有时候故意把酒壶放到床头。记得有一次,我一不留意喝多了,酒壶明显轻了不少。我怕团长试出来,就把白开水倒进去一些……"吐尔逊停下来,夹了块羊肉放在嘴里慢慢地嚼着。

"然后呢?"才旦正为这小子担心呢,人家却不讲了。

"结果团长尝出来了……"吐尔逊慢悠悠地来了这么一句。

"团长没有批评你吧?"郝自强有些担心地问。

"呵呵,批评?批评倒是没有,不过团长惩罚我了。"吐尔逊看了看面前一脸担忧的郝自强,笑了,好像又回到了那个时候。

"怎么惩罚的你啊?快说。"才旦急了。

"呵呵,团长罚我把掺了水的酒全部喝了。啊呀,掺了水的酒味道淡了,却辣的要命,太不好喝了。"吐尔逊摇了摇头,一副难以忍受的表情。

"这样就算了?"郝自强不放心地追问。

"没呢!看我把酒喝完了,团长说了一句话,就是这句话影响了一辈子,也让我做出了一个决定。"

"说了什么话?别卖关子了,快说吧。我那宝贝弟弟也说不出什么有哲理的话。"才旦对自己的弟弟,倒是很了解。

"团长说,酒是不掺水的好喝,人是诚实的可靠。就这句话,害我做了一个决定,一辈子跟着团长干。"吐尔逊说完,自己先笑了起来。

"这句话倒是还真有道理。来,为这句话喝酒。"才旦举起了茶缸,郝自强和吐尔逊也举了起来,三个茶缸碰在了一起,"咣"的一声。

酒香从帐篷中钻了出来,弥漫着帐篷外粗犷的秋色。草大部分枯黄了,远远望去,天地间一片苍茫。风还在刮着,蓝天白云被遮了看不到了。地面上的生机渐渐褪色,根却牢牢地在地下安家,只等明年春风吹过,照样绿色盎然。

三个男人,在帐篷里边聊天边喝酒,非常惬意。远处机器的轰鸣声丝毫没有干扰他们的兴致。

当然,才旦没忘了自己这次来的目的,他带来了才旦卓玛的一条重要建议:才旦卓玛建议郝自强利用店铺后面的空房,加工毛皮,生产具有大秦省独特风格的毛皮服饰。郝自强答应过几天去考察一下,再做决定。

送走才旦和吐尔逊后,郝自强立刻开始修筑防风墙。这座桥已经接近尾声了,他的营地马上就要东移了,他想在营地东移前,把大棚修补好,把损坏的蔬菜重新补种上,他还有足够的预留薄膜和多余种子。这就要感谢李岩了,她好像预感到了事情不会一帆风顺,特意多采购了一份。

现代化的机械起了关键性的作用,郝自强开着小铲车,很快就平整出了防风墙的地基。混凝土浇筑的墙体也仅需半天就完工了,当然不用浇筑半米厚,那太费材料了。郝自强想了一个好方法,他仅仅浇筑了二十厘米厚,然后在墙体的北面用砂石土做了个斜面,这样既牢固,又节约了材料,还达到了防风的效果。

过了若干年后,郝自强的防护林渐渐发挥了作用,恶劣的大风天气渐渐少了,这道防风墙也渐渐失去了作用。那时的防风墙北面的斜坡已经长满了青草,墙后面是一望无际的果园和树林,防风墙变成了一块纪念碑,刻录着这段历史。当然,这是很久以后的事情了。

郝自强修补完大棚后不久,整个修路的营地也向东迁移了。因为西部最大的桥梁已经竣工,标段内的所有路基已经修筑完毕。刘延全打算在严寒到来前完成所有标段内的桥梁和路基的修筑任务,为明年的顺利通车打好基础。

由于时间紧迫,刘延全又从别的工地抽调了十名工人加入,后勤保障工作又加重了。郝自强想尽各种办法,保证筑路人员吃得饱,吃得好;同时,及时协调各个方面以确保筑路材料按时运达。再加上自己的店铺、大棚,由于整日操劳,郝自强明显消瘦了。

一天早上,郝自强一起床就感到鼻子不透气,头发晕。但他没有告诉别人,坚持着和李录山安排好了早餐。吃过早餐后,又开车去指挥部协调一批物资。

物资的问题刚刚协调好,吐尔逊捎话说才旦卓玛让他尽快去商量生产毛皮服饰的事情,季节不等人。没顾上休息,郝自强决定接着去一趟。

到了店铺的门口,郝自强下了车,一阵头晕,他自己摸了一下头,有点儿烫手。他想找个诊所拿点儿药,才走了几步,就感到天旋地转,倒在了地上。

他模模糊糊地感觉有人走近了,然后就失去了知觉。

第三十一章 海市蜃楼

郝自强独自一人在茫茫的戈壁滩上艰难地向前行走,口渴得要命,嘴唇皲裂得快要流血了;腿肚子发酸,两条腿拉也拉不动;风呼呼地刮着,耳朵和脸被沙粒打得生疼。他费力地眯着眼,前方全都是起伏的沙丘和碎石丘,没有树木,没有人,连只鸟儿也没有。他感到了恐惧,他想大声吆喝,可胸口就像被大石头压着,呼吸不动,声音也被压在喉咙里发不出来。

忽然,前面不远处飘过来一个人影。披肩长发,黄衫绿裙,走近了,郝自强看清楚了,是王小花。心脏咕咚咕咚地狂跳着,郝自强用尽力气大声呼喊王小花的名字,但是人家就好像没听见,头没抬眼没睁地从身边渐渐地远去了。扬起的黄沙遮住了郝自强的眼睛,他用手擦了擦,希望看清王小花远去的方向, 却看见迎面又过来了一个人。瘦弱、娇小,头上居然没有一根头发,光溜溜的像个尼姑。她低着头匆匆赶路,忽然一只恶狼从背后扑向了她,一下子就把她扑倒在地。在那人倒下的一刹那,郝自强看清楚了,是李岩。他不顾一切地扑了过去,用石头驱赶着狼,狼跑了,地上的李岩也已经奄奄一息,郝自强搂着李岩放声大哭……

李岩醒了,一双疲惫的眼睛痛苦地看着面前的郝自强,"哥,我不想死,我舍不得你,舍不得小强,舍不得爸爸妈妈。你一定要救救我。"郝自强看着怀里血肉模糊的李岩,大声地哭喊着"我一定会救你的,你放心吧!我不允许你死,你不准死。""哥,我信你,我一直就信你。"李岩眼里含着幸福的泪水,伸出手轻轻地抚摸着郝自强的脸,郝自强在这抚摸中渐渐地安静下来,呼吸也正常了,漫天的风沙似乎都归于大地,眼前又是一片碧绿的草地……

"哥,哥,哥,你怎么了?"看着病床上不断呻吟的郝自强,才旦卓玛忍不住用手摇了摇。

"哥,你终于醒了。"睁开眼,一张年轻的脸出现在郝自强面前,是才旦卓玛。

"我这是在哪里?"郝自强记得自己倒下的时候应该在店铺的门口。

"这是县医院。那天你在咱家店铺的门口晕倒了,是韩文把你背到这里来的。你都睡了一天一夜了。医生说你是太劳累了,然后得了重感冒,发高烧到了四十度。"才旦卓玛不厌其烦地帮着郝自强把记忆连起来,疲倦的脸有点苍白,显然,她一直在陪床。

"麻烦你了。"郝自强感觉自己好多了,头不晕了,就是还浑身酸痛。

"哥你饿了吧?有热好的奶茶。"才旦卓玛把奶杯端到郝自强的跟前,"喝口吧,我妈妈亲自煮的,很香的。"

"谢谢。"郝自强确实感到饿了,也就不再客气,大口大口地喝着香甜的奶茶。

一个青年推门进来了,一手提着保温桶,一手拎着一个大包。

"哥,这就是韩文,我男朋友。"才旦卓玛边接过韩文手里的包边向郝自强介绍,一脸的自豪。

"郝哥醒了。我让人炖了一只鸡,快趁热吃吧。"韩文一边打着招呼,一边在病床边的椅子上坐下,熟练地开了保温桶,舀了一碗鸡肉放在病床边的小桌上,就准备扶郝自强起来。

身在大秦省边陲,还能喝上鸡汤,吃上鸡肉,也是一种幸福。

郝自强看着这位脸膛微黑、面目和善的青年,心里顿生好感。才旦卓玛是个热情大方的姑娘,和这样的男孩子在一起肯定会幸福。

"谢谢了,我自己起来就行。"郝自强微笑着,坐了起来,"你们也吃吧,都饿了吧?"

病房里已经开着电灯了,郝自强看了一眼窗外,透过朦胧的窗帘,外面的已经暗下去了。

"我都捎着了。"韩文微笑着说,才旦卓玛把提来的一大包东西摊开来,有馕、熟羊肉、袋装的榨菜……一样一样,把病床边的小桌都摆满了。

郝自强吃了一个馕,喝了两碗鸡汤,出了一身汗,感觉好多了。

"小韩不是本地人吧?"闲着没事,郝自强想一起说说话。

"我老家是山东,因为从小喜欢大沙漠,喜欢胡杨树,高考时就报了大秦省大学,毕业后就考到这边来了。"韩文黝黑的脸上带着一丝执着的笑容。

"你也是山东的?太好了,咱俩可是老乡呢!"郝自强一下子坐直了身子,古人都说"他乡遇故知"是人生大喜事,现在老乡见老乡也很令人兴奋,何况在这遥远的大秦省。

"嗯,我听卓玛说过,她还跟着你去过你的老家呢。"韩文是个很稳重的男孩子,说话很慢但铿锵有力,"我们那边比这边繁华,但我更喜欢这里的安静和辽阔。"

"是,我也有和你一样的感觉。这里看起来荒凉一些,但空气好,水好,人也淳朴。"

"对啊！听卓玛说你的蔬菜大棚出名啦？"韩文很兴奋,憨笑着。

"出名算不上,不过确实有不少人来学习。"郝自强谦虚地笑了一下,看来韩文对自己的事情很了解。

提起自己的大棚,郝自强一下子来了精神,现在他又跟着才旦学了一招,搞种植必须得研究自然,研究地质,研究作物的生长规律,不是只有热情就行。前面的四个大棚是碰巧了建在了在合适的地点,否则也会像自己的实验大棚一样,大自然随便开个玩笑就够人受的。

以后遇事要多向身边的人请教,比如才旦"博士";如果再不明白就要上网查阅一下;韩文的学历高,学的知识也多,以后要多和他聊聊。

"书到用时方恨少",说的真是太对了。

"你姊妹几个？家里父母都好吧？"

"都好,我还有两个哥哥,都在老家,照看着父母。"

"弟兄们多了真好。要不你来这么远的地方上学父母也不舍得,更不用说留在这里了。"郝自强整天羡慕姊妹们多的人家,不管有什么事互相有个照应。

"是。当初我高考志愿填这里,就是两个哥哥帮着我做的父母的工作。后来毕业了,我要留在这里,父母也是不大同意,派我哥哥来看了一回,才放心了。也幸亏有我哥哥在身边,要不我还真是不放心他们,毕竟一年比一年老了。"韩文说着说着声音低了一些。

"哥,我给你说说韩文的事吧。"才旦卓玛忽然插上一句。

"说来听听。"郝自强微笑着说,干脆从床上坐起来,身体感到好多了。

旁边的护士把手里的体温计递给了郝自强,"来,量量体温。"

"他在县委工作。"才旦卓玛快言快语地代替韩文回答。

"主要在县中学教书。"韩文笑着补充。

"教书好啊,当老师受人尊重。哎,韩老师教初几?我儿子就在县中学上初二,你教他吗?"护士兴奋地说。

"你儿子叫啥名啊?"才旦卓玛看了一眼韩文,接着问。

"达尼西·阿里木。"

"阿里木很沉稳,又爱思考。"韩文接着说,"是一个好学生,我教的英语每次都得 A,数学也很好。"

"谢谢韩老师,是老师们教得好。"护士听到韩文对儿子的肯定和表扬,很激动。

韩文建议护士给阿里木买几本名著读读,像《三国演义》《水浒传》《西游记》《钢铁是怎样炼成的》,以及鲁迅的书籍,余秋雨的散文等,可以增加孩子的传统文化知识储备量,语文自然而然地就好起来了。

韩文说得很实在,一看就是对学生很了解很上心的好老师。护士连连点头,说周末就去书店给儿子买,惹得三个人不约而同地笑了。

五分钟后,护士看了郝自强从腋窝掏出的体温计。

"36.7 度,不发烧了。注意多喝水,好好休息。"护士嘱咐完了又热情地对韩文和才旦卓玛说,"你们两个可以回去了。今晚我值班,有什么事情我就办了。"两人表示感谢。

护士走后,韩文和才旦卓玛继续陪郝自强说话,又聊了半个多小时,在郝自强的催促下,才旦卓玛和韩文才一起离开了。

躺在病床上,郝自强深深地感到生命的不易。他暗下决心,一定要尽最大努力挽救李岩的生命。

他用手按摩了一会儿太阳穴,又回忆这几年走过的坎坷的道路。从当初的走投无路到现在事业小有成就,仅仅用了不到三年的时间。

看来人生的道路确实难以捉摸,有时候十年二十年都在一个地方踏步走,一旦把握住了机遇,就会有质的飞跃。他又想起了吴宝福、张二锤、马跃、沈美强等人,就是在这些人的帮助下,自己才一步步走到今天的。当然还有王小花。

夜已经深了,休息过来的郝自强难以入睡,听着外面呼呼的风声,又想起了王小花。两个人仿佛已经有了距离,郝自强思考着先前的那个梦,心里一片迷茫。

医院里住院的不多,整个病房只有郝自强一个人,他索性坐了起来。郝自强随身携带的包,才旦卓玛也给他带过来了,他从里面拿出自己那台小小的笔记本电脑,开始策划自己的未来。

在刚才的聊天中,才旦卓玛已经详细地报告了店铺的经营情况,分析了毛皮加工的利润,提出了开新店的设想。

郝自强计算了一下自己的账上的存款,还有五十多万元。他决定把莉亚和乌丽召回来,他要在善泉县开个新店,同时,设立收购点开始收购毛皮。

他还有一个更宏大的打算,就要把蔬菜大棚建遍整个大秦省。他设想,每个县建造二十亩的话,三十多个县要六百多亩,一亩大棚的成本得两万多元,总计一千两百多万元。郝自强看了自己算出来的数字,自己都笑了。他自言自语地说,等有钱以后再说吧。

郝自强感到有些困意,他看了一下时间,已经晚上十一点多了,他关了电脑准备睡觉。小桌上的手机突然响了起来,郝自强一看号码显示是江南的,就赶紧接了起来。

不是王小花的声音,是一个陌生男人打过来的。在确定了接电话的是郝自强后,电话那边换了人,这次是王小花了。

王小花说了几句想念的话后，提到了她借给郝自强的五万块钱。她说，现在缺钱，想让郝自强还给她。

如果是以前，郝自强二话不说立刻就会给她打过去的。自从上次王小花提到自己认识了一个网友后，郝自强有了一丝警惕，他怕王小花上当受骗。现在听到王小花打电话的地方非常吵闹，像个酒吧之类的娱乐场所，郝自强禁不住问王小花现在在什么地方。

王小花说是在一家酒吧里，并且告诉郝自强自己已经离婚了，自由了，现在正和网友在酒吧喝酒唱歌。

"到我这边来吧。我们开始新的生活。"郝自强没有过多地思考，立刻发出了邀请，他希望王小花还是回到以前的样子。

"我不想去。那边是个兔子不拉屎的地方，连个娱乐的地方都没有。我打了多少次好不容易才打通你的电话。我把卡号发给你，你先把钱打给我吧，我要去唱歌了。其他的事以后再说。"王小花说完就挂了电话。

真的没有长久的爱情吗？郝自强有些崩溃了。那些难忘的缠绵，那些海誓山盟，都随着时间的推移而减退，最后消失了吗？郝自强仰面躺在病床上，回忆着两个人一次次的会面，拼命地想记住王小花的音容笑貌。但是，越想记住，却愈加淡了，淡了，最后成了一缕缥缈的影像，飘进了郝自强心里的最深处。

手机又发出了悦耳的铃声，是一条短信。王小花的银行卡号发过来了。郝自强想拨过去问问详细的情况，思考了半天，还是算了，毕竟自己比王小花大了十多岁，人家现在喜欢上了小鲜肉，不想摆自己这根老黄瓜了。于是简短地回了一条短信：收到，明天打款。想了想，又加了四个字：祝你幸福！

怀着满腔落寞,郝自强又迷迷糊糊地睡着了。

这次,他来到了一大片胡杨林里,是自己包下来的那片吗?郝自强觉着像,又觉得不是,毕竟自己包的那片土地还是戈壁荒滩。但在内心深处,这片胡杨林就是自己包下的那片。一条河流从林中穿过,水清澈见底,巴掌长的鱼儿在水里来回游动。河边有一座小小的房子,几只鸡围着房子悠闲地走来走去,房前的小院里,晾着刚洗过的衣服。一个美丽娇小的女人从房子里出来了,手里端着一个装满玉米粒的面瓢,咯咯地唤着院子里的鸡,鸡就都围在了她的身边。这个女人,郝自强非常熟悉,但是隐隐地隔着一层烟雾状的东西,始终看不到女人的脸。

忽然,一条碗口粗的大蛇从房子后面游了出来,张开大口扑向了女人。郝自强顺手捡起了一块石头,扔向了大蛇,接着拿着一根木棍冲了上去。大蛇被赶跑了,女人得救了。郝自强正准备看看这个女人的样子,女人却化作一阵烟雾,不见了。

郝自强感到身后有个影子,一转身,居然是个巨大的骷髅正朝着他嘿嘿地笑着。郝自强禁不住大叫了一声,汗水顺着头发淌了下来,惊醒了,原来是个梦。摸着黑把灯打开,郝自强从床上坐了起来,赶紧用手巾擦了擦满头满脸的汗,心脏"咕咚咕咚"地跳得厉害。

走廊上的灯亮着,偶尔有人走动,可能是护士查房吧。

为什么总是梦到女人?难道是自己太久不近女色的缘故?体内积攒的雄性激素太多了?唉,可能是最近想她们想得太多了。

郝自强苦笑着下了床,去了趟厕所,感到身体已经恢复了,明天就可以出院了吧?

第三十二章 留守

第二天一大早,郝自强就起床了。走廊上空荡荡的,大家都还在休息。他顺着长长的楼梯,慢慢地走到院子里。

医院的院子很大,四周是一排排高大的白桦树和碗口粗的垂柳。白桦树的叶子已经落得差不多了,银白色的铠甲很是漂亮。在老家很少见这种树,郝自强不知不觉地就走到最粗的那棵大树下。摸摸光滑的树皮,看看手上有没有变白,对自己的这个下意识的动作,郝自强感觉很好笑。

"静静的村庄飘着白的雪,阴霾的天空下鸽子飞翔,白桦树刻着那两个名字,他们发誓相爱用尽这一生……她时常听他在枕边呼唤,来吧,亲爱的来这片白桦林,在死的时候她喃喃地说,我来了等着我在那片白桦林。"轻轻哼唱着李彦霖的《白桦林》,郝自强的眼泪模糊了双眼。

一只早起的小鸟晃动了近处的树枝,暗黄的落叶飘落下来,打断了树下人的思路。

郝自强深深地呼了一口气,绕着树转了几圈,活动了一下手脚,看看周围没有人,就在空地上打了一套拳。这套拳是在新兵连学的,都过去十来年了,每次打起来还是轻车熟路,游刃有余。

这时,才旦卓玛和韩文开着郝自强的车过来了。他们看到郝自强正在打拳,就立在车跟前看,直到郝自强打完了,才一起走了过去。

"郝哥的拳呼呼生风,果然是高手啊。"韩文赞叹。

"很长时间没有锻炼了,有的地方都连贯不起来了。麻烦你们了,你们都很忙,一大早的又过来了。"

"刚买的早饭,吃完再去上班耽误不了。"才旦卓玛晃了晃手中一大包东西,笑着说,"算店里开支啊,我只管跑腿。韩文是司机也跟着蹭饭吃啊。"

"必须的,必须的。"面对才旦卓玛的俏皮,郝自强呵呵笑了起来。

"卓玛,关于收购毛皮的事我是这样打算的,我出钱,其他的细节问题,如收购、处理、制作、销售等等,由你全权负责,毕竟你是这儿的人,还有你老爸、同学、老师,这些可都是你的人脉。包括技术员和工人,都由你想办法招聘,工资我付,你管理。照例,咱俩算五五分成,你的同学如果愿意加入,咱们再商量分红的问题。"

"好。我同学要加入就和我分这五成就行。郝哥你这样是不是太吃亏了?"卓玛随她老爸,实在得很。

"就这么定了,好多问题我还没来得及细细地想,有什么问题,等想起来了,咱们再慢慢商量。吃过饭我就去办出院手续,然后去提钱。"

"好的,出院手续叫韩文去吧,他跟医生熟。"

"是,这几天和她们算是混熟了。"韩文笑了,露出一排整齐的白牙。

"你还是那位护士姐姐孩子的老师嘛,好说话。"卓玛倒是记得很清楚。

吃过早饭,韩文真去找了那位护士,仅仅十几分钟就把出院手续办好了。

终于出院了!郝自强长这么大还是头一次在医院里待这么长时间。以前陪着奶奶住院待过三天,可那不是自己生病,也不用自己躺在那里,被一根针拴在一个瓶子上,固定在床上。

他先把韩文和才旦卓玛送下,又到银行给王小花转了账。本来他想给她多转一些,但隐隐感觉王小花近来有些不正常,就只转了五万。现在郝自强的脑子有点乱,他还来不及去细细地思考王小花的问题。

转完账,郝自强又到店铺把自己刚从银行提出的十万元的启动资金给了才旦卓玛,两人就皮毛加工的几个小问题又进行了二次磋商。一切都是从头开始,资金已经到位了,才旦卓玛的专业知识要经受一次实战考验,青年人的创业热情要经历一次真正的锻炼。

才旦卓玛对自己建议的这件事是真上心了,她抽空回到自己的职业学院,向老师认真请教了毛皮的鉴定、处理和制作工艺,把自己的理论和实践中遇到的问题和老师进行了详细的沟通,甚至邀请老师有空到加工厂来指导一下。看到自己的学生如此勤奋,老师可真是高兴,以后还经常出现在自强服饰工厂店的厂房里,成为技术指导,为自强服饰工厂店的发展壮大出了不少力。后来郝自强和这位老师也熟悉起来,成为亦师亦友的好兄弟。随着自强服饰的名气的传播,职业学院的名气也跟着水涨船高。

建设的进度根据刘延全的计划扎扎实实地落实着,修路总指挥部和监理方通过跟进检查,对工程的质量和速度给予充分肯定。刘延全的目标就是在上冻前,完成桥梁主体建设和路基的开挖,等第二年开冻后继续施工。

"胡天八月即飞雪",大秦省的冬天来得好快,仿佛一夜之间,青青的草原就变黄了。早晨,大地披上了一层厚厚的白霜。紧接着几声雁叫,朔风渐起,白雪就席卷了整个大秦省。

修路的机械全部停放在营地里,人员也整理好行装准备回家。刘延全召集全体人员召开会议,安排留守人员。因为如果把机械都运回公司,明年开工时再运回来需要不小的开支。

"离明年开工还有五个月的时间,我计划安排三个班,每班两个人,主要负责机械的维护和保养。第一班一个月,其他两个班两个月。我们先选定第一班人员,大家看看谁愿意留下来。"刘延全宣布,"除了工资照发外,每天每人再补助两百元伙食费,飞机票报销。"

刘延全环视了一下周围,没有一个人应声。是啊,都在工地上忙活了几个月了,早想和家人团聚了。这个时候,物质刺激,显然不大管用。

"我留下吧。顺便照料着咱们的大棚。"郝自强看看沉默的人群大声说。

刘延全满意地看了郝自强一眼,心里很感动。

"郝总会做饭,我留下来跟着吃个好饭。"王宝江轻描淡写地呵呵笑着,其实他是担心停在雪地里的那堆铁疙瘩,机械保养可不是个小事,别人弄他还不放心。

"有你们俩留下,我就放心了。"刘延全高兴地说,本来他打算自己留下的。因为民营企业的所有资产都是老板自己的,所以民营企业的老板对企业的资产那是相当的上心的。

李录山本来打算和郝自强一起留下,但是王宝江先提出来了,他就没再言语。等他把所有的后勤物资和郝自强做了详细的交接后,也跟着大队人马出发了。大队人马一离开,原来熙熙攘攘的营区顿时安静了下来。

"郝总,你只要一天管我三顿饭就行。营区里的事情我自己就处理了,你可以忙你自己的事情。"王宝江不说废话,两句话就把两个人的分工都安排好了。

"两个人的饭好做,这么多机械你一个人怎么忙得过来?我还是给你打打下手吧。顺便也跟你学点技术。"郝自强愿意多干点活,其实也想多和王宝江交流交流。郝自强明白自己虽然是公司的副总,但是和王宝江相比,自己在公司中的地位差远了。

对于郝自强的好意,王宝江没有拒绝,毕竟两个人干总归会快一点儿。员工们都归心似箭,机械的擦拭保养多少有些粗糙。王宝江和郝自强一辆辆重新进行了擦拭保养。郝自强干活从不偷懒,虽然天气很冷,却忙出了一身汗。王宝江看在眼里,对这个不算年轻的年轻人的印象更好了。

本来,公司任命郝自强担任副总经理,他多少还是有些看法的。他一直觉得这项任命主要是因为郝自强在这边有关系,而不是郝自强的管理能力有多强。但是经过这段时间的交往,他越来越佩服刘总的眼光。这也就是他主动参加建桥团队的主要原因。

为了方便,王宝江把自己的宿舍搬到了伙房的东面,和郝自强隔着伙房。现在这方圆几十公里就他们两个人了。还好,在旦正太等人的协调下,电通过来了,不然,这个寒冷的冬天还真是不好过。

虽然是两个人的晚餐,但一样需要用心准备。郝自强炒了一个木须肉,拌了一个蒜泥芸豆,然后做了小半锅羊肉汤。羊肉是施工队撤离前从地方上订购的,每个员工一份,全部处理好了用保鲜袋盛着。郝自强心细,特意给留守的人员留下了几份,这个冬天蛮够了。

还和以前一样,晚餐在伙房吃。把菜盛好了,郝自强用茶杯倒了两杯酒,递给王宝江一杯,自己拿着一杯。郝自强把电暖风的转头朝着王宝江调了调,就在王宝江的对面坐下来。

王宝江很喜欢郝自强带来的白酒,但他不是个健谈的人,像这样两人面对面一起吃饭,感觉有些不自在。他旁边摆着一本厚厚的大书,他边看边吃，郝自强也不好意思说话，两个人默默地喝酒吃菜。酒喝了大半杯了，郝自强忍不住说道："王哥，看的什么书啊，这么上瘾？"

"噢。"王宝江抬起头，把眼睛从书上挪开。看到郝自强满脸含笑地看着他，顿时感到了自己的问题。他有些歉意地笑了笑，托了托老花眼镜，笑着回答说，"曹雪芹的《红楼梦》，四大名著之一。看过电视，但书我没有看过。这次施工，从儿子的书橱里找出来带了过来，就想看看，也算打发时光吧。看了一多半了，写得真好，看上瘾了。你看过没有？如果没看，闲着时也可以拿去看看。"

"我也没有看过，我虽然也算个高中生，可是当时学的是理科，怕是看不懂。你家公子在哪儿高就啊？"

一听郝自强问他儿子的情况，王宝江立刻来了兴致，不过他没有立刻回答，而是先夹了一口菜填到嘴里，然后和郝自强碰了一下杯，等两个人都放下杯后，才仿佛很随意地说："还没参加工作，还在上大学。"

"在哪儿上大学啊？肯定是所好大学。"

"呵呵，大学是不错，清华。不过没有接我的衣钵，学习建筑施工，而是搞了大气污染治理。"王宝江有点遗憾地摇了摇头。

"清华是最好的大学了，大气污染治理是最有前途的学科，来，为了侄子的优秀，干了！"郝自强热情地举杯敬王宝江，王宝江也很爽快地和郝自强喝了杯中酒。

肚子里有了一杯酒，王宝江的话多起来了。在郝自强倒酒的时候，他开始说起他儿子。

"这孩子从小就懂事，那时我常年在外，很少回家，都是他陪着他母亲忙这忙那。这么多年，没用我操心，这小子倒还算可以，一直算比较争脸，直接考上了清华大学，虽然不是我喜欢的专业。嘴上不说，其实我心里很滋,儿子就是咱的骄傲。明年就博士毕业了,听他妈说女朋友也有了,寒假就能领回来让我们看看。"和所有的父亲一样,当面冷着张脸,背后其实比谁都得意。

听着王宝江用骄傲的口气表扬着儿子,郝自强也不禁想起了远在家乡的儿子——小强,自己也没有好好地尽到一个父亲的责任。

夜已经深了,小强还在自己的房间里偷偷地哭泣。他用被子蒙住头,怕隔壁的妈妈听到。虽然李岩极力掩饰自己的病情,但是今天晚上还是暴露了。因为化疗,李岩的头发渐渐脱落了,为了不让儿子知道,她一直戴着假发。晚上洗澡都是等儿子睡了再洗。今天晚上也是,等着儿子睡着了,她才开始洗澡,等洗完出来,却正碰上出来找水喝的小强。看着妈妈光光的头,小强一下子就懵了,他知道这是化疗的结果,他有个同学的妈妈就这样,一年前就死了。这个十二岁的孩子顿时感觉天塌了一样,他不知道该怎么做,眼泪吧嗒吧嗒地掉在地上。李岩慈爱地擦去了儿子的眼泪,笑着安慰这个懂事的小家伙儿。

小强意识到自己不能让妈妈伤心,就强忍住泪水。"妈妈,我没事儿了,你快休息吧!"回到自己的房间,他再也控制不住了。他感到无助,他想给爸爸打个电话,可是手机在妈妈那边。他边想边哭了一会儿,最后决定还是去给爸爸打电话。在他的心里,爸爸是最伟大的。

他擦干了泪水,又到洗手间洗了洗脸,才来到了妈妈的房间。

"妈妈,我用用你的手机,给爸爸打个电话,向他汇报汇报学习的事。"小强毕竟是个孩子,在妈妈面前撒谎,显得有些慌乱,不由自主地摸着自己的后脑勺。

李岩笑了,他知道了儿子的意思。但是她没有点破,只是叮嘱儿子打完电话早点睡觉,明天还要上学。

床头的手机响了，郝自强一看是李岩的号码，吓了一跳，这么晚了，发生了什么事？郝自强赶紧抓起来，是儿子的声音。他耐心地听完了儿子带着哭声的汇报，心里也很难过，但是只能安慰儿子说现在医学水平高了，这种病还是可以治愈的，并且向儿子保证，回去后立刻带着李岩去大医院治疗。儿子满意地挂了电话，郝自强却久久不能平静下来，他恨不能立即长上一双翅膀飞回家去。

李岩的病不能再拖了，回家后一定想办法。可医院里也只是让去定期化疗，哪有什么好办法啊？在灾难面前，人真的很无力。

自从郝自强给打过五万元钱后，王小花就失去了联系。这段时间，郝自强试着给王小花打过几次电话，都是自动回复"你拨打的电话已经关机"。再往后，干脆变成了"你拨打的电话已经欠费停机"。王小花，这个令他魂牵梦绕的女子，现在已经是一只断了线的风筝，从他的手里消失了。联想到王小花近来的种种表现，郝自强基本上就可以推断：王小花已经离他而去了。

"这样也好，只要她幸福就行。"郝自强叹了口气，"这样我就可以全心全意地陪李岩走下去了。"

风吹着板房发出咕咚咕咚的声音，戈壁滩的天气千变万化。中午还温暖如春，到了晚上就零度以下了。郝自强觉得有些冷，他起身找出自己的大衣盖在被子上。看着这件军大衣，郝自强的脑海里浮现出一个温馨的画面：郝自强张开大衣，把娇小的李岩裹在里面，两个人在风雪中变成了一座雕像。这是他的初吻，也是他的初恋！大衣还是那件大衣，人却病了，像一道残阳，不知道何时，就永远地消失在地平线上了。

"王小花去追求自己的幸福了，我祝福她！李岩病了，我不能抛弃她，我要和她复婚，让她在人生的最后时间里不再寂寞，不再难过。"郝自强在寒风呼啸的夜里,做出了最终的决定。他为这个决定感到吃惊,他拉开灯,坐在床上,点起一支烟,反复思考着这个决定。当初和李岩离婚,更多的是因为误解,其实在心里,他还是一直爱她的。中间赵忠娟和王小花的加入,使郝自强一度产生了重新开始自己新生活的念头,但也仅仅是个念头,他清楚其实自己还是希望李岩回头,要不也不会一次一次去关心她。

郝自强看了看表,已经快七点了。这儿还是漫漫长夜,李岩肯定已经起床了。他不再犹豫,直接将电话打过去,他要告诉李岩,他还爱着她,要和她复婚,要陪伴她一辈子……

"你的脸色很难看啊!昨晚没睡好?"第二天一早,王宝江看到郝自强眼圈发黑,关切地问。

"是啊,昨晚儿子打电话过来了。"郝自强的心里话不好意思对王宝江说,只好支吾着。

"你身体素质很好,不过这些日子透支太多了,以后每天早上咱们一起跑跑吧。"王宝江建议。

"好,听你的。"郝自强也觉得自己应该找点事儿干。

两个人穿戴整齐,踏着枯草碎石,迎着猎猎的晨风,向着远处随意跑了起来。勇士不甘寂寞,也跟在他们后面出来了。人声、狗吠声,给戈壁荒滩带来了活力。清冽的风顺着鼻孔钻入肺里,有些刺痛,不过很快就适应了。跑了大约一公里,郝自强感到呼吸急促,有点儿喘不过气来,他想停下来,可是看到年长的王宝江还在前面努力地奔跑,他就咬牙坚持着,渐渐地呼吸顺畅了,脚步也变得轻松起来了。很快,他就和王宝江肩并肩了。

风还在刮着,一轮火红的太阳正从东方喷涌而出。

接下来的日子里,他俩风雨无阻,天天早起锻炼,科学安排生活。不但身体越来越健康,知识也越积累越多,友谊也不断加深。

王宝江在自己的日记中真实地记录了这段生活,有一天他是这样描述的:早上一小时的长跑后,我跟着小郝练拳,小郝是有真功夫的,拳脚生风,让我眼花缭乱。锻炼完后,小郝忙着做早餐,我洗漱后就悠闲地看几页书,背几首唐诗宋词。这时候,我们的勇士(小郝收养的流浪犬)撒着欢在院子里跑来跑去。上午我养护车辆,小郝开车去了东边的大棚,回来时带来了西红柿和黄瓜。中午就吃上了西红柿鸡蛋汤和鲜嫩的蒜泥拌黄瓜。我野外作业二十多年了,就数今年的伙食好。小郝是个不错的人。下午小郝和我一起养护最后一辆机械,明天就可以休息了。今天小郝晚饭后,又有些发呆,听说是他的妻子得了白血病,有空还是多安慰安慰他吧。

一月的时间很快就要过去了,他们期待着回去和家里人团聚。特别是郝自强,早已归心似箭。

第三十三章 复婚

一个月的时间到了，两人拾掇好了包裹准备明天早上撤离。可是直到晚上十点也没见替班人员的踪影。

第二天一大早接到了刘延全的电话，本来安排好的替班人员临时出了状况，刚刚又重新安排的还要过几天才能到，让他们再坚持几天。虽然心里很急，但谁都会有特殊情况。两人照常早起锻炼身体，照常上班，检查机械。

还好，没有让他们久等，电话打过的第四天，替班人员就到了。

"要照顾好菜地啊，还有别忘了喂勇士。"临走前，郝自强再三叮嘱接替人员，本来他想带勇士回家，可是飞机上不让带。王宝江也是一遍一遍嘱咐机械保养绝对不能马虎。

回到县城后，郝自强没有回家，而是直接去了李岩的学校。李岩比上一次见面又消瘦了很多，乳白色的毛呢大衣裹着原本就纤细的小腰，宽大得似戏台上的袍子；腮上的肉也不见了，颧骨高耸，两只眼睛显得特别大。

看见站在门卫旁的郝自强，李岩的心狂跳了几拍，这个高大帅气的男人黑了，却更迷人了。

虽然边上还有很多人，郝自强却丝毫没有犹豫，走上前一把就把李岩紧紧搂在了怀里。这次李岩没有挣扎，顺从地趴在郝自强宽阔的胸膛上，倾听着这个男人的心跳，享受着这个男人带给她的温暖和坚强。

在郝自强的坚持下，两人一起去请了假，然后马不停蹄地来到民政局的结婚登记中心。还是十六年前的那个地方，还是一样的迫不及待，一样的幸福。站在门口，郝自强看着一直微笑的李岩，这个女人和十六年前相比，变化太大了，让人看着心疼。

两本红红的结婚证见证了两个人失而复得的爱情。结婚证上，李岩依偎着郝自强，甜甜地笑着；郝自强的脸上是满足和幸福的微笑，眼里满满的疼爱，在一瞬间达到了永恒！照相时，他握着妻子的手的手一直都没放开，惹得摄影师和李岩哭笑不得。

下午五点三十分，县中心中学放学了。郝小强背着书包低着头慢悠悠地走出教室，因为妈妈的病情不断恶化，郝小强的心情一直不好，他盼着爸爸快点回来，陪着妈妈去大医院好好查查。

钥匙刚伸进锁孔，门就从里面打开了。"爸爸?!"小强的眼睛瞪得滴溜圆，"哎，儿子！"郝自强看着已经比自己矮不了多少的儿子，爷儿俩来了一个大大的拥抱。

"小强回来了？快放下书包准备吃饭！"姥姥闻声从妈妈的卧室里走出来，后面跟着妈妈——今天妈妈打扮得真美，一身红色的毛裙，脸上还化了淡妆，手上居然还戴着好久没有戴的手镯。

"哎，姥姥，姥爷，你们也来了？太好了！耶！"小家伙蹦了一个高，攥着拳头做了个给力的动作，惹得四个大人哈哈大笑起来。其实小强是个很活泼的孩子，在班里属于啥事也往上凑的那种，集体荣誉感很强，办事又稳重，深得同学们和老师们的肯定。

"快去放下书包，准备一下，要去吃饭了。"李岩对着正得意的儿子说。

"是。我早就饿坏了。爸爸你给我捎回来什么好吃的？"小强边往屋里走边问。

"呵呵,还真不少,给你留着呢。待会儿我还有一件大事要宣布。"郝自强神秘地对儿子说。

郝小强快步跑到自己的房间,把书包随手放到书桌上,冲到洗手间,三把两把洗了手、脸,就回到客厅。

"什么事?爸爸,你快说。"小强很好奇到底什么事这么神秘。

郝自强清了清喉咙,看着对面的岳父岳母,很郑重地说道,"爸,妈,经过慎重考虑,我和李岩今天又去民政局领了结婚证。我俩从认识到现在已经整整十六年了,虽然中间有过误会,有过几年的不愉快,但感情一直还在。我知道二老也希望我们继续一起走下去,也请二老放心,我一定好好过日子,好好地对待李岩,让她过得幸福快乐。"

郝自强很自然地抓过李岩的手,"老婆,我郝自强从今往后就是你最强大的后盾,什么都不用怕;我们要把失去的幸福找回来,让咱爸咱妈和儿子放心;常言说'夫妻同心,其利断金',往后的路咱俩一起走,遇沟一起填,遇水一起蹚。"

听着郝自强这发自肺腑的话,李岩的脸上飞起了两片红霞,她眼里含着泪花不住地点头,"嗯,我听你的。"

小强高兴地拍起了巴掌。姥爷的眼圈子早红了,姥姥不停地擦眼泪,为女儿终于有了最后的归宿,为这个家终于又聚在了一起。

"自强,好样的。这么多年我和你妈一直就把你当亲儿子看,就是这几年也没觉出生分来。我就李岩这么一个闺女,只要她过得好,俺俩就啥也不寻思了。现在好了,一家三口又聚到一起了,我和你妈的心也放下了。"李建生说到后面流泪了,小强赶紧拿了张抽纸递给姥爷。

"为了庆祝,今晚上不在家吃了,我们也奢侈一回,去饭店吃一顿。我已经在东来顺酒店订了一个包间。"郝自强先站了起来,李岩也跟着站了起来,看到李岩脸上甜甜的笑容,像三月的桃花,他的心醉了,心跳得厉害,仿佛回到了十四年前那个明媚的春天,当他第一次见到这个美丽的姑娘时,也是这样的笑容。他想捧起这张脸,把自己火热的嘴唇贴在上面,把自己融化在这如花的笑容里。

"盯着我看什么啊?爸妈和小强都出去了,咱们也快走吧。"李岩轻轻地说,就准备挽了郝自强去饭店。

听了李岩的话,郝自强仿佛从梦里醒来,他禁不住伸出双手,把妻子搂在怀里,俯下头,火热的嘴唇吻向那朵鲜艳的花朵。李岩也伸出手环住了郝自强的脖颈,扬起脸,微闭了眼睛。现在天地之间只剩下他们两个,两片嘴唇紧紧贴在了一起。

激吻过后,两个人紧紧地搂抱在一起,两个人都没有说话,就那么紧紧地抱着,倾听着对方的心跳,干涸的心田终于迎来了一场爱的大雨,滋润了,也舒展了。

不知道过了多久,也许就一分钟,两个人相互挽着手,下了楼。已是深冬,墙角的五行草已经完全枯萎了,但是它的种子早已散落到了四面八方,等到明年春风吹过,满院子都是它的后代。小花圃里的菊花已经凋零,但仍然在寒风中顽强地挺立着。

小强和姥爷姥姥正在前面慢慢地走着等他们,小强搂着姥娘的肩膀,正在嘀嘀咕咕地说着什么,惹得姥姥一个劲儿地笑。姥爷两手插在口袋里走得很悠闲,稍微有点儿驼背但不影响其健硕的身材。

冬日的阳光来去匆匆,每天早晨很晚才上班,下午又早早地下班了。一家人在最后一缕阳光的照耀下,走进了酒店。

李岩建议说喝点酒,郝自强就要了一瓶白酒和一瓶红酒,自己和岳父喝白酒,李岩和母亲喝红酒,小强自己去柜台选了一罐可乐饮料。

一家人高高兴兴地一起举杯庆祝。

面对一桌子好菜,小强放开肚皮大吃起来,只见他一手拿了一条鸡腿,又盯着那盘红烧鲤鱼下了筷子。一家人看着小强的不雅吃相,都呵呵笑了起来。

饭后,李建生和老伴要回自己的家,小强也说很久没有到姥姥家去住了,现在爸爸回来了,今晚就去姥姥家住,征得妈妈的同意后就跟着姥爷姥姥走了。这孩子从小就在姥娘姥爷的身边长大,这段时间为了陪妈妈一直在家里住。今晚可好了,终于可以到姥姥家住了,姥姥家离着学校近不用早起床。

郝自强拥着李岩慢慢走回家去。

"我很高兴,还可以做你的妻子。"李岩靠着郝自强宽广的肩膀,手放在郝自强的口袋里,大手攥着小手。

"我也没想到咱俩还能走到一起。不过现在好了,你又是我的老婆了。老婆,咱们三口再也不分开了。"

"嗯,不分开了。我要好好地活着,看着儿子长大。"李岩的心里默默地说着。

冬夜里大街上没有几个人,橘红色的路灯寂寥地在大树下画着圈圈,偶尔路过的行人似乎搅了它的兴致,生气得把人家的影子摁成薄薄的饼子。

小两口慢慢走过来,老远看去,像是一个人。

"不在一起后,我倒是经常梦到你。"李岩轻轻地说,

"我也是。"郝自强说着,把口袋里的小手攥得更紧了。

今年是个暖冬,屋里的暖气也很给力。浴室里传来哗哗的流水声,郝自强早就洗完了,躺在床上。以前也都是这样,郝自强先洗,再是儿

子,李岩最后洗,接着把洗手间打扫一遍,脏衣服放在洗衣机里洗着。

"把睡衣拿给我。"李岩吆喝郝自强。

"噢。"郝自强穿着睡衣,拿了李岩的睡衣往外走。

李岩站在浴室门口,刚刚洗过的肌肤如雪一样白。

"你别感冒了。"郝自强赶紧把睡衣给李岩披上。

"抱着我上床。"李岩吐气如兰,迷离的目光看着有些微醺的郝自强。

郝自强轻轻抱起李岩,李岩瘦得厉害,身子轻飘飘的像一片落叶。郝自强心里一痛,这是一位生病的天使,自己必须好好呵护着她。李岩枕着郝自强的一只胳膊,两个人静静地互相看着。

"还记得那个下大雨的夜晚吗?"郝自强轻轻地问,用手拍着李岩的后背。

"记得,永远忘不了。"不知是酒精的作用,还是因为激动,李岩的脸绯红,她伸出手抚摸着郝自强宽阔的胸膛,喃喃地说,"那晚下大雨,我回不去了,就留在了你的小床上。那时,我多么年轻,现在老了。"

"你不老,永远都不老。"郝自强不让李岩说下去,用滚烫的嘴唇堵住了她的小嘴。

两颗心剧烈地跳动了起来,两个人的世界是美妙的。

李岩沉沉地睡着了,爱支撑着她的狂热,但是毕竟身体有病,虚弱的她很快就被睡神俘虏了。郝自强支起身子,久久地看着甜甜睡去的妻子,假发套从头上脱落了,稀疏的头发已经遮不住青白的头皮。郝自强叹了一口气,泪水溢满了眼眶。

他仔细地给妻子掖好了被角,然后在她身边躺了下来。临睡前,他想起了闲聊时王宝江曾经提起过县城南面有位很有名的老中医,已经治愈了很多疑似癌症。明天他要陪妻子去看看。

"你看见我的光头了？"早上李岩醒来,看到自己的假发套歪到一边。

"你还怕我看,你什么地方我没见过啊。"郝自强笑着说,一脸的暧昧,"起来吃饭了。"

"讨厌。帮我把衣服拿过来,我要穿衣服。"

"好的。"郝自强先用手把李岩的假发戴正了,又回头取了衣服递给她。

"西医的副作用太大了,中医咱也要试试。我听说县城南面有一位姓程的老中医很厉害,今天有空咱一块去看看吧。"

"听你的。"李岩伸了下懒腰。

今天是周末,李岩不用急火着去上班。

"很长时间没吃你做的早餐了。真好吃。"

"以后天天做给你吃。"

"说话算话啊!"

"肯定的。"

李岩手脚麻利地收拾好了碗筷,把厨房也打扫了一遍。

"我给你捶捶腰？"郝自强看出了妻子的疲劳。

"好啊。"李岩愉快地趴在沙发上等着郝自强。

"真舒服,谢谢你,老公。"李岩幸福地说。

"跟老公还这么客气。待会儿你打扮打扮,我们先一起到店铺去看看,好长时间没过去了,有些事情我得当面交代一下。然后开着我们的面包车去找那位程医生。"

"那个店铺我还一次也没有去过。"

"以后,你要常去,那是我们的产业。特别是我不在家的时候,你要勤去看看,盯着点。"

"我真想好好地帮你一把,就怕我这身子骨不争气,这几天我感到浑身发懒,什么事也不想干。"

"很快就会好起来的。"郝自强一句一句地安慰李岩。

等李岩打扮好了,两个人锁了门,打的去了东店铺。

在店铺里,李岩受到了员工的热烈欢迎。当郝自强向大家介绍李岩就是他的妻子时,王文荣等人争相夸赞,说嫂子有气质,长得好看。对于郝自强的过去,员工们多多少少探听到了一些信息。王小花和郝自强的关系,她们也隐约感觉出来了。毕竟都是些年轻女孩子,对感情的事儿敏感。李岩的出现,让员工们的好奇心又加重了几分。

"以后,我不在的时候,有什么事情,你们可以直接对我妻子说,这是我妻子的电话号码,大家记一下。"郝自强这样做,实际上等于正式把店铺的管理权交给了李岩。

李岩心里很感动,通过这件事已经看出郝自强对自己是真心实意的。

郝自强处理了店里的一些事情后,就开了面包车,拉着李岩去了王宝江说的那家中医馆。

医馆不大,一张诊断桌,一张排椅,一个方凳。最显眼的是西面靠墙的一大排药橱,从南到北满满的一大趟。每个药橱都有密密麻麻的小抽屉,每个小抽屉上都写着二到三味中药的药名。药橱已经有些褪色,露出了暗红的底纹,显然有些年岁了。

东面靠墙的排椅上已经有五六个病号坐在那里排队。一位戴着眼镜,年纪在六十上下的医生正在为坐在方凳上的一名病人把脉。不用说这位就是大名鼎鼎的中医师程素问了。

郝自强和李岩站在边上等着,看着程医生诊断、分析、开药方,助手用一杆小秤抓药,病人带着希望的笑容离开。李岩看看郝自强,后者一直很认真地听着医生的分析,就像认真听讲的学生,让人不忍心打断他。

过了一个多小时,终于轮到李岩了。医生仔细地把了李岩的脉,看了舌苔,长叹了一口气,他摘下眼镜用布擦了一下,又戴上。考虑了一会儿才对郝自强说:"恕我直言,你夫人肝脏不好,血不归经,脾胃虚弱,西医称为白血病。还在医院放疗化疗过了。我说的可对?"

"对对,太对了,请医生给看看该如何治疗。"郝自强诚恳地哀求医生。

"有些晚了,放疗化疗对身体杀伐太大,特别对于像尊夫人这样的身体虚弱之人更是有百害而无一利。助阳益气,养血祛瘀才是上法。我给你开个方子,以牛膝、熟地、黄芪等为君,白芍、红花、当归等为臣,佐以附子、川芎、木瓜等,即使不能治愈,也可延长寿命。现在也只能这样了。"程医生叹了口气,一副惋惜的表情。

"先生还有什么妙法?恳请先生施救。"郝自强像是抓到了一根救命稻草,继续哀求着。

"先抓十服试试,十天以后再来。"程医生淡淡地说。

李岩心里倒是平静得很,癌症就是绝症,哪有治愈的例子?要不是郝自强坚决要来,她又不愿让郝自强担心,这十服药也没必要试试。

"程医生没有拒绝,就是有希望。"在回去的路上,郝自强安慰李岩。

"只要有你陪着,就算现在死了也无憾了。"

"别乱说,会好起来的。咱们这就回去熬药。"

把车停在楼下,郝自强抱着那十包中药,像抱着满满的希望。

第三十四章 又到春节时

熬药得小火慢炖，既不能糊了锅又不能溢出来。

郝自强站在厨房里守着炉子，已经过去一个多小时了，药罐子里的汤已经又换过一遍了。按照医生的嘱咐，每服药都得熬三遍，把三遍药汤掺在一起再加热，这样三碗药汤的浓度相同，药效一样。

厨房里弥漫着浓浓的中药味，抽烟机呼呼地工作却依旧于事无补。

终于可以了，用大碗盛好了，郝自强轻轻地端到客厅里，李岩在沙发上睡着了，身上盖着郝自强的大衣。看来昨晚累得不轻。

试试药碗温度差不多了，郝自强把李岩叫起来。

"好了？不知道怎么就睡着了！"

"累了就睡会儿。先把药喝了。"

"嗯。谢谢老公。"

药闻起来带着甜味实际上很苦，李岩喝了一口皱着眉头咽了下去。看着李岩苦得摇头，郝自强连忙找来冰糖让李岩含在嘴里。

李岩摇摇头，医生不让加糖自有他的道理。要是这点儿苦自己都吃不了，还怎么陪儿子，陪老公。看看对面盯着自己的丈夫，头上的汗珠都没来得及擦，辛辛苦苦一个半小时就为了自己能喝下去，能好起来，虽然希望很渺茫。为了丈夫的这份心，再苦也要喝。

"咋了？"郝自强问端着碗不动的李岩。

"没咋。你去擦擦汗吧，我一定喝。"

"嗯,中药要趁热喝。"郝自强说着站起来进了洗手间。

李岩果断地端起碗一口气喝了个干净,连碗底的药渣也一起冲冲喝了。每一口都是希望,不能浪费。

十天过去了,三十碗苦水,李岩也全部喝完了。

程医生静静地给李岩把了脉,点了点头,没有说什么,只是默默地又开了药方,吩咐助手抓了十天的药。

二十天过去了,程医生还是默默地先给李岩把了脉,然后吩咐助手又抓了十天的药。等程医生开好了方子,助手在抓药的时候,郝自强忍不住问:"先生,病情好点了吗?"

"从脉象上看,比以前强了一点。但是,还没有从根本上控制住。不过正在向好的方面发展。这次我又加了一味药,希望能有帮助。"

有了程医生的这句话,郝自强心里一下子亮堂了许多,李岩也很高兴。两个人拎着十包药心情愉快地回家了。

腊月二十七,郝自强和李岩来取第五个疗程的药。现在的李岩比以前有了明显的变化,脸红润了,身上也有劲儿了。

为了感谢程医生,郝自强特意准备了一个一万元的红包和两瓶好酒。等程医生照例开好方子后,郝自强赶紧拿出礼物递给程医生。

"这是干什么?我从不收人家的礼物。"程医生很不客气地拒绝了。

"这是我们夫妻俩的一点心意,没别的意思。"郝自强非常诚恳地再三请求程医生收下。

"这样吧。酒我收下,红包你拿回去。"程医生看出了郝自强的诚意,算是后退了一步。

"郝老弟,你这样实在让我很有压力。令夫人的病我定当竭力而为。"

"谢谢程医生。"

李岩的心情也大好。

"今年我们可得好好过个年了。"整理了一下自己的假发,李岩笑着说。

"今年我们到父母家去过吧,两个老人肯定很高兴。大家在一起也热闹。"郝自强提议。

"肯定高兴,咱爸说了好几次了。我怕你不愿意,没好意思说,你倒是替我说出来了。"李岩伸出手摸了一下郝自强的脸算是奖励。郝自强趁势握住了李岩的小手亲了一下。

"好好开车吧。绿灯亮了。"

郝自强呵呵一笑,一踩油门,车子平稳向前。

对郝自强来说今年是忙碌的一年,但也是丰收的一年。四个服装店生意兴隆,就连开业最晚的善泉县分店也在短短几个月里带来了近五万元的利润;自己从一名服装店个体户一跃成为县里有名的民营企业的副总;开始在几十平方公里的戈壁滩上种树,还建起了蔬菜大棚;最让郝自强高兴的是和李岩复婚了,自己又有了一个完整的家。

当然,郝自强心里也隐藏着些许遗憾,原来一直期待的和王小花的恋情,还时不时地从心底冒出来,让他痛苦一番。

这几天郝自强很忙碌。首先要安排好自己店铺的员工如何放年假,自己一年到头没怎么在店里,但是两个店铺都被员工打理得井井有条,他必须好好感谢全体员工的付出。腊月二十九的下午,他把全体员工集合到东店里,召开了总结表彰会。郝自强简单总结了一年来两个店的业绩和员工的表现,对各位员工的付出表示感谢,特别是王桂荣和张文珍。按照当初的约定,郝自强提前把红利算好了,分别装在大红包里,由李岩亲自发到每个人的手里。王桂荣六万,张文珍四万四……就连最普通的员工也拿到了近一万元的分红。全部是现金，一色的崭新的人民币大票，发着淡淡的香味。另外，郝自强又给每位员工一份价值五百元的年货。

表彰会结束，郝自强单独留下王桂荣和张文珍，讨论部署了明年的工作。临走时，又送给两人每人三千元的购物卡，算是另外的答谢。王桂荣和张文珍说什么也不要，今天郝自强发给她们的东西已经很多了。李岩坚持让她们拿着，以后店铺还得仰仗这两个女孩子操心，毕竟自己是个门外汉。郝自强很高兴李岩能接着进入角色。

大秦省那边，郝自强安排才旦卓玛全权处理。

当这些事情处理完了后，郝自强又参加了汇成筑路公司的年度工作总结大会。郝自强也通过参加这个大会对这个公司有了一个全面的了解。

汇成筑路公司，注册资金三个亿，共有三个股东。分别是：刘延全控股百分之六十，是董事长；谢顺利和张喜亮各百分之二十，是董事。对公司的管理主要由总经理刘延全负责，下设三个副总经理分别是谢顺利、张喜亮和郝自强。另有设计、施工、财务等下属部门，共有员工一百二十人。

谢顺利个子不高，矮矮壮壮的；张喜亮高高瘦瘦，脸上始终挂着笑容。当刘延全把郝自强介绍给两个人时，他们都热情地过来和郝自强握手。

参加会议的人不是很多，郝自强数了数，除了自己和三个股东外，还有八个人。其中鹿联正和王宝江郝自强认识，财务总监陈红旭也见过面，其他五人郝自强不认识。

"开会前，先请我们的新副总郝自强先生做个自我介绍。"刘延全带头鼓掌,其他人也跟着鼓掌欢迎。

郝自强没有准备,只好站起来临场发挥。他理了理思路,很谦逊地说:"我以前是个下岗工人,下岗后收过废品,送过大桶水,也打过短工。机缘巧合加入汇成,跟着刘总、鹿工和王工学了不少知识,积累了不少经验。承蒙刘总和董事会的重用,提拔我担任副总经理,我心里很惶恐,怕承担不了这么重要的岗位,希望大家多多指教。谢谢。"

大家又一次鼓掌。

刘延全又把其他的人员和郝自强一一做了介绍,然后开始进入会议主题。会议内容主要有三项:一是陈红旭汇报了一年来的财务状况,接着宣布了中层人员的年金;二是研究员工春节福利发放问题;三是部署明年的工作。

就是在这次会议上,郝自强被任命为大秦省项目部经理,在鹿联正和王宝江配合下,独立开展工作;刘延全将把精力用到新项目的洽谈和统筹规划上。这副担子对于郝自强来说确实不轻,但是他很坚定地接受了任命,表示坚决完成任务。

当然,这项任命的后面,还有一项任务:正月初四,和李录山去接替值班的兄弟。

会议结束后,郝自强没有等着留下聚餐,他要多陪陪家里人。刘延全明白郝自强的意思,也就没有挽留,吩咐陈红旭把年金和年货给郝自强。

"郝总,这是你的年金四十万,你点点。"陈红旭把一个红色的手提袋递给了郝自强。"年货我已经叫人装到你的车上了。"

"谢谢了。"郝自强没有点——这么多钱也没法一张一张清点,提了手提袋就出去了。

当面包车驶出了公司的大门,郝自强看看还不到十一点,就决定去看看吴宝福。说起来惭愧,自从夏天匆匆见了一面后,就再也没有和吴宝福聚聚。虽然自己也回来过好几次,但是一直忙自己的事情,把吴宝福有些忽略了。其实,在郝自强的内心深处,吴宝福就是大哥,就是最亲近的人了。

人往往都是这样,最亲的人却不能经常在一起,不是亲近的人却时常觥筹交错。

来到吴宝福家时,已经接近中午了。推门进去,吴宝福两口子正在吃午饭。看到郝自强进来了,两口子赶紧站了起来。

"快坐下,再让你嫂子炒两个菜,我们哥俩喝几杯。"吴宝福高兴地用那只好手招呼郝自强坐下。

"我车上还有点东西,先卸下来再坐。"郝自强看到老两口的饭桌上仅有一碗炒大白菜,心里一酸,赶紧出去搬东西。他决定把公司发的年货还有原先的一箱白酒全部送给吴宝福。

"大兄弟,别搬了,太多了。"吴大嫂看着郝自强从车上卸下了七八样礼物,赶紧阻止。

"嫂子,这是我的一点心意,快往家搬,我急着尝嫂子做的菜呢。"郝自强笑着,坚持和吴大嫂一起把礼物搬进去。

"老头子,今年过年咱可宽快了。大兄弟搬了一个商店来。"吴大嫂高声对吴宝福说着,就去准备下酒菜了。

"怎么没有看见晓杰?他们应该早放假了吧。"

"嗨,这孩子,自从放假回来就没闲着,忙着给村里孩子补习功课去呢。这会儿了也快回来了吧。兄弟你现在在大秦省的活很好吧?"

郝自强把这半年多来的事情详详细细地告诉了吴宝福,特别把自已担任项目经理的喜讯也说出来和吴宝福分享。然后，又关切地问了吴宝福的近况。

"唉，少了一只手，出去打工是不行了。现在和你嫂子种点地，一年挣个三千五千的，勉强糊口吧。"吴宝福叹了口气，看得出生活很不如意。

郝自强免不了安慰师兄几句。两人正聊着天，吴大嫂开始上菜了。临近除夕了，家家户户都准备了几样现成菜肴。吴大嫂家也不例外，炸丸子、炸鱼、蒸鸡，还有辣丝子，一共四样。

吴宝福特意进屋找了瓶好酒，郝自强赶紧接过来开了，给师兄和自己倒满，两兄弟边吃边聊。

这时高高瘦瘦的吴晓杰回来了。这个大一学生穿着一件旧面包服，一条深色的牛仔裤（还是在店里干活时穿的那条），不过神色很好。

"叔叔好！"见了郝自强，吴晓杰含笑问好。

"好好，过来喝点酒。"郝自强招呼着吴晓杰。

"你叔来了，来，一块喝点吧。"吴宝福也招呼儿子。

"我先到厨房看看妈还有什么活没。"吴晓杰客气地打了个招呼，就去了厨房。

"这孩子懂事，来师兄，敬你一个。"郝自强端起酒杯和吴宝福碰杯。吴宝福看着儿子的背影，幸福地笑着。

吴大嫂又拌了个猪头肉，炒了三盘热菜，凑齐了八个盘。就和儿子一起上了桌。在他们这儿，有个古老的风俗，家里来了客人，妇女和孩子是不能上桌吃饭的，除非是最亲近的人。现在虽然早就改了，但是也只是在边上吃饭，话是不能多说的。

吴大嫂是个快言快语的人，不管吴宝福和儿子的暗示，毫不保留地把眼下的困境说了出来。自从吴宝福残废了以后，就靠几亩地和给人加工点活过日子，一年收入不了几个钱，如果不是郝自强，是供应不起一个大学生的。

看到这一家人的现状，郝自强心里有了一个想法。他试探着说："大秦省那边倒是需要人，只是环境比较恶劣。"

"你带我们去吧，我们不怕，只要能多挣点钱就行。"不等吴宝福说话，吴大嫂就抢着表态。

"兄弟，别听你嫂子的。我是个废人，干不了什么活。她就是一老娘们也没什么本事。你别为难，来喝酒。"吴宝福苦笑着，端起杯子招呼郝自强喝酒。

"做做饭，料理一下菜园应该可以吧。"郝自强笑着说。

"这个事儿可以。我也料理过菜园，咱村里第一个大棚就是我用下脚料搭起来的。"一听郝自强说了具体的工作，吴宝福立刻来了信心。

"好，就这么定了，我们夫妻俩跟着你去大秦省，什么时候动身？"吴大嫂很性急。

"我正月初四就要出发，你们和我一起太仓促，晓杰还在家，可以过几天再去。"郝自强思考着说。

"我们和你一起去。晓杰说过了年就去同学处，他同学的父亲开了个厂子，说好了去打几天零工。"吴大嫂坚定地说。吴晓杰也点头表示事情的真实性。穷人家的孩子懂事早，知道父母的艰辛，能减轻一点父母的负担，就尽量减轻一点吧。

"那么，初四我来接你们吧，顺便把晓杰送上车。"郝自强看到吴宝福没有反对，就下了决心。

"我们的工资是多少？"吴大嫂不放心，问道。

郝自强知道自己当了项目经理后,工地只需要加一名厨师。他决定自己出钱雇用师兄,让他看护树林等自己的事情。他思考了一会,说:"管吃住,每人每月四千元。"

"哪有这么高?你才当上经理别犯错误啊。如果是照顾我们,我们就不去了。"吴宝福一听工资超出自己想法太多,怕郝自强犯错误,赶紧提出异议。

"那边条件艰苦,工资相对较高。"郝自强笑着解释。

"噢,这样我们就跟着你去。"吴宝福释然了。

一家人高高兴兴吃完饭,又说了会闲话。郝自强感到体内的酒精消耗得差不多了,就告辞回去了。在回去前,细心的郝自强先给老两口预支了三个月的工资,又给了吴晓杰一千元的红包。

"叔有件外套太瘦了,你穿着应该可以,送给你吧。"郝自强记起车上有件外套样品,是才旦卓玛她们设计生产留给他的,就找了出来递给了吴晓杰。

"谢谢叔叔。"吴晓杰没有推辞,他知道自己的这个叔叔是真心实意的。

噼噼啪啪的爆竹声响了起来,一年一度的春节拉开了帷幕。

这个春节,郝自强过得幸福、忙碌。店铺的、公司的员工纷纷通过电话、亲自到访等方式表达着自己的祝福。鹿联正和王宝强也在大年初一的下午联袂过来了,这让郝自强有些受宠若惊,赶紧亲自安排酒菜招待。

夜深人静后,他看着身边安详睡着的李岩,他不由得想起了远方的王小花。在这个醉人的夜里,她在干什么?她还会不会想起他?

隔壁李建生和他的老伴也没有睡,他们正在小声交谈。这老两口现在非常满意,女婿和女儿和好了,外孙活泼可爱。家里又不缺钱,郝自强刚刚给了他们六万元,不要都不行。除夕晚上和李建勋通了电话,知道李建勋又升了职,还说有空接他们去住几天。最让他们担心的女儿李岩的病,这段时间在郝自强的精心呵护下,也有了明显的起色。

"好啊,真好! 我们也能过几天好日子了。"李建生满意地说。

"睡吧。这么晚了。别让孩子们听着。"老伴用手捅了李建生一下,两个人就不说话了。

夜,满是繁星的夜!

新的一年即将开始了。

第三十五章　谗言

启程前,郝自强又带了厚礼去了一趟程医生家。

他打心眼里想治好李岩的病。

只要能治好李岩的病他花多少钱受多少苦也不在乎。

诊所里照旧人满为患,郝自强安静地坐在一边,看程素问问诊。因为比较熟了,在看病的间隙,程素问就和郝自强闲谈几句,闲谈的内容当然离不开中医、中药。郝自强原先对中医一窍不通,为了李岩的病,为了能和程素问说上话,他特意买了一本《中医基础知识》,恶补了几天,算是懂了一点皮毛。

感觉到郝自强的用心,程医生很感动,破例让老伴整几个菜,留郝自强一起喝几杯。郝自强也很感动,像程医生这样的老中医能把自己当朋友,应算是一件幸事。透过程医生真诚的眼神,郝自强仿佛看到了希望。

"老夫行医五十年,看过各种各样的病,也见过形形色色的人。"一杯酒入肚,程医生脸色微红,看到身边恭敬谦逊的郝自强,打开了话匣子。

"实话和你说,郝老弟,我不但会看病,还会相人。中医讲究望闻问切,这个望,就是看、就是相人。既可以相病情,也可以相运势,不管是看病,还是相人,总归不离五行之说——"程医生正说得起劲,厨房里的老伴发话了,"老头子,喝多了?说看病行,别把你那风水面相的乱七八糟的事情和客人讲。"

"呵呵,这位客人不一般。这个县城里,我接触的人没有一万,也有八千吧。像客人——啊,应该叫郝先生这样的面相的还不多见。所以,必须说说,你炒菜就行了,不要多嘴。"

"叫我小郝就行。程老你说我媳妇的病能治好吗?"郝自强干脆连称呼都改了。

"你媳妇的事等会儿再说,先说你吧。就面相来看,你命里该当有两子一女,在这个年代,还是少见的啊。你看可对?"

"我只有一个儿子啊!"郝自强很是吃惊。

"只有一个儿子?不对啊,你应该还有一子一女。我用这个方法看了很多人,无一差错。"程医生坚持自己的观点。

"难道王小花的孩子是——"郝自强心里突然一怔,回想起王小花说过的话,又在心里默念了一会,有些恍然了。不用说,王小花的孩子可能是自己的了。但是,还不对啊?郝自强红了脸,又不好向程医生说明什么,只好低着头装着夹菜。

"来,再让我看看你的手相,索性咱再迷信一次吧。"程素问也不管郝自强乐意不乐意,就拿起郝自强的手,左右两只都仔细地看了一遍。

"呵呵,老夫提醒你一下。这一儿一女年纪都不大。不说了,你自己回去体会吧。"程素问看着红了脸的郝自强,坚信自己说对了,也就不再追问,夹起一颗花生米,轻松地填进嘴巴里。

郝自强有点尴尬地也夹了口菜填到嘴里,慢慢嚼着。

"唉,你夫人很难和你白头偕老啊。本来根基就不牢,这些年又受了些夹板气,导致元气大伤。"程医生叹了口气,转了话题。

"请程老想想办法。"郝自强的话语里带着哭音。

"天命不可违。我也只有固本培元,延缓病情,实在不可根治了。不过你也不必过于悲伤,我至少可以延长其三五年寿命。倒是你,将有一个坎啊,这也是我留下你的主要原因。"

郝自强听了程医生的话,半信半疑。

"你一看就是个诚实之人,我也就不瞒你了。你目前事业很是顺利,但是到了今年春上,你要谨慎投资,最好是不投资。还有一个要注意锻炼身体,注意安全。如果能过了这个坎,你会有大的发展,前程不可限量。

自古善有善报,恶有恶报。不是迷信,至少是心理的作用吧。多做善事还是好啊。"程素问轻轻地说着,似自言自语,又似是有意指点迷津。

"谢谢,我记住了。"郝自强答应着。听说李岩的病不能治愈,自己以后还有坎,郝自强心里很沉重。

程医生看出了郝自强隐藏在心里的痛苦,劝解道:"人生本就是苦旅,只要你快乐面对,苦和快乐一样有意思啊。当年我也不是一帆风顺,也颇多挫折啊。"

"不要说些疯疯癫癫的话,来,和客人尝尝我做的榨菜肉丝汤。"程医生正要谈自己的挫折,他的老伴——一位面貌慈祥的老妇人,端上了一盆热气腾腾的汤菜。

"且住。榨菜者,素也,五行属阴;肉丝者,荤也,五行属阳。用刀切成丝,以相交。阴阳交会,否极泰来。小兄弟日后必可验证。"程医生说完,神色大好,给郝自强舀了一碗汤,待郝自强喝了,竟举手送客。

异人自行事无常,郝自强也不怪,就和程医生作别,回家去了。

明天郝自强就要出发了,小强和妈妈在家里等着爸爸。说实在的,这两个月,是郝小强最幸福的时候。白天回家就能吃上爸爸做的好饭,还能一起打打篮球;晚上做作业,妈妈就坐在旁边看书,不会的问题可以随时问一下,妈妈一定会提出一些参考意见。

主要是妈妈的身体正渐渐好起来,脸色好看了,也爱笑了。爸爸对妈妈可是真好:一天三次亲自熬药不说,三顿饭变着花样做,都是妈妈喜欢吃的。还有晚上看电视,妈妈就喜欢紧靠着爸爸,两人的小动作以为我看不到吗?

明天爸爸就要出发了,一去就是几个月,小强心里很舍不得。但是他知道,爸爸是去工作,去挣钱维持这个家。

晚上九点多点儿,郝小强就去睡觉了,他知道爸爸妈妈还有很多很多话要说。

冲了个热水澡,郝自强和李岩一起回到了自己的房间。

"这张卡里有三十万,密码是我们一家三口的生日。你收起来。"郝自强把一张银行卡递给了妻子。

"我用不了那么多,你做生意需要本钱。"李岩不接。

"这是我们的应急钱,父母年纪都大了,万一有个什么事,我不在身边,有了这些钱,你也能应付一下。"

"好,我收着。睡吧。"

"明天一早我就去把咱爸和咱妈接过来,全家人在一起,也好有个照应,我在那边也放心。"

"嗯,听你的。要不我和小强搬到咱妈那边去住吧,儿子上学还近。"

"也行。不过这样你上班就远点了。"

"我骑着电瓶车呢。没事儿。"

"那你自己小心点儿,一定注意安全。"

"嗯。"李岩把身子窝在郝自强的怀里，使劲闻着。

"咋了？"

"没咋？让我好好闻闻你的味道，一走那么久，我怕忘了。"

"嗯，闻吧！"郝自强双手紧紧搂着李岩的身体，李岩闭了眼睛，她多么想让时间就这么停住，让她就这样待在这个男人的怀抱里。

不知是哪个俏皮的孩子，在楼下燃放了一枚鞭炮，"啪"的一声。

"别着了凉，到床上去吧。"郝自强回过神来，挽着妻子在床沿上坐下，温柔地替她伸开被子，看着李岩像只小猫一样钻进被窝。

"快进来，好冷。"李岩夸张地对郝自强说，眼里一丝妩媚。

"来了。"郝自强开了床头的小灯，关了室内的大灯，飞快地钻进了属于两个人的被窝。

"今天我感觉很好。"李岩在郝自强耳边轻轻地说。

郝自强当然明白妻子的意思，但是他知道妻子的病情，只是搂紧妻子轻轻地说，"等你再好点着，只要能够这样搂着你我就满足了。来日方长，程医生特意叮嘱了。"

"那你亲亲我。"李岩说着，昂着头努着嘴。郝自强抬起上身，温柔地吻着妻子，脸、嘴、鼻子、耳朵，滑而细腻的肌肤一寸也不愿放过。

李岩紧紧地搂着郝自强的脖子，身子紧贴着郝自强的身体，一股来自远古的力量呼之欲出，要把这具脆弱的身体烤干。

"老婆，别这样。来日方长。"郝自强努力地克制自己，把在自己身上四处点火的小手抓在手里。"

怀里的人安静下来了，激情像落潮的水，带着诱人的味道慢慢退去。李岩轻轻回过身子，泪水如决堤的水汹涌而来。黑暗里，郝自强从背后紧紧地搂着妻子，春夜再长,也挡不住黎明的到来! 新的一天又开始了。李岩坚持要起来做早饭,郝自强没有拒绝,他趁李岩做饭的空隙去把李建生夫妻接过来,一起吃个团圆饭,有些事还得好好嘱咐嘱咐,毕竟去那么远的地方,谁知道下一次回来得什么时候。

从程医生的联系方式到熬药的细节,郝自强一样一样细细地说明白。

"十天去取一次药,千万不能忘了。"郝自强特别强调。

不得不说,刘延全是个关心下属的人。就在昨天,他派人送来了一辆轿车,让郝自强开着去大秦省,然后让换班的员工再开回来。这真是一个好主意,郝自强正在发愁,怎样去大秦省呢? 他问了好几个售票点,初四没有去大秦省的列车。

有了车,就方便多了。虽然路途遥远,他和李录山倒换着开,应该是没有问题的。

早饭后,郝自强在一家人的欢送下,依依不舍地上路了。他先去接了李录山,又去接了吴宝福一家。把吴晓杰放到县城的汽车站,四个人就踏上了去大秦省的征程!

同样也是在大年初三的晚上,王小花陷入了深深的痛苦之中。

这些日子她经历的事情太多了。她在网上找到了所谓的爱情,那个能说会道的小男人让她如醉如痴。他们一起喝酒、一起唱歌、一起畅谈人生,她瞒着家里人和他开房,给他钱花。一切都是那么美好,那么刺激,那么不可思议!

曾经死亡的激情又回来了,小花觉得自己的人生重新开始了。

纸里包不住火,她的事情还是被婆家人发现了。那家人沉浸在有了男孩的喜悦中,也没有和她过多的计较,只是让她离了婚就算了。孩子太小，又是女孩，也就跟着她了。

对于这段短暂的没有感情的婚姻，王小花没有在意，她现在自由了，可以光明正大地寻找自己的幸福了。然而当她把离婚的消息告诉了网友，提出要和网友结婚的时候，网友却躲躲闪闪支支吾吾不愿答应，后来干脆不上线了。

王小花像发疯一样在他们经常去的地方寻找，终于在一家酒吧里找到了。网友正搂着一个妖冶的女孩子在跳舞。

"结婚是不可能的。我还没有玩够呢！我们也就是玩玩，一起度过寂寞的时光。想结婚？找别人吧。"网友呵呵笑着说，一副小流氓的模样。

"那你以前那些海誓山盟呢？"王小花愤怒地问。

"什么年代了，这你也相信？"网友呵呵大笑，"只是哄你上床罢了。"

"骗子，你就是个骗子。"王小花一下子疯了似的，指着那混蛋大骂。

"呵呵，你愿意怎么说就怎么说吧。我还要去喝酒呢！女友都等不及了。"网友耸耸肩，走了。把王小花一个人孤零零留在了霓虹灯闪亮的大门口。

王小花只觉着心肌剧烈痉挛，痛得厉害，头由于缺血而发懵。看着大摇大摆进去的网友，她想冲过去和他厮打，但是脚却像生了根，挪不动步子。

四周看热闹的人看着这个看起来很精明的傻姑娘，有的摇头，有的直接说"活该"。王小花的眼泪一下子就涌了出来，蹲在地上呜呜地哭了起来。发自内心的痛苦一下子淹没了全身，是因为围观者的讽刺，是网友的狠心，是自己的不幸，是为自己的傻，还是……

不知道过了多久，感觉身边的人走了一波又一波，酒吧里的人都走净了，却没有一个人过来安慰一下她。

慢慢地站起来,女儿的哭声在耳边响起来,真真切切的是爱华的声音!

"爱华!"王小花一下子醒了,女儿在找妈妈! 女儿! 爱华!

王小花跌跌撞撞地往家跑,女儿,可怜的女儿。

回到家的王小花,顾不上自己伤心,连忙抱起哇哇大哭的孩子。孩子和妈妈心灵相通,妈妈一抱起来,立马就不哭了。在妈妈温暖的怀抱里,甜甜地睡着了。

静下心来的王小花,明白了网恋就是一个骗局。对方就是个骗财骗色的骗子。短短几个月,自己六七万的积蓄花光了,从郝自强处要来的五万元也花光了。自己十几万块钱过了几个月荒唐的日子。

现在王小花像个迷路的人,跌跌撞撞地在生活的泥沼里艰难地跋涉,环顾四周,似乎没有可以抓住的救命稻草。

"爱华,妈妈该怎么办?"看着褓褓中的女儿,王小花自言自语。

"爸爸,爸爸,爸爸……"爱华伸着两只胖乎乎的小手,在妈妈面前蹬着小腿儿。

王小花一下子被惊到了!"爱华,你说让妈妈去找爸爸,是吗?"爱华没有回答,只是两只大眼睛忽闪忽闪地看着妈妈。王小花笑了,才十个月大的孩子怎么会说话,拉冒话而已。不过这倒是提醒了自己,是啊,还有郝自强啊! 就好像忽然发现了一条带有路标的大道,去掉层层迷雾,郝自强的影子又重新出现在王小花的脑海里。郝自强,也只有郝自强才是自己最可靠的人。

她想立刻就给郝自强打电话,向他道歉,请求他原谅她! 看看表,已经十点了,太晚了,等到明天吧! 希望明天不会太晚。她在黑暗里喃喃自语,窒息的心却从痛苦里慢慢活了过来。

郝自强的路途就不平静了。王小花是个敢作敢为的姑娘，她把这段时间的事情，毫不保留地告诉了郝自强，希望郝自强原谅她。这让郝自强为难。本来以为一切都结束了，虽然自己在心里还时不时地想起她，现在却突然……

怎么办？郝自强也没有隐瞒，把自己和李岩复婚的事情告诉了王小花，当然他也提到了李岩的病情。失望中的王小花听到了李岩的病情后，知道也理解郝自强的做法，甚至嘱咐郝自强一定好好对待李岩，好好工作，最后坚定地表示要等着郝自强。

呵呵，这就是生活。充满了无数的陷阱，无数的诱惑，无数的变化，无数的两难选择。

郝自强的脑海中李岩和王小花的影像不断出现，此起彼伏。最后，还是李岩占了上风，渐渐掩盖了王小花。是啊，只要是个男人就不会抛下病重的妻子。王小花年轻、漂亮，会找到自己的幸福的；李岩就不一样了，郝自强是她唯一的靠山和希望。他坚定了自己的选择，陪李岩走到底。

郝自强想通了，心情也就畅快了。

汽车在高速公路上一路狂奔，就像生活的列车沿着命运的轨道向前，向前。

车子一路向西，人烟渐渐地稀少了，大片大片的衰草在公路两边铺了开来，草原到了。郝自强接替李录山开着车，四个人有说有笑向着草原深处前进。大秦省正张开了宽广的胸怀，欢迎远方的客人！

第三十六章 沙尘暴

郝自强等人到达目的地,立即和留守的两名员工进行了交接,那两名员工就急急忙忙地开着车回去了。春节都没有和家人在一起过,他们早就归心似箭了。

虽然已经过了春节, 这儿的天气还是非常寒冷。东北风一天到晚呼呼地刮着,很少有停歇的时候。为了取暖,也为了方便,吴宝福两口子住了伙房的东边房间,郝自强和李录山还是住在原来的房间里。

在吴宝福两口子安顿行李、收拾房间的时候,李录山要做的第一件事就是检查了他们的给养,郝自强则去看了蔬菜大棚。两个月过去了,大棚里的蔬菜变了大样,除了几棵茄子的枝头上还挑着几个比鸡蛋大不了多少的小茄子外,其余全完了。黄瓜连叶子都枯萎了,只剩下几根光秃秃的藤蔓趴在架子上;扁豆也是,只有枯萎的蔓藤缠绕在架子上。西红柿则全部连根拔起了。看着这个已经没有了生气的蔬菜大棚,郝自强叹了口气,只能从头开始了。

就在郝自强离开大棚的时候,忽然想到了一件事:勇士呢?勇士怎么没有见。郝自强感到心里一紧, 立刻来到勇士的住处——自己精心打造的犬舍。勇士躺在里面,看到郝自强来了,艰难地抬起了头,眼里流下了泪水。

郝自强立刻抱起勇士,回到自己的房间。勇士瘦得不成样子了,长长的毛纠结成一团团的,浑身打着哆嗦,眼角满是眼屎,眼睛半睁,没有了一点神采。

郝自强招呼李录山冲了一碗奶粉,一手扶着勇士,一手端着碗凑到勇士嘴边。勇士艰难地张开了嘴巴,却喝不进去了。郝自强没有放弃,他找来一根吸管,自己先喝一口,然后用吸管灌到勇士的喉咙里。勇士咽下去了,一口,两口……一碗奶粉全部喝下去了,勇士的眼里有了一点神采。

郝自强不顾勇士身上很脏,仔细地检查了它的身体,没有发现什么外伤,只是身上发烧,就喂了它消炎退烧的药,然后把自己的军大衣铺在床下,为勇士又做了一个栖身的地方。

勇士没有大毛病,第二天就可以自己进食了,一周后,就完全康复了。

这边已经没有了蔬菜,郝自强打算到东边的蔬菜大棚去看看,如果东边的也这样,就只能到县城去采购了。郝自强驱车去了东面的蔬菜大棚,还好,虽然两个月没有人光顾,塑料薄膜是完好的,进了大棚一看,一畦韭菜还长得不错,地里还自发长出了几棵黄瓜,叶子占据了方圆一丈多的面积,叶子的间隙里竟然露出来十几个筷子长短、嫩嫩的鲜黄瓜。

有了这些蔬菜,再加上从老家带来的五棵大白菜,可以坚持一阵子了。

吴宝福两口子闲不住,安顿好后,不用郝自强吩咐,就开始重新整理蔬菜大棚了。吴宝福虽然只有一只手能干活,但是两口子配合默契,两人加起来比两名普通的雇工还要得力,一大棚蔬菜的种植任务两个人一天就完成了。

他们现在的工作主要是看守,没有多少活要干。天天待在板房里,吴宝福两口子很快就感到闲得难受。郝自强没有办法,只好带着他们在附近转转,去看看那片树林,看看小水库等。过了几天又去了一趟县城。才旦卓玛那儿倒是有些杂活要干,老两口一商量,索性就住了下来,帮着店里干点力所能及的活。郝自强知道老两口是怕吃闲饭心里过意不去,很痛快地答应了。开车把老俩口的行李送过来。

现在,偌大的营区,就只有郝自强和李录山了,当然还有已经康复了的牧羊犬勇士。在接下来的日子里,郝自强坚持和勇士一起就餐,还时常帮勇士梳理毛发,过了不久勇士就精神焕发了。

来之前,郝自强从鹿联正那儿借了几本好书,一有空闲,就拿出来看几页。每天晚上八多钟就给妻子打个电话,询问二老的身体,妻子有没有按时服药,儿子有没有调皮等等。李录山则全力研究菜谱,好像要参加厨王争霸赛。

由于空闲多,郝自强恢复了在部队时的晨练。每天早晨五公里越野,结束后,练习拳脚。天天如此,风雪无阻。每当郝自强起来锻炼,勇士都跟在后面,一人一犬在在茫茫大地上肆意奔跑,让这沉沉的戈壁荒滩焕发了生机活力。

日子就这样一天一天过去了。有一天晚上,已经快到午夜了,郝自强看了一会书正准备睡觉,电话铃响了。这么晚了,谁打过电话来了?李岩还是王小花?前几天郝自强去县城时,考虑到王小花和家里闹得不好,钱又被所谓的网友骗了个精光,就打给了她五万元。

郝自强起身接了电话,居然是吐尔逊。

"郝哥,明天上午有黑风,我才从广播里听到的,预报是百年一遇的,要注意防范啊。"

"黑风是什么?"郝自强不解地问。

"唉，就是沙尘暴。很厉害的，能把房子吹倒，我还要通知别人，就这样了。"吐尔逊说完就匆匆放下了电话。

虽然都是些铁家伙，郝自强还是决定立刻起床加固一下，毕竟是几千万的机械，来不得半点马虎。

郝自强起了床，把李录山叫了起来。两个人开了营区的大灯，拿出铁丝绳、大锤、铁棍等工具开始加固机械。

"都是些铁家伙，轻的也一两吨，重的都几十吨、上百吨，风刮得动？"李录山笑着说，有些怪郝自强太小心了。

"吐尔逊大半夜打过电话来，肯定是这个风很猛烈，我们不可不防。再说这个机械很贵重，有了损失我俩承担不起责任。"郝自强明白李录山对大半夜起床干活不怎么满意，就开导他，"加固完了明天睡个懒觉，我起来做饭，咱俩喝一杯。"

"那怎么行？还是我起来做。快干吧。有备无患啊。"李录山的一点点不快立刻无影无踪了。

两个人用铁丝绳把十几台机械连在一起，又在地上打下了十几根铁棍，把铁丝绳拴好。这件事说起来容易，做起来很费事。天又冷，风又大，两个人停停歇歇，中间还喝了点酒取暖，直到第二天九点半多才完工。

"可累死我了，我要去睡一觉了。"李录山毕竟也是五十多岁的人了，平时只是做饭，没有出大力，这次真难为他了。

郝自强本来还打算要让他帮忙加固一下蔬菜大棚，看到李录山很疲劳的样子，就没有说出口，自己取了工具去了。

郝自强刚刚在大棚上绑了两道铁丝绳，就看到东北方向涌起了一大片黑色的云。这时是上午十点多钟了，大秦省的这个时候，太阳刚刚升起,但是现在见不到太阳,只有黑色的云快速向这边滚动。近了,看清楚了,不是什么云,而是沙尘暴。大风夹杂着沙砾、树枝、牛羊的尸体、还有残砖断瓦等一切经过路径上的物体像一头黑色的猛虎呼啸而来。一霎时,天昏地暗,飞沙走石,郝自强感到呼吸困难,赶紧钻进了蔬菜大棚。

郝自强的蔬菜大棚挖进地下半米深,由于突出地面低,受到摧毁力小多了,后墙又是半米多厚的坚固的墙体,还有两道铁丝绳的加固,这无疑挽救了大棚,仅仅是大棚表面的薄膜被吹走,整个大棚没有被摧毁。躲在大棚里的郝自强趴在大棚底部,也就幸运地没有被大风吹走。

板房就没有这么幸运了。郝自强眼看着板房随着大风移动,最东边的一间渐渐离了群,眼看着四分五裂上了天,紧接着又有两间被狂怒的风吹散了。

李录山还在板房里,怎么办?郝自强眼看着板房一间间被吹散再也忍不住了。他不能眼看着李录山被吹上天,他要想办法救他。风好像弱了一点,可能是更大风暴来临前的喘息吧。郝自强抓住了这难得的机会,朝着李录山的房间跑去,他要告诉李录山,板房不安全,要趴到大棚里。

李录山已经吓傻了,他趴在板房里瑟瑟发抖,他从来没有见过这么大的风。这是风吗?简直就是末日来临的样子啊。郝自强二话没说,拽着李录山就往大棚跑,其实现在就是说话也听不清,周围只有风的声音。它现在是宇宙的主宰。

离大棚越来越近了,二十米、十五米、十米、五米,再有一步就胜利了。更大的风暴来了,剩下的板房瞬间飘在了空中,又向郝自强二人铺天盖地压了过来。已经站不住了,郝自强感到自己的身体轻飘飘的像一片落叶,就要随风飞到天上去,他用尽了全力,两脚用力一蹬,抱着李录山一起滚向了大棚的门口。

他突然感到头一阵刺疼,眼睛里金光四射,然后,脑海里模模糊糊出现了一个人影,是自己慈祥的爷爷奶奶,还是李岩,还是王小花,还是郝小强,他还没有分辨清楚,就感觉整个人进入了无边的黑暗。他大声呐喊,周围一个人也没有,只有无边的黑暗包围着他。

他尝试着向前迈步,两条腿却不听使唤了。他心里很着急,拼命抬腿,腿却好像已经不是自己的了,一点也动不了。他又挥舞自己的胳膊,胳膊也不能动了。正在焦急的时候,耳边响起了犬吠的声音,眼前飞过一条黄色的闪电,是勇士,他感觉到自己的身体移动了一会,然后就静静地躺在冰冷的地上,身边只有呼啸的风吹过,他感到自己身上的热气正一点点消失,他好似一只风中的蜡烛,快要熄灭了。

我要死了吗?他感到自己渐渐不属于自己了。不行,不能这样死去,他还有年幼的儿子,还有生病的妻子……他的大脑深处发出一道指令:要活着,要活着。

他强迫自己静下来,尝试着指挥自己的胳膊,感觉动了一下,心里一阵窃喜,继续挥动胳膊,好,两只都能动了。他尝试着翻过身,又成功了,他慢慢地向前面爬,他感到很慢,也许一个小时爬不了一厘米。但是他没有停下来,他一直向前爬。

也不知过了多久,他感到摸到了一件东西,软软的,滑滑的,耳朵里也传来了一阵阵美妙的声响。他的感觉恢复了,他兴奋地叫了一声,睁开了眼。

这是一个陌生的环境。他只看到白色的天花板,他的眼球可以转动了,铁架子、吊瓶在视野中出现。这是哪儿? 他正要想,钻心的疼痛冲击着他的大脑,好像要把他拖回无边的黑暗里去,他忍不住喊了一声。

他好像听到喊声和脚步声,然后,就又陷入了黑暗。

当他再次睁开眼睛时,他看清了眼前有一个吊瓶,一串串小气泡在液面上缓慢而又连续不断地冒着。

记忆在一点点恢复,他记起了吓人的黑风,他记起了被风吹向天空的板房,他记起了自己的最后一搏,也记起了勇士的身影……

"醒了,这人醒了。"他感到身边有人影闪过,不久眼前出现了五六张陌生的脸。

"感觉怎么样?"一个温和的充满关切的声音在郝自强耳边响起,郝自强试图挪动一下身子,顿时疼爆了全身的神经。他坚持着朝面前的这位慈祥的医生——他看到了上半身的白大褂,笑了笑,艰难地说"谢谢。"

这声"谢谢",在郝自强这边已经用上了全力,在著名脑科医生赵久学听来却像蚊子哼哼一样。不过,这已经够了。这说明郝自强已经恢复了意识,历时二十个小时的高难度手术获得了成功,以后就是巩固和恢复了。

"这是在哪儿?"

"是在大秦省军区医院,你好好养伤,不要多说话。"赵久学说完,就仔细查看各种仪器,询问值班的医生和护士,然后嘱咐了他们很多注意事项后,才离开了。

郝自强顽强的毅力和健壮的身体帮助了他,他渐渐克服了身体的疼痛,他感到身上的力量在慢慢恢复,手指可以弯曲伸直了,头渐渐地可以稍微摆动,可以和医生护士进行交流了。

郝自强醒来两天后，一张苍白的熟悉的脸出现在郝自强的视线里。

"你怎么来了？"郝自强有些吃惊地说。

李岩握住郝自强的手，泪如雨下，一句话也说不出来。

"别哭啊，我这不好好的。"郝自强挤出了一丝微笑，安慰着自己的妻子，"大老远跑来吃得消吗？"

"我没事儿。听他们说你昏迷了五天，吓死我了。"李岩眼泪汪汪，手一直紧握着郝自强的大手舍不得放下。

手上稍微用了点劲，李岩会意了，把脸贴在上面，感受一下爱人的抚摸。

郝自强笑了，"我会好起来的，不用担心。"

"嗯，你一定会好起来的。"李岩看看那包得严严实实的头颅，"我还想叫你领着我去看看你们修的公路呢！"

"好，等我稍微好好，我就带你去看，还有我栽的防护林，还有蔬菜大棚，还有我的勇士……"

"你好，时间到了，请你出去吧，病人需要休息。"护士过来了。

李岩恋恋不舍地离开了。

"自己保重。"郝自强看着自己妻子的背影，用力说。他感到妻子的手冰凉冰凉的，他知道这些天妻子一直在为他担心，身体肯定吃不消。

郝自强恢复得很快，不久就从重症监护室转入普通病房。总起来说，他还是幸运的。除去头被重击外，身体仅仅受了几处擦伤，没有伤筋动骨。而令他高兴的是：李录山没有受伤，机械也保住了。吴宝福两口子在县城也没有受到伤害。后来听李录山讲，当郝自强倒下去后，是勇士咬着他的衣服，把他拖到蔬菜大棚里的，是勇士救了他。为了救他,勇士身上也多处受伤,不过伤得不重,没有什么生命危险。

这次沙尘暴虽然只有短短的几个小时,却造成了八人死亡,五十多人受伤,大量的房屋被毁,损失惨重。

"如果有大面积的防护林带,或者沙漠得到有效治理,就很难形成如此大的沙尘暴。"来看望郝自强的才旦叹着气说。

"才旦所长,你培育的树苗没有受到损害吧?"

"好着呢。今年可以给你一万株,另外还可以给你梭梭树苗五千株。梭梭树可是固沙治沙的宝贝啊……"一说到树苗,才旦立刻神采飞扬。

"哎呀,还忘了告诉你。"才旦聊了半天才想起女儿的嘱托。他有些歉意地笑了笑。"卓玛让我代她向你问好。她在店里忙,走不开。她让我转告你,店铺没有受到影响,善泉分店也没有受到影响,都经营很好。她还说,准备再开五家分店,人手都准备好了,等着你批准。"

"卓玛真是个能干的好姑娘。就按照她的打算办吧。"郝自强由衷地赞叹。

"你快好起来吧。很快就可以喝卓玛的喜酒了。她和韩文快要结婚了。"才旦一脸幸福,忍不住把这个好消息告诉了郝自强。

"代我向他俩祝贺,到时我一定参加。"郝自强呵呵笑了,真诚地表达自己的祝贺。

郝自强强健的身体帮助了他,他恢复地很快,十天以后,就可以下地走路了。可是,李岩却连急加累病倒了,高烧不退,很明显是白血病的病情加重了。

生活往往是残酷的,残酷到让人不相信生活是美好的。当看到医生摇着头,一副没有希望的表情,郝自强觉得生活似乎失去了意义。他甚至想到，还不如就在沙尘暴里失去自己的生命，这样就不会再为亲人即将逝去而伤心。

李岩倒是没有表现出消极的神情，她只是提出和郝自强一起回老家。

"只要能死在你的怀里，我就满足了。"李岩笑着说。

"我们回去找程医生，我相信他有办法。都怪我，本来你的病情都已经控制住了。"

"跟你有什么关系？只要你没有事，我就放心了。"

"我们立刻回去，去找程医生。"

"你的身体还没有恢复。"

"不要紧，我一天也不想拖了。"郝自强坚决地说，看着李岩苍白的脸，郝自强恨不能立刻飞到程医生的身边去。他知道，现在李岩的病，也许只有程素问可以治疗。

在郝自强的坚持下，医院给办了出院手续，两个人登上了飞机，踏上了回家的路。只要有一丝希望，郝自强也不会放弃。

第三十七章 命悬一线

"唉,脉息纤弱,阴阳双虚。实在是回天乏力啊。"面对着郝自强焦急而又信任的目光,程素问长长叹息,一副爱莫能助的样子。

"您是这方面的专家,求求您再想想办法吧。哪怕再多活一年——半年也行啊。求求您了。"郝自强这个七尺男儿,趁着李岩去厕所的机会,顾不得身边还有人在,扑通一声跪倒在程素问面前,两行眼泪唰地流出来了。

"郝老弟,你这是咋?快起来,快起来。"程素问赶紧拉起了郝自强。"让我再想想,再想想。"

郝自强站起来,对自己的失态有些惭愧,他不好意思地朝边上排队的人们笑了笑,表示歉意。人群很静,都友好地朝他点头。有一位中年妇女甚至也跟着郝自强流下了同情的泪。

"《内经》上说,世无不可医之病,但无百治百愈之法。治此绝症需大开大合,大破大立。如同人走铁丝,稍有不慎,就要阴阳相逆,气绝人亡。方我倒是有一方,不过你可要想好了,一旦治不好,人命立刻就没了。你愿意试试就试试吧。"程素问思考良久,最后下了决心。"病好不要谢我,人亡也不要怨我,生死各凭天命。这也是绝路之路了,但凡有一点希望,也不会出此下策。"

"试什么啊?"李岩在母亲的搀扶下,从厕所里缓缓走了出来。离郝自强出事不过一个月,李岩的身体已经垮了,连走几步路都需要人搀扶,脸苍白得像一张白纸。说话也已经有气无力了。

"程医生要给咱开一剂猛药,但是没有十足的把握,吃了会有危险。我们吃还是不吃?"郝自强柔声和妻子商量。

"不仅仅是危险,这就是个奔药,治过来就治过来了,治不过来人立刻就完了。"程素问加重了语气,在这种情况下,他不能瞒着病人。

"我试。"李岩坚定地说。

程医生看了看弱不禁风的李岩,似在询问,又似在思考。

"那我开方了。"得到了李岩的同意后,程素问低下头提笔写了起来。

"我们再等等吧。"郝自强低声说。

"我已经浑身没有一点力气了,反正医院也没有办法了,不等了。"李岩抬起手握了郝自强的手,下了决心。

抓好了药,郝自强又问了些注意事项,就准备回去了。

"唉,就是身子太虚弱了。"看到郝自强扶着妻子走出门去了,程素问叹了口气。

程素问的声音不大,可是恰恰是顺风,郝自强的耳朵又很好使,把这句叹息的话听到了。

"程大夫还有什么好方法补补身子?"郝自强让岳母扶着妻子,自己又返了回来。

"固本培元用中药已经来不及了。"程素问抬头看了看郝自强,似答非答的说了句,然后就给别的病人诊断了。

"固本培元,固本培元。"郝自强在心里念叨着。这些日子,郝自强通过学习,对中医也有了一些了解。对啊,固本培元就是增强体质,得想办法在服药前强化李岩的体质,增强她的抵抗力。怎样强化?郝自强心里有了一个想法,他要给李岩体内补充些新鲜的血浆。对于白血病人来说,输血是一个增强抵抗力的好方法,这也就是中医说的固本培元了。

"程大夫,输血能不能固本培元?"

程素问抬起头,看了郝自强一眼,没有说话,只是微微点了一下头。

如是,郝自强不顾李岩的反对,坚持到医院给她输了四百毫升血浆。

决定生死的时刻马上就要到来了。郝自强在厨房熬药,李岩从抽屉里拿出几张纸,仔细地看了看,就折好装到一个信封里放到枕头下面。李建生老两口坐在客厅里发呆,前面的电视机上蒙了一层薄薄的灰尘,自从郝自强出事后,他们已经没有心情看电视了。

"我走了,你们就跟着自强吧。他到哪儿你们就跟着去哪儿吧。他的心眼好,不会不管你们的。"李岩病恹恹地走出房间,朝着二人笑笑。

老妇人禁不住又掉下了眼泪。

"你放心喝吧,会好起来的。"李建生强作笑脸,"程医生可是有名的医生,治愈了不少像你这样的病人。"

"到屋里躺着去,我去看看药熬好了没有。"老妇人擦了擦眼睛,颤颤巍巍去了厨房。

厨房里,郝自强已经把药倒在碗里了,可他还在犹豫,要不要赌,一旦赌输了怎么办。这个家就是李岩在维系着,如果李岩……他不敢继续往下想。

"是不是等小强回来再喝?"郝自强小心地和妻子商量。

"不了,别让他也跟着难受了。"

李岩说完，就端起碗大口大口地喝完了药，然后安静地躺在床上，等待命运的宣判。郝自强和李建生夫妇就静静地坐在床边焦急地等待。

　　三双眼睛就眼睁睁看着亲人在经历着生死劫难，自己却帮不上，心里的焦躁和痛苦真不是语言所能描述。

　　不久，大滴大滴的汗珠子从李岩的脸上滚了出来，呼吸也变得急促起来，显然，药物已经起作用了。郝自强赶紧拿毛巾给她擦拭，但她仿佛已经感觉不到了。两只大眼睛无神地打量着前方，脸皮渐渐发紫，喉咙里发出咯咯的声音。紧接着，李岩的四肢开始抽搐，脸也因为痛苦而扭曲。郝自强用力握着她的手，手已经渐渐冰凉。过了几分钟，李岩的头向后一扬，眼睛闭上了，两滴泪水从眼角滑落。郝自强把脸贴到李岩的鼻腔附近，已经感觉不到呼吸，李岩走了。

　　老妇人哇的一声，大哭了起来。李建生也老泪纵横。老两口顿时陷入了痛苦的深渊。本来"白发人送黑发人"就是一件非常悲伤的事情，更何况老两口就这么一个女儿，还指着她养老送终呢！

　　郝自强没有安慰二位老人，他知道这个时候，任何劝慰都是徒劳的。他含着泪水来到客厅，自己哆哆嗦嗦点上一支烟，坐在沙发上，脑袋里一片空白。撕心裂肺的哭声好像很遥远，又好像就在自己身边。烟灰越来越长，最后折断了，轻轻地落在了地板上。

　　郝自强站了起来，又来到了卧室。李岩脸上的紫色好像淡了些。郝自强俯下身子，看着安静地躺在床上的妻子，泪水一滴滴落了下来。

　　"看看处理后事吧。"李建生艰难地张开了嘴。

　　"等等，再等等，让小强回来再看看妈妈。"郝自强看了看在李岩身边抽泣的岳母，转身去了厨房，他想透过厨房的后窗，看看儿子回来了没有。

　　楼后的大路上空荡荡的,离小强放学还有十几分钟。郝自强突然发现,李岩从大路上轻轻走来,一身红色的毛裙映出粉色的脸,抬头看看窗前的郝自强居然像不认识似的。郝自强擦了一把眼睛,又回到了客厅。

　　不知过了多久,大门开了,郝小强放学回家了。郝自强抬起头,用布满血丝的眼睛看着儿子。

　　"妈妈怎么了?"郝小强感到了气氛的沉重,也听到里屋里姥姥的哭声。

　　"过去看看吧。孩子。"郝自强悲伤地说,"你妈妈走了。"

　　郝小强丢下书包,冲进妈妈的卧室。看到了自己的妈妈正静静地躺在床上,紧闭双眼,脸色发紫。姥姥和姥爷正在一边流泪。他发疯似的抱住了妈妈的脖子,不停地摇晃着。

　　"妈妈! 妈妈! 你醒醒,你醒醒,你怎么不管我了啊。"

　　悲伤的叫声,穿过房门直冲楼外,一只在楼前草丛里觅食的麻雀嗖的一声,飞走了。伴着郝小强的哭声,两位老人又禁不住号啕起来。听到三人的哭声,郝自强起身走了进来,现在他是家里的主心骨,不能乱了方寸。他听到了儿子撕心裂肺的哭声,他要安慰儿子,虽然妈妈没有了,还有爸爸,还有姥爷和姥姥。

　　看着搂着李岩哭泣的儿子,郝自强突然眼前一亮。一缕黑色的血丝从李岩微微张开的嘴巴里缓缓流了出来。

　　"大家别哭,还有希望,小强快起来。"郝自强记起了程素问和他说的话,赶紧向前把李岩的上身扶了起来,黑色的血丝继续向外溢出。郝自强轻轻敲击李岩的后背,血丝变成了血流,溢出的更多了,李建生赶紧取来了一个脸盆接着。

"妈妈嘴里好像有什么东西。"小强停止了哭声，瞪着一双大眼睛看着妈妈，仿佛要召唤她回来。

郝自强伸出拇指和食指，还好李岩的牙关没有紧紧合上，他很顺利的从她的嘴里掏出了一大团黑色的血块子。在掏李岩嘴巴的时候，郝自强的手背感到有风的流动。呼吸！竟然是呼吸！李岩竟然又有了微弱的呼吸！

郝自强记起炉子上还放着程医生给的第二剂药，赶紧放到瓷碗里端了过来。怎么灌倒李岩的嘴里？郝自强稍加考虑就有了办法。他自己先喝一口，然后对着李岩的嘴巴，口对口喂了进去，就这样一口两口，一大碗喂进去了。郝自强还不放心，轻轻拍拍李岩的上身，直到确认药液已经完全进入李岩的胃里才轻轻把她放下。

现在一家四口不哭了，都静静地盯着李岩，等待着奇迹的出现。半个小时过去了，李岩脸上的紫色缓缓褪去，郝自强用手试了试脉搏，竟然又开始微弱地跳动了。

郝自强吩咐李建生老两口守着李岩，自己开车去接程医生过来看看。

听了郝自强的述说，程素问立刻开了一张药方让助手抓好药，然后提着自己的出诊包跟着郝自强上了车。

到了郝自强家，程医生先不急着去看李岩，先要看李岩从嘴里出来的东西。血块子已经倒到垃圾篓里了，李建生赶紧用手取了出来，放到一个白瓷碗里端给程医生。

程医生仔细观察了一下，然后又用鼻子嗅了嗅，点了点头，就叫端走。接着就去看李岩。

号了脉后,程医生吩咐取一盆清水来,自己打开出诊包,拿出银针。思考片刻,他让郝自强把李岩的上衣褪下,然后突然施法,只见银针飞舞,李岩的头、脸、颈、胸、胳膊都插满了银针,停了一两分钟,又飞快地把针拔出,投入清水中,一盆清水渐渐成墨色。

"盖好被子,不要着凉。"程素问说完,带上橡皮手套,把银针一根根从盆里取出,装到一个小铁盒中。完了后,整理好出诊包来到客厅。老妇人赶紧端了一盆清水请程医生洗手,程医生也不客气,洗了手在沙发上坐下。李建生捧上茶来,程医生喝了一口就放在茶几上,吩咐郝自强煎药,然后也不说话,闭目养神起来。李建生老两口不好离开,只好干坐着陪伴程医生。时间过得真慢,墙上钟表的秒针好像走不动了,半天才滴答一下。

郝自强在厨房熬药,姥爷姥姥在客厅陪着程素问,卧室里只剩下郝小强了。他搬了一把椅子放在床边,自己坐在上面,两眼一动不动地盯着床上的妈妈,盼望着她快点醒来。

过了半个多小时,郝小强发现妈妈的睫毛动了一下,慢慢地李岩睁开了双眼。

"妈妈醒了,妈妈醒了。"郝小强在屋里叫了起来。

"把药熬好后,给她喝了,明天开始喂些小米汤。你明天再到我医馆来。"程素问没有进去看李岩,叮嘱了郝自强几句夹起出诊包就告辞要走。

"我送您吧。"郝自强虽然记挂着妻子,但还是拿了车钥匙去送程素问。

"你还是在家照顾病人吧。有出租车,我自己回去就行了。"程素问婉拒了郝自强的好意,带上门走了。

郝自强把熬好的汤药,按照以前的方法,给李岩喂下,又过了一个多小时,李岩已经恢复了意识,她朝着亲人们点点头,就又沉沉睡去,但这次是睡着了,因为心脏还在平稳地跳动着,呼吸也趋向了正常。

命悬一线的李岩得救了。

她舍不下年老的双亲,她舍不下可爱的儿子,她舍不下心爱的丈夫!亲人们也舍不下她!是爱挽救了生命!世界上唯一能让死神退步的只有爱!

虽然生命暂时保住了,但是现在的李岩,就像风中摇曳的烛光,随时都有被风吹灭的危险。郝自强不敢懈怠,第二天一早,就去了程素问的医馆。

听了郝自强的叙述,程素问心里已经有了底。

"病人的命已经保住了,但是病人就像是一株刚刚发芽的小苗,需要长时间的培养。吃药可能要很长时间,你心里要有数啊。"

"只要能治好,多长时间也行,请程大夫开药吧。"郝自强态度坚决。

程素问点了点头,思考良久,开下了药方。

在接下来的日子里,一家人都尽力来呵护这个脆弱的生命,就连郝小强也学会了做饭。

否极泰来,当桃花怒放的时节,李岩就可以下地走路了。这一天,在郝自强的搀扶下,两个人慢慢下了楼,来到院子里。温暖的阳光照耀着他们,墙角处的五行草长得分外茂盛,红色的圆茎向四方伸展着,茎上顶着一片片肥肥的叶片,在太阳下闪着油油的绿光。

"有不少白头发了。"李岩抬起手,摸着郝自强鬓边的白发,无限疼爱。

"只要你好了,就是全白了也行。"郝自强笑着说,"只要你不嫌弃就好。"

"全白了我就会嫌弃你，就不要你了。"李岩把头靠着郝自强的肩膀，在郝自强的耳边轻轻地说。

"别啊，过会我就去染发。"

"骗你的，这一辈子我就赖着你了。"

两个人轻声说着话，围着院子转了两圈。春风还带着一丝凉意，郝自强不敢待久了，就要李岩回去，李岩虽然还想再走走，但是还是顺从地跟着郝自强回家了。

这些日子，高益智过得并不快乐。他和李岩离婚后，立刻和马老师结了婚。没曾想结婚前，马老师温柔可亲，结婚后泼辣的脾气暴露出来了。高益智还想和以前一样，在外面吃吃喝喝，结果现在不行了。晚上只要超过十点，大门就被马老师反锁，任凭高益智怎么吆喝，都别想进来。马老师还有一个脾气，只要是高益智一回家，就在高益智的身上嗅个不停，看看有别的女人的味道没有，一旦嗅出别的味道，立马就回娘家，班也不上了，反正高益智是校长。马老师有三个哥哥，都是五大三粗的汉子，家里还开着公司。当六只大眼睛盯着高益智的时候，高益智感到背后飕飕发凉。

每次事发后，高益智只好低三下四地到马老师的娘家把马老师接回来。于是，高益智就怀念和李岩一起的日子了。不管自己回来的多么晚，喝得多么醉，李岩都会等着自己，细心地照料自己，然而，生活就像一匹奔跑的野马，只是一个劲地向前，再退回来是不可能的了。

太阳一天天暖和了，李岩在全家人的细心照顾下，病情日见好转。她可以自己在楼下慢慢地转几圈了。

有一天，郝自强回到家，听到厨房里有声响。他赶紧跑了过去，李岩正在切菜,边上已经有一盘切好的土豆丝,李岩的鼻尖上挂着汗珠,正在全神贯注地切着黄瓜丝,她要给家人准备晚餐呢!

郝自强忍不住向前伸出双手抱住了她。两个人面对面互相看着,渐渐地,两个人的脸越靠越近,最后嘴唇轻轻贴在了一起,好久好久。

命运之神,对他们真是眷顾,生活,又拉开了新的篇章!

第三十八章 花儿开遍大秦省

看到李岩的病痊愈地很快,郝自强准备过几天就回大秦省工作了。沙尘暴过去已经有两个多月了,桃花落了,已经结了黄豆大的果实,大秦省的冰也应该溶化,又到了可以施工的季节了。

作为大秦省筑路项目的总负责人,压在郝自强身上的事情当然也少不了。

这些日子刘延全等人不断打电话过来慰问,再三嘱咐让他好好养病,不要记挂工地上的事情。但是郝自强知道,一旦开工,大事小事都多得很,自己作为经理必须在岗在位。但是看到李岩小鸟依人的样子,郝自强又很难开口。

郝自强的心事当然瞒不过李岩,她知道自己的丈夫现在担负着重大的责任,已经不是以前的那个下岗工人了。她虽然渴望丈夫留在自己身边——这些日子,她饱饮了生活的琼浆,她想就这样过下去,可她也知道必须让郝自强走,自己丈夫的事业在远方!

李岩没有声张,只是默默地把行李给收拾好了。两口子不需要多说,郝自强知道李岩的意思。

"李岩的病情现在稳定了,不碍事了,你该走就走吧。家里有我和你妈,再说小强也能帮上忙了,放心吧。"李建生端着一杯酒,推心置腹,"我知道那边的事情多着呢!你大小是个领导,不要光顾着家里。"

"我现在已经好多了,都可以做饭了。你尝尝我炒的菜,味道不错吧。"李岩笑着,虽然满是不舍。

还有什么好说的? 有家人的支持和理解,郝自强感到无比的幸福。

在一个晴朗的早上,辞别了家人,郝自强恋恋不舍地踏上了去大秦省的路。

他一下火车,刘延全等人已经在站台上等着了。

"欢迎英雄归队。"看到郝自强,刘延全快步走了上去,紧紧握住了郝自强的手。

李录山朝郝自强笑了笑,麻利地接过郝自强的行李,向奥迪越野车走去。

"这家伙非要来接站。"刘延全笑着说。

两个人跟在李录山的后面,先后上了车,李录山一踩油门,越野车奔向广袤的大草原。

"设备损坏严重吗? "

"多亏了你,主要的设备没有受到损坏,就是板房彻底毁了,我们又重新搭建起来了。这次娄兰县的损失不小啊。"

"这些天我不在,把您忙坏了吧! "

"没有啊。兄弟们都茆着劲干呢! 你带了个好头。"

……

当越野车驶入营区时,郝自强感到热血沸腾。二十多人排在两边欢迎他,有鹿联正、王宝江,还有吴宝福夫妇;巨大的吊车臂上,悬挂着"欢迎郝总"的大红条幅。郝自强一下车,勇士就跑了过来,两条腿搭在他的肩膀上表示欢迎,惹得大家都笑了起来。郝自强蹲下身摸着勇士的毛茸茸的头,任凭勇士伸出长长地舌头,舔舐自己的脸。

晚餐是吴大嫂主厨,大锅的羊肉、白菜炖粉皮、西红柿炒鸡蛋、咸鱼焖茄子,当然少不了家乡的烈性酒。

在郝自强不在的这些日子里,吴宝福和吴大嫂已经完全融入了这个大家庭中。吴大嫂的面食是一绝,吴宝福种菜是一绝,再加上大厨李录山,后勤工作没有话说。

吃了这顿接风宴席后,郝自强就正式走马上任了。施工和技术不用他操心,鹿联正和王宝江比他还明白,后勤更不用说了,他的工作重点是对外协调。

在营区住了一晚,第二天到工地详细了解了一下施工的情况,第三天一早郝自强就开着皮卡去了指挥部。刘延全本来要将奥迪越野车留下给郝自强用,被郝自强谢绝了。他笑着对刘延全说,自己的身份还配不上这么高档的车。刘延全看他态度很坚决,也就作罢。

郝自强到任了,刘延全也就放心地走了。两辆车同时出了营区,在指挥部门前分手,刘延全去了新的工地,郝自强则进了指挥部。

看到站在门口的郝自强,吐尔逊先是吃了一惊,紧接着高兴地和郝自强拥抱。

"我以为你不会回来了。"由于欣喜,吐尔逊的眼里竟有了晶莹的泪花。

"多亏了你,不然真回不来了。"郝自强笑着说,"我还想和你们喝一辈子酒呢! 有你们在,我怎么会不回来呢?"

"刚好旦正太主任也在,他也在记挂你,我们去他的办公室吧。"吐尔逊拉了郝自强,直接去了二楼旦正太的办公室。

"呵呵,好小子,福大命大啊。今晚好好喝一顿。"旦正太站起来,朝着郝自强的胸膛捣了一拳,大笑着说,"身子骨都好了吧?"

"好了,全好了。谢谢老首长。"

"和我客气个啥？快坐吧！吐尔逊泡茶。"旦正太还是部队做派。

郝自强是因为沙尘暴受的伤，三个人自然聊了一会儿沙尘暴，郝自强也更加坚定了要把戈壁滩改造成森林的决心。聊了一会，转到郝自强他们进行的项目上了。对于筑路项目，旦正太是一万个支持，让郝自强有什么困难直接来找他。

郝自强一听也毫不客气，他告诉旦正太和吐尔逊说自己现在是项目指挥部的一把手了，需要两人的帮助，接着就摊开手里的笔记本，把手头需要解决的问题向二人说了出来。

"放心吧，你的事情就是我们的事情，我们一定会把所有问题都解决掉的。"旦正太很爽快地答应了，这也许就是转业军人的共性吧！

三个人谈得非常投机，不知不觉，天已经暗下来了。当他们下楼准备吃饭时碰到了不速之客——娄兰县的刘增军书记和扎木和县长。他们刚好在李相国总指挥的陪伴下也从楼上走下来。

"呵呵，刚好碰到了，这位就是汇成公司的郝总。"李相国指着郝自强对他俩说。

"真是感谢您啊！帮了我们大忙！"刘增军走向前紧紧握住郝自强的手用力抖动着。

郝自强愣了，不知道发生了什么事情。

"你们公司捐助的两百万元，真是雪中送炭啊！"扎木和县长感慨地说，"以后你们汇成公司就是我们娄兰县的好朋友！"

郝自强记起来了，刘延全曾经说过，沙尘暴发生后他们公司捐过一笔款，当时没有说捐款的数目，郝自强以为也就是三十万二十万，但是没想到刘延全居然捐了两百万元。刘延全在郝自强心目中的形象立刻又高大了很多。

晚饭是在非常和谐的气氛下进行的。毕竟是和地方上的主要领导和指挥部的主要领导在一起就餐,旦正太和吐尔逊都很兴奋,郝自强当然也不例外。这要在三年前,和这个级别的领导在一起吃饭,他连做梦也不敢想。人生就是这样,不可预料,又充满了变数。

扎木和是抓经济的,在餐桌上也不忘谈经济。他很诚恳地建议郝自强在娄兰县成立一个公司。"你已经有了服装店,也有了大片土地,蔬菜大棚也种植得很好,为什么不注册一家公司,我把所有的能给你争取的优惠政策都给你。"

扎木和的话对郝自强是有诱惑力的。他盘算了一下自己的资金,有些底气不足地回答说:"感谢领导厚爱,我现在最多也就是还能投资一百万,实在是有点拿不出手。"

"一百万还说拿不出手,你们这些当老板的真是谦虚,完全可以注册公司了。"扎木和笑着说。

刘增军接着扎木和的话茬,很认真地说,"我看就叫'自强实业'吧!既好记,又蕴含着自强自立的意思。"

李相国等人也都附和着,郝自强把心一横,决定接受扎木和和刘增军的意见。他给刘增军和扎木和倒上酒,自己也倒满了一杯,然后端起杯子很谦逊地说,"接受两位领导的指示,我决定在娄兰县成立自强实业有限公司,望领导以后多关照,我干了,两位领导随意。"

郝自强一昂头干了杯中酒。刘增军和扎木和都是很接地气的干部,也都很痛快地干了。

不久之后,大秦省自强实业有限公司正式挂牌成立了。公司下设三大部门:服装生产销售分部由才旦卓玛负责;大棚蔬菜推广种植分部由吴宝福负责;植树造林则由郝自强自己负责。

才旦卓玛很顺利地把她以前的同学们号召起来了,经过一两个月的培训后,先后在大秦省各地开起了十八家连锁店,生意非常红火。才旦卓玛的男朋友韩文看到她一天到晚忙得脚不沾地,干完了自己的工作,就跑到店铺去忙活,全心帮助自己的心上人。郝自强听说了,大喜,立刻给了他一个顾问的头衔。从此,大秦省自强实业有限公司又多了一名名誉员工。

吴宝福则干脆回了一趟老家,召集了十五对有种菜经验的中年夫妇,在刘增军和扎木和的大力帮助下,建起了一个五十亩地的反季节蔬菜种植示范园。在以后的日子里,连续举办了多起蔬菜种植培训班,把成熟的先进的种菜技术毫不保留地传授给了当地的群众。娄兰县的蔬菜种植在全大秦省也出名了。

在才旦的帮助下,郝自强的胡杨林已经扩大到一百亩了,并且还种下了二十亩的梭梭树。一个占地六亩的苗木培训基地也已经成功建成了。

郝自强深知在戈壁滩上水的重要性,他又在几条河上建了六个永久性的蓄水池。

大秦省短暂的夏天伴随着一场雷阵雨到来了,草原仿佛一夜间变得油光发亮,戈壁滩上也绽放出一簇簇的绿色。紧接着又下了几场雨,河水开始流淌了。只是现在郝自强不用担心交通阻断了。有旦正太等人的大力帮助,有鹿联正、王宝江等人的认真负责,有李录山等人有力的后勤保障,工程的施工在保质保量地快速推进。很快,他们的桥修好了,路也修好了。

在一个晴朗的日子里,大秦省有关部门对郝自强他们修的路和桥进行了验收。这是一支专业的队伍,也是一支认真负责的队伍,他们严格按照验收标准进行了验收,该取样的取样,该钻探的钻探,丝毫也不马虎。

最后验收结果出来了,路和桥全部是优质工程。项目圆满结束,根据合同规定,所有资金全部到位,是到了撤离的时候了。

看着兴奋地做着撤离准备的员工,郝自强陷入了深思。来大秦省只有一年半的时间,但他却非常留恋这儿。辽阔的草原戈壁,漫天的黄沙,还有蓝天白云,把他的心拴在了这儿,而他的大部分资产,他的希望,他的信念也都在这儿了。如果再让他离开这儿,他感到很难很难。

他没有开车,步行着出了营区,沿着河岸向北走去。太阳挂在天上,刚种下不久的胡杨树苗有点儿蔫,不要紧,越过一个冬天根扎下去了,明年就不会怕阳光的炙烤了。左手边的水库水量充足,上游下来的水灌满了它的硕大的长方形的肚子才溢到下游去了。用水的地方多着呢! 水库还是太小了,还要扩大。入了秋,天气干燥,水的蒸发太严重,最好把水库的上面封起来。

郝自强一边想着,一边慢慢向前走,走过胡杨林,前面就是一望无际的戈壁沙滩了。当然戈壁沙滩也有绿色,一蓬蓬的骆驼刺,三三两两的胡杨树在远处打量着他。正如同郝自强也在观看着它们。郝自强的眼光掠过这些绿色的生物,看着茫茫的西边山脉。听吐尔逊讲,西边山脉是雪山,山顶有终年不化的皑皑白雪,吐尔逊的家就在这雪山脚下。但是,郝自强没有看见雪,也许是距离太远了的缘故吧。不过吐尔逊答应他,有空带他回故乡,去爬雪山。山上是白的雪,山下是连绵不断的绿色的森林,该有多好! 郝自强看着裸露在地面上的灰色的石头,忍不住俯下身捡起一块,向远处的沙堆用力抛去,石头划了个弧,落到沙堆里,溅起了一点尘埃,接着就消失了。

郝自强想起了和李建勋将军的约定:要把这儿变成一大片树林。如果自己离开了这儿,这个目标就难以实现了。虽然,只要有钱,就可以雇人来种树,雇人来管理。可是,面对这么恶劣的环境,谁能保证,种下的树能够成活?又有谁愿意来管理呢?人都是有惰性的,也许自己离开了这儿,适应了新的环境,就不会再留恋这儿,甚至会渐渐淡忘了。

人活着就要干点有意义的事。而能找到有意义的事干,也是不容易的。很多人心底都有美好的理想,却在酒桌上、牌桌上度过了自己的美好年华,到头来碌碌无为地度过了一生。郝自强不想成为这样的人,特别是已经闯出了一片天空,能看到美丽的彩虹的时候。

有比植树造林、固土治沙更有意义的事情吗?当然有,但是,郝自强还没有找到。他已经快四十岁了,正是精力最充沛的年纪,又经历了死神的考验,他对这片土地有了感情。正是在这片土地上,他找到了做人的尊严,他感到了人生的价值。

当然,真要离开汇成也是一种艰难的选择。是汇成给了他来大秦省的机会,从某种意义上讲,是汇成成就了他。这一年半来,他和汇成人结下了深厚的友谊。大气正直的刘延全、聪慧负责的鹿联正、和气认真的王宝江、勤恳热心的李录山……离开汇成,很难再找到这么优秀的团队了。

郝自强左右为难,一颗心上上下下移动着,实在很难做出决定。他继续向前走,也许满地的乱石和黄沙能带给他灵感。忽然,他感到后面有一个东西在向自己快速靠近,当年在部队培养的警觉使他快速转过身子。

一溜烟尘里,出现了勇士矫健的身影。几个月前的那场大风暴,自己命悬一线,是勇士冲出来救了自己,如果没有勇士,自己也许早就离开了这个世界。勇士是条纯种的牧羊犬,习惯了西部的荒凉和辽阔,带到别的地方去,它肯定是不愿意的。

勇士好像知道主人的心思,它呼哧呼哧地喘着粗气,把身子贴着郝自强的腿轻轻地摩擦着,是不是它读懂了郝自强的心,哀求郝自强不要走,没有人知道。郝自强的心里一热,也许就是因为勇士的举动,自己思想的天平发生了倾斜。

他点上一支烟,看着袅袅的烟雾慢慢远去,最后消失在空旷的蓝天之下。一个念头在心里诞生了。他要留下来。他要在这片土地上奋斗一生!

打定主意的郝自强心里一阵轻松,一人一犬不紧不慢踏上了归程。太阳依然挂在空中,将热量源源不断地洒向大地。郝自强没有感到热,他的心已经转移到对以后的人生规划中了。

心灰意冷的王小花已经离开家半年多了,她带着自己和郝自强的宝贝女儿,毅然决然地出走了。母子俩漫无目的地转了一大圈后,在离家百里以外的一个乡镇住了下来。她用仅有的三万元积蓄租了一处沿街房,开了一家小小的门面,自己和女儿就靠这间门面度日。每日空闲时,她就教女儿看书识字,唱歌弹琴,日子也在不知不觉中过去了。

她已经离了婚,又和家里人翻了脸,而自己心爱的人也已经和他的前妻复了婚。她现在唯一的希望,就是把自己的女儿拉扯大,让她健康快乐得成长。

网恋带给她激情,也让她有了一颗支离破碎的心,激情过后,生活恢复了平静。也许平静的生活能慢慢慰平她那受伤的心,也许平静的生活还会孕育出新的激情,一切都在未知中。

第三十九章　重大选择

刘延全有个习惯,每一项重大工程结束后,他都要主持召开一个完工大会,总结经验教训,表彰先进,鼓励士气。当然这次也不例外,他从别的工地上赶过来了。

在大会上,刘延全发表了热情洋溢的讲话,肯定了这项工程取得了重大成功,高度赞扬了全体员工不怕吃苦,克服困难的敬业精神,对郝自强、鹿联正和王宝江的组织管理能力给予了高度评价。讲话结束后,对做出突出贡献的个人进行真金白银的物质奖励。李录山作为保障有力的后勤人员也得到了五千元的奖励。这让李录山很自豪,同时也对郝自强充满了感激之情。作为后勤保障人员,是很难得到这么高的奖励的。

大会结束后,刘延全单独把郝自强、鹿联正和王宝江留了下来。郝自强知道,刘延全还会对他们单独进行奖励。三个鼓鼓的大信封分别交到三个人的手中,郝自强掂了一下不少于五万。刘延全虽然是农民出身,但是具有山东人的豪爽,他坚持钱大家一起赚,赚了钱大家一起花。对待兄弟,特别是出了大力的兄弟,从来不会吝啬。汇成筑路之所以能走上今天这个大格局,和刘延全的为人是分不开的。

"这次你们三个出了大力,我和董事会其他董事研究决定:每人奖励五万元。不计入年底分红啊。"刘延全笑着说。

"呵呵,跟着刘总干,有吃有喝啊。"王宝江大咧咧地说,"今晚上好好喝一杯,明天开路回家了。"

"都回去收拾一下吧,酒不喝了。路途遥远,早点休息。"刘延全看着自己的三员大将,一脸幸福。俗话说,一个好汉三个帮,刘延全能有今天的成就,就是手下有一帮好兄弟啊。

"在这儿待了一年多,虽然灌了一肚子沙子,临走了,还怪留恋的,也不知道以后还到不到这儿了。"作为知识分子的鹿联正忽然幽幽地说道,心底竟生出了一丝伤感。

"等你退休了,就到我的庄园来住吧。到时候,五十平方公里的森林为你护驾,不会让你灌沙子的。"郝自强打趣着,三个人告辞了刘延全出门去了。

"自强再留一下,我有个事情要和你单独谈谈。"刘延全从房间里出来,对还没有走远的郝自强说。

"工程结束了,你有什么打算?"刘延全开门见山。

"我能有什么打算?种树治沙,还有服装啊。"

"我希望你正式加盟汇成,这次按照我们的约定,你分得一千二百万元。副总除了你,每个人都有一千五百万的股份。"刘延全很干脆,"这次我来的时候,和其他股东商量过了,我们都欢迎你入股,正式成为董事,副总。你现在没有钱不要紧,我可以代你交上不足的三百万。"

郝自强明白,成为董事、副总,自己就算真正进入汇成核心领导层了。这是很多人梦寐以求的事情!说实在地,郝自强很想答应。但他没有,他想起了那片沙漠戈壁,想起了李建勋将军的一番话,想起了才旦的执着,想起了……

"你可以好好考虑一下,不要急着回答我。"刘延全见郝自强低着头沉思,笑着说。说真的,让郝自强入股,是刘延全力主的,其他的董事都不是很愿意,是自己说服了他们。他通过接触,感到郝自强有一种一往无前的锐气,有一种担当的勇气,当然,还有一股子干劲,能脚踏实地地干具体的工作。他想再带他几年,等时机成熟了,就把总经理的位置交给他,自己只干董事长。

"不了,谢谢刘总。我决定退出汇成。"郝自强抬起头,坚定地说。

"为什么?"刘延全很不理解,"我们认识虽然不长,但合作是愉快的。说实话,我很欣赏你。汇成是个有着广阔前景的大型企业,你加盟汇成,是有大发展的。"

"我知道,刘总也一直对我很照顾,把我当兄弟看待。我也想留在汇成。可是我考虑到留在这片戈壁沙漠里,更适合我吧。"

"你想在这儿开拓自己的事业?李将军固然可以帮助你,但是这儿太荒凉了,要长久发展最好还是不要在这儿。你如果不愿意入股也行,给我当项目经理吧!待遇不会低于鹿联正、王宝江等人。"

"我刚刚下了决心,要把下半辈子留在这儿。我要在有生之年,把这儿变成一大片绿洲。"郝自强看着刘延全,含着笑,"到时欢迎刘哥来做客。"

"你小子,再好好考虑考虑,不要头脑发热,明天一早再告诉我结果。"刘延全显然没有放弃。

"我有一个小小的请求:剩下的水泥、钢筋等物资就价拨给我吧,另外,给我留下两间板房,我暂时还要住在这儿。"

"你啊,你啊——"刘延全苦笑着说。

第二天,是个晴朗的日子。

早饭过后,所有的行李都上了车。人站成了一排,从郝自强身边走过,每个人都和他紧紧握手。

"回去时,找我喝酒啊!"李录山和郝自强紧紧拥抱。

"一定,一定。"郝自强把李录山推上车,刘延全最后过来了。

"真决定了?"

"决定了。"

"想干可以随时打我电话。"

"谢谢刘总。"

"叫我刘哥吧。你的那份钱我马上让人打到你的账户上。"

"谢谢刘哥,一路顺风!"

车队缓缓拐上公路,在郝自强的欢送下,渐渐远去。偌大的营区,就剩下郝自强一个了。不对,还有忠实的伙伴——牧羊犬勇士。它看到车队走远了,伸出长长地舌头轻轻舔了舔郝自强的手背。

"呵呵,该我们干活了。"郝自强看着车队没影了,就回到营区,开始巡视自己的领地。此时,郝自强从老家带来的五行草的种子开始在这儿生根发芽、茁壮成长了。你看,小路两边,板房边上的缝隙里、蔬菜大棚的边上、都是生长茂盛的一株株五行草。就连勇士的"别墅"前,也长着五六株。郝自强背着手走在前面,勇士昂着头跟在身边,一会儿蹿到前面去,一会儿又拉到后面,一点也闲不下来。

刘延全很够意思:给郝自强留下了四间板房,除去自己和李录山住的那间,还有厨房和厨房东面的两间。

郝自强首先来到厨房,液化气灶擦得像新的一样,打开冰柜,里面装满了羊肉、冻鱼等食物,够郝自强吃一个月的了。两袋面粉、两袋大米、还有花生油、盐巴等调料,都整整齐齐地摆在架子上。不用说,这都是李录山的杰作,郝自强默默地看着这个干干净净而又放满物品的厨房,心里暖暖的。东面的两间板房,都空了,但是留下了床和桌椅。

郝自强走出房间站在院子里,默默地打量着这个空旷的大院子,他决定把自己的总部设在这儿,以后就把这儿当作自己的大本营。说起来,这是个好地方。前面紧临公路,后面将是大片的森林,右边是条季节河。不过郝自强不用担心水源,他在河底修的水库,储存了大量的水,下一步,再把水库上面用薄膜盖起来减少蒸发,完全可以够大家使用的。而整个营区有五亩多地,只要要好好规划设计一下,居住百八十人是没有问题的。再说,他现在不缺资金,刘延全很快就会把一千二百万元打到他的账户上的。想到这儿,他索性回房间拿出纸笔,开始设计大本营的蓝图。

　　管理五十平方公里的森林至少需要十名工人,自己一家,李建勋一家,还有吴宝福,还要有客房,还要有仓库,还要有车库,还要有工具房,还要有实验室,还要有犬舍,还要有人用蓄水池……还要有很多设施,郝自强扳着手指头一件件计算着,写到纸上。

　　在汇成的这段日子里,郝自强学到了很多建筑方面的知识。虽然多是和筑路有关,但是普通的房屋之类的设计建筑还是难不倒他的。很快,郝自强的蓝图就出来了。

　　主体工程是一座二层小楼,这儿风沙大,不能盖高了。蔬菜大棚在原来的基础上再扩建一个,至少要保证三十人的新鲜蔬菜供应。大棚的北面建一个大水塔,上面蓄水,下面就当工具房。车库建在西面,边上是犬舍……

　　郝自强还在打量着自己的蓝图,一辆绿色的越野吉普车飞快地开了进来,在刹车扬起的灰尘里,吐尔逊结实的身子出现了。

　　"郝哥,看看谁来了?"吐尔逊大声喊着,顺手打开了越野车的后门。旦正太笑眯眯地从吉普车上下来了。

"呵呵,是旦正太主任,欢迎!热烈欢迎。"郝自强快步迎了上去。

"过来看看兄弟,顺便找顿酒喝。"旦正太呵呵笑着过来和郝自强握手。

"快进屋,我刚好还有煮好的羊肉和烈酒。"在郝自强地招呼下,两个人轻车熟路进了郝自强的房间。

"项目指挥部撤销了,老弟何时回去啊?"旦正太关切地问。

"我不回去了,我要留下来种树。你看,我想把这儿建造成我的大本营。"郝自强一边说,一边拿出自己设计的蓝图指给旦正太和吐尔逊看。

"以后,这儿就是个沙漠里的绿洲了。我要把这儿变成一个村庄,一个现代化的村庄,有电视、空调,还要有学校……"郝自强越说越兴奋,禁不住手舞足蹈起来。

"郝哥,我决定留下来和你一起种树。你看行吗?"吐尔逊突然说道。

"你要留下来,我是非常欢迎,可是谁给旦正太主任开车?就怕旦正太主任不高兴啊。你可是——"郝自强有些为难地说。

"谁说我不高兴啊?"旦正太笑着打断了郝自强说,"我支持吐尔逊跟着你干。"

"我们的指挥部也撤销了,旦正太主任申请留在娄兰县不回去了。"吐尔逊兴奋地说,"组织上让他担任县委副书记、政法委书记还兼着公安局长,为你保驾护航啊。"

"叶落归根,我也老了,应该回来了。再说,也该让吐尔逊这匹骏马,在大草原奔驰了。"

"好,既然这样,我欢迎吐尔逊兄弟加入,我们一起在大秦省干一番事业。"郝自强定了定神,下了决心。他很诚恳地说:"我决定组建大秦省自强发展有限公司,注册资金五百万元,总部就设在这儿。吐尔逊担任公司副总经理兼任办公室主任。"

"既然郝哥——不,郝总,看得起我,我吐尔逊以后为公司肝脑涂地在所不辞。"

"还是叫郝哥吧,我们兄弟携手一起干。"

"别刚说,快去准备酒菜,我们好好庆祝一下。"旦正太呵呵大笑,为自己的司机——好兄弟找到这么个好归宿而高兴。

菜很快就上来了,大块的带骨羊肉,还有煎鸡蛋和拌黄瓜,过了一会,郝自强又上了一盆土豆炖扁豆。酒还是郝自强从老家带来的大桶装的老白干。

三个人一边喝着酒,一边继续策划公司的事情。成立一家公司,说起来容易,实际操作起来却是很复杂的。

"资金不是问题,现在七八百万我还能拿出来。"郝自强很谦虚地说。是啊,他现在银行里的存款不下一千五百万。说七八百万他还是有所保留的。

"我在工商、税务等部门都有不少熟人,吐尔逊对这些单位也都熟悉,公司手续的事情就让吐尔逊去跑就行了。"

"好,这一块就麻烦吐尔逊兄弟了。我呢,争取尽快把我们公司的办公住宿场所建起来。这是不是也要到有关部门去审批?"

"这样吧!我们下午一起去县里找书记和县长汇报汇报。"旦正太说着,端起杯子和郝自强碰了一下。

"好啊,反正这儿也没有什么事。正好去买辆车。顺便看看才旦卓玛那边能不能找到会计和出纳。"一旦主意一定,郝自强就开始运作。

有了任务，三个人也就不贪杯。吃过饭后，就准备去县城。郝自强拿了些羊肉、馕等食物给了勇士，然后摸着它的头说，"在家好好看门，我很快就回来了。"

勇士点了点头，摇摇尾巴表示知道了。

郝自强锁了大门，坐上旦正太的车就出发了。

空旷的大院里只剩勇士一只牧羊犬了。它飞身窜上了蔬菜大棚的棚顶，看着越野车远去了，就轻轻地从棚顶跳了下来。

"汪汪"，它朝着自己的犬舍叫了几声。一条灰色的牧羊犬一瘸一拐地从里面走了出来。两条犬用脑袋互相摩擦着对方的脖颈，游嬉了一会儿，就开始一起享用郝自强留下来的食物。现在，它们两个是这儿的主人了。

第二天当一辆绿色的吉普车开进大院时，勇士领着自己捡来的女朋友已经在门口欢迎了。

郝自强没有批评勇士，而是热烈地爱抚了自己的两名家庭成员。当他发现灰色的牧羊犬腿瘸了的时候，立刻给它进行了检查。原来是它的右前腿被狼或者别的动物咬伤骨折并且化了脓。郝自强拿出双氧水给伤口消了毒，上了云南白药，然后用两片木片固定了伤腿，用绷带包扎好。

在郝自强忙活的时候，勇士一直陪着，不断用头碰触灰色牧羊犬来安慰它。勇士的友爱让郝自强大为感动，他决定收留这条受伤的牧羊犬，并且给它起了一个好听的名字：雪儿。

在郝自强的精心照料下，半个月后，雪儿恢复了健康。郝自强的大院里多了个忠实的保镖。几个月以后，保镖家族又添了两只可爱的小宝宝，清脆的犬叫声带给了郝自强无限的欢乐。

郝自强组建公司的事情，得到了娄兰县政府的高度重视和支持，再加上吐尔逊熟悉各种手续地办理，很快大秦省自强发展有限公司就从法律上得到了认可，各种建设许可也顺利获得批准。

　　随着一笔笔款项打出，各种建筑材料源源不断地沿着新修好的公路运送到了大秦省自强发展有限公司的大院，吐尔逊从县城请的工程队也来了，大本营的建设正式拉开了帷幕。

　　为了方便住宿和施工，郝自强决定主体工程——二层小楼直接在板房的后面开工，这样无形中就把院子向北扩大了一亩多地。当时郝自强没有多想，到后来才发现幸亏多了这一亩多地，当然这是后话。

　　天气渐渐热了起来，草原的草又绿了。郝自强的大本营也在一天变化着，小楼建起来了，围墙建起来了，高大的水塔建起来了，车库建起来了，漂亮的犬舍也建起来了，大门建起来了，从大门通往公路的水泥路也铺好了……

　　一切按照郝自强的想法，大本营从蓝图变成了现实。

　　终于有一天，一群人聚集在了这座新修的建筑物前，他们把一块长方形的铝合金牌挂到了大门的右侧，几个人合力把盖在牌子上的红绸子拽了下来，大秦省自强发展有限公司就正式挂牌了。

　　郝自强没有看当天晚上的新闻节目，虽然他知道，有好几家电视台都播放了。他的事还多着呢！

第四十章 落户大秦省

郝自强算着日子,儿子快放暑假了,他决定回去趟。他答应儿子暑假要领着全家人来大秦省,看大沙漠,看戈壁滩,看大草原。这段时间,郝自强忙着建设自己的大本营,只在晚上打个电话问候一下,心里其实非常挂念。

"放心回去吧!这儿有我呢!"吐尔逊把郝自强送到火车站,很有信心地说。是啊,这儿是他的家乡,干的事业又是为了家乡的未来。他自从加入自强公司以来,一直被巨大的热情包围着。

"少喝酒,有什么问题,多向才旦所长请教。"郝自强再三叮嘱。

"放心吧,放心吧!"吐尔逊提着郝自强的行李,把他送上了东去的列车。这位大秦省汉子乐呵呵地答应着,自从跟着团长学会了喝酒,还没有喝醉过呢!

郝自强的归来,让李岩深深地松了一口气。这段时间,在程医生的精心治疗之下,李岩基本上恢复了健康。重生的喜悦给了李岩很大的动力,再加上和郝自强的复婚,让她重新感受到爱情的甜蜜。她在照顾好父母和儿子的同时,认真探索教学新方法,通过不断总结经验,创出了一套李岩教学法,受到了教育界的高度评价。

在荣誉面前,李岩是谦虚的。但是面对感情,她又感到很难把握了。高益智又出现在她的生活中了。这个在她最需要疼爱的时候,离她而去的男人,现在却趁着郝自强不在家,隔三岔五就给她打电话,有时还到李岩的学校去找李岩。对于高益智,李岩的心情是复杂的,不能单单用爱和恨来衡量。那人曾经给她带来无限的快乐和遐想,也给她带来巨大的痛苦和悔恨。

李岩是个内心软弱的人,面对高益智的纠缠,竟然没能果断拒绝。导致高益智得寸进尺,不断骚扰她。这让李岩苦不堪言,已经红润的脸色又变得苍白了。

还好郝自强及时回到了李岩身边。听了李岩的诉说,郝自强勃然大怒,他想立刻就去找高益智算账。但是这个念头只在脑海里存在了一秒钟就被他否定了。现在的他已经不是当年那个身无长物,只能用拳头维护自己尊严的穷小子了。

他考虑了一下,给于涛打了一个电话。当听了于涛的解说,他知道用法律是很难解决这个问题了。毕竟感情这个东西,是很难用法律来处理的。接下来他给刘延全打了个电话。刘延全刚好也在县城,听说他回来了,当即就要安排给他接风。郝自强问刘延全熟悉教育界的人不?

"呵呵。"刘延全知道李岩是一名教师,也不说破,笑着回答,和分管教育的王敏副县长以及教育局的王栋局长都是好朋友。对于和他们两个人的关系,刘延全是自信的。一个每年捐款教育界数百万元的企业老总,想在教育方面办点事还是不困难的。

本来是刘延全为郝自强接风的宴会,结果变成了王副县长代表教育界的答谢宴。在刘延全的一再坚持下,郝自强坐了主宾。酒过三巡,王栋局长说起下面乡镇边远山区有个斗沟小学教学设施落后,亟须改进。王副县长则配合似的说县里财政多么多么的困难,自己汇报了几次,都没有结果。刘延全和郝自强心里很明白,在他们两个人面前哭穷,就是想要点赞助。

"我的经济实力虽然远远不如刘总，也愿意为家乡的教育做点贡献。请二位领导说个数目吧。"郝自强从容地说。

"你那边花钱多，还是我来吧。"刘延全当然不能推给郝自强，赶紧自己揽过来。

"换换桌椅，再上几台微机，二三十万也就差不多了。"王局长笑呵呵地报出了数目，"最好是有三十万，如果二十万也能救急，不足的我们自己再从别的地方挤出点来。"

"钱我可以出，但是我有个小小的请求。"三十万，虽然是个不小的数字，但对于现在的郝自强还是不困难的。

"郝总请讲，能办的，坚决不含糊。"王栋看了看王副县长，得到同意的暗示后，大气地回答。其实心里还是嘀嘀咕咕的，怕郝自强提出一个不好满足的条件，让自己为难。

"我推荐中心小学的高益智去那所学校当校长。"郝自强夹了块红烧肉，却不急于放进嘴里，看着这块方方正正、红里透着白、正散发着香气的美味悠悠地说。

"怎么？郝总和高益智——"王栋有些不解，但是看到郝自强冷冷的目光就赶紧转换了话题。其实，高益智是个什么样的人，王栋也是有所耳闻的。

"斗沟小学的李校长在斗沟待了快十年了吧，也该回城了。明天就让高益智去上任？"王栋看着王副县长问。

"好，这又不是提升职务，就是正常的调动，你看着办就行了。至于高益智他叔叔那边，我给他打个招呼，也算是尊重老同志。"王副县长一口就答应了。对于一个贫困县来说，三十万可不算是个小数目。

"你是说的县政协的高副主席吧？"刘延全明知故问。

"不是他还有谁，来大家喝酒。"王副县长端起了酒杯，一副满不在乎的样子。

酒足饭饱，王副县长还不说散，有一句没一句地闲聊着。郝自强明白是怎么回事，正准备说话，却被刘延全挡住了。他从口袋里掏出了一张支票递给了王局长。

"这是五十万元，三十万是我暂时给郝总垫上的，剩下的二十万是我的一点心意，不够再说，别苦了斗沟的孩子们。"

"够了，够了，谢谢刘总。谢谢郝总。有你们的大力支持，我们一定要把县里的教育搞上去。"王局长大喜过望，接过支票，就去外面抢着买单了。

郝自强没有让刘延全的司机送，自己走着回去。夏天的夜是迷人的！绿树红花在路灯的照耀下，肆意地伸展着自己的肢体，阵阵蝉声从树顶上传出来，而微风也不甘寂寞，不时地拂到脸上来。花香也借着风的力量趁机往人的鼻子里跑。郝自强的心里很不宁静，有一股报复别人的兴奋，也有对那一大笔钱的心疼，还有一股说不上来的烦躁。他感到热，干脆脱掉了衬衣，只穿着背心，在路边的一张石椅上坐了下来。一条野狗从他身边走过，他想起了自己的勇士。和勇士相比，这条狗根本不能称作狗，最多算是条狗崽子吧。郝自强想着，心里不禁生出一股失落感。在这个县城里，自己何尝不是一条野狗？他看着来来往往的人群，想起了他的戈壁荒野。也许那儿才是他的最终的归宿！他甚至有些后悔报复高益智了。

今晚的高益智，日子是不好过的。他接到了王栋局长亲自打来的电话，让他明天就去斗沟小学报到，说是文件明天一早下发。他赶紧给自己的叔叔打电话求救，结果又被高副主席一顿臭骂。他不知道，王副县长已经先发制人,向高副主席通报了高益智的情况。并且说是看高副主席的面子,从轻处理,彻底堵住了高副主席的口,让他不好意思再为高益智求情了。

高益智坐在客厅里,一支接一支地抽着香烟,在烟雾缭绕中,他苦苦思索着。自己虽然和那些风流女人交往,但是管教育局什么事?不会是李岩告了自己吧?她不忍心。难道是郝自强回来了?那个身体健壮的影子在他的脑海里出现了。这些日子他也听说了郝自强的一些事情,知道这个当年的下岗工人现在有钱了,已经不是当年那个只凭着拳头干事的退伍兵了。从目前的情况看,自己是惹不起了。李岩以后也不能——唉!

高益智叹了口气,回屋睡觉了,明天他得去斗沟小学报到。

李岩也在床上翻来覆去睡不着,她为自己的懦弱自责,她恨自己让身边的这个男人一次次为自己伤心。当然,他也为这个男人的处理方法感到一丝不快。

"别想了,快睡吧。你如果不乐意,我明天给王局长打电话,让他不用去了。"

"不是为这,我——"李岩话到嘴边,却说不出来了。

郝自强伸出粗大的手臂,把李岩揽到怀里,爱怜地轻抚着。两个人都不再说话,静静地听着彼此的心跳。银色的月光透过窗帘的缝隙,轻轻洒在了床头上,月已经圆了。

"小强已经放假了,拾掇拾掇,后天咱就去大秦省。"

"好。"在男人的臂弯里,李岩模模糊糊地回了声,呼吸均匀,显然快要睡着了。

一家人的大秦省之行,受到了热烈地欢迎和隆重地款待。李建勋带着自己的家人，破例在招待所招待了哥哥全家。

"谢谢大伯，沾大伯的光，我也能和父母一起吃顿饭。"面色黝黑的解放军少校，俏皮地笑着，眼里却溢满了泪水。

"只要我还在这个位置上，你就老老实实地待在那儿。李建勋的儿子，就得在最艰苦的地方。"

"是，司令员。"少校从饭桌旁起立，抬手故意敬了个不标准的军礼，"边防三团一营营长李扎根坚决遵守你的命令，请问老爸何时离休？"

"我算算，咱爸今年六十二，大军区副职的最高服役年限是六十三，再有一年你就苦尽甘来了。"李建勋的宝贝女儿李大秦省笑着对哥哥说。

对于自己的这个宝贝女儿，李建勋倒是留在了身边，在军区医院担任医生。也全亏了自己的这个医生妹妹，李扎根才能在医院找到自己的爱人——温柔善良的女医生刘洁大夫，并且生了个虎头虎脑的儿子李山东。

已经六岁的李山东却没有留意大人们的说话，他正同郝小强玩得火热。

李建勋看着两个孙儿，呵呵地笑了。

酒过三巡，很自然谈到了郝自强的固沙造林上面，郝自强向一家人详细地讲了一遍，并且把自己以后的打算也毫不保留地说了。

"我支持你，等我离休后就住到那儿，咱爷俩一起种树。"李建勋端起酒杯，"来，咱爷俩喝个保证酒，一定要让那片沙漠变成森林。"

两个人碰了杯，一口干了。这就是真正的军人，有着坚定的信念，不会为了个人的一点爱恨就放弃自己的信念！

本来郝自强只是打算带着一家人来大秦省旅游，可是事情却出现了戏剧性的变化。

在娄兰县，刘增军书记亲自接见了他们。作为娄兰县的第一投资大户，也是唯一的外来投资者，县委是高度重视的。听说李岩是一名非常优秀的教师，就极力邀请她给县里的孩子们上一课。李岩经不住刘书记的再三邀请，也就答应了。

本来已经放了假的孩子们，听到消息，纷纷回到了学校。看着挤了满满一教室的孩子们，李岩的眼睛润湿了。

不用说，讲课取得了巨大的成功。当热烈的掌声响起来的时候，李岩突然感觉自己离不开这些可爱的孩子们了。

"老师，您能不能再给我们讲几课？"就在李岩离开课堂的时候，严曾显——这个牧民的孩子，大胆喊出了自己的心声。

有了人带头，孩子们七嘴八舌地喊了起来，都希望李岩再给他们讲课。

李岩没有拒绝，她也没法拒绝，看到几十双渴求的眼睛盯着自己，李岩的心都化了。

"自强，我想留下来陪你，不回去了。"晚上，在娄兰县招待所最好的房间里，李岩躺在郝自强身边，突然下了决心。

"怎么？"郝自强吃惊地问。

"我不想再离开你了，这儿的孩子也很喜欢我。我们就在这儿安家吧！"李岩轻轻抚摸着郝自强的胳膊，这个曾经懦弱的女人，现在却勇敢地做出人生中一个重要的决定。

郝自强从床上坐起来，顺势搂着自己的妻子，深情地注视着，眼里是无限的温柔。李岩将头倚在郝自强宽阔的肩膀上，侧着脸看着郝自强，脸上带着浅浅的笑。郝自强痴了，他将自己厚厚的嘴唇送了过去。

大秦省的夏夜,是凉爽的,风儿在辽阔的大草原上无拘无束地闲逛,把从北冰洋上带来的凉气毫不吝啬地带给了劳累一天的人们。现在,这间房子里,却是无比的热烈。两个人在兴奋地规划以后的生活,幸福的热烈的光芒笼罩着他们!

"太好了。县委家属院还有一处住房,一楼,带着个小院,你们住刚好,就分给你们住了。李岩就担任县中学的教导主任。户口我负责给你们迁过来。以后有什么困难,直接过来找我。"听了郝自强想在娄兰县落户的打算,刘增军大喜,立刻就作了安排,干净利索,丝毫没有一点拖泥带水的意思。这也体现了大秦省人民思贤若渴的急切心情。

当然,最高兴地就数娄兰县中学的孩子们了。他们奔走相告,说是学校里来了位了不起的老师。他们都急切地盼望假期早点结束,好早早来上学。

因为离开学还早,在吐尔逊的陪同下郝自强带着一家人来到了郝自强的大本营。这也是以后他们的家。

郝自强带着他们参观了水库,讲述了沙漠下掩埋的文明,讲述了那次大风暴,也让他们了解了自己的广阔的地域和自己以后的打算。

李岩一直挽着郝自强的手,听着男人娓娓的讲述,心里舒服极了,她感到,现在终于和自己男人的心融为一起了。

他们这次大秦省之行的最后一站是雪山。他们首先来到吐尔逊的家乡,这是雪山脚下的一个小村子。村子里的人主要以狩猎和种植庄稼为生。看着依照山势建立的一座座简陋的木屋,郝自强感慨万千。他在心里发誓:要尽最大的能力让他们过上好日子。这也是对好兄弟吐尔逊的一种感谢吧。

在吐尔逊家,郝自强一家人受到了热情地接待。吐尔逊的母亲和妻子拿出平时舍不得吃的猴头、松子等珍贵的山珍置办了一大桌子。饭后,他们就准备登山了。李岩的身体虚弱,本来不准备到山上去,在郝自强的再三鼓励下也答应了。

他们沿着猎人踩出的小路慢慢往上爬。正是盛夏季节,在草丛里不时发现漂亮的不知名的小花。风从山上刮下来,带着一股凉意。渐渐地树木开始稀少了,气温也在下降,雪线到了。大自然的神工鬼斧确实了得:线上面就是皑皑的白雪,线下面就是树木花草和溪流。郝小强快乐地在雪上蹦跳着,雪发出噗噗的声音,好像在欢迎远方的客人。李岩已经很累了,她的嘴唇有些发紫。郝自强索性抱着她在雪地上转了一圈。

在回县城的路上,郝自强很郑重地对吐尔逊说:"你把全家搬到大本营吧。那儿条件要好一些。另外,村里有愿意跟着我们干的,就收留他们,这边我们也需要人。"

吐尔逊高兴地点了点头,他早就想了,只是不好意思开口。看来跟着郝自强干,是自己正确的选择!

暑假在欢乐中不知不觉结束了,新学期开学时,郝小强已经是娄兰县中学的初三学生了。李岩也成为娄兰县中学的一名教师。李建生老两口也索性搬过来和女儿住在一起,一家人在这个新的地方,开始了新的生活!

第四十一章 海螺

快乐的日子，不知不觉就过去了。李岩来娄兰县中学执教已经四个多月了，在这四个月里，她和孩子们结下了深厚的友谊。

孩子们的心像草原一样辽阔，像草原上的蓝天白云一样纯洁。孩子们看到李老师的身体那么瘦弱，心痛了，纷纷从家里拿来雪莲、冬虫夏草等名贵的药材给她，让她滋补身体，不收下都不行。一个学生的爷爷，是当地一名非常出名的大夫，听说李岩的情况后，亲自跑到学校来为李岩诊治。李岩很感动。

呼吸着清新的空气，感受着当地人民发自内心的热情，再加上全家人团聚在一起，李岩的心情大好，病情逐渐好转，身体一天比一天壮实起来了，最后竟然痊愈了。看着化验单上医生的结论，李岩抱着郝自强的脖子，喜极而泣。这对饱受磨难的夫妻，终于迎来了新生！

人生就是这样，要顺就一顺百顺。

这个阶段，郝自强的事业，也在强劲地发展着。他的服装加工厂已经增加到四个车间，两百多人，产品销往全国各地，非常抢手。他的蔬菜大棚遍布大秦省，突破了五百亩，产品摆到了省会城市的各大商场里。他的总部已经建成投入使用，成为戈壁滩上的一颗明珠。在家乡的服装店也扩大了规模，把泰成的整整一层都承包了下来，成为批发和零售并行的服装销售公司。

可以说，郝自强现在顺风顺水，但是心里一直有一个隐痛在折磨着他,那就是王小花。自从一年前,他告诉王小花李岩的病情控制住了以后,王小花再也没有联系他。他曾经给王小花打过电话,但是电话号码已经换了;想着往那个银行卡里打钱,银行卡号也已经注销。王小花,这个温柔而又坚韧的南方姑娘,突然从郝自强的世界里蒸发了,只留无限的惆怅和思念夜夜折磨着这个意气风发的男人。

"妈妈……我想吃。"小女孩指着茶几上的杧果,一双大眼睛看着妈妈。

"来,姥姥帮你剥皮。"

小女孩看了看妈妈,得到允许后,乖乖地走到中年妇女身边。

看到妈妈亲热地把女儿揽了过去,王小花在沙发上坐了下来。

小女孩大口地吃着杧果,"真甜!"

突然走到王小花面前,把手里的杧果递给王小花,"妈妈,你也吃。"

中年妇女看着这温馨的一幕,泪水禁不住流了下来。

"死丫头,这一年多死了哪儿去了,也不和家里联系?"

"不要说我妈妈!"还没等王小花回答,小女孩就不乐意了。

"好,不说不说,我的乖孙女儿。"

"我就在隔壁的县城开了个小店铺。从电视上看到那家破产了,人也跑路了,就回来了。"

"唉,我们家日子也不好过啊,全凭商场支撑着。倒闭看来是早晚的事。不管了,过一天算一天吧。你去把你的房间好好收拾收拾,我去准备饭菜,晚上一家人好好聚聚。"王小花的母亲说完就去了厨房。

王小花领着女儿去了自己的卧室,还是以前的摆设,没有什么变化,地板都是干净的,床上的被褥干燥而松软。可见,父母不管对自己的儿女多么不满意,还是希望他们回到身边的。

晚饭时，一大家子人又坐在一起了。对于王小花的到来，家里人也没有过多的指责，弟弟还给了她一个大大的拥抱。对于王小花的问候，连一向严厉的老父亲也点了点头。是啊！过去的就让它过去吧，未来的日子还长着呢！

"爸爸，今天下午吴总又催材料款了，说得很难听。"饭桌上，沈美强忍不住说了出来。这位四十岁不到的人，两鬓已经出现白发了。以前的潇洒已经看不到了，看来这几年没少操心费力。

"现在账上还有二百三十万，一笔银行贷款的利息马上到期，要付三十万，工人的工资八十多万也马上下发，还有……实在是拿不出这笔钱了。要是上去五年，不用说二百万，就是两千万咱也不愁啊。"大管家王大花叹了口气，一副懊丧的样子。

"唉，就是压货太多，积重难返啊！"王金山叹了口气，一副英雄迟暮的落寞表情。

"不行就把服装公司破产算了，只保留商场也有饭吃。"

"破产——破产，一旦破产咱们连住的地方也没有了。咱这房子都在银行抵押着呢。"

"那怎么办？不行跑路。"

"如果我们有一千万现金注入，还能盘活。"

"上哪儿去弄这么多现金啊？我们连轿车都抵押贷款了。"

大家你一言我一语地谈论着，只有王小花像个局外人，在边上一心一意地照看着孩子。

"听说郝自强现在搞得很大。"沈美强思索良久，终于忍不住说了出来。

"前不久我去参加订货会，听说郝自强在大秦省开了家服饰公司，非常红火,不知道他能不能帮忙?"

大家都沉默了,王大花的眼睛瞟向了王小花。听到郝自强的名字,王小花夹菜的手在空中顿了一下,但是没有任何表情也没有说话,低下头继续给女儿喂饭。

"还是我给他打个电话吧!毕竟我们是战友。就是不知道他的手机号换了没有。"看到王小花没有回应,沈美强只好将这件事情接了过来。

"老班长,我是沈美强。"

电话通了,那边传来郝自强热情的声音。

"美强兄弟,你好啊!这么多年了,想你们啊!……有什么事儿吗?"

沈美强听明白了,不是想你,而是想你们。老班长的心里,王小花是永远存在着的。

沈美强放下脸面,把自己这边面临的困难,简单向郝自强说了一遍。

电话那头是短暂的沉默,沈美强平心静气地等着,他拿手机的手有些颤抖。

"我现在手头也不宽裕……"郝自强回话了。

沈美强心往下一沉,希望破灭了!他失望的表情没有瞒住饭桌前支着耳朵等消息的一家人,大家看着他,沉闷的气氛瞬间溢满了房间,就连小女孩也瞪着一对乌黑的眼珠静静地看着妈妈。

"这样吧!你把你的库存运一部分过来,我处理处理看看。另外,你把卡号发过来,我给你打过一千万你先救救急吧,我暂时也只能拿出这么多了。"

一千万——没有错,郝自强说的是一千万!

"好！好！谢谢！谢谢老班长。"

这个坚强的汉子也流泪了。

"看样子我们这一关又挺过去了。"放下电话，沈美强擦了擦眼角，有些激动地说，"他答应给我们一千万，还答应帮助我们处理库存。"

"唉！当年我答应这小子凑足了一千万，就把小花嫁给他。还是没有看透人家啊。"王金山长叹了一口气。

王小花没有说话，抱起女儿，悄悄地回到了自己的房间。她知道，郝自强的电话随时都为她开着。

沈美强的库存服装，质量是没有问题的，只不过样式有点过时。他想只要能卖回本钱就不错了，然而事情出乎他的意料。江南是沿海开放地区，而大秦省相对闭塞；在江南有点过时的式样，在大秦省却受到了热烈欢迎，卖得相当火爆。

一个月，仅仅一个月的时间，就卖出了四万多件。郝自强的一家店铺，竟然出现了一天卖出三百件的记录。

郝自强是个讲信用的人，接到沈美强电话的第二天就把一千万元借款打入沈美强的账户。在春节前，四百三十万元货款又及时打入了沈美强的账户。

春节随着渐渐北移的太阳缓缓到来了。今年的春节对沈美强一家来说那可真是喜庆年啊！长期积压的库存处理掉了，资金回笼了；身后没有了讨债者的身影，不用担心房子和车子了。

一大家子人欢聚一堂，大家一边吃着零食、看着电视里播放的春节联欢晚会，一边聊着天。

就在几天前，老爷子宣布退休，把所有的业务交给沈美强打理，沈美强已经成了老王家真正的领头人了。

他看着坐在对面一直默默无语的王小花,心里很不是滋味。原来那个风风火火天不怕地不怕的丫头不见了,生活和爱情让她一退再退,似乎已经看不到希望的眼神也只有静心的人才能看出来其实里面充满了渴望。他在思考着怎么把郝自强这盘棋走活,给王小花一个交代。没有王小花,就没有企业的盘活!他欠郝自强和王小花一个大大的人情!

他还不知道,王小花怀里的孩子,是郝自强和王小花爱的结晶和见证。

正如沈美强所感受到的,王小花的心里一直不平静,她知道郝自强现在成功了,已经可以给自己和女儿安全感,按理说应该让他们父女见上一面。但是人家夫妻两个现在已经复婚了,自己算怎么一回事?爱华又算怎么一回事?况且李岩的身体还生着病呢,如果自己贸然抱着女儿前去认爹不是给郝自强压力,给李岩添堵吗?可是现在自己又欠了他多大的情,一千万,这不是个小数目。他知道王氏企业对自己意味着什么,所以才……电视里演的什么,小花一点也没看进去,她现在考虑的是怎样让爱华和爸爸见一面又不给郝自强压力。

远在万里之外的郝自强,也迎来了在大秦省的第一个春节。这一年,对于他来说,老天太眷顾他了。他决定好好地过一回春节。他派人把吴宝福一家、才旦一家、吐尔逊一家全部接到了自己亲手设计建造的小楼。大家一块儿过个热热闹闹的春节。

男女老少二十多口人,喝酒、吃肉、唱歌、跳舞,好不热闹!就连勇士和雪儿也兴奋地在人群里窜来窜去,后面跟着他们的一对儿女——两只可爱的小牧羊犬。

夜半时分,郝自强的手机轻微地震动了一下,是一条短信息,只有五个字:哥,我们想你。

郝自强的心一痛,一个人走出房间,漆黑的夜空下是空旷的雪野,零下二十多度的气温让自己的呼吸瞬间成霜。郝自强闭上眼睛深深地呼吸,呼吸,思念如一把利刃在心的最深处划出一道深深的口子,让疼泛滥成灾……忽然,郝自强感到一只手贴在了自己的肩上。

"在想什么呢?"李岩温柔地问。

"啥也没想,就是出来透透气。走,回屋吧,外面风大。"郝自强揽了妻子,向屋里走去。屋内,温暖如春。

大年初六,郝自强迎来了三位不速之客:沈美强、王小花,还有王小花的女儿——爱华。

"爱华,这是你——"王小花看着郝自强不知道该怎么介绍。

"你是我大舅舅吧?我在妈妈的手机里看到过你。"爱华不用妈妈介绍,主动走到郝自强身旁。

郝自强看着这个三分像王小花,七分像自己的小女孩,什么都明白了,他俯下身子,一把把爱华抱了起来,小孩子软软的身体让郝自强的心瞬间融化了。

郝自强在县招待所安排好住宿,然后领他们到娄兰县城最好的酒店吃饭。爱华一直赖在郝自强的怀抱里不肯下来,"大舅舅,你当我的爸爸吧。我喜欢你这样抱着我。"爱华说得一本正经。

"好,只要爱华喜欢就行。"郝自强笑着说。

王小花拍拍女儿的小屁股,"爱华,舅舅抱了你一路了,现在已经很累了,让舅舅休息一下吧?"

"舅舅你累吗?"显然爱华不舍得下来。

"不累,舅舅喜欢抱着爱华。"郝自强眼里的宠溺让王小花悬着的心放了下来。

回到招待所,沈美强说要领着爱华去自己的房间看《猫和老鼠》,把王小花和郝自强两个人留在房间里了。

"哥,你还是把我忘了吧。"在郝自强的怀抱中,王小花泪流满面。

郝自强没有回答,他一直紧紧地抱着王小花亲吻!亲吻!只有老天知道他有多么思念怀里的人儿!

"只要你心里有我,我就——。"王小花的话没有说完,不是外面的风儿打断了她。

晚餐是在招待所进行的。郝自强把李岩和郝小强也接来了。

"嫂子好,我叫王小花,以前和郝总共过事。"王小花红着脸,主动向李岩问好。

王小花脸上的红晕和眉宇间的妩媚,瞒不过李岩的眼睛,她也是过来人。

"听自强说起过你,妹妹长得真漂亮。这是你女儿吧?好可爱。"微微一顿,李岩抚摸着爱华的乌黑的头发爱恋地问。

"阿姨好!我叫爱华。"

"爱华好!爱华真乖。"

郝自强看着自己生命里最重要的两个女人,呆呆地站在包房门口,竟不知该说些什么。

"都坐下吧!来来来嫂子,尝尝我带来的大虾和海螺,已经让厨师加工了。"沈美强看到郝自强有些失态,赶紧招呼大家坐下。

娄兰县很难见到这两种海产品。特别是碗口大的大海螺,很多人一辈子也见不了一次。

在沈美强的指点下,郝小强用牙签夹出海螺肉,沾着姜末调料一小口一小口地品尝着,果然是鲜甜可口,甜里又带着一股咸腥,让人的味蕾无比的舒畅。

海螺肉吃完了,郝小强又对那枚硕大的海螺壳产生了兴趣,用手不停地摩挲着。

"我们可以把海螺壳的尖部打开,做成一只螺号;还可以把它放到耳朵边听大海的声音。"沈美强笑着对郝小强说。

听了沈美强的话,郝小强立刻将一只大海螺壳放到自己的耳朵旁,果然有真切的海的声音从里面传了出来,像海浪拍打礁石的声音,又像海浪亲吻沙滩的声音。

"真的呢,在大沙漠里也能听到大海的声音了。"郝小强兴奋地说。

"哥哥,我还会唱小螺号呢。"爱华看着兴奋的郝小强。

"好,欢迎爱华给我们表演节目。"大家热烈地鼓掌。

"小螺号,滴滴地吹,海鸥听了展翅飞;小螺号,滴滴地吹,浪花听了笑微微;小螺号,滴滴地吹……小螺号,滴滴地吹,阿爸听了快快回啰……"

稚嫩的童音像春天里的柳笛,带着浓浓的亲情和诱惑,听的人心里波涛汹涌。

郝自强静静地听着,泪水慢慢涌满了眼眶。

夜深了,郝自强在床上辗转反侧。

"怎么了?在想那母女俩吧。"李岩在黑暗里有些酸酸地问。

"有件事情我要和你说说,你别生气。"郝自强下了决心。

"是不是王小花的事情?"李岩微笑着,丝毫没有生气的意思。

"那孩子是我的。"

"我早知道了。当我第一眼看到这个孩子的时候,我就知道她十有八九就是你的。和你长得太像了。"李岩喃喃地说,郝自强想辩解,被李岩用手制止了。

"让我把话说完。你和王小花的事情,其实我早就知道了。你店里那群女孩子整天叽叽喳喳地八卦着呢,和她们在一起待久了她们什么事不对我说啊!你俩虽然隐秘,但是瞒不过那些小女孩的眼睛啊!"

郝自强沉默着,他还不知道李岩话里的意思。

"我不怨你,这些事都是咱俩离了以后发生的。其实最大的过错是我,我不该离开你。"李岩自责地说,"小花妹子自己带着个孩子也不容易,看得出她对你是真感情。不行我们离了,你跟她过吧。毕竟小强大了。"

李岩轻描淡写地说着,经历了这么多事,她似乎看清了人生。外面,风肆虐地蹂躏着光光的枝条,发出一连串震人心脾的"嗖嗖"声。

郝自强静静地听着屋外呼呼的风声,心乱成了一团麻。

"她还年轻,会忘掉过去,找到自己的意中人的。"郝自强艰难地开了口,"我们不能再分开了。"

"如果她带着孩子不方便,我们可以帮她带……"

"明天我去告诉她。快睡吧。"

这一夜,王小花房间里床头的灯也一直亮着。女儿疯玩儿了一天,早就呼呼地睡了。这孩子居然和郝自强自来熟,看来血脉是骗不了人的。不知道爱华在饭桌上唱的那首歌会不会让郝自强难堪,好像自己提前教好了似的。李岩的脸色还是不大好看,不知道是因为病还是知道了我和郝自强的事儿心里不好受,如果是以为我和爱华的存在让她难堪,我是不是来错了……

夜已经很深了,小花还是没有一丝睡意。

第二天一早，王小花就要回去，不管郝自强怎么挽留都无济于事。

　　当吐尔逊的越野车缓缓开动的时候，郝自强突然感觉心脏咯噔一下，他觉得这可能是和王小花的最后一次见面了。

　　风夹着沙粒，横扫着荒原，衰草遍野，春天，春天快来了吗？

第四十二章 伊人长逝

草原的春天来得晚些，草原的学校却总会准时开学。过了正月十五，空荡荡的教室、白雪覆盖的操场又充满了朝气蓬勃的身影。

李岩——娄兰县中学的教导主任兼初三毕业班的班主任又开始了忙碌的工作。寒假里的那段插曲，让李岩暗暗痛苦了一段时间。随着假期结束，繁忙的工作让她很快就把一切不愉快都淡忘了，现在她的眼里心里全是学生。

为了靠班方便，李岩直接在学校要了一间宿舍，一日三餐也在餐厅和学生一块儿。吃住都在学校，确实省去了很多麻烦。

郝自强的事情就更多了。除了现有的业务外，他又承接了一个重大的项目——西部公路二百公里两侧绿化带建设。这是一项大工程，自己和才旦苗圃里的树苗根本用不上，他们的树苗主要是治沙固土的，和绿化的树苗品种截然不同，所以说，采购苗木成了一项最主要的工作。

还好现在网络发达，郝自强和吐尔逊很快就从网上选出了几十家苗木培植基地，然后通过电话沟通最终选取了五家规模大、信誉好、距离近的基地作为首选目标。然后两人分头行动，吐尔逊是本地人，负责招募、带领人员进行路两侧的清理准备工作；郝自强在树苗培育上有经验，负责苗木的考察和采购。

这件事情耗费了郝自强大量的精力，最终谈妥了两家。吐尔逊也带领大家把先期工作全部准备就绪,连路两边的树坑都挖好了,等苗木一来,就立即可以种植了。

春天是植树的黄金季节,当大批苗木沿着新修的公路源源不断地运送过来时,郝自强就不知道白天和黑夜了,他只有一个念头,那就是把苗木快点栽到地里去,浇上水,让它们成活。

根据郝自强的指示,吐尔逊带领着从当地招募的一百多名民工没日没夜地大干。

大秦省人都明白,植树是有季节性的,特别是这西部干旱地区。一旦错过了季节,就要等到明年。当郝自强他们确实忙不过来的时候,县里伸出了友谊之手。扎木和县长专门抽调了五辆卡车改装成拉水车,并且安排了五十名民兵帮助植树。

随着培植基地的卡车一趟一趟地呼啸而过,公路两边的苗木也是越积越多。这些树苗可都是品种树,每一棵的价格都很高,如果在外面暴露时间长了就会枯蔫了,那损失可不是小数目。看着来不及拆封的苗木越堆越多,郝自强急得嘴上起了燎泡。

在万不得已的情况下,郝自强拨了一个电话……

在一个星期六的上午,大秦省军区发动了一次植树活动,有数千名官兵参加了这次规模空前的义务劳动。仅仅一天时间,数十里的公路两侧,竖起了大片树林。

郝自强松了一口气,同时也为自己的鲁莽懊悔不已。他应该根据实际情况,分阶段让人家把苗木运送过来。由于自己急于尽快完成绿化任务,却忽略了自己的实际能力。如果不是李建勋将军的帮助,大批的苗木若不能及时栽到地里,很可能就枯死了。

虽然受了累,吃了苦,成果却是喜人的。三年的合同,一年就完成了,第二年补种了去年没有成活的苗木。第三年,当有关部门来验收时,看到的是生长茂盛、管护良好的绿色长廊。全国优质工程的桂冠,戴到了郝自强的头上。这是一项崇高的荣誉! 从此以后,郝自强的业务就应接不暇了。几年以后,郝自强作为大秦省治沙绿化的最优秀代表,被评为全国劳动模范,受到了党和国家领导人的亲切接见。当然,这是后话。

植树工程暂告一段落,郝自强长长地舒了一口气,刚想回营地休息一下,手机响了,是娄兰县中学的,说李岩晕倒在讲台上了,现在正被送往县医院。郝自强简单向吐尔逊交代了一下,就匆匆驱车去了医院。

“大爷,你找谁?”一名护士很有礼貌地问。

大爷?郝自强一愣,突然记起自己已经七八天没有刮胡子了。这些天忙着植树,吃住都在工地上,脸也没有洗,肯定不像样子了。

“我找县中学的李岩老师。”

护士给他指了指病房的位置,他朝护士笑了笑,转身去了洗手间,好好洗了洗脸,然后才去了病房。

李岩静静地躺在病床上,白色的床单、白色的被子和她苍白消瘦的脸成为一个整体的冷色调。一只白色的塑料吊瓶挂在床头,药液正一滴一滴地滴着。白色的日光,穿过白色的窗帘在白色的墙壁上画了一道白色的光斑。郝自强心里一紧,一种难以名状的悲伤从心底升腾开来。

“那边那么忙,你怎么跑来了?”李岩微笑着,眼神里是满满的疼爱。

“胡子老长时间没有刮了吧?”

郝自强没有回答,他在病床边坐了下来,伸出手捉了李岩没有挂吊针的手,轻轻地抚摩着。

"咋了?都老夫老妻的了还稀罕呢?"李岩笑着说,手指却不由自主地抚摩着郝自强粗糙的毛茸茸的手背。

生活就是这样,既要有开山裂谷、一泻千里的豪情气势,也要有小溪潺潺、鱼虾相嬉的柔情蜜意。

静默中,两个人感受着彼此的心跳,时间仿佛已不复存在。偶尔说几句话,也都是小得只有对方能听得到……

"你是病人家属吗?医生让你过去一趟。"护士似乎停顿了一下朝着郝自强打着招呼。

郝自强点了点头,起身去了医生办公室。

"病人身体很虚弱,主要是贫血引起的,贫血的具体原因不好说。有时间去大医院查查吧。以后,不要让病人太劳累。挂完吊水再看看如果没有什么事,可以办出院手续了。"

"谢谢大夫。"郝自强心里有数,自己的感觉怕是真的。

"医生对你说什么?没有什么事儿吧?"

"没事儿,就是说你贫血,医生说你不能太劳累。"郝自强每句话都掂量着该怎么说。

"是,我知道了。你也不能太劳累了。"

"嗯,树已经栽完了。我现在没啥事儿了,咱一起上大秦省医院去看看?"

"再有两个月学生就中考了。我这个班主任不能离开。等中考结束吧。"

"来回也用不了几天。查查没啥事咱心里就不用惦记。"郝自强用手巾擦擦李岩的手,"要不咱找个周末去趟也行。"

"等等吧,还有两个月,现在是最关键的时候。轻伤不下火线,何况我就是有点儿贫血。"李岩摸摸郝自强胡子拉碴的下巴,"放心吧,我没事儿!"

"唉,你啊。"

郝自强知道李岩的心思,她不想示弱,那自己也不好再啰唆。

半路上,郝自强把车停在一家超市门口,进去买了些牛羊肉、白条鸡、冻鱼等食品,好长时间没在一起吃顿好饭了,他今晚要下厨给家人做点好吃的。

中考的日子一天天近了,李岩的身体也越来越衰弱,但是她坚持着天天给孩子们上课,鼓励他们。这是她在大秦省的第一批弟子,她不能有少许的懈怠。

终于,中考结束了。

大秦省人民医院血液科病房里,郝自强心情沉重。妻子白血病复发了。这次是回天无力了。郝自强给程素问打过电话,得到的也只是长长的叹息。

"老师,我代表大家来看你了。"严曾显捧着一大把野花站在李岩的床前,由于长途跋涉,野花都枯萎了。

"老师,等您的病好了,我们一起去看大草原,漫山遍野都是各种各样的野花,红的、黄的、白的、紫的,五颜六色,真的太美了。"

"谢谢曾显。"李岩有些艰难地举起野花束,用力吸着野花的清香。花朵虽然枯萎了,花香却依然馥郁。

"李老师,这次我们县中学初三五十二名学生全部考上高中了。这是历史上从来没有过的奇迹。"张振刚激动地说。

"好,好。这我就放心了。"李岩发自内心地笑着,苍白的脸上浮起了疲惫的笑容。

窗外的阳光很充足，白色的窗帘被风撩起，风从缝隙里钻进来，扑在李岩苍白的脸上。由于牙龈肿胀，李岩的嘴唇鼓鼓的，眼皮沉沉地耷拉着，似乎没有力气睁开了。

没有食欲、恶心、呕吐，把原本就瘦弱的身子慢慢掏空了。

"我满足了，多活了这好几年，又有你陪着。等我离开了，你去把爱华娘俩儿接来吧，小花是个好姑娘。"

"别说傻话，我们还可以做骨髓移植手术，医院已经在联系骨髓源了，一定可以治好的。"

"我知道自己的病情，别浪费钱了。我走了后，我父母就交给你了，我相信你会把他们照顾得好好的。"

李岩的眼里溢出了泪水，郝自强用手轻轻地擦拭着。

"这么多年了，我一直把他们当成自己的父母，不用你嘱咐。"

"小强是个懂事的孩子，这次考了全校第一名。你要好好培养他。我唯一感到对不起的就是你。"

"别说了，休息一会。我们这不很好嘛。"

"让我说吧！我的时间不多了……"

六月二十九号，李岩的病情进一步加重，医院下达了病危通知书。

李建生老两口带着郝小强赶过来了，李建勋也赶过来了。

下午三时，李岩用微弱的声音呼唤着郝自强，郝自强轻轻扳起李岩像风一样的身子，小心地搂在怀里。李岩奋力张开眼睛，看了看围在她身边的亲人，慢慢地又闭上了。

虽然有大秦省最好的医疗条件，虽然有亲人们撕心裂肺的呼唤，李岩的生命之花还是枯萎了，枯萎在大秦省的盛夏时节！

一座圆形的坟茔在大棚后面一棵老胡杨树边建成了。就在郝自强总部的院子后面,郝自强从后窗户里就可以看得到。

"你不会寂寞的,我天天陪着你。"郝自强在坟前喃喃自语,风吹着满树的绿叶,沙沙作响,好像李岩的回答。

五七过后,李建生老两口突然提出要回老家。

"我不让姥爷和姥娘回去。"郝小强哭着,拽着两个人的袖子。郝自强也再三挽留,但是两个人主意已定,说什么也要回去,回家乡的那个小县城,也许只有故乡的土地,才能慰藉两位老人伤痛的心。

一个和睦温暖的家,随着李岩的离去四分五裂了。

现在小强就成了郝自强唯一的亲人了。以后的日子里,不管到什么地方去,郝自强都带着儿子,只要儿子在身边他就觉得自己不孤单。

转眼间,高中就开学了。小强被大秦省重点高中录取,这是所寄宿制学校,吃住都在学校里了,每个月只有歇大周才回家一次。

李建生老两口回到家乡后,还是住在以前的房子里。两个人看着熟悉的家具,回忆着女儿的点点滴滴,时常忍不住落下泪来。

高益智,李岩那个初恋情人,也听到了李岩去世的消息。他哭了,在山沟里,在一个没有人的地方,他肆无忌惮地蹲在在地上,哭得肝肠寸断,哭得昏天黑地。他的面前,摆着他和李岩的合影。那个俊俏而娇小的女子,正含情脉脉地注视着他。

高益智变了:他的头发在一夜间白了一半;他上课开始口若悬河了;他开始关心学生和其他的老师了;他开始抓教学质量了……

那所山村小学的名气渐渐大起来了。终于,高益智以自己的才能引起了教育局的重视。但是,他拒绝担任教管办主任,拒绝调到城里去。他一心一意留在了那所山村小学,培养了一批又一批优秀的山村儿童走出大山。也许,这就是他对人生新的领悟。

高益智有个梦想:有一天能到李岩的坟前,好好忏悔自己的过错。这个梦想,也许永远都无法实现,但在他的心里,却永远挥之不去,成为永久的痛!

秋天来了,小仓库边上那几株五行草,照样结满了黑色的种子,等着风儿把它吹落,生根发芽,成就一代新生命。

李建生老两口颤颤巍巍从楼上下来,他们来女儿的楼上是为了寻找一张照片。照片上的李岩微微笑着,怀里的郝小强俏皮地伸着舌头。

一辆黑色的越野轿车停了下来,郝自强魁梧的身子出现在他们面前。

"爸,妈。"郝自强亲热地打着招呼,"在那边没找到二老,就过来了。"

郝自强扶着两位老人上了车,吐尔逊一踩油门,车子平稳地向前驶去。

"我和小强都离不开你们,跟我回去吧。"

"我把一大家人也搬过去了,我们在一起,会很快乐。"吐尔逊在边上插话。

"小强每次回家,都念叨二老。说晚上做梦也梦到姥爷姥娘。现在孩子都瘦了不少。"

"怎么,小强瘦了?"两位老人沉默了好久,"好,我们跟你去。"

绿色在沙漠里不停地延伸,一个小小的村落在绿色的怀抱里不断发展着,壮大着。郝自强一家、吐尔逊一家、吴宝福一家、才旦一家……

远在江南的一个小院子里,两棵铁树长势旺盛,墨绿色的剑叶向上面伸展着,桂花的香气弥漫着整个院子,桂树下的石凳上,王小花正在出神。

石桌上放着一封开了口的书信,寄信人的地址处赫然印着:清华大学环境学院。

王小花再一次展开书信,看着一个个苍劲有力的钢笔字。

王小花妈妈:

您好!

我是郝小强。我现在已经是一名大一学生了。

我知道自从我妈妈去世后,你一直在背后默默地支持、照顾着我爸爸。您受苦了。

我知道,为了姥姥姥爷,您坚持不到大秦省来。王妈妈,以前还有我陪在爸爸的身边,现在我已经外出读书,爸爸很需要您和妹妹。其实过去的这几年,姥姥姥爷多次念叨你和爱华妹妹,希望你们能到大秦省去。爸爸需要你,姥爷姥姥也需要你。

……

当我寒假回家时,真希望看到您和妹妹在家里欢迎我。

……

王小花一遍遍看着小强的信,她何尝不知道郝自强需要有个人照顾,这三年她收到郝自强的希望她去大秦省的请求无数次,可为了小强为了李岩的父母,王小花一直坚持不答应。

这次她决定了:带着女儿回到爱人的身边!

"妈妈,我回来了。"爱华背着书包蹦蹦跳跳地走了进来。

"洗洗手,吃个橘子。我有话要和你说。"看着自己渐渐长大的女儿,王小花心里很温暖,她确实需要爸爸的呵护了。

"你想你大舅舅了吗？"

"那不是我大舅舅,那是我爸爸,姥姥说的。"爱华撒娇地坐到王小花的腿上。

"那你想你爸爸了吗？"

"当然想了，做梦都想。妈妈你要带我去吗？"

"是的。你爸爸需要我，你那边的姥爷和姥姥也需要我。"

"那咱明天就出发吧！"

……

飞机在大秦省机场缓缓降落。一位穿着红色衣裙的少妇，带着一个粉嘟嘟的可爱的小女孩走出机场。出口处，越野车旁，魁梧帅气的男子已经张望了多次，看着走出来的两个身影，他大步迎了上去。

蓝天白云下，一辆越野车在宛若长河的公路上前进。

"妈妈，你看！"小女孩指着一望无边的绿草地上漫山遍野的羊群兴奋地吆喝着。

"嗯，看到了，你坐稳了。"小花回头嘱咐满脸兴奋的女儿。

郝自强听着娘儿俩一句一句的对话，突然感觉自己错过了很多美好。

"爸爸，这大草原有边吗？怎么这么多草啊？"

"草原上就是到处都是草啊！"从后视镜里盯着女儿胖嘟嘟的小脸，郝自强的心化了。

四周的野花开得肆无忌惮，红的，白的，黄的，紫的……草原就像绿色的海洋，越野车就像一艘小舟在碧波中荡漾！

后 记

经过两年的酝酿和一年的创作,《五行草之苦旅》终于完稿。这本书得以出版,得力于安丘市委及有关领导的大力支持,得力于众多文学前辈和文友的教导启迪,得力于众多同学、战友和朋友们的关心帮助,得力于单位领导和同事们无私的照顾。所有这些给了我们巨大的动力,推动我们下定决心,一往无前。

在这儿我们要特别感谢朱金升、王凤东、刘国伟、李寿臣、王贤龄等领导,为我们的创作提供了良好的环境。

在这儿我们也特别感谢王耀东、潘洪信、李龙启、赵志友、赵丽娟、曹成、李爱红、郑小暄、张培中、刘孝山、于朝阳、李建明、赵启光、辛文先、王立杰等文学前辈和文友,以及潍坊市文学创作培训班的老师和同学们,通过交流使我们受到了文学的熏陶。

在这儿我们还要特别感谢杨仁生、周永俊、赵华锋、赵文杰、刘玉海、刘子伟、孟庆祝、李祥国、李兆杰、李攀登、王永兴、杨忠吉、寇永常等同学朋友,他们给了我们巨大的支持。

当然,我们还特别感谢辛如杰先生、马桂玉女士,还有张飞飞女士,他们为本书的出版付出了巨大的心血。

既然选择了文学作为一生的爱好,就耐得住清贫、耐得住寂寞,做文学田地的辛勤耕耘者。

著 者

2017 年大雪之夜